LA VENGEANCE DE JANUS

ERIC VAN LUSTBADER

Le Gardien du testament.

Série « Jason Bourne » *(d'après Robert Ludlum) :*

La Peur dans la peau.
La Trahison dans la peau.
Le Danger dans la peau.
La Poursuite dans la peau.
Le Mensonge dans la peau.

DE ROBERT LUDLUM

Aux Éditions Grasset

Série « Réseau Boucler » :
Opération Hadès, avec Gayle Lynds.
Objectif Paris, avec Gayle Lynds.
Le Pacte Cassandre, avec Philipp Shelby.
Le Code Altman, avec Gayle Lynds.
Le Vecteur Moscou, avec Patrice Larkin.
Le Danger arctique, avec James Cobb.

Le Complot des Matarèse.
La Trahison Prométhée.
Le Protocole Sigma.
La Directive Janson.
La Stratégie Bancroft.

Aux Éditions Robert Laffont

La Mémoire dans la peau.
La Mosaïque Parsifal.
Le Cercle bleu des Matarèse.
Le Week-end Osterman.
La Progression Aquitaine.
L'Héritage Scarlatti.
Le Pacte Holcroft.
La Mort dans la peau.
Une invitation pour Matlock.
Le Duel des Gémeaux.
L'Agenda Icare.
L'Échange Rhinemann.
La Vengeance dans la peau.
Le Manuscrit Chancellor.
Sur la route d'Omaha.
L'Illusion Scorpio.
Les Veilleurs de l'Apocalypse.
La Conspiration Trevayne.
Le Secret Halidon.
Sur la route de Gandolfo.

d'après
ROBERT LUDLUM

JAMIE FREVELETTI

LA VENGEANCE DE JANUS

Traduit de l'anglais (États-Unis)
par
DOMINIQUE LETELLIER

BERNARD GRASSET
PARIS

L'édition originale de cet ouvrage a été publiée par Grand Central Publishing, en septembre 2012, sous le titre :

THE JANUS REPRISAL

Photos de couverture : © Jasper James/Gettyimages (personnage et ville) ;
© Stocktreck Images/Gettyimages (explosion 1) ; © Mark Wragg/Gettyimages (explosion 2).

ISBN : 978-2-246-74181-7
ISSN : 1263-9559

NOTE DE L'AUTEUR

J'ai fait ma première expérience des romans de Robert Ludlum grâce à ma mère, qui est rentrée un jour à la maison avec *Le Cercle bleu des Matarèse* et a entrepris de le lire tout en préparant le dîner qui précédait chaque soir son départ au travail. Elle était chanteuse de jazz à Chicago, à l'époque, et elle faisait d'ordinaire des vocalises en début de soirée avant de gagner un club. Pas ce jour-là : elle lisait, en silence. Elle termina le livre en vingt-quatre heures et me le passa avec des commentaires enthousiastes. De ce roman naquit notre amour des thrillers. Mon préféré était, et demeure, *La Mémoire dans la peau*, premier volume de la trilogie « Jason Bourne », et son intrigue presque parfaite.

Quand on m'a demandé d'écrire ce livre, j'ai réfléchi à ce qui rendait si fascinants les écrits de Robert Ludlum. Le rythme, à coup sûr, l'intrigue, oui, mais aussi les personnages. On a vraiment envie que Jason Bourne découvre sa véritable identité, et on redoute avec lui qu'il déterre quelque chose d'abject. J'ai voulu aborder Jon Smith avec la même humanité, et le mettre au centre d'une intrigue aux enjeux colossaux compatible avec notre vision actuelle de la géopolitique. J'ai également souhaité ajouter quelques éléments du monde réel. En conséquence, si ce livre est bien un ouvrage de fiction, deux détails sont véridiques.

Premièrement, la bactérie « électrique » *Shewanella MR-1* existe bien, colonise, utilise le métal comme conducteur et respire grâce à de fins poils creux. La Marine des États-Unis l'a soumise à des essais pour déterminer sa capacité à produire de l'électricité. Elle en produit et, d'après ce que je sais, les recherches continuent. Je n'ai cependant connaissance d'aucune étude qui laisserait entendre qu'on pourrait la militariser, comme je l'ai voulu ici, et j'espère que ça n'arrivera jamais.

Deuxièmement, l'extraction et l'utilisation par Nolan de dollars électroniques s'appuient sur un système de monnaie appelé « Bitcoins ». J'ai appris leur existence grâce à un article de *Forbes*, il y a quelque temps, et j'ai trouvé cette idée fascinante.

En revanche, l'hôtel attaqué au début du roman est fictif, son architecture un mélange de plusieurs hôtels de La Haye et de la banlieue de Scheveningen. Si vous envisagez de vous rendre dans un de ces hôtels, vous pourrez y dormir sur vos deux oreilles.

J'aimerais remercier Mr Kevin Ortiz, de la Metropolitan Transportation Authority (MTA) de New York pour son aide sur certains aspects du réseau du métro new-yorkais. Bien que des problèmes touchant à la sécurité l'aient empêché de répondre à toutes mes questions, il m'a aidée autant qu'il l'a pu avec des plans et des chiffres. S'il y a des erreurs, elles sont de mon fait.

J'aimerais aussi remercier mon agent, Barbara Poelle ; la succession de Robert Ludlum pour m'avoir donné l'occasion de créer une histoire en utilisant ses personnages ; Henry Morrison, agent de la succession ; et tout le monde chez Grand Central Publishing, pour m'avoir guidée tout au long du processus d'écriture. Merci à mon éditrice, Jaime Levine, pour ses idées et ses suggestions ; à mon second éditeur, Mitch Hoffman, qui a repris les rênes sans heurts ; à Kallie Shimek, qui a supervisé toute la chaîne de fabrication ; et à ma préparatrice de copie, Georgia Maas. Comme toujours, merci à ma famille pour son soutien et son enthousiasme.

Enfin, toute ma reconnaissance au regretté Robert Ludlum. J'ai éprouvé un grand plaisir à écrire ce roman, et j'espère que vous avez eu plaisir à le lire.

Jamie Freveletti
8 mai 2012

Pour Klaus

1

COUCHÉ DANS SA CHAMBRE D'HÔTEL, le lieutenant-colonel Jon Smith ouvrit les yeux. Une silhouette sombre se tenait au pied de son lit, une arme pointée sur lui. Le point rouge du viseur laser remontait sur sa couette vers sa poitrine en décrivant une trajectoire sinueuse, comme si le tireur était ivre et incapable de viser. Smith roula sur sa droite, et se laissa tomber au sol. Une balle tirée par un pistolet muni d'un silencieux déchiqueta son oreiller.

Il leva une main vers sa table de nuit pour récupérer son pistolet, quand le tueur fit de nouveau feu. La balle fit exploser le réveil.

Smith se déplaça par à-coups et l'assassin le suivit en visant au hasard. Il parvint à se glisser entre une commode et sa valise, hors de la ligne de tir, mais loin de son arme, et de la porte. Le type, lui, se cacha derrière le lit.

Dans l'ombre, le dos contre le mur, Smith tentait de se calmer pour réfléchir à ce qu'il pourrait faire. Il était venu à La Haye assister à une réunion de l'Organisation mondiale de la santé sur les maladies infectieuses dans les pays du tiers-monde, un sujet dont Smith, médecin, était un spécialiste au sein de l'USAMRIID – l'Institut de recherche sur les maladies infectieuses de l'armée des États-Unis. Il devait donner une conférence le lendemain sur les risques de choléra dans les zones touchées par des cataclysmes. Cette réunion de routine tournait au cauchemar sans qu'il comprenne pourquoi.

Il inspira, attrapa dans sa valise une de ses chaussures et la lança en direction du bureau. Il entendit la chaussure heurter quelque chose, sans doute la lampe qui tombait dans un fracas de verre brisé. La lumière du laser dansa sur le bureau. L'assassin avait mordu à l'appât.

Smith n'hésita pas. Il se propulsa vers la porte. Le tueur tira, des morceaux de mur éclatèrent, mais il atteignit la porte, l'ouvrit et tituba dans le couloir, soudain aveuglé par la lumière.

Smith se précipita vers les ascenseurs et vit deux hommes munis de fusils d'assaut, le visage dissimulé par une cagoule, à une dizaine de mètres de lui, face à une porte. L'un tourna la tête pour regarder Smith, mais son arme resta pointée sur la chambre et, après avoir marmonné quelque chose, tous deux tirèrent dans la serrure. Les coups de feu résonnèrent dans le couloir. Ils enfoncèrent la porte et disparurent dans la chambre.

Smith essayait de comprendre ce qui se passait. Ces types se moquaient qu'on les repère tandis que son agresseur était entré sans bruit dans sa chambre, son arme munie d'un silencieux. Surgit à ce moment, de l'issue de secours, un autre homme cagoulé. La porte de sa chambre était restée entrouverte, il s'y précipita. Le tireur ne se manifestait pas.

Son téléphone portable resté sur la table de nuit sonna. Son écran éclairait la pièce d'un halo jaune qui lui permit de distinguer le tireur effondré au pied du lit. Smith contourna le bureau, enjamba le corps, saisit son arme sur la table de nuit et alluma la lampe.

Sur l'écran de son téléphone, il lut « Anacostia Yacht Club » suivi d'un numéro dont Smith savait que c'était une ruse. Son autre employeur l'appelait : Fred Klein, chef du Réseau Bouclier, une organisation clandestine d'experts en divers domaines chargée de lutter contre le terrorisme. Klein ne prenait pas souvent contact, et jamais sans raison grave. Une explosion secoua l'hôtel, ponctuée de cris et des sirènes des véhicules de secours.

Smith, l'arme toujours pointée sur le tireur immobile, décrocha.

« C'est Smith. Qu'est-ce qui se passe ?

— Sors de l'hôtel ! ordonna Klein. La CIA vient d'annoncer qu'il va être la cible d'une attaque. »

D'autres tirs retentirent dans le couloir, en se rapprochant de sa chambre.

« Est-ce que ce sont des tirs, que j'entends ?

— Oui, attends ! »

Smith verrouilla la porte et examina le corps. Environ vingt-cinq ans, des cheveux noirs et les traits larges, aplatis et légèrement asiatiques d'une personne d'origine mongole. Il était mort, pas de traces de cyanure. Rien n'expliquait la mort de cet homme.

« La CIA est un peu en retard. Ils sont déjà là. Qu'est-ce qu'ils me veulent ?

— Ils n'ont rien contre toi. Ils visent des cibles américaines et diplomatiques. Tu as joué de malchance. Une coïncidence. Ça fait des mois que la CIA met en garde les autorités européennes contre une attaque sur son sol, et je viens juste d'avoir un rapport qui nous alerte. Sors tout de suite de cet hôtel !

— Combien sont-ils ?

— Trente au moins. Deux à quatre par étage. »

Smith entendit des cris. Une femme se mit à pleurer, mais ses sanglots furent interrompus par un coup de feu.

« Est-ce qu'ils prennent des otages ? demanda Smith.

— Pas d'otages. Ils tuent. Sors de là ! »

L'hôtel fut à nouveau ébranlé par une explosion et les alarmes anti-incendie se déclenchèrent, ainsi que les extincteurs automatiques.

Smith trouva dans une des poches de son agresseur un chargeur supplémentaire pour l'arme au silencieux et une liasse d'euros, et dans l'autre, trois photos. Celle d'une femme, prise dans la rue à son insu, vêtue d'un tailleur bleu marine, un attaché-case à la main, ses longs cheveux noirs attachés en queue-de-cheval. Elle semblait à la fois sérieuse, séduisante, et impressionnante. Une photo de Peter Howell, agent du MI6 britannique qui avait pris sa retraite quelques années plus tôt, que Smith connaissait et admirait et un portrait de lui.

2

« On dirait qu'ils en ont bien après moi. Quelqu'un veut ma peau, en tout cas. Il y a un type mort, dans ma chambre, qui avait une photo de moi, de Peter Howell et d'une femme que je ne peux pas identifier.

— Un mort ? Tu l'as tué ?

— Je ne l'ai pas touché. Il est juste… mort. »

De la fenêtre, Smith voyait les véhicules de secours aux gyrophares allumés qui encombraient la rue. Les autorités, stationnées à distance prudente de l'hôtel, l'encerclaient.

« Écoute, je vais faire de mon mieux pour sortir de là mais, si j'échoue, il y aura les photos dans ma poche. Assure-toi qu'un de nos agents récupère mes affaires, prévienne Howell et découvre qui est cette femme. »

Smith n'écouta pas la réponse. On tentait d'enfoncer la porte de sa chambre. Il tira au travers, la balle de 9 mm transperça le bois, et il entendit un cri suivi d'une rafale d'arme automatique. Les balles fusèrent dans la pièce, criblèrent la tête de lit et les murs au-dessus.

Smith glissa téléphone, billets et photos dans sa poche. Il était toujours pieds nus, en T-shirt et jogging, et avait comme à son habitude réservé une chambre au deuxième étage, accessible aux pompiers. S'il devait sauter, la plupart des hôtels avaient en façade des stores pour amortir sa chute. La fenêtre s'ouvrit facilement. Smith se hissa sur le rebord.

Une corniche décorative d'une quinzaine de centimètres encerclait l'hôtel, reprise en écho un mètre plus bas. Il ne pouvait compter sur l'aide des véhicules de secours garés dans l'allée d'accès, à plus de vingt mètres de l'hôtel. Les coups reprirent, et cette fois ils allaient enfoncer la porte. Smith vit une main se glisser pour ôter le verrou de sécurité. Il était temps de filer.

Il ficha son arme dans sa ceinture, prit appui sur le rebord de la fenêtre et fit glisser une jambe, puis l'autre en dehors. Il se laissa descendre, jusqu'à ce que ses orteils touchent la corniche, et il commença sa progression. Très vite, il n'eut plus rien à quoi s'agripper, pieds sur la corniche et mains sur un mur plat. Il était en sueur, la porte de sa chambre venait de s'ouvrir à grand fracas.

« Bouge ! » murmura-t-il.

Ce mot le sortit de sa paralysie. Il atteignit l'angle de la façade à l'instant même où un tireur masqué se penchait à la fenêtre, un fusil d'assaut à la main.

3

Il était 21 heures sur la côte Est, Randi Russell, dans la petite salle de crise de la CIA, à McLean, en Virginie, était entourée par huit écrans de télévision, seize ordinateurs et une dizaine de personnes, son équipe qui était accourue aux premières nouvelles des tirs à La Haye. Ses meilleurs agents collectaient les informations de leurs réseaux sur Internet, ou regardaient les reportages des médias traditionnels présents sur les lieux du drame.

Randi, qui avait travaillé sans relâche pour déterminer où aurait lieu l'attaque, était à peine rentrée chez elle dormir un peu que le téléphone sonna pour la mettre au courant. Elle enfila un jean, des bottines, un T-shirt en coton à manches longues et bondit dans sa voiture, direction McLean.

Elle faisait maintenant les cent pas devant les écrans. Tandis qu'elle observait les policiers néerlandais gérer une situation à la limite de leurs capacités, elle réfléchissait à la manière dont son groupe pourrait intervenir. Le flash infos montrait l'imposant Grand Hôtel royal, des flammes qui s'échappaient des fenêtres du sixième étage. Les micros retransmettaient des coups de feu et des explosions. Le correspondant de CNN ne cessait d'insister, d'une voix rendue aiguë par le stress, sur le nombre de coups de feu entendus.

Jana Wendel, une nouvelle recrue tout juste sortie de l'université de Yale, surveillait un site qui fournissait des informations en temps réel, dont certaines provenaient des clients de l'hôtel. Depuis le début de l'attaque, il avait été mis deux fois hors service, mais il était revenu en ligne et déversait un flot continu de phrases terrifiantes. La dernière : « On a tiré sur mon mari. Il perd son sang. Je vous en prie, envoyez de l'aide à la chambre 602 ! » Jana serra les dents et Randi crut qu'elle allait se mettre à pleurer. Nicholas Jordan, qui avait rejoint le groupe depuis peu, était assis près d'elle, la version européenne du site défilant sur son écran, et lui aussi semblait au bord des larmes.

« Qu'il se place aussi près que possible de l'hôtel !

— Où est Andreas Beckmann ? demanda Russell à la cantonade.

— Il est en route », répondit un autre agent.

Beckmann était un tireur d'élite de la CIA, un des rares stationné aux Pays-Bas à ce moment-là.

On avait temporairement assigné Randi à McLean pour un nouveau programme conçu par le directeur des renseignements nationaux, le DNI. Le poste de DNI avait été créé juste après les attaques contre New York et Washington en 2001. Il ne rendait de comptes qu'au président et, depuis 2005, il lui faisait des rapports quotidiens. Il s'intéressait surtout à corriger les failles dans les services de renseignements qui avaient permis les attaques du 11 Septembre, et le dernier programme mis en place visait à améliorer les communications entre les agents sur le terrain et le centre de McLean. Randi avait prouvé à maintes reprises ses compétences en action, sa dernière mission ayant même participé à l'éradication d'un problème croissant en Afrique. Après quoi la CIA avait décidé qu'il valait mieux l'éloigner de ce continent jusqu'à ce qu'elle s'efface des mémoires. Elle avait été ramenée aux États-Unis comme consultante au quartier général et pour diriger un petit groupe d'agents disséminés en Europe. Bien qu'il s'agisse d'un simple travail de gestion du personnel, elle avait été surprise du pouvoir qu'elle détenait, puisqu'elle pouvait mettre en œuvre de vrais changements dans le mode de fonctionnement du service en Europe. S'il lui arrivait de mal supporter l'inactivité d'un emploi de bureau, même temporaire, en tant qu'agent sur le terrain, elle savait combien il était vital d'avoir un centre de commandement qui vous soutenait au lieu de vous brider.

Les caméras de CNN zoomèrent sur le deuxième étage, où un homme sortait par une fenêtre ouverte. Il était vêtu d'un jogging et d'un T-shirt noir. Le commentaire du journaliste : « Il semblerait qu'un client de l'hôtel tente désespérément d'échapper au cauchemar du Grand Hôtel royal ! » s'énerva Randi.

La situation était assez tragique pour que les médias n'en rajoutent pas avec leurs commentaires.

Le directeur des Opérations européennes, le Dr George Cromwell, qui avait un peu plus de soixante ans, et avait fait toute sa carrière à la CIA, s'approcha d'elle.

« Si ce type tombe, il est mort ! » dit-il.

Randi hocha la tête. Pieds nus, il progressait sur l'étroite corniche avec précision, sans jamais regarder le sol. La caméra le suivait et soudain on distingua son profil, Randi sursauta.

« C'est Jon Smith ! »

Russell s'approcha de l'écran de 106 cm, entièrement occupé par l'image de Smith.

« Vous le connaissez ? demanda Cromwell.

— Il est dans l'armée. Il était fiancé à ma sœur, Sophia, qui est décédée. Donnez-moi la liste des clients de l'hôtel », demanda Randi.

Un agent la lui apporta. Elle parcourut la première page, la deuxième, la troisième, et montra un nom à Cromwell : « Le voilà !

— Armée des États-Unis. Il est médecin ?

— Oui, spécialisé en biologie moléculaire. Très compétent. Jana ? Est-ce qu'on a une liaison avec les pompiers sur place ? Tu peux me les passer ? »

Elle se remit à faire les cent pas, en suivant, le ventre serré, la progression de Smith sur la façade. Ses sentiments vis-à-vis de Smith avaient beau être complexes, elle ne lui souhaitait pas une chute mortelle. Soudain, elle entendit dans ses écouteurs la voix du chef des pompiers.

« Ici le Brandweercommandant van Joer.

— Commandant, pouvez-vous approcher une échelle de cet homme ? Vite ?

— Désolé, c'est impossible. J'ai reçu l'ordre de cantonner mes hommes loin du bâtiment. Ils n'ont pas de gilets pare-balles. Il faut d'abord que les forces spéciales contrôlent la situation.

— Mais il risque de tomber d'un moment à l'autre !

— Je sais, et il a une arme à la ceinture. Il est peut-être un des terroristes.

— Non ! C'est un des nôtres.

— Mais il a un pistolet…

— Bien sûr, il fait partie de l'armée des États-Unis.

— Pourquoi vient-il armé à une conférence de l'OMS ?

— C'est un spécialiste des maladies infectieuses. Je suppose que l'OMS l'a invité.

— Je suis désolé, mais je ne peux pas mettre en danger la vie de mes hommes.

— Madame Russell, Beckmann est en position. Je vous le passe ! » dit Jana en tapotant sur son clavier.

Randi scruta l'écran. Smith était presque arrivé au coin salvateur, quand elle vit un homme cagoulé apparaître à la fenêtre. Le terroriste sortit un fusil d'assaut et visa Smith.

« Beckmann, feu ! » ordonna Randi Russell.

4

SMITH TOURNA LA TÊTE pour regarder dans les yeux l'homme qui se préparait à le tuer. Il s'attendait à y lire une certaine émotion – de la colère peut-être, parce que Smith lui avait échappé jusque-là, ou de la joie de l'avoir à sa merci – mais il n'y trouva que froideur et calcul. Un coup de feu claqua, et la tête de l'homme fut projetée en arrière. Son fusil d'assaut glissa et tomba deux étages plus bas dans un fracas de métal sur le béton.

« Merci, qui que tu sois ! » murmura Smith.

Smith entendit plutôt qu'il ne vit la réaction des policiers et des pompiers derrière lui. Une voix d'homme ne cessait de répéter la même phrase en néerlandais dans un haut-parleur. Du coin de l'œil, Smith vit la foule se déplacer. Le périmètre s'élargit, les autorités s'éloignaient. Aucun espoir qu'on lui approche bientôt une échelle.

Smith se concentra à nouveau sur sa progression. Chaque phalange de ses doigts le faisait souffrir. Ses biceps étaient en feu. Il atteignit enfin l'angle du mur.

Le coin franchi, il se retrouva devant une fenêtre, dans laquelle on avait tiré, et il entrevoyait à l'intérieur le pied d'un homme, immobile, qui pendait au bord du lit.

Smith regarda en contrebas, en quête d'un auvent ou d'un store qui pourrait amortir sa chute. Rien. Il sentait que bientôt, ses muscles ne répondraient plus, et une crampe commençait à lui chatouiller les mollets. Il attrapa son arme et essaya de briser la vitre avec la crosse. Sans résultat.

Smith n'était pas un fanatique des salles de sport, mais il s'entraînait chaque jour et il connaissait ses faiblesses. Il avala sa salive et se prépara à reprendre sa progression jusqu'à ce que ses muscles le trahissent.

Un tir retentit et la fenêtre frémit tandis qu'une balle la traversait, à quelques centimètres du trou existant, puis un deuxième tir fendit l'obscurité et un troisième trou apparut, complétant un triangle. Smith sentit l'espoir renaître. Le sniper qui avait abattu les terroristes savait comment faire céder une vitre. Un simple schéma en triangle qui permettait même de briser un verre blindé. Il entendit le double vitrage craquer et de longues fissures se formèrent. Smith frappa à nouveau sur la vitre et le panneau s'effondra. Aussitôt, il enjamba le montant en aluminium et se laissa tomber dans la chambre.

Il resta un moment allongé sur la moquette pour reprendre son souffle. Il se sentait soulagé, mais en réalité il se retrouvait maintenant au cœur de l'horreur, un mort près de lui, sans la moindre idée de ce qui l'attendait derrière la porte. Et les terroristes n'avaient pas fini de fouiller l'hôtel.

De l'eau coulait toujours des extincteurs, mais l'alarme s'était tue et la sonnerie de son téléphone le fit sursauter. Numéro inconnu. Il hésita à décrocher. Et si Klein l'appelait sur une autre ligne ? Il décrocha sans rien dire.

« Monsieur Smith, je suis celui qui vient de tirer sur les terroristes et sur la fenêtre. Est-ce que je peux vous demander un service ? Ramassez toutes les balles que vous trouverez ! Les deux que j'ai utilisées contre les terroristes sont conçues pour exploser de manière à les rendre intraçables, mais ce n'est pas le cas des deux que j'ai utilisées pour la fenêtre. »

En entendant cette tirade extraordinaire, Smith se leva. Cet homme parlait un bon anglais teinté d'un accent qui pouvait être allemand ou suisse. Il s'exprimait avec calme, de manière détendue, comme s'il tuait des terroristes chaque jour et que ça ne le perturbait pas plus que ça.

« Pourquoi en avez-vous besoin ?

— Mon employeur préfère qu'on ne se pose pas de questions sur le rôle que je joue ici. Officiellement, je n'ai pas l'autorisation de tuer dans un pays étranger. »

Smith avait pensé que l'homme travaillait pour le Réseau Bouclier, mais il savait désormais que ce n'était pas le cas, cette organisation ne se soucierait pas du sort réservé aux indésirables sur sol étranger.

Il contourna le lit à la recherche des deux balles qui avaient complété le triangle, et les trouva encastrées dans le mur. Serrant le téléphone entre son oreille et son épaule il réussit à les extraire et les glissa dans sa poche.

« Je les ai. Comment avez-vous eu mon numéro ?

— Mon employeur me l'a donné. Je crois qu'il n'y a plus de terroristes au deuxième étage, mais je vous conseille de filer vite fait. Par la cage d'escalier nord. Je serai prêt à vous couvrir quand vous sortirez. Un cordon de police se forme, mais j'ai vu un second contingent d'attaquants proche de l'hôtel. La nuit n'est pas finie. »

Smith fit défiler dans son esprit les gens qui sauraient tirer avec une telle précision et auraient son numéro de téléphone portable personnel. Son interlocuteur était soit employé par un groupe militaire européen, soit membre des renseignements d'un autre pays. Il avait utilisé le terme « sol étranger », ce qui signifiait qu'il n'était pas néerlandais.

« CIA, Mossad ou MI6 ?

— J'ai reçu l'ordre de vous faire sortir de l'hôtel en toute sécurité, si possible. Vous n'avez rien à craindre de moi. »

L'homme avait éludé la question, mais Smith décida de le croire. Il venait de lui sauver la vie, et il n'avait pas vraiment d'autre choix.

« Je sors », dit-il.

5

NATHANIEL FRED KLEIN adressa un signe de tête à l'officier du Secret Service qui gardait l'entrée de la Maison-Blanche. La soixantaine, d'une taille moyenne, un visage mince et buriné, des vêtements fripés, une pipe au bec. On aurait pu le prendre pour un professeur d'université. En fait, Klein dirigeait le Réseau Bouclier, une des organisations les plus secrètes des renseignements américains financée par les fonds discrétionnaires du président. Aucun comité de contrôle, aucun bureau de gestion des deniers publics ne pouvait retracer leur utilisation. Le président seul décidait de ses attributions. Il avait créé cette unité après un incident terroriste, quand un virus avait failli déclencher une épidémie dans tout le pays. Klein menait les opérations au quotidien, et se rendait ce jour-là à une réunion privée à laquelle le président l'avait convié. Il parcourut les couloirs de la Maison-Blanche et gagna le Bureau ovale.

Le président Castilla, l'ancien gouverneur du Nouveau-Mexique, paraissait assez jeune pour travailler dur, mais assez mûr pour assumer ce qu'exigeait sa charge. Klein le trouvait réfléchi, intelligent et déterminé. Il avait l'air en forme, mais ses cheveux grisonnaient. La présidence avait un impact physique sur les hommes, et Castilla n'était pas différent des autres. Les mauvaises nouvelles en provenance de La Haye avaient marqué ses traits.

« Heureux de vous voir, dit Castilla en serrant la main de Klein. J'imagine que vous avez vu les images de La Haye ?

— Oui, et vous aurez du mal à le croire, mais j'ai un agent sur place. Il participait à la conférence de l'OMS en tant qu'expert.

— Est-ce qu'il va bien ?

— C'est lui qu'on a vu sortir par la fenêtre et s'accrocher à la façade. Je n'ai plus de contact avec lui depuis qu'il est rentré dans l'hôtel.

— Pendant un instant, avoua Castilla en écarquillant les yeux, j'ai cru qu'on allait voir un terroriste tuer un innocent en direct à la télévision. Inutile de vous dire la publicité que ça leur aurait assurée !

— J'ai été impressionné par le sniper. Est-ce qu'il est membre d'un commando d'élite néerlandais ?

— Non, il est de la CIA. Il est toujours sur place, mais il a bougé. On m'informe que les terroristes se déploient. »

Castilla montra à Klein les quatre fauteuils entourant une table basse.

« C'est pas bon signe, grommela Klein. Est-ce que quelqu'un a revendiqué l'attaque ?

— Pas encore. En fait, les grandes organisations terroristes ont même nié toute responsabilité.

— Ça ne leur ressemble pas.

— La CIA croit qu'une attaque pendant une conférence de l'OMS n'est sûrement pas une coïncidence. Ce qui m'inquiète, c'est que la véritable cible des terroristes est soit un des scientifiques présents, soit une de leurs découvertes.

— Mon agent a trouvé des photos dans la poche d'un des assaillants. »

Klein donna des détails.

Adossé à son siège, Castilla écoutait. « Oublions un instant la photo de l'agent du MI6 et concentrons-nous sur la femme. Est-ce qu'elle participait à la conférence ? Serait-elle une scientifique ?

— C'est une possibilité. Dès que je verrai les photos, je les ferai analyser en urgence.

— J'ai d'autres mauvaises nouvelles. J'ai reçu un appel du directeur général de l'OMS. Trois des scientifiques sont venus à la conférence avec des échantillons : une nouvelle souche de choléra, une souche d'hépatite B résistante aux antibiotiques et des bactéries d'*Escherichia coli* particulièrement virulentes. Ils devaient être transférés sur un site secret pour analyse par un consortium international de biologistes. À l'origine, on a considéré que ces échantillons étaient trop petits pour qu'un terroriste éventuel puisse les utiliser, mais nous venons d'apprendre que la souche de choléra peut se multiplier à une vitesse fulgurante. Dans deux semaines, l'échantillon aura connu une croissance exponentielle. S'ils mettent la main dessus, on peut imaginer le pire, qu'ils le déversent dans une réserve d'eau potable, et déclenchent une pandémie massive et des milliers de morts.

— Et ce sont les seuls échantillons dangereux ?

— Les autres, répondit Castilla après réflexion, étaient de “bonnes” bactéries – tout ce qu'on peut imaginer, depuis les cultures de levure jusqu'à celles de ces bactéries bioélectriques nouvellement découvertes qui peuvent recharger des piles sans source électrique extérieure.

— Où étaient-elles conservées ?

— Dans le coffre de l'hôtel, dans deux boîtes isothermes en acier verrouillées. Les bonnes bactéries et les souches résistantes. À cause de la petite taille des échantillons, on n'a pas jugé utile de prendre des mesures de sécurité supplémentaires, surtout que le coffre du Grand Hôtel royal est d'une fiabilité exceptionnelle. Il peut résister à de puissantes explosions, mais on craint que les terroristes n'aient découvert le code qui permet de l'ouvrir. Le Réseau Bouclier doit les récupérer avant qu'il ne soit trop tard.

— Je mets l'équipe sur le coup, promit Klein en se levant pour partir, et j'espère avoir des nouvelles de l'agent qui était suspendu à la corniche… à condition qu'il sorte de là vivant. »

6

SMITH OUVRIT LA PORTE DE LA CHAMBRE et regarda des deux côtés du couloir. Des coups de feu venaient de l'étage. Il gagna sa chambre. Il lui fallait une autre arme que son Beretta, et il se dit que les terroristes n'avaient plus besoin des leurs.

Smith fit quelques pas vers les corps qui gisaient là, mais s'arrêta net en découvrant celui d'un quatrième homme un peu plus loin. Il était allongé sur le côté, son AK-47 à poignée pliable encore entre ses mains. Il s'approcha tout doucement de lui, aux aguets, craignant que l'homme ne feigne la mort, mais il demeurait immobile. Smith se pencha sur lui et tâta sa carotide. Rien. Quand il retira la cagoule, il vit les traits durs et les cheveux noirs d'un homme qui devait venir du Moyen-Orient, rasé de près, sans rides, guère plus de trente ans, sans doute. Smith regarda son corps et n'y décela aucun signe de blessure. Le mort portait une veste de chasse et un pantalon militaire muni de nombreuses poches. Smith les fouilla toutes et en sortit des chargeurs de rechange et une clé de l'hôtel. Il fit rouler le corps en quête d'une blessure et ouvrit aussi la bouche pour y chercher des traces de cyanure. Une fois de plus, il ne trouva rien.

Il prit l'AK des mains du terroriste. Quand il voulut empocher les munitions, il se rendit compte que les poches de son pyjama étaient déjà pleines. Le système d'arrosage anti-incendie ne fonctionnait plus, mais l'eau avait imprégné l'uniforme militaire plié sur le dessus de la valise. Il sortit du placard un pantalon en velours côtelé noir, un T-shirt anthracite à manches longues ainsi qu'un blouson noir en nylon et s'habilla en hâte. Alors qu'il tendait la main vers ses chaussures de sport, il eut une hésitation. Elles étaient noires, une bonne couleur pour se fondre dans l'obscurité, mais il y avait des bandes réfléchissantes aux talons. L'une de ses chaussures de ville, au fond de la valise, semblait sèche. Quant à l'autre, qu'il avait lancée sur la lampe, elle était trempée. Il se décida pour les chaussures de sport. Il trouverait le moyen de dissimuler les réflecteurs quand il aurait le temps. Il glissa portefeuille et passeport dans une poche, téléphone, photos et argent dans une autre.

Ses deux armes à la main, Smith retourna dans le couloir et gagna rapidement l'escalier nord, dont il poussa la porte. Un nuage de cendre suffocant flottait dans l'air du palier. Quand il inspira, il sentit sa gorge se serrer. Il descendit quelques marches, ralentit au palier suivant et posa les paumes sur la porte coupe-feu de l'étage. La brûlure lui fit faire un bond en arrière. La fumée, qui devenait de plus en plus épaisse à mesure qu'il descendait, lui brûlait les yeux. L'immeuble fut secoué par une explosion alors qu'il était presque en bas de l'escalier et des débris tombèrent autour de lui. La fumée était telle que Smith avait l'impression de respirer de la cendre. Il brandissait son arme devant lui, prêt à tirer, quand celle-ci se heurta au canon d'un fusil.

Smith sentit son doigt se crisper sur la détente, mais son regard plongea soudain dans des yeux verts, et Smith y lut une reconnaissance.

« Jon Smith ? » murmura l'homme.

Smith hocha brièvement la tête.

« Je suis Andreas Beckmann, c'est moi le tireur. »

L'immeuble fut de nouveau secoué par une explosion.

« Couvre-moi ! » lui lança Smith.

Il contourna Beckmann et continua sa descente. Au palier suivant, il se colla au mur, et Beckmann gagna sa position. Au rez-de-chaussée, ils avancèrent tour à tour jusqu'à atteindre la porte.

Smith l'entrouvrit. De l'air frais se mêla à l'épaisse fumée de la cage d'escalier. La porte donnait sur le hall de l'hôtel, qui avait été saccagé.

Le parquet verni, les colonnes en marbre, les sièges en velours avaient été pulvérisés par une grenade. L'odeur âcre de la poudre flottait dans l'air, et le souffle de l'explosion avait renversé des fauteuils. La colonne au centre avait subi les plus graves dommages : un gros éclat de marbre arraché sur un côté, le parquet autour creusé en un profond cratère.

« La voie est libre ? demanda Beckmann.

— Jusqu'ici. Allons-y ! »

Smith gagna le fond du hall, le dos contre le mur, ses yeux guettant le moindre mouvement. Il tenait son AK levé, prêt à faire feu. Beckmann suivait, du même pas silencieux. Smith perçut tout à coup un son devant lui, vers la gauche. Il fit signe à Beckmann de s'arrêter. À environ sept mètres, le hall s'élargissait en une section en forme de L avec au fond la réception de l'hôtel. Smith n'avait aucun moyen de savoir si quelqu'un s'y cachait. Une grosse colonne en marbre, à deux mètres du mur, lui fournirait pourtant la protection nécessaire, tout en lui permettant de voir dans le renfoncement, mais il serait à découvert pendant les quelques secondes qu'il lui faudrait pour la rejoindre. Il sonda l'obscurité pour décider si, associée à ses vêtements sombres, elle dissimulerait ses mouvements.

« Je gagne la colonne ! » dit Smith.

Beckmann hocha la tête.

Smith se baissa, prit une profonde inspiration et sortit. Il atteignit la colonne en deux enjambées et se colla au marbre frais. Beckmann le rejoignit deux secondes plus tard et s'accroupit près de lui.

Trois hommes se tenaient en formation à l'entrée du renfoncement. Épaule contre épaule, ils tournaient la tête pour surveiller tout le hall. Ils portaient des bas sur le visage et brandissaient leurs mitraillettes. Le comptoir en granit de la réception était en morceaux.

« On a de la compagnie, murmura-t-il.

— Combien ?

— Six. Trois sentinelles et trois autres. »

Beckmann se tourna et se redressa un peu pour voir par-dessus l'épaule de Smith.

Les trois autres, masqués eux aussi, étaient devant le coffre de l'hôtel, conclut Smith. Bien que couverte de poussière noire, l'armoire en acier avait résisté aux explosions et le verrou tenait toujours. Un homme semblait taper un code, la porte s'ouvrit avec un puissant déclic. De l'intérieur, il sortit une petite boîte isotherme portant sur un côté une étiquette : *agent bioélectrique. Manipuler avec soin.*

« Qu'est-ce qu'il y a dans ces boîtes pour qu'ils les veuillent à tout prix ? demanda Beckmann.

— J'en sais rien, mais ils sont six et on n'est que deux. Qu'ils les embarquent ne me dit rien de bon, mais je ne vois pas ce qu'on peut faire.

— Laissez tomber ! »

Smith dut se rendre à l'évidence. Avec cinq mitraillettes Uzi et un AK-47 contre son Beretta, son AK et le fusil de Beckmann, Beckmann et lui ne s'en sortiraient pas vivants.

« On va les laisser partir et les suivre », déclara Smith.

Les hommes prirent deux autres boîtes et s'éloignèrent au pas de course vers l'arrière de l'hôtel.

« Comment est-ce qu'ils espèrent sortir de là ? s'interrogea Smith. Le devant de l'hôtel est bloqué.

— Pas l'arrière. Il donne directement sur la plage et ils ont des snipers qui couvrent les pignons. La police néerlandaise reste en retrait. Elle attend les forces spéciales.

— Les terroristes ont donc dû arriver en bateau.

— Oui. Moi aussi, je suis arrivé par la plage. On devrait prendre le même chemin. Je ne veux pas courir le risque de passer par l'avant et que la police nous tire dessus.

— Allons-y ! »

Smith traversa le hall et gagna le coffre-fort après avoir enjambé un arbre renversé dans son gros pot en terre cuite. Le coffre contenait plusieurs compartiments numérotés de un à cinquante. Presque tous contenaient un objet mis là en sécurité. Smith tendit la main et ouvrit la boîte à bijoux plate du compartiment trente-six. À l'intérieur, il vit un superbe collier de saphirs avec, en son centre, une pierre de plusieurs carats entourée de diamants. Une lourde chaîne en or sertie de diamants l'accompagnait. Smith n'en revenait pas que les terroristes aient laissé un tel trésor pour ne prendre que des boîtes isothermes de matériaux biologiques.

« C'est intéressant qu'ils n'aient même pas regardé ces bijoux, commenta Beckmann. Ils valent une fortune. Qu'est-ce qu'il y avait dans les boîtes ?

— Je n'en sais rien, mais visiblement ça vaut plus que des diamants. »

Il replaça le collier dans son compartiment avant de refermer la porte du coffre et de s'assurer qu'elle était de nouveau verrouillée. Quoi qu'il soit arrivé aux propriétaires de ces trésors, il espérait que quelqu'un serait en mesure de savoir à qui les restituer.

« Allons-y ! Il ne faut pas qu'ils prennent trop d'avance. »

Ils sortirent par une porte qui donnait sur une petite terrasse. Après avoir vérifié s'il n'y avait pas de sentinelles, ils firent quelques pas vers la plage. Des empreintes de chaussures dans le sable indiquaient la direction prise par les attaquants, et ils les suivirent. À trois mètres de l'hôtel, Smith fut surpris par une brise fraîche et inspira profondément pour la première fois depuis longtemps. Rien n'aurait pu lui sembler plus merveilleux.

« De quel côté ? demanda-t-il.

— Par là, répondit Beckmann. Vers la gare. Traversons ici et entrons dans le parc. Nous pourrons y faire une pause. »

Smith approuva et marcha en tête, soupirant de soulagement quand il arriva au parc sans autre incident. Beckmann l'attira dans l'ombre d'un arbre et sortit un téléphone. Il composa un numéro. « Je l'ai, dit-il. Mon employeur voudrait te parler, ajouta-t-il en tendant l'appareil à Smith.

— Ici Smith !

— Comment se fait-il que, dès qu'il se produit un désastre sur cette planète, tu sois toujours sur place ? »

Smith reconnut la voix si semblable à celle de sa fiancée, Sophia, mais ce n'était pas elle, et son cœur se serra un instant. Randi Russell était la meilleure, et elle était de son côté.

« Merci de ton aide. C'était chaud, là-haut.

— Je t'en prie. Beckmann dit qu'il a vu des terroristes se diriger vers la gare. Est-ce que tu peux trouver une voiture et t'y rendre à toute vitesse ?

— Est-ce que Beckmann doit m'accompagner ?

— Je crains de ne pouvoir lui éviter ça. J'apprécierais que tu le rapproches de la gare. Il y prendra son indépendance. On a besoin de suivre les attaquants à la trace.

— Qui a revendiqué ça ?

— Personne encore.

— Une idée ?

— Une ou deux. On pense que c'est lié à la conférence de l'OMS, mais on n'arrive pas à mettre le doigt sur la cible. Est-ce que tu connais quelqu'un d'assez important, là-bas, pour déclencher une attaque de cette envergure ? »

Smith resta silencieux un moment. Il était peut-être la cible. Il se demanda s'il devait parler à Russell du premier assassin et des photos. Ne connaissait-elle pas Peter Howell ? Il serait logique de prendre contact avec le MI6 et de les mettre en garde, mais des années au sein du Réseau Bouclier l'avaient rendu prudent. Randi était au courant de l'existence de l'organisation secrète, mais il se dit qu'elle appelait depuis un téléphone de la CIA. Les agents du Réseau Bouclier étaient des inconnus pour la hiérarchie des renseignements officiels, et personne, pas même la CIA, n'était au courant de leur existence. Il lui en dirait davantage quand il serait certain qu'elle utilisait un téléphone sécurisé. Pour l'instant, mieux valait laisser à Klein le soin d'analyser les photos et de déterminer les cibles potentielles. Il passa donc en revue les autres scientifiques présents à la conférence. « Tous les spécialistes des maladies infectieuses sont là, dit-il. On a tous été confrontés à des crises sanitaires. N'importe lequel d'entre nous a pu froisser quelqu'un dans les zones instables où on est intervenus.

— Je suis d'accord, mais quelque chose ne colle pas. »

Smith entendit quelqu'un parler à Randi. Quand elle reprit l'appareil, sa voix était plus tendue. « Dis à Beckmann d'oublier la gare. Allez à l'aéroport !

— Pourquoi ?

— Une bombe vient d'exploser là-bas. »

7

DANS L'UNITÉ SPÉCIALE du Tribunal pénal international au sein de la prison de Scheveningen, Oman Dattar, assis sur le lit de sa cellule, regardait sur CNN le reportage en direct de l'attaque du Grand Hôtel royal qui se déroulait à quelques kilomètres de là. L'image sur le petit téléviseur scellé au mur n'était pas idéale, mais elle révélait sans peine l'étendue des dommages causés jusque-là. Il ricana en voyant les flammes sortir du toit de l'immeuble et se réjouit de la panique audible dans la voix des reporters anglophones. Ils devaient comprendre que placer un homme comme lui en détention ne serait pas toléré. Crimes contre l'humanité ! Que la cour pénale internationale et les États-Unis aient le culot de le traîner en justice et de l'accuser pour ce genre d'activité le scandalisait.

Il était ahurissant que de débarrasser le territoire pakistanais qu'il contrôlait des éléments indésirables puisse être considéré comme un crime contre l'humanité. Les individus dont il avait ordonné le meurtre n'étaient pas humains, et les tuer ne pouvait être classé dans les actes criminels. Il avait coupé les membres de ceux qui avaient osé prendre les armes contre lui, mais est-ce que la Bible même, le Livre préféré de l'Occident, n'affirmait pas « œil pour œil, dent pour dent » ? Pourtant, on qualifiait ses actions de barbares ! On l'accusait d'avoir enrôlé des enfants comme soldats mais aucun des chefs de gangs qui utilisent des gamins pour dealer n'était poursuivi pour crime contre l'humanité. Quant au cannibalisme, eh bien, il ne s'inquiétait pas de ce qui arrivait aux morts, et manger la chair des ennemis rendait plus fort !

Il avait les moyens de financer généreusement ses hommes et leur armement pour la destruction de l'hôtel, et ce qui allait suivre – et il ne doutait pas que le résultat servirait de leçon au TPI et aux gouvernements qui le soutenaient. Mais il nourrissait une haine toute particulière contre les États-Unis et la Grande-Bretagne. Les États-Unis étaient le pays qui avait le plus œuvré à son arrestation et à son extradition vers les Pays-Bas, et la Grande-Bretagne avait accepté de l'emprisonner sur son sol, une fois le procès terminé. Ces deux pays avaient joué un rôle majeur dans son incarcération, et ils paieraient.

Il vit à l'écran un homme accroché à une corniche. Quand l'image le montra de plus près, il se leva, incrédule. Jon Smith était encore en vie ? À l'extérieur de l'hôtel ? Impossible ! Dattar sentit la rage l'envahir.

Le claquement métallique d'une serrure qu'on ouvrait attira son attention. Il s'approcha de la porte de sa cellule, regarda par le judas et poussa un soupir de satisfaction quand il vit quatre gardiens venir vers lui. Les deux premiers étaient assignés à Scheveningen et les autres lui étaient étrangers. Fraîchement débarqués de Grande-Bretagne, sans doute. Il avait été condamné à la prison à vie, et l'heure avait sonné de le transférer.

« Tourne-toi et pose les mains sur le mur ! » cria en anglais un gardien néerlandais.

Dattar parlait lui aussi un anglais parfait. Éduqué aux États-Unis, il avait été un temps la coqueluche de Washington. Il disait aux gens ce qu'ils voulaient entendre : qu'il croyait en leur gouvernement et qu'il allait apporter la démocratie à son pays d'origine. Rien que des mensonges, bien sûr. Quand on avait appris son hypocrisie, on n'avait pas tardé à l'arrêter.

Il se tourna et posa les mains contre le mur. La porte s'ouvrit et un gardien entra dans la cellule. Il saisit tour à tour les bras de Dattar et les attacha derrière son dos avec des menottes. On entendit un bruit d'explosion à la télévision et Dattar sourit au gardien.

« Votre pays est attaqué. Apparemment, tout le monde n'est pas d'accord avec ce qui se passe ici », ironisa-t-il.

Le gardien ne répondit pas.

Ils l'entraînèrent à pas inégaux, un marchait devant lui, un autre à côté, et les deux derniers derrière. Ils passèrent plusieurs points de contrôle, et les lettres rouges annonçant la sortie luisirent soudain.

Dattar jeta un coup d'œil à une caméra fichée en haut du mur et attendit que le gardien ouvre la dernière porte. Aucune alarme ne se déclencha. Dattar poussa un profond soupir en faisant un premier pas dans l'air du soir.

La prison était située dans une zone boisée de Scheveningen, dans la banlieue de La Haye, non loin du Grand Hôtel royal. Ils se retrouvèrent dans une cour fermée à une extrémité par des barbelés en haut d'un mur de briques. Les lames aiguisées des rouleaux métalliques scintillaient à la lumière des projecteurs. Deux miradors gardaient les coins extérieurs avec, sous des antennes satellites, des armes automatiques sur pied.

En silence, ils prirent la direction de la sortie principale. Il y avait là un système de sas avec, à trois mètres du mur de briques final, un grillage lui aussi surmonté de barbelés. Ils atteignirent l'avant-dernière porte, que le garde ouvrit. Passé cette porte, ils attendirent que l'homme de tête tape un code pour que la dernière porte s'ouvre, et Dattar fut soulagé qu'une série de cliquetis prouve que la porte réagissait au code.

L'ultime étape consista à le mettre dans le fourgon. Un gardien ouvrit les portières, l'aida à s'asseoir et attacha ses chevilles et ses poignets à une chaîne fixée au châssis. Il referma les portières. Dattar entendit le moteur démarrer et sentit le camion bouger. Il sourit. Ils prenaient la direction de l'aéroport, où un vol spécial allait l'emmener en Angleterre. Il s'adossa à la cloison et patienta, calme, en sueur. Il regretta de ne pas avoir de montre pour connaître l'heure – on la lui avait confisquée lors de son arrestation. Il sentait que quelque chose n'allait pas, le temps passait et rien ne se produisait. Le camion tressauta sur un nid-de-poule et s'enfonça dans la nuit.

L'attaque fut déclenchée, avec près de vingt minutes de retard. Dattar entendit le chauffeur crier, et le véhicule s'affaissa – ses pneus étaient troués. Il savait que ce genre de camion pouvait continuer à rouler avec des roues crevées, mais pas très longtemps.

Il entendit un échange de tirs et vit l'éclair d'un engin explosif. Le chauffeur répliqua tout en criant dans sa radio. Dattar se recroquevilla de son mieux. Quand ils enverraient la grenade propulsée par une roquette dans la cabine, il ne voulait pas être sévèrement blessé.

Une explosion secoua le camion, dont l'avant s'enflamma. La fumée fit tousser Dattar, qui attendit, les yeux pleins de larmes. Le flanc du camion s'enfonça et une fente apparut dans la cloison entre la cabine et l'arrière. De la fumée pénétra à l'intérieur et Dattar sut que ça l'asphyxierait s'il ne sortait pas très vite. On ouvrit les portières du fond et de l'air frais arriva jusqu'à lui. Ses hommes entrèrent, munis d'une puissante cisaille pour s'attaquer aux chaînes.

Le chef le fit descendre du camion.

« T'es en retard, lui reprocha Dattar.

— C'est vrai, mais c'était inévitable. La première équipe a succombé trop vite et on a été contraints de rester pour achever sa mission en plus de la nôtre. »

L'homme montra les deux Range Rover qui attendaient et s'écarta pour laisser passer Dattar, qui se retourna un instant vers le véhicule de transport en feu.

« On a placé des explosifs sur horloge en dessous. Il n'en restera bientôt plus rien. »

Dès qu'ils arrivèrent à leur voiture, Dattar saisit l'homme par le devant de sa chemise et le poussa contre le véhicule. Il mesurait moins d'un mètre quatre-vingts et il avait presque cinquante ans, mais son corps massif était tout en muscles. Il n'eut aucun mal à faire tomber le terroriste, dont la tête rebondit sur la vitre de la portière.

« T'as rien mené à bien. J'ai vu Smith se sauver par la fenêtre de l'hôtel. En direct. Il respire encore, et je veux savoir pourquoi !

— Il faut qu'on y aille. Les flics sont retenus à l'hôtel, mais pas pour longtemps. Ils ne tarderont pas à arriver. »

Le tempérament volcanique de Datar était légendaire, et il n'y mettait aucun frein. Il serrait toujours l'homme à la gorge.

« Dis-moi pourquoi il est encore en vie !

— Ali a succombé trop vite, répondit le terroriste d'une voix précipitée et rauque. Il était déjà mal, en entrant, il titubait, il transpirait. Il arrivait à peine à tenir son arme. Et Smith avait la sienne. On n'avait pas prévu qu'il serait armé. Il a dû tirer et tuer Ali. Pourquoi un médecin voyage-t-il avec un pistolet ?

— Smith appartient à l'armée des États-Unis, rugit Dattar en lâchant l'homme. Il n'est jamais loin de son pistolet, comme moi. Estime-toi heureux que je n'en aie pas un en ce moment, parce que je m'en servirais pour transpercer ton cerveau inutile. Est-ce que Rajiid est au point de rendez-vous ? »

L'homme hocha la tête.

Rohnen Rajiid, le second de Dattar, était son cousin. Dattar n'employait que des membres de sa famille, parce que tous ceux qui n'étaient pas liés à lui par le sang pouvaient être achetés. Nombre de ses parents s'étaient avérés à la fois incompétents et corrompus, mais ils savaient que jamais ils ne devraient flouer Dattar.

Dattar se glissa à l'avant de la seconde voiture, tandis que son équipe s'entassait dans celle de tête. Elles démarrèrent ensemble. Dattar regardait par la fenêtre. Qu'ils n'aient pas réussi à tuer Smith était embêtant, mais pas dramatique en soi. Ils avaient failli l'avoir une fois, et l'occasion se représenterait.

Vingt minutes plus tard, ils entrèrent dans une zone calme à proximité de l'aéroport, où d'autres 4×4 noirs attendaient. Dattar descendit de sa voiture et monta dans une autre. Rajiid, au volant, fit un signe de tête à son chef avant de se concentrer sur la route. C'était une créature rare, dans le monde de Dattar, parce qu'il n'avait ni femme ni enfants et que rien ne le touchait. Dattar le jugeait impitoyable, et se demandait même parfois s'il avait un cœur. Il aurait fait un parfait djihadiste, si Dattar avait eu besoin de ça, mais Dattar se moquait du djihad ; tout ce qui l'intéressait, c'était l'argent.

« T'as apporté l'ordinateur ? »

Rajiid tendit une tablette à son chef. Dattar se connecta à Internet et consulta ses comptes en Suisse. Six s'affichèrent à l'écran. Dattar en choisit un et demanda le transfert d'une portion des fonds vers un compte en banque qu'il détenait aux Pays-Bas. « Transfert impossible. » Dattar fronça les sourcils. Il sélectionna un autre compte et tenta la même transaction, sans plus de succès. Son cœur s'affola. Il se mit à trembler, à la fois d'incrédulité et de rage – et d'un soupçon de peur. Il cliqua sur le troisième, le quatrième, le cinquième puis le sixième compte. Même résultat. Il avait la gorge sèche. Il parcourut la page pour découvrir la raison de ce dysfonctionnement. En haut à droite, il vit une petite enveloppe avec la mention : « Vous avez six messages urgents. » Il cliqua sur le lien et les lut les uns après les autres. Ils disaient tous la même chose : « Ce compte a été gelé en réponse à un rapport sur des activités suspectes (SAR) transmis par un pays membre des Nations unies. Son utilisation est pour l'heure suspendue. »

Dattar se connecta à son portefeuille, dans lequel il détenait plus de 200 millions de dollars sous forme de divers titres négociables. Il avait ouvert ce compte sous un faux nom. Comme il l'avait espéré, son mot de passe fut accepté et lui permit d'accéder à une grille qui aurait dû indiquer la valeur de chaque action du compte. Elle n'affichait que des zéros. Dattar était sonné. Il s'était donné un mal fou pour dissimuler ses fonds, déplaçant l'argent d'une banque à l'autre dans son propre pays, pour ensuite le transférer à l'étranger. Il avait choisi les destinations avec soin, ne retenant que les pays qui garantissaient le secret bancaire et se moquaient des pressions des autorités internationales. Il se connecta à sa banque des îles Caïmans, qui hébergeait une part minime de ses avoirs. Il vérifia s'il n'y avait pas de message et demanda le transfert. Une petite roue tourna pendant que la page se chargeait et, dix secondes plus tard, il reçut confirmation que le transfert était exécuté. Il jeta la tablette contre le pare-brise. Elle rebondit et retomba sur l'accoudoir entre Rajiid et lui.

« Y a un problème ?

— L'Américaine a gelé mes comptes et séquestré mes actions.

— En totalité ? s'inquiéta Rajiid.

— Les six comptes suisses. Il m'en reste trois aux Caïmans, mais ils ne sont pas très garnis. Il faut arrêter l'Américaine avant qu'elle les découvre.

— Je croyais que tu avais neutralisé la menace américaine.

— Je le croyais aussi. Passe-moi le téléphone !

— Tu ne devrais pas utiliser le mien. On peut le localiser et remonter jusqu'à moi. Qu'est-ce que tu veux savoir ?

— Pourquoi elle n'est pas encore morte !

— Elle est sûrement morte maintenant. Tu as envoyé Khalil pour lui régler son compte. C'est le meilleur. Personne ne peut le battre.

— Comme Ali ? Je l'ai envoyé contre Smith, et cet Américain-là est encore en vie. »

Rajiid ne détourna pas son regard, mais ses lèvres se crispèrent. « C'est ce que j'ai entendu dire, mais les circonstances étaient inhabituelles. Ali a succombé trop tôt. Khalil ne fait pas partie de l'équipe suicide.

— Quelqu'un a eu de ses nouvelles ? Il a pris contact ?

— Non, mais s'il y a un boulot à exécuter, Khalil s'en charge. Si l'Américaine n'est pas déjà morte, ça ne tardera pas. Pareil pour l'Anglais.

— Il faut qu'on fasse annuler l'ordre de gel de mes comptes, grogna Dattar qui regardait par la fenêtre tandis que son esprit filait d'une idée à l'autre.

— Pour y parvenir, il faudra mettre les États-Unis à genoux, ce qui signifie qu'on doit continuer. »

Dattar hocha la tête. Son plan était brillant. Il comptait utiliser la menace de l'arme biologique pour arriver à ses fins. Quand ils contrôleraient la situation, tout se mettrait en place.

« On a les boîtes isothermes ?

— Oui. »

Au moins un élément positif, songea Dattar. « Je veux voir Smith mort ! Je ne lui permettrai pas de se mettre à nouveau en travers de mon chemin. Et ça vaut aussi pour l'Anglais, compris ?

— Ce sera fait. »

8

Randi Russell se pencha par-dessus l'épaule de Jana Wendel pour suivre le flot des mises à jour. « Quel est notre agent ? » demanda-t-elle.

Jana montra une phrase de Blackhat 254.

« C'est Tyler Biggs. Il est à la gare. Et là, dit-elle en désignant une autre phrase venant d'une ligne sécurisée de la CIA, c'est son système personnel. Il transmet sur les deux, et à peu près les mêmes informations, à partir d'un logiciel agrégateur qui envoie le message sur le site de la CIA. Ensuite, la CIA vérifie l'identité de l'envoyeur et nous poste l'info.

— Et s'il se trompe ? S'il envoie sur le site public des informations destinées à la CIA…

— Peu probable. Il doit accéder à sa connexion avec la CIA avant de pouvoir utiliser l'agrégateur, et cet agrégateur nous est propre. Tout le monde n'y a pas accès. »

Randi lut ce que Biggs décrivait. Ses informations n'étaient guère différentes de celles de plusieurs civils néerlandais qui assistaient à la scène depuis une rue de La Haye et qui transmettaient leurs observations sur un site public. Pourtant, les informations de la CIA ne concordaient pas. Randi compara les phrases des deux colonnes affichées à l'écran. « Les deux flux d'informations ne devraient-ils pas être similaires ?

— Théoriquement, oui, répondit Jana en fronçant les sourcils.

— Pourquoi n'est-ce pas le cas ?

— Je n'en suis pas certaine… Peut-être que le système d'accès utilisé par le site public n'est pas aussi rapide ? »

Randi trouva ça inquiétant. Elle ne savait pas depuis combien de temps la CIA n'avait pas rénové son système de câblage, mais elle espérait qu'il pouvait au moins être aussi rapide et fiable qu'un système d'accès public. Internet était la proie des hackers et des terroristes et, pour garder un temps d'avance sur eux, il fallait rester à la pointe de la technique.

« C'est illogique, commenta Jana, parce que le site public est consulté par des millions de gens chaque jour, et le site de la CIA ne gère qu'un minuscule pourcentage de ces internautes. Le problème est ailleurs.

— Peut-être que l'agrégateur ne pousse pas les deux fenêtres en parallèle », suggéra Nicholas Jordan.

Randi sentit qu'on tapotait son épaule. Elle se retourna. Cromwell avait un visage grave.

« Vous pouvez venir ? Il y a du nouveau. »

Randi le suivit. Ils empruntèrent un long couloir aux murs gris et au sol en béton sinistre. Cromwell ouvrit la porte d'une salle de conférence. Une table en bois sombre était entourée de sièges en cuir noir. Au centre de la table se trouvait un téléphone à trois haut-parleurs et au mur un écran éteint. Les attendait là Steve Harcourt, l'agent spécial de la CIA au Proche-Orient en poste auprès de la police de New York, à qui il devait fournir des renseignements au sujet des menaces venues de l'étranger. Harcourt disposait de deux bureaux, l'un à Langley, l'autre à New York, et il faisait la navette entre les deux. Grand, les cheveux raides, le visage mince, il jaugea Randi, l'air de rien. Il était à peine plus vieux qu'elle, pas encore quarante ans, et il avait une réputation d'homme à femmes. Vêtu d'un pull et d'un pantalon noirs, il portait des mocassins en cuir récemment cirés. Quand la porte se referma derrière lui, Cromwell fit un signe de tête à Harcourt et s'accouda à la table.

« Je ne sais pas si vous vous connaissez. Steve, voici Randi Russell, qui est chargée d'analyser et d'améliorer nos capacités sur le terrain. Mademoiselle Russell, je vous présente Steve Harcourt.

— J'ai beaucoup entendu parler de vos exploits, roucoula Harcourt en se levant pour serrer la main de Randi. Ce doit être difficile pour vous de travailler dans un bureau.

— Pas du tout. Je trouve ce changement rafraîchissant.

— Nous sommes ici à votre demande, dit Cromwell à Harcourt. Vous avez des nouvelles ?

— Oman Dattar s'est évadé de la prison de Scheveningen.

— Le Boucher ? grogna Randi. C'est une blague ! Quand ?

— Il y a une heure. Il s'est échappé pendant son transfert. La Division du Proche-Orient a reçu le premier appel, grâce à ses contacts au Pakistan, et on m'a alerté. Je travaille en lien avec la police de New York, mademoiselle Russell, et New York est la cible numéro un. Puisqu'il circule dans votre zone, j'estime qu'il est important que la Division européenne soit au courant.

— À mon avis, l'évasion et l'attaque simultanée du Grand Hôtel royal ne sont pas une coïncidence », dit Randi.

Elle était de plus en plus inquiète. Plus personne ne semblait contrôler la situation aux Pays-Bas. Elle passa en revue les agents disponibles pour participer à la poursuite de Dattar.

« Une idée du lieu où il pourrait se rendre ? demanda Cromwell.

— À coup sûr, les montagnes entre le Pakistan et l'Afghanistan. Dès qu'il y sera, les Nations unies ne pourront plus jamais remettre la main sur lui. Il peut s'y cacher des années.

— Est-ce qu'Interpol a été informé ? voulut savoir Randi.

— Oui, confirma Harcourt. Ils vont lancer une alerte rouge. »

Il s'agissait pour cet organisme de signaler la dangerosité de « l'ennemi public numéro un ». Il informait les pays membres que l'individu était recherché et qu'il devait être extradé vers le pays d'où émanait l'alerte. L'exécution de l'ordre était confiée à la police du pays membre où se trouvait le fugitif. Certains mettraient tout en œuvre pour appréhender Dattar, mais un bon nombre, redoutant de s'impliquer dans cette situation critique, se garderaient de bouger.

« Comment va-t-il rentrer chez lui ? demanda Cromwell. La frontière du Pakistan est bien loin de La Haye. »

Harcourt s'approcha d'un terminal d'ordinateur, introduisit un code et, quand l'écran s'alluma, il montra une carte du monde. Il fit glisser la flèche de la souris sur La Haye.

« Il va vouloir entrer en contact avec des pays qui lui sont favorables, ce qui peut signifier la Russie au nord-est, et Chypre au sud. Il est tout près de la mer du Nord, mais je doute qu'il veuille faire le chemin par bateau. La route est longue pour gagner la Russie et plus longue encore pour arriver à Chypre. Je pense qu'il va prendre un avion. Il suffit qu'il loue un appareil sous un faux nom ou qu'un ami en loue un pour lui. »

Randy scruta la carte. « Je suis d'accord sur le premier point, mais je ne crois pas que Dattar va prendre un avion. C'est trop risqué. Les autorités seront sur leurs gardes, surtout qu'on vient d'avoir un rapport sur une explosion au terminal de fret à l'aéroport de Shiphol. Ils sont en alerte maximale.

— Ça laisse la voiture ou le train, conclut Cromwell. Il prend un billet de train, se mêle à la foule des gens qui circulent chaque jour et descend à un ou deux arrêts de la frontière. Là, en voiture, il choisit le point de passage le plus encombré, ou bien il monte dans un second train pour traverser la frontière à l'heure de pointe.

— Ça ne devrait pas être trop difficile à contrôler, dit Harcourt en posant la flèche sur la gare principale. Les Néerlandais doivent pouvoir boucler la gare pour raisons de sécurité. »

Randi ne quittait pas la carte des yeux tout en essayant de se mettre à la place de Dattar. Pendant ses années de clandestinité, elle avait appris à se déplacer sans se faire remarquer. Mais malheureusement pour Dattar, son visage ne tarderait pas à apparaître sur tous les écrans de télévision. Ses chances de passer entre les mailles du filet semblaient bien minces.

« Je pense qu'il va quitter le continent le plus tôt possible, et le moyen le plus rapide, c'est le bateau, conclut-elle.

— Je croyais que vous admettiez qu'un bateau vers la Russie était hors de question, s'étonna Harcourt.

— C'est vrai, mais ça ne veut pas dire qu'il ne prendra pas la direction du sud. Il est à quinze kilomètres du plus grand port maritime du monde, expliqua Randi en gagnant l'écran pour montrer Rotterdam. Il serait fou d'aller attendre un train alors que Rotterdam est si proche. Le volume même de ce qui y est transbordé ne permet pas aux douanes de vérifier chaque navire. Il bénéficiera aussi d'un avantage supplémentaire : nombre de cargos partent en direction de Chypre, où il sait pouvoir trouver des organisations prêtes à l'aider. Si j'étais lui, je paierais un capitaine pour qu'il me prenne à bord. En quelques heures, je serais loin du continent, dans les eaux internationales.

— Je crois que vous marquez un point, dit Cromwell.

— Rotterdam, c'est grand, je vous l'accorde, rétorqua Harcourt d'un air moins convaincu, mais il devra acheter un capitaine de cargo qui acceptera de l'emmener, et il sera ensuite coincé au moins trente-six heures au milieu de l'océan. En train, il aura l'avantage de la mobilité. Si les choses tournent mal, il lui suffit de descendre.

— Oui, mais il descendra en territoire hostile.

— S'il peut se fondre dans la foule, il arrivera toujours à avancer.

— Est-ce que vous pouvez couvrir à la fois la gare de La Haye et le port de Rotterdam ? » demanda Cromwell à Randi.

Celle-ci hésita. Elle connaissait Rotterdam et ne croyait pas que Cromwell mesurait à quel point ce qu'il suggérait était irréaliste. Elle gagna le clavier de l'ordinateur et chargea la page du port de Rotterdam, pour se concentrer sur une carte associée à une colonne indiquant les statistiques du port. Elles étaient étourdissantes, même pour elle, qui avait été témoin de l'activité portuaire.

« Quatre cents millions de tonnes y transitent par an, trente mille cargos, et le port s'étend sur plus de dix mille hectares, avec une longueur de quarante kilomètres. Je n'ai pas assez d'hommes pour couvrir la zone efficacement.

— Ce qui nous amène à la seule conclusion viable : on devrait utiliser les ressources disponibles de manière aussi pertinente que possible, dit Harcourt. Couvrons la gare et oublions le port. Un ou deux hommes là-bas ne serviront à rien, mais on a une chance de faire la différence à la gare.

— Russell ? » interrogea Cromwell.

Une légère irritation passa sur le visage de Harcourt. Randi nota sa réaction et décida de marcher sur des œufs. Il était logique que Cromwell la consulte, parce qu'elle avait traqué des terroristes avec d'excellents résultats sur le terrain, mais elle ne pouvait en vouloir à Harcourt de se sentir un peu mis à l'écart. La plupart des décisions, à Langley, circulaient du quartier général au terrain, pas dans le sens inverse. Pourtant, Randi savait ce qu'on éprouvait quand on était recherché, Harcourt non. Dattar allait être traqué, et Randi connaissait tous les trucs permettant de se déplacer sans se faire repérer. Le but du nouveau programme qu'elle dirigeait était justement de tirer profit de l'expérience de terrain pour améliorer le fonctionnement du bureau.

« Beckmann a récupéré Smith, et ils se dirigent vers l'aéroport, dit-elle. Je vais les détourner et leur demander de guetter tout indice inhabituel.

— Je connais Beckmann, fit remarquer Harcourt, mais qui est Smith ?

— Un médecin de l'armée qui participait à la conférence de l'Organisation mondiale de la santé.

— Qu'est-ce qu'on sait de ce type ? Est-ce qu'il a les autorisations nécessaires pour recevoir des ordres de la CIA ? »

Harcourt fronçait les sourcils, sa bouche se crispait.

« J'ai travaillé avec Smith sur des missions où les intérêts de l'armée et de la CIA concordaient. Je peux vous assurer qu'il a eu des autorisations au plus haut niveau. Je ne crois donc pas que nous prenions un risque ni que nous mettions la sécurité en péril en l'incluant dans l'équipe. En tant que microbiologiste, il est là pour une autre raison, c'est clair, mais sa formation militaire est excellente et il est sur place. Je pense qu'il serait utile de demander à l'armée de le détacher auprès de nous pour gérer cette urgence.

— On n'a pas besoin d'un microbiologiste ! protesta Harcourt.

— On pourrait. Nous pensons que les terroristes ont pu s'emparer de matériaux biologiques à l'hôtel.

— Bien, je me fie à votre jugement sur les qualités de Smith, mais il sera sous votre responsabilité. S'il foire, vous devrez ramper pour vous faire pardonner ! menaça Harcourt avec un petit sourire.

— Je retourne dans la salle de contrôle, déclara Cromwell.

— Si vous avez besoin de quelque chose, sonnez ! »

Harcourt éteignit l'ordinateur et suivit Cromwell.

Randi décrocha le téléphone et appela Beckmann. C'est la voix de Jon Smith qui résonna dans le combiné.

« S'il te plaît, donne-moi de bonnes nouvelles !

— Smith ? Pourquoi est-ce que c'est toi qui réponds au portable de Beckmann ?

— Il essaye de faire démarrer une voiture. »

Randi entendit la voix de Beckmann en arrière-plan, étouffée par le rugissement d'un moteur qu'on venait de lancer.

« Qu'est-ce qu'il dit ?

— Il dit que je n'aurais pas dû te l'avouer. Apparemment, il n'est pas censé piquer de voiture. Je ne connais pas ton agent depuis longtemps, mais il me semble qu'il transgresse pas mal de règles de la CIA. Il me rappelle un peu toi...

— Ça ne m'arrive que très rarement. Je me contente de les infléchir... »

Smith pouffa.

« Je vais faire comme si je n'avais rien entendu. Dis à Beckmann qu'il y a un changement de programme. Vous devez aller à la gare. Oman Dattar s'est évadé. On pense qu'il pourrait sauter dans un train.

— Je l'accompagne. »

Randi hésita. Elle n'avait aucun ordre à donner à Smith, il était libre d'y aller ou non, mais elle savait qu'elle ne pourrait pas étendre sur lui la protection de la CIA sans au moins un accord tacite entre son organisation et la hiérarchie militaire.

« Tu le reconnaîtrais, si tu le voyais ? Je vous envoie une photo.

— Je connais très bien Dattar. Très, très bien. J'étais avec un contingent de médecins des Nations unies partis juguler une épidémie de choléra dans la région du Pakistan qu'il contrôlait. Au début, il a refusé qu'on traite ceux qu'il considérait comme ses ennemis, y compris les enfants et les bébés. Je l'ai convaincu de changer d'avis. »

Randi s'étonna. Rares étaient les gens capables de convaincre Dattar d'aller à l'encontre de ses désirs.

« Tu l'as convaincu ? Comment ?

— Un pistolet, un rotavirus et du ruban adhésif de plombier ont joué un rôle. Je te raconterai toute l'histoire un jour. Il me hait et il a juré de se venger. Tu peux croire que, si je le vois, je ferai de mon mieux pour le remettre en tôle.

— Veille quand même à ne pas griller Beckmann ! Ne perds pas de vue Dattar et transmets-moi ses coordonnées. J'enverrai les autorités locales pour qu'ils se chargent de la capture.

— Je suppose qu'une alerte rouge a été lancée ?

— C'est imminent. »

Jana passa la tête dans la pièce et fit signe à Randi.

« Attends une seconde ! le pria Randi avant de poser la main sur le micro. Des nouvelles ?

— Deux autres bombes. L'une a explosé dans un restaurant célèbre près du centre de la ville, la seconde à la gare.

— Tu peux me montrer ça ? demanda Randi en désignant la carte sur l'écran.

— Bien sûr. »

Jana tapota sur le clavier et la photo du port de Rotterdam fut remplacée par une carte détaillée de La Haye. Elle mit deux zones en lumière.

« Tu peux envoyer une capture d'écran sur le téléphone de Beckmann ? »

Jana pressa quelques touches et l'image partit pour La Haye.

« Je crains qu'il y ait d'autres nouvelles, soupira Randi à l'intention de Smith. Deux bombes viennent d'exploser, l'une dans le centre, l'autre à la gare. Je t'envoie la carte pour que tu les situes.

— Dattar a forcément quelque chose à voir là-dedans, déclara Smith.

— Je suis d'accord. Faites attention à vous, tous les deux. On ne plaisante pas avec ce type.

— La prochaine fois que je le croise, il regrettera d'être né. »

Il raccrocha.

9

SMITH S'INSTALLA À CÔTÉ DE BECKMANN dans la voiture qu'il avait réussi à faire démarrer. C'était une Lincoln noire, une berline portant des plaques consulaires, avec des sièges en cuir plus que confortables. Le corps de Smith put enfin se détendre à leur contact moelleux.

« Voyons un peu quel ambassadeur va se retrouver sans voiture ! »

Il fouilla dans la boîte à gants tandis que Beckmann prenait la route et sortit un petit porte-documents en cuir qui contenait plusieurs feuilles pliées.

« Avec un peu de chance, dit Beckmann, ce sera la voiture de l'ambassadeur américain aux Pays-Bas ; comme ça, ce ne sera pas du vol, juste un emprunt.

— Conduis prudemment… Elle appartient à la Corée du Nord. Si on nous arrête dans une voiture diplomatique de Corée du Nord volée, on déclenchera un incident diplomatique.

— Tout s'explique.

— Quoi ?

— La difficulté à manœuvrer ce tank. Il doit être blindé. Aucun diplomate nord-coréen ne se contenterait de moins.

— Blindé ? Ça me plaît. Exactement ce dont on a besoin ! »

Smith sentit son téléphone vibrer dans sa poche. Il le sortit et regarda l'écran. C'était Klein. Dès qu'il répondit, Klein exulta :

« Tu es en vie ! Excellent !

— Un agent de la CIA m'a sorti de là. On vient de piquer la bagnole de l'ambassadeur de Corée du Nord. »

Après avoir attendu en vain une réaction de Klein, Smith reprit la parole : « Tu es toujours là ?

— Oui. Je réfléchissais juste à ce qu'impliquait ce que tu viens de me confier. Disons que je suis ravi que tu aies survécu. J'ai des ordres. Il semblerait que les terroristes soient en quête de matériel biologique et de rapports de recherches que tes collègues ont apportés à la conférence. Des bactéries enfermées dans le coffre-fort de l'hôtel, en particulier. »

Smith regarda Beckmann, qui semblait concentré sur la conduite, mais il donna néanmoins une réponse prudente.

« Je les ai vus retirer du coffre trois boîtes isothermes de matériel biologique, aucun papier mais c'est toujours possible. J'ai vérifié le coffre, après leur départ, il ne contenait plus que des bijoux. Pas de rapports non plus. Qu'est-ce qu'il y a dans ces boîtes ?

— Diverses bactéries. Certaines découvertes récemment, et toutes résistantes aux antibiotiques. Il y a aussi une version du H5N1.

— La grippe aviaire… C'est un méchant virus, les chances de survie sont faibles, mais il ne se transmet pas facilement de l'homme à l'homme. Le plus souvent, il passe de l'oiseau à l'homme, et encore, dans des circonstances très particulières.

— On a reçu des nouvelles alarmantes. Un groupe de scientifiques néerlandais a réussi à isoler un H5N1 transmissible par voie respiratoire et ils ont admis qu'un des leurs allait faire une intervention à la conférence à propos de leurs recherches. Ils redoutent qu'il ait apporté une version mutée du virus.

— Où est ce scientifique ?

— Il était au troisième étage. On vient de retrouver son corps.

— Et ses recherches ?

— Sa thèse et son rapport se trouvaient aussi dans le coffre.

— Quel genre de scientifique fait délibérément muter un virus et se balade ensuite avec son rapport ? »

Ça attira l'attention de Beckmann. Il regarda Smith, les sourcils froncés, et poussa un juron en allemand.

« Un scientifique qui aspire à la gloire, répondit Klein. J'ai une question : quelles sont les règles, concernant le matériel biologique dangereux ? Est-ce qu'il ne doit pas rester enfermé dans un labo ?

— Les règles ne manquent pas pour les employés qui manipulent ce genre de matériel en labo. La grippe aviaire, dans sa version non mutée, doit juste être sous clé, parce qu'elle ne se transmet pas facilement. Le coffre de l'hôtel aurait suffi.

— Et quand le virus a muté ?

— On envisagerait sans doute alors le niveau 4 de sécurité biologique, et les règles seraient plus strictes, mais ce n'est pas facile de faire muter un virus. Si ce qu'ils disent est vrai, s'ils ont la version non mutée du virus dans la boîte isotherme, ça exigera beaucoup de travail, pour le modifier, même avec les instructions fournies par le scientifique. Ça devrait nous laisser du temps.

— Espérons que ça suffira. Il faut absolument qu'on récupère les boîtes. Et aussi le rapport de recherches, même si j'imagine qu'ils vont en faire une copie à la première occasion. Une idée de la direction qu'ils ont prise ?

— Je les ai perdus de vue à la minute où ils sont sortis de l'hôtel. Randi Russell a demandé qu'on aille à la gare. Oman Dattar s'est évadé, et on pense qu'il tentera de fuir en train. J'accompagne un de ses agents. Je lui ai dit, et je te le dis à toi aussi, que je suis certain que Dattar est impliqué dans tout ça. Son évasion ne peut pas être une coïncidence.

— Je suis d'accord, mais ma principale inquiétude, ce sont ces boîtes isothermes.

— Je suis prêt à parier que si on trouve Dattar, on trouvera aussi les boîtes. S'il ne les a pas avec lui, je lui ferai cracher le morceau.

— Pendant que tu y es, est-ce que tu peux scanner les photos et me les envoyer ? Par courriel ? Je veux faire des recherches. La femme est peut-être une scientifique venue à la conférence. »

Beckmann montra, à travers le pare-brise, un homme vêtu de noir qui titubait dans la rue. Quand il passa sous un réverbère, Smith remarqua que son visage luisait de sueur.

« C'est l'un d'entre eux ! » dit Beckmann.

Il saisit le fusil qu'il avait posé entre eux et le mit à la verticale, le canon sur le tapis, la poignée au bord du siège. Smith glissa la main sous sa veste et en sortit son pistolet.

« Je te laisse, on vient de repérer un des attaquants. On va s'emparer de lui et le faire parler.

— Rappelle-moi dès que tu as du nouveau ! »

Klein raccrocha.

Beckmann ralentit. « On dirait qu'il est ivre.

— Avance un peu et arrête-toi, mais ne coupe pas le moteur. Je vais te le ramener.

— Mes ordres, réagit Beckmann en secouant la tête, étaient de te protéger, pas de t'aider à te faire tuer dans un corps à corps avec un djihadiste. J'y vais ! »

Mais Smith avait déjà ouvert sa portière, qu'il se dépêcha de refermer pour que le plafonnier n'éclaire pas trop longtemps l'intérieur de la voiture.

L'air nocturne était tonique. Smith passa entre deux véhicules garés là et se rapprocha du type sur le trottoir, son pistolet le long de sa jambe, invisible. Ils n'étaient plus qu'à six mètres l'un de l'autre et Smith rattrapait vite son retard, même s'il marchait lentement. L'homme continuait d'osciller, tête baissée, le regard au sol, concentré sur chaque pas. À moins de trois mètres, Smith se rendit compte qu'il était gravement malade. Il parvint à sa hauteur et le saisit par le bras à l'instant où il s'effondrait.

Beckmann arriva en courant et s'accroupit près de lui. « On lui a tiré dessus ? »

Smith fit glisser ses mains sur la veste du terroriste et sentit la bosse que formait une arme dans sa poche droite. Il sortit un 9 mm, qu'il tendit à Beckmann. L'homme avait du mal à respirer et ses paupières papillonnaient. Chaque fois qu'elles s'ouvraient, Smith voyait le globe oculaire presque blanc, les iris tournés vers le haut. Smith continua de chercher une blessure et n'en trouva pas. « Aide-moi à le relever, je veux vérifier son dos. »

Beckmann empocha le pistolet, posa son fusil et aida Smith à soulever le malade et à le tourner de côté. Il le soutint le temps que Smith passe les mains sur son dos.

« Rien. Mais il faut le conduire très vite à l'hôpital, si on veut qu'il s'en sorte. »

Beckmann reposa l'homme, qui inspira une dernière bouffée et retomba, la tête sur le côté.

« Foutu ! grogna Smith.

— Une chance d'obtenir des infos qui vient de nous claquer entre les doigts !

— Deux autres types sont morts de la même façon à l'hôtel.

— Cyanure ?

— Non. J'ai vérifié. J'aimerais que les Néerlandais fassent une autopsie. Ça pourrait nous indiquer ce qui se passe. »

Beckmann envoya un texto depuis son téléphone. « J'ai demandé à une équipe de venir ramasser le corps et de le livrer aux autorités néerlandaises. Elle est en route, mais je crois qu'on devrait continuer vers la gare. Je vais prendre des photos. »

Smith s'éloigna pendant que Beckmann faisait son travail.

« Voilà ! annonça Beckmann avant de sortir le pistolet du terroriste de sa poche. Est-ce qu'on laisse ça ici ? Un Sig Sauer, mon arme préférée. Rien de tape-à-l'œil, mais c'est du solide.

— Je les aime aussi, mais, s'il s'en est servi, ce pistolet pourrait être retracé. Tu es sûr de vouloir le garder ?

— Je n'ai que mon fusil. Je crois que je vais le prendre, au cas où. »

Ils retournèrent à la voiture qu'ils avaient abandonnée en double file, clignotants allumés. Smith prit le volant. « Quelle heure est-il ?

— Cinq heures. Fatigué ?

— T'as pas idée !

— Bon. Il y a un appartement sécurisé à deux rues d'ici. Je vais t'y conduire pour que tu te reposes un peu.

— Pas question ! réagit Smith en se redressant. Si Dattar se pointe à la gare, je veux être là pour le pincer.

— Il y a peu de chances. À mon avis, il est en route pour Rotterdam, pour le port.

— C'est aussi ce que pense Randi Russell ?

— Oui. Elle m'a envoyé un texto. Elle dit qu'elle nous y aurait envoyés si elle avait estimé qu'on avait la moindre chance de l'y intercepter.

— Il va donc nous filer entre les doigts.

— Lui ne sera pas à la gare, mais ses complices, si. Celui qu'on vient de trouver s'y rendait sûrement. Si on arrive à en repérer un autre et à le faire parler, on pourra ensuite partir à la poursuite de Dattar.

— Je te dépose à la gare et je garde la voiture. T'en auras pas besoin, là-bas.

— Et pourquoi as-tu besoin de la voiture ? demanda Beckmann en scrutant Smith d'un regard soupçonneux.

— Pour aller au port de Rotterdam.

— Tu crois pouvoir trouver Dattar tout seul ? Et où est-ce que tu commenceras tes recherches ?

— Où on fait de la contrebande. Il possède une entreprise de transport, Karachi Naman Shipping. Quand j'ai travaillé sur l'épidémie de choléra au Pakistan, l'OMS a utilisé cette compagnie pour acheminer des fournitures médicales. Fournitures qui ne sont jamais arrivées. Dattar les a détournées et les a vendues en Inde.

— Je croyais que l'Inde et le Pakistan se détestaient.

— L'argent n'a pas d'odeur. »

Smith tapa le nom de la compagnie sur son Smartphone pour savoir où ses bateaux s'amarraient dans le port de Rotterdam. Une liste d'adresses s'afficha, mais toutes au Pakistan. Frustré, il quitta l'application.

« Oublie le port, dit Beckmann. Russell a raison. Jamais tu ne le trouveras dans un lieu aussi vaste. Viens avec moi à la gare, je n'aurai pas trop de deux mains supplémentaires. »

Beckmann avait raison. Leurs chances étaient plus grandes de repérer là-bas un des hommes de Dattar et de lui soutirer des informations.

Smith démarra. Dix minutes plus tard, ils arrivèrent à proximité de la gare. Smith alla se garer en zone interdite. Il vit plusieurs voitures de police et compta au moins vingt flics, la plupart en gilet pare-balles, postés aux entrées. Ils observaient tous ceux qui s'approchaient du bâtiment. Un officier leva la main pour arrêter un jeune homme au teint mat avec un sac à dos à l'épaule. Le jeune homme posa son sac par terre, l'ouvrit et l'inclina pour que le policier puisse voir son contenu. D'un signe de tête, l'officier le laissa pénétrer dans la gare.

Smith balaya la zone des yeux pour comprendre comment tout était disposé et pour compter le nombre d'agents de sécurité et de policiers anti-émeutes. Il passa la première et redémarra. « On va tenter par l'arrière. Avec ce déploiement de force, ces types ne vont sûrement pas entrer par la grande porte. »

Il fit le tour du bâtiment et ralentit en arrivant à l'autre extrémité. Des rails partaient dans toutes les directions. Un train démarra et quitta le quai. Il n'y avait qu'un policier qui montait la garde.

« Ne t'arrête pas ! Ce type a l'air de vouloir nous contrôler. »

Ils continuèrent et empruntèrent une allée pavée. Les véhicules qui s'y étaient garés avaient dû mettre deux roues sur le trottoir et rabattre leur rétroviseur extérieur. Même avec ces précautions, la grosse berline eut du mal à passer. Smith se concentrait sur sa route.

Deux hommes masqués jaillirent au coin d'un immeuble. Ils couraient à pleine vitesse avec, entre leurs mains, leur pistolet qui réfléchissait la lumière. L'homme de tête avait un sac à dos qui heurtait ses omoplates à chaque pas.

« C'est bon ! » dit Beckmann.

Il ouvrit sa portière, qui fracassa une benne à ordures, leva son fusil d'un geste fluide et tira une seule balle. Le second homme, touché à l'épaule, tourna sur lui-même et tomba entre deux véhicules.

L'autre n'hésita pas une seconde. Il ne parut même pas enregistrer ce qui venait de se produire et continua à courir droit sur la voiture, sans ralentir. Smith n'avait pas arrêté de rouler. Ils n'étaient plus qu'à trois mètres de distance, et ils allaient entrer en collision, quand les jambes de l'attaquant cédèrent sous lui. C'était survenu en une seconde. Il s'effondra à plat ventre sur les pierres, éclairé par les phares. Smith pila. Beckmann courait vers le terroriste qu'il avait blessé en ignorant celui qui gisait à terre.

Smith ouvrit sa portière et s'approcha de lui, arme au poing, mais par simple précaution car il se doutait que le type était mort, comme les autres. Soudain, il vit des fils électriques qui sortaient du sac à dos, entouraient le cou de l'homme et disparaissaient dans sa veste. Il perçut l'odeur âcre du Lycra et du nylon en combustion de la veste qui fondait. Un flot d'adrénaline le fit réagir sur l'instant. « File ! Il va sauter ! » cria-t-il.

Il bondit par-dessus le corps et partit en courant dans l'allée, Beckmann sur ses talons. Dix secondes plus tard, le sac explosait. Smith sentit la force de la déflagration le frapper dans le dos et le projeter par terre, où il se roula en boule, se protégeant la tête des mains. Quand la pluie de débris cessa, il baissa les bras et regarda derrière lui.

L'explosion avait appliqué toute sa puissance au bloc moteur de la voiture. La calandre et le capot n'étaient plus qu'un amas de ferraille d'où s'élevait de la fumée, et le pare-brise formait un kaléidoscope de verre craquelé. Smith s'assit, les mains sur les genoux, la droite tenant toujours son arme. Il regarda la fumée s'élever en volutes. Beckmann s'assit près de lui et ils contemplèrent un moment le spectacle en silence.

« La voiture est foutue, fit remarquer Smith.

— Oui. J'ai dû me tromper, quand je l'ai crue blindée. »

Le gémissement rythmé des sirènes d'ambulances se fit entendre au loin. Smith se redressa et brossa ses vêtements. Des lumières s'étaient allumées autour d'eux et il vit des gens sortir sur leur balcon.

« Filons d'ici ! L'autre type est mort ?

— Oui. J'ai trouvé ça dans sa poche, répondit Beckmann en tendant un billet d'avion. Un vol pour Washington. Pour demain. Celui-là espérait survivre.

— Logique, c'était son copain qui portait la bombe. J'aimerais bien savoir où les autres sont en train de mourir.

— Nos empreintes sont partout sur cette bagnole, fit remarquer Beckmann. Les Nord-Coréens vont être furieux. »

Smith hésita. Beckmann avait raison. Pendant un bref instant, il envisagea de braver le nuage de fumée et de nettoyer le tableau de bord avec sa chemise, mais des flammes venaient de s'allumer à l'intérieur.

« Ah ! Parfait. Tout va brûler », dit-il.

Beckmann glissa son fusil sous son manteau pour le cacher. « Tant mieux, parce que je n'avais pas très envie de raconter ça à Russell.

— Ne t'inquiète pas pour elle, sourit Smith en empochant son pistolet et en faisant signe à son compagnon de s'éloigner du véhicule. Elle a fait sauter plus de voitures que toi et moi réunis ; sans parler de la fois où elle a pulvérisé tout un entrepôt de plastic.

— Ouah ! Elle en avait après qui ?

— Une bande de tueurs russes qui voulaient utiliser l'explosif contre des cibles civiles. »

Les sirènes se rapprochaient. Ils tournèrent dans une rue pour mettre plus de distance entre eux et la voiture en feu.

« Et maintenant ? demanda Beckmann.

— Je vais à Washington ! » dit Smith en brandissant le billet d'avion.

10

DATTAR DESCENDIT DU 4×4 sur le parking du dock. Le métal et le bois grinçaient et craquaient au rythme des oscillations des navires. L'air sentait l'huile de moteur et le poisson pourri. L'un des réverbères à vapeur de sodium crachotait.

« Le capitaine a été payé. Il sait qu'il doit rester sur le pont et ne pas regarder ce qui se passe en bas, dit Rajiid.

— Et les boîtes isothermes ?

— Déjà dans l'avion. J'ai aussi un échantillon ici. »

Un de ses lieutenants, un type sans histoires, sans passé connu des autorités, transportait les boîtes sur un jet privé loué d'avance. Dattar aurait aimé voyager en avion, mais le risque était trop élevé. Il monta dans le petit bateau qui devait le conduire au cargo. Pas un instant l'homme à la barre ne le regarda. Rajiid détacha l'amarre qui retenait l'esquif et la jeta sur le quai avant de sauter à bord. Le moteur ronfla et l'embarcation s'éloigna en décrivant une courbe.

Dattar sentit les muscles de son cou se détendre, dès qu'ils prirent la direction de la mer. Il contacterait Khalil une fois sur le cargo et ferait pression sur lui pour qu'il agisse vite, surtout en ce qui concernait ses autres missions. Le cargo lui parut immense quand ils se placèrent contre sa coque. Dattar grimpa l'échelle métallique et se retrouva sur le pont. En contrebas, l'homme qui l'avait conduit jusque-là s'apprêtait à faire demi-tour. Comme il baissait la tête pour ne pas regarder Dattar, il ne vit pas que

Rajiid le visait. Le bruit sec d'un tir retentit et l'homme s'effondra. Rajiid remit son arme dans sa ceinture, se pencha vers le corps, qu'il fit rouler par-dessus bord. Puis il gagna l'échelle en détachant les cordes qui reliaient l'embarcation au cargo.

Un membre de l'équipage sortit de l'ombre à la gauche de Dattar. Il fit signe aux deux arrivants de le suivre et les escorta à une vaste cabine. Une table était vissée au sol au milieu de la pièce, surmontée d'une suspension en métal qui oscillait au bout d'une chaîne. Au fond, il y avait une couchette et à gauche un long comptoir avec un téléphone et un ordinateur. Une lampe de bureau éclairait la zone. Rajiid décrocha le téléphone et composa un numéro. Quand on répondit, il tendit le combiné à Dattar.

« Smith est vivant. Pourquoi ? demanda Dattar sans préambule.

— Vous ne devriez pas m'appeler ! protesta au bout du fil un homme à la respiration laborieuse.

— J'ai payé très cher pour garantir la mort de Smith. On me dit que c'est la CIA qui a abattu mes hommes. C'est vrai ?

— Oui, mais je vais rattraper ça. Smith travaille à Fort Detrick, dans le Maryland. J'ai déjà pris les mesures nécessaires pour lui régler son compte dès qu'il posera le pied sur le sol américain.

— Comment ont-ils réussi à envoyer un homme sur place ? Ça faisait partie du contrat, de s'assurer que l'agence ne pouvait rien.

— La Direction européenne a un nouveau chef. Ne vous en faites pas, elle ne restera pas longtemps en poste. Je vais aussi m'occuper d'elle.

— Vous feriez mieux ! Les boîtes isothermes arrivent dans six heures. Dans vingt-quatre heures, on entre en action. Je ne veux plus d'erreurs !

— Il n'y en aura pas.

— Vous avez fait des essais ?

— On les fera dans les deux heures qui viennent. On n'utilise pas la véritable arme biologique, mais même cette version moins puissante devrait donner une idée de la viabilité des souches. Je vous ferai savoir si ça réussit.

— Bien. »

Dattar raccrocha.

Le cargo prit vie quand les turbines se mirent en route. Rajiid s'installa devant l'ordinateur et se connecta.

Depuis la table, Dattar vit s'afficher la page de son courrier électronique. « Des nouvelles ?

— Un message de Khalil. Il a reçu nos instructions et il veut savoir si Smith sera une cible difficile. »

Rajiid se tourna vers Dattar, qui prenait de longues bouffées d'air pour se calmer.

« Dis à Khalil qu'il vaut mieux rester à distance et lui loger une balle dans la tête. Plus on s'approche de lui, plus il est dangereux. Dis-lui aussi que Smith est microbiologiste. Khalil ne doit rien manger ni boire en sa présence, il pourrait tenter de l'empoisonner, comme il l'a fait avec moi. »

Après un rapide échange de mails, Rajiid ajouta : « Il veut savoir combien il sera payé en plus et quand, résuma Rajiid en jetant à Dattar un coup d'œil inquiet. Est-ce que je lui dis qu'il doit attendre ? On le fait patienter jusqu'à ce qu'on arrive à débloquer les comptes ?

— Non. Personne ne doit être au courant. De toute façon, c'est un problème provisoire. Demande-lui d'abord si l'Américaine est morte. »

La réponse ne tarda pas à arriver.

« Il dit qu'elle vient de rentrer aux États-Unis. Il attend le bon moment pour agir, il n'y aura pas de témoin. Il veut juste savoir quand il aura son argent. »

Dattar hésita. Il pensa au coût d'un double paiement, mais son contact aux États-Unis avait déjà échoué. « Dis à Khalil qu'il touchera pour Smith la même somme que pour les autres, mais que le transfert pourrait prendre du temps parce que je n'ai pas accès à mes comptes à partir de cet ordinateur.

— Il risque de ne pas le croire…

— Dis-le-lui ! »

Rajiid retourna à son clavier. La réponse ne se fit pas attendre.

« Il dit qu'il se concentre sur l'Américaine, mais qu'il prépare l'attaque contre Smith, ce qui pourrait prendre quelques heures.

Il espère que tu auras accès à ton argent d'ici là et affirme que Smith ne fait pas le poids contre lui. Il mourra.

— C'est ça, sourit Dattar. Smith a eu une veine de pendu, à l'hôtel, mais sa chance s'épuise, maintenant que Khalil est à ses trousses.

— Personne ne peut battre Khalil. »

Dattar hocha la tête. C'était vrai.

11

En rentrant chez elle, Randi Russell repéra qu'on l'avait prise en filature à mi-chemin. Celui qui la suivait restait discrètement à deux véhicules du sien, mais il tournait chaque fois qu'elle tournait, transgressant la règle qui voulait que, si la même voiture faisait trois fois la même manœuvre que vous, ça ne pouvait être une coïncidence. Elle prit un nouveau virage, s'éloignant de chez elle, et s'arrêta à un feu rouge. Quatre secondes plus tard, la Ford noire apparut dans son rétroviseur. Elle soupira. Elle était trop fatiguée pour se réjouir d'une confrontation, mais il était clair qu'il y en aurait une. Elle fit basculer le couvercle de la console entre les sièges et en sortit son pistolet, qu'elle posa contre sa cuisse droite.

Quand elle était rentrée aux États-Unis, Randi avait acquis une Audi A4 gonflée, moins voyante que certains modèles de sport, mais avec une énorme puissance sous le capot. Aujourd'hui, elle conduisait pourtant un véhicule de la CIA, une berline d'apparence banale, mais qui n'avait que la moitié des tripes de la sienne et pesait deux fois plus lourd. Elle était munie d'un système de repérage GPS, ce qui permettait à la CIA de toujours savoir où elle se trouvait. Elle ne pouvait pas appeler Cromwell pour un problème de terrain tel que celui-là – en tant que directeur, il ne gérait pas les opérations quotidiennes dans la rue – mais Harcourt lui avait proposé son aide, et il présentait l'avantage de connaître la situation, puisqu'il avait jadis occupé le poste de Randi. Elle composa son numéro.

Il décrocha à la troisième sonnerie. Randi ne s'embarrassa pas de préliminaires et aborda directement ce qui la préoccupait.

« Je suis suivie. Ford noire quatre portes. Une Taurus, peut-être, mais je ne peux pas en être sûre parce qu'il fait encore nuit. Est-ce que vous pouvez la faire intercepter ?

— Bien sûr, répondit Harcourt après une courte hésitation. Où êtes-vous ? »

Randi donna le nom des rues de l'intersection suivante.

« C'est à huit kilomètres d'ici. Ça prendra au moins vingt minutes. À moins que vous vouliez que je prévienne les autorités.

— Non. Je préfère que la police reste en dehors de tout ça. Je vais tourner dans le coin jusqu'à ce que vous envoyiez du renfort. Vous pouvez vous connecter à mon GPS ?

— Tout de suite. Tenez bon. »

Harcourt raccrocha et Randi tourna de nouveau. La Ford apparut dix secondes plus tard. Un virage de plus et Randi reprit la route du quartier général. Elle guetta la berline. Dix secondes passèrent, vingt, trente. Ses yeux ne cessaient de faire l'aller-retour entre le rétroviseur et la route, mais la berline avait disparu.

« Fichu ! » murmura-t-elle.

Elle repéra une autre voiture. Son téléphone sonna.

« Mes gars sont derrière vous dans un 4×4 argenté, dit Harcourt. Ils ne voient pas de Ford noire.

— Elle a disparu. Elle m'a suivie une minute de plus et elle a renoncé.

— Pas de chance, désolé ! J'aurais préféré qu'on arrive plus tôt. Une idée de la raison pour laquelle on pourrait vous prendre en filature ? »

Une centaine, songea Randi. Ses activités sur le terrain avaient été variées et dangereuses, mais la plupart avaient été bouclées proprement. La seule exception possible était l'Afrique.

« Ça ne peut être qu'à propos de ma dernière mission. Je reste vigilante, si ça se reproduit, j'informerai Cromwell. J'irai sans doute dormir à l'hôtel cette nuit.

— Bonne idée. Attention à vous ! »

Harcourt raccrocha. Randi soupira. Elle n'avait vraiment pas envie de se retrouver dans une chambre d'hôtel. Elle fit un long détour jusqu'à la maison qu'elle louait à trente-cinq minutes de Langley. Elle se trouvait dans une banlieue tranquille et prospère, où les arbres bordaient les rues sinueuses et où de vastes demeures dominaient des terrains d'un tiers d'hectare. La jeune femme pénétra dans le garage et attendit que la porte se referme avant de descendre de voiture. Elle mit la maison sous alarme à la seconde où elle entra grâce à un clavier fixé au mur près de la porte de service, ce qui ne l'empêcha pas de garder son arme à la main pour fouiller chaque pièce. Elle vérifia les placards, sous les lits, dans la cabine de douche de sa chambre. Une fois satisfaite, elle revint au clavier, le débrancha, annula l'ancien code, en créa un nouveau et remit l'alarme en marche. Une heure plus tard, elle dormait.

Ce ne fut pas un bruit, qui la réveilla, mais l'absence de tout bruit. L'humidificateur de sa chambre s'était éteint. Il n'émettait plus le doux murmure qui l'aidait à s'endormir chaque soir. Elle ouvrit les yeux. Non seulement l'humidificateur était silencieux, mais son radio-réveil était noir. Il n'y avait plus d'électricité.

Elle s'assit et saisit son pistolet. L'ombre autour d'elle lui parut lourde de menaces. Elle sortit de son lit et alla vérifier le boîtier de l'alarme au mur de sa chambre. Sur l'écran, toutes les cinq secondes, clignotait un message en lettres vertes : « Coupure de courant. » La pile de secours permettrait au système de continuer à fonctionner, et la ligne téléphonique appellerait directement la police locale – à condition que cette ligne soit encore opérationnelle. Randi revint à sa table de nuit où se trouvait le seul téléphone indépendant du réseau électrique. Elle le décrocha. Pas de tonalité. La ligne avait été coupée, et son portable était branché à son chargeur près de la porte d'entrée.

Elle gagna le bord de la fenêtre, se colla au mur et écarta le rideau pour regarder dans le jardin. Au-delà d'un patio pavé de briques, la pelouse était parsemée de chênes dont les feuilles commençaient juste à bourgeonner après un long hiver. Leurs branches traçaient des silhouettes noires sur le ciel nocturne, et Randi les entendait se heurter dans le vent. Le boîtier de l'alarme émit trois bips. Randi se figea. Quelqu'un venait de désarmer le système. Désormais, même l'alarme sonore ne retentirait pas – une perte minime dans la mesure où la maison était éloignée de tout voisin. Ce qui l'inquiéta le plus, ce fut que l'intrus sache comment désarmer l'appareil dont elle venait de changer le code. Elle avait affaire à des professionnels.

Randi réagit comme elle le faisait toujours dès qu'elle entrait en action : tous ses sens en alerte, l'arme au poing. Elle s'approcha du boîtier dans sa chambre. Il émettait un signal sonore chaque fois qu'un détecteur serait activé, et il y en avait dans chaque pièce et dans la cage d'escalier. Randi attendit de voir par quelle issue les intrus allaient pénétrer dans le périmètre sécurisé.

Le boîtier sonna et les mots « porte sur rue » s'affichèrent à l'écran. Randi retira le cran de sécurité de son arme et cala son épaule contre le mur, face à la porte de sa chambre. Comme ceux qui étaient entrés en avaient après elle, elle s'attendait à ce qu'ils aillent là où elle avait toutes les chances de se trouver. Le mot « salon » s'afficha. Randi imagina le trajet des intrus au rez-de-chaussée. L'alarme indiqua « cuisine ». Randi tendit l'oreille pour capter le moindre son, et elle entendit des bouteilles qui se heurtaient l'une contre l'autre, le bruit qui accompagnait toujours l'ouverture de la porte du réfrigérateur.

Quoi ? Ils veulent une bière ? Les bouteilles se heurtèrent à nouveau quand on referma la porte. Autre signal sonore. « Salon » défila sur l'écran. Puis ce fut : « Porte sur rue. »

Elle l'entendit se fermer.

Elle se dirigea vers sa salle de bains. Les murs bloquaient la vue du couloir donnant sur la porte de sa chambre et, du côté opposé, la vue de la fenêtre, mais ils la protégeraient au cas où plusieurs attaquants convergeraient sur elle par ces deux voies. Si l'alarme fonctionnait correctement, ils étaient ressortis. Ils reviendraient donc par la fenêtre.

Le cadran du petit réveil sur piles de la salle de bains était éclairé : 3.2. Elle attendit jusqu'à ce qu'il indique 3.18 avant de risquer un coup d'œil par la porte. Le boîtier de l'alarme cliqueta et l'humidificateur se remit en marche. L'électricité avait été rétablie.

Elle traversa le couloir, descendit l'escalier sur la pointe des pieds et gagna la cuisine. La porte du réfrigérateur était fermée. Elle traversa le salon jusqu'à la porte d'entrée. Une fois le verrou enclenché, elle prit son portable, appela Langley et demanda de l'aide, puis elle s'assit derrière le canapé pour attendre, espérant que les parois du réfrigérateur contiendraient suffisamment l'explosion pour qu'elle y survive.

Trente minutes plus tard, un gros camion de livraison se gara dans l'allée. Il arborait « Washburn chauffage et réfrigération » sur son flanc. Le téléphone de Randi sonna.

« On a fouillé la zone, dit une voix d'homme, sans trouver personne caché dans les arbres. Vous allez bien ?

— Oui, je vous fais entrer. »

Deux hommes en vêtements de travail sautèrent par les portières et attendirent que Randi ouvre la porte. Elle inspira une bouffée d'air frais sentant le printemps. Ils coururent vers elle. Tous deux portaient des bonnets, et l'un était Nicholas Jordan, le nouveau venu du service. L'autre, un Noir d'un peu plus de quarante ans avec les tempes qui commençaient à grisonner, se montrait prudent. Il tendit la main à Randi.

« Ben Washington, expert en explosifs. Est-ce qu'on doit rester là à parler de la pluie et du beau temps alors que vous pensez qu'il y a une bombe ? »

Oh ! Je l'aime bien celui-là, songea Randi. *Boulot, boulot.*

« Je crois qu'elle est dans le réfrigérateur, dit-elle.

— Donc, reliée à une horloge ou branchée de façon à exploser quand on ouvre la porte.

— Ou une bombe sale.

— Non. On a déjà vérifié ça. Le camion est équipé de pièces détachées de la NASA et d'un télescope bidouillé qui repère toute trace d'isotopes radioactifs. Une bombe sale aurait laissé des traces dans l'air. Rien à craindre. Dites-moi... Vous êtes restée tout ce temps dans cette maison alors que vous pensiez qu'il y avait peut-être une bombe sale ? Ça démontre un sacré courage ou une bonne dose de stupidité.

— J'ai juste soupesé les risques, répondit Randi en haussant les épaules. Bombe sale : rare. Agresseur tirant des balles : courant. J'en ai conclu que j'étais plus en sécurité dans la maison avec une bombe que dehors avec un sniper planqué dans un arbre. Alors, Jordan, en pleine initiation aux explosifs ? »

Le programme de formation de la CIA exigeait de chaque agent qu'il apprenne le combat au corps à corps, la fabrication d'une bombe artisanale, le maniement des armes et la manière de désarmer une bombe.

« J'adore ce cours ! dit Jordan avec un sourire.

— Vous les jeunes, vous rêvez tous d'explosions ! Trop de jeux vidéo. Bien ! conclut l'expert en claquant des mains, essayons de découvrir si les méchants ont déposé quelque chose dans le frigo. »

Il retourna dans le camion et en sortit un masque blindé, une combinaison en Kevlar, une longueur de corde sur un dévidoir et un babyphone.

Randi le regardait avec intérêt. « Rien de bien sophistiqué, dites moi. Rien à voir avec un télescope de la NASA.

— Ouaip ! confirma Washington. La plupart des bombes sont artisanales – à l'exception du C4 ou du plastic de base, et vous et moi savons combien il est difficile de s'en procurer, de nos jours.

— À quoi sert l'écoute-bébé ?

— Le circuit fermé de télévision le moins cher possible. Celui-là est sans fil. Si les signaux des fréquences radio peuvent poser un problème dans certains environnements, je crois que le métal du réfrigérateur devrait les étouffer. Je vais l'installer de manière à ce qu'on puisse voir ce qu'il y a à l'intérieur quand la porte s'ouvre. À condition que la porte ne soit pas la détente.

— Et la corde ?

— Je vais l'attacher à la poignée pour ouvrir la porte. Jordan, tu peux m'aider à enfiler cette combinaison ? Il faut être deux.

— Je peux entrer ?

— Non. Tu ne peux désarmer une bombe qu'après avoir réussi l'examen écrit. »

Jordan soupira et présenta le vêtement à Washington, qui y inséra ses pieds. Il attacha les bandes Velcro dans le dos, et boucla le haut col, qui montait sur quinze centimètres autour du visage. Un gilet en Kevlar plus épais ajoutait une couche de protection. Le masque comportait un système de ventilation, un micro et une caméra. Jordan posa un casque sur la tête de Washington.

« Est-ce que la caméra et le micro ne fonctionnent pas eux aussi sur une fréquence radio ? demanda Randi.

— Si, répondit Jordan, mais ils peuvent être éteints.

— Bien ! Je vous revois dans cinq minutes », déclara la voix étouffée de Washington.

À sa démarche, il était clair que l'épaisseur de la combinaison gênait ses mouvements. Il disparut à l'intérieur et reparut cinq minutes plus tard, à reculons, en déroulant la corde.

« Je vais tirer dessus, les prévint Washington.

— Juste comme ça ? Et si ça explose ? J'ai mon portefeuille dans la maison et ma voiture dans le garage, sans parler de mon nouvel ordinateur portable.

— Dommages collatéraux. Prêts ? »

Randi inspira profondément et hocha la tête.

Washington tira sur la corde.

Il ne se passa rien. Le démineur releva la lourde visière de son casque et consulta sa montre. « Pas de déclencheur. Une horloge, peut-être. On va voir. »

Il se dirigea d'un pas lourd vers l'arrière du camion dont les deux portières étaient ouvertes et retira son masque. Randi le rejoignit, Nicholas sur ses talons. Le babyphone fonctionnait bien et transmettait une excellente image de l'intérieur du réfrigérateur. Washington tourna l'écran pour que Randi puisse bien voir.

« Quelque chose d'étrange ? De différent ? La bouteille de sauce est toujours à la même place ? »

Le contenu du réfrigérateur paraissait inchangé. Randi secoua la tête. « Je ne remarque rien.

— Pourquoi entrer par effraction dans une maison, ouvrir le frigo, regarder à l'intérieur et repartir ? s'interrogea Jordan. S'ils vous voulaient morte, vous ne l'êtes pas, s'ils voulaient faire sauter la maison, elle est toujours intacte. Je ne comprends pas.

— Ils ont voulu montrer qu'ils sont des experts ? Pour vous rendre nerveuse ? raisonna Washington, tout aussi perplexe.

— Peut-être, soupira Randi, mais si c'est une mise en garde, elle est plutôt subtile, et je serai honnête avec vous : les types qui veulent me faire la peau ne sont pas connus pour leur subtilité. Il... Il y a bien une chose, dit-elle en scrutant l'image de son réfrigérateur.

— Quoi ? demanda Washington.

— Le cache en plastique de l'ampoule. Il a l'air sale, comme si on l'avait couvert de gelée.

— Vous êtes sûre qu'il n'était pas comme ça avant ? suggéra Jordan en y regardant de plus près. Ça voudrait dire que mon réfrigérateur aurait besoin d'un sérieux nettoyage.

— T'es célibataire, hein ? fit Washington en lui tapotant l'épaule. Alors t'as encore beaucoup à apprendre. Il est peu probable qu'une bombe soit cachée dans un si petit espace. Surtout qu'on la verrait à travers le plastique.

— Quelque chose de biologique ?

— Oui... Ça sort du cadre de ma spécialité. On va avoir besoin qu'un technicien de labo vienne faire un prélèvement.

— Reste une question : comment ont-ils eu le code de l'alarme, alors que je venais de le changer, et pourquoi est-ce qu'ils ont pris la peine de couper l'électricité ?

— Il doit y avoir soit une caméra, soit un système implanté dans le clavier qui traque les touches que vous enfoncez, expliqua Nicholas. Je vais rechercher les deux. Quant à l'électricité, peut-être qu'ils ont pensé que ça couperait l'alarme, non ?

— J'ai du mal à croire que des types capables de fliquer un clavier ne sachent pas que la plupart des systèmes ont des piles de secours.

— Je crois qu'ils voulaient être dans le noir, au cas où vous vous réveilleriez, suggéra Washington. Il vous aurait été plus difficile de les viser. »

Randi et les deux hommes inspectèrent le jardin avant de retourner dans la maison. Elle verrouilla la porte et les retrouva dans la cuisine. Washington et elles regardèrent dans le réfrigérateur. De près, la gelée sur le cache de la lampe était plus évidente encore. Washington referma la porte.

Jordan ouvrit le couvercle du clavier de l'alarme. « On a bien un lecteur ! » dit-il.

Il retira un petit circuit dont il coupa les fils qui le reliaient au système, fils qu'il remit en place. L'alarme bipa.

« Je vais vérifier les autres », annonça-t-il.

Pendant ce temps, Randi et Washington fouillèrent la maison, mais ils ne trouvèrent rien de suspect. Quand tout fut terminé, Washington et Jordan partirent.

Randi s'assit à la table de la cuisine, son pistolet à portée de main, et regarda le ciel s'éclairer d'un nouveau jour. Le réfrigérateur ronronnait.

12

SMITH SE POSA À L'AÉROPORT Dulles de Washington à 3 heures de l'après-midi, après avoir sauté dans un avion militaire qui ramenait de La Haye des employés du ministère de la Défense. Aucun n'avait logé au Grand Hôtel royal, et tous voulaient entendre Smith leur relater l'attaque. Il ne donna que peu d'informations, préférant jouer le rôle du témoin innocent.

Depuis qu'il avait faxé les photos à Klein, il s'inquiétait pour la femme non identifiée. Il savait que Howell pouvait se défendre, mais il ne l'aurait pas juré pour cette femme.

Dès l'atterrissage, il alluma son téléphone.

Alors que les passagers débarquaient, un homme lui tapa sur l'épaule. « On dirait qu'une escorte est là pour vous accueillir ! » annonça-t-il en lui montrant par un hublot un véhicule et deux soldats de la police militaire qui patientaient sur le tarmac.

Smith vit qu'ils étaient de Fort Detrick, mais il ne quitta pas son siège, attendant que son téléphone se connecte. Il avait deux messages, l'un de Klein, l'autre de Randi. Il appela Klein en premier.

« J'ai atterri. Du nouveau au sujet de la photo ?

— Rien, soupira Klein. On l'a entrée dans un logiciel de reconnaissance faciale, et on l'a comparée aux dossiers des membres de la CIA et du ministère de la Défense, ainsi qu'aux scientifiques de l'Organisation mondiale de la santé, aux diplomates de plusieurs pays et à nos représentants consulaires. J'ai aussi fait une recherche sur tous les juges passés et présents du Tribunal pénal international. Rien. Qui que soit cette femme, elle n'est ni militaire, ni diplomate, ni policière. J'ai même eu accès aux membres du Secret Service en remontant sur plusieurs années.

— Et Peter Howell ? Est-ce qu'il la reconnaît ?

— Hélas, Peter Howell est introuvable. Il est injoignable, même sur la ligne sécurisée qui lui permet de rester en contact avec le MI6. Les Britanniques sont aussi inquiets que nous. »

Smith savait qu'Howell n'ignorerait pas un appel du MI6 à moins d'être sous couverture, dans de graves ennuis ou mort. Il essaya de ne pas y penser.

« J'ai un appel de Randi Russell. Est-ce que je peux lui donner d'autres informations ?

— Je n'ai pas encore signalé à la CIA l'existence des photos. Je ne veux pas qu'on fasse des recherches sur ton statut et qu'on tombe sur tes activités au sein du Réseau Bouclier, mais partage avec elle tout ce qui a trait à Dattar et aux boîtes isothermes. Je suppose que le directeur général de l'OMS a déjà alerté la CIA sur la situation. Est-ce que tu as pu tirer des informations des terroristes que tu as interceptés dans la rue ?

— Les interroger pose un vrai problème. C'est même impossible. Tous ceux qu'on a pu approcher sont morts. Pas la moindre trace de blessures. Ils sont juste… morts. Beckmann a promis d'obtenir des résultats d'autopsies mais, dans l'immédiat, je veux trouver cette femme. Je crois que les photos, l'attaque de l'hôtel et l'évasion de Dattar sont liées. À mon avis, elle pourrait nous mener aux boîtes isothermes.

— Je suis d'accord, mais un conseil : ne rentre pas chez toi. Les médias veulent à tout prix t'interviewer, ta maison est cernée, comme le bâtiment de l'USAMRIID, d'ailleurs. J'ai organisé une brève conférence de presse au quartier général du ministère de la Défense à 16 heures. On leur lancera deux-trois infos en espérant que ça leur suffira et qu'ils passeront à autre chose.

— Je crois qu'une escorte m'attend.

— C'est une équipe de l'USAMRIID. Après la conférence de presse, tu passeras quelques nuits à l'hôtel Four Seasons, où je t'ai réservé une chambre.

— Au Four Seasons ? On ne se refuse rien ! Pourquoi pas une simple planque ?

— Tu seras sûrement suivi par quelques paparazzi ambitieux. Il vaut mieux s'en tenir à un lieu inattendu jusqu'à ce que la tempête médiatique se calme. Le personnel de l'hôtel a l'habitude de protéger ses clients des journalistes trop curieux. »

Smith ne s'inquiétait pas des journalistes, mais des tueurs, et cela valait de toute façon mieux que de rentrer chez lui. « Tu as pu me procurer un ordinateur portable ?

— Oui. Il t'attend à l'hôtel, ainsi qu'une voiture, dont tu pourrais avoir besoin. Tu es sûr que tu ne perds pas ton temps à rechercher cette femme ? Il est possible que tu suives la mauvaise piste. Qui te dit qu'elle pourra t'aider à retrouver ces boîtes isothermes ?

— Je sens qu'elle est à Washington ou New York. Chicago, éventuellement, mais rien de plus petit, et ses vêtements ne cadrent pas avec la côte Ouest.

— Plus la ville est grande, plus il sera difficile de la localiser.

— C'est pour ça qu'il faut absolument l'identifier à partir de la photo. Je m'y colle dès que j'arrive à l'hôtel.

— Je te laisse deux jours, mais ne perds pas de vue le véritable objectif : il faut qu'on récupère ces boîtes.

— Je comprends, mais je n'arrive pas à me défaire de l'idée que l'évasion de Dattar, l'attaque de l'hôtel et les photos sont liées. Je te tiens au courant. »

Smith descendit la passerelle métallique et vit les militaires se mettre au garde-à-vous, malgré sa tenue civile. Il salua les soldats et indiqua la voiture du menton. « Emmenez-moi à l'interrogatoire ! »

L'un des soldats, une jeune femme aux cheveux noirs coupés court et aux sourcils fournis, lui sourit, révélant des dents de devant qui se chevauchaient un peu. « Soldat Mercer, colonel. Ça ne sera pas si terrible !

— Vous promettez de rester à côté de moi ?

— Le soldat Warren et moi, dit-elle en montrant le jeune homme raide et sérieux qui se tenait près d'elle, avons reçu l'ordre de vous protéger, et c'est ce que nous allons faire.

— Une chance de trouver un uniforme ? Le mien est resté en Europe.

— Oui, colonel. Il y en a un qui vous attend au ministère de la Défense. »

Il s'installa sur le siège arrière et sortit son portable pour rappeler Randi. Il fut surpris de constater qu'elle n'avait pas appelé de la CIA.

« Tu vas bien ? dit-elle sans préambule d'une voix qui trahissait son soulagement.

— Très bien, la rassura Smith. Je viens d'atterrir à Washington. J'ai pris un vol de l'armée. Ni confort ni Internet, ce qui fait que je n'ai pas pu te tenir au courant. Et de ton côté, des nouvelles de l'autopsie ?

— Juste la confirmation qu'ils ne sont pas morts d'une blessure visible. Nous aurons le rapport de pathologie dans vingt-quatre heures. Beckmann s'est juré d'en trouver un autre avant de "mourir de peur", comme il dit. J'espère que ce sera le cas, parce qu'on a besoin d'informations, notre réseau habituel n'a rien à nous apprendre pour le moment. Et personne n'a encore revendiqué l'attentat. À ce propos… Il se passe quelque chose d'étrange. »

Smith l'écouta lui résumer l'incident chez elle. « Ils ont prélevé un échantillon de la matière sur la lampe ?

— Oui, il est parti au labo. Je sais que l'USAMRIID est à la pointe pour l'identification des nouvelles bactéries, mais je serais plus rassurée si tu pouvais y jeter un coup d'œil.

— Bien sûr, mais j'évite Fort Detrick pour l'instant. On me dit que le centre est cerné par les journalistes et les photographes. J'ai un ami qui dirige le labo de la George Mason University. Tu peux lui envoyer l'échantillon ? »

Il donna le nom et l'adresse à Randi. « Des nouvelles de Dattar ?

— Non. Il a disparu dans la nature. »

Smith brûlait d'envie de lui parler des photos, et en particulier de celle de la femme. Il envisagea de n'évoquer que la photo de Howell et de la femme, mais il renonça, se disant que

Randi perdrait beaucoup de temps à suivre des pistes qui ne la mèneraient nulle part.

« Je suis en ville. Je descendrai au Four Seasons après ma conférence de presse au ministère de la Défense. Préviens-moi quand les échantillons arrivent et j'irai m'en occuper. »

La voiture tourna devant le quartier général du ministère, et Smith pressa un bouton pour baisser la fenêtre de séparation avec l'avant.

« Le spectacle va commencer ?

— Oui, colonel », confirma le soldat Warren.

Une demi-heure plus tard, Smith, vêtu d'un uniforme impeccable, montait sur une estrade, s'approchait d'un micro et répondait aux questions qui fusaient dans une pièce remplie de journalistes. Mercer et Warren avaient pris position de chaque côté de l'estrade, et le général Randolph, son supérieur à l'USAMRIID, se tenait derrière Smith. L'agent secret avait répondu au gros des questions et la séance allait être levée, quand un journaliste l'interrogea sur Dattar :

« Colonel Smith, savez-vous qu'Oman Dattar s'est évadé de prison cette même nuit ? »

Smith se crispa, mais s'efforça de continuer à respirer. Le simple fait d'entendre le nom de Dattar le faisait grincer des dents. « Oui, je suis au courant.

— Je crois me souvenir que vous avez participé à une mission humanitaire dans la région de Dattar, il y a quelque temps. Était-il prévu que vous témoigniez contre lui, au procès ? »

Smith sentit l'atmosphère de la pièce s'assombrir. « Comme je l'ai dit, je me suis rendu à La Haye pour participer à une conférence de l'OMS sur les maladies infectieuses. Si j'ai bien été prévenu par le procureur qu'il pourrait avoir besoin de mon témoignage, je n'avais reçu aucune convocation du tribunal.

— Savez-vous que plusieurs témoins résidaient au Grand Hôtel royal, au moment de l'attaque ? »

Smith baissa les yeux, le temps de contenir ses émotions en apprenant cette nouvelle. Le lieu de résidence des personnes appelées à témoigner devait rester strictement secret, et il n'avait pas imaginé que certains pourraient descendre dans un hôtel aussi visible que celui-là. Il se demanda non seulement comment le journaliste avait pu découvrir cette information secrète, mais également pourquoi Klein ne lui avait pas signalé la présence des témoins. Il leva les yeux et se retrouva devant des dizaines de visages dans l'expectative.

« Êtes-vous certain de votre information ? »

Le journaliste flancha visiblement, et Smith conclut que sa question avait dû être un hameçon lancé à tout hasard. Il pensa à la femme, mais écarta cette idée dès qu'elle lui vint. Rien dans ce que Klein avait découvert ne montrait qu'elle était morte lors de l'attaque.

« Je vous le demande, dit le journaliste en espérant jouer au plus malin.

— Je n'ai pas d'informations autres que celles qui sont de notoriété publique sur la procédure contre Dattar.

— Merci à tous ! annonça le général Randolph en claquant des mains. Laissons le lieutenant-colonel Smith rejoindre sa famille et ses proches et se remettre de cette terrible épreuve. La conférence de presse est terminée. »

Les paroles de Randolph, si elles étaient bien intentionnées, serrèrent le cœur de Smith. En tant qu'agent du Réseau Bouclier, il n'avait aucune famille proche, pas d'épouse, pas d'enfants. La liberté complète que lui donnait cette absence de liens familiaux lui était chère mais, pendant un bref instant, il se sentit très seul. Smith reprit place dans le véhicule militaire pour gagner son hôtel. Près de lui, sur le siège, un petit sac contenait ses vêtements civils. Il était presque arrivé quand son téléphone vibra. C'était Klein.

« J'ai vu la conférence de presse. J'ai demandé à avoir la liste de tous les témoins convoqués, ou susceptibles de l'être, par le procureur dans l'affaire Dattar, ainsi que celle des témoins qu'il a entendus en préparant le procès. Je pourrai t'en dire plus en fin de journée.

— C'est de la transmission de pensée !

— Je continue de croire que c'est une fausse piste, mais je me fie à ton instinct. Et si tu penses que cette femme nous mènera aux bactéries, alors je suis prêt à tenter le coup. »

La voiture s'engagea dans une allée à l'arrière de l'hôtel et s'arrêta. Smith descendit sans lâcher son téléphone.

Le soldat Mercer lui montra une porte derrière les poubelles et murmura, pour ne pas le déranger en plein appel téléphonique : « Désolée de vous déposer à l'entrée du personnel, colonel, mais on nous a dit d'éviter le hall et de vous laisser continuer discrètement tout seul. Cette porte conduit au couloir de service. »

Smith salua les deux soldats et s'écarta pour permettre à la voiture de manœuvrer. Tout à sa conversation, il vit à peine les caméras en circuit fermé qui surveillaient l'entrée. De même, quand il perçut un éclat de lumière dans un buisson en haut de l'étroite allée, il ne prit pas tout de suite conscience du danger.

13

LE KLAXON PUISSANT D'UN CAMION résonna dans une rue toute proche et Smith tourna la tête pour regarder. Il ressentit soudain une douleur si cuisante à la paume qu'il faillit lâcher son portable. La balle qui avait touché sa main ricocha sur une poubelle métallique. Smith courut vers l'entrée, à deux mètres de lui, atteignit la porte et bondit à l'intérieur. Un second tir percuta le battant en métal de la porte de service qui claqua derrière lui. Smith ne s'arrêta pas. Il s'enfonça dans l'hôtel par l'étroit couloir.

Il traversa l'entrepôt, en évitant les palettes de fournitures, passa un sas, et arriva dans un couloir moquetté à l'éclairage tamisé. Il cacha sa main ensanglantée dans sa poche. Il tenait toujours son sac dans l'autre. Sa paume le brûlait et il transpirait abondamment. Il se dit que la présence de caméras dans l'allée empêcherait le tireur de le suivre par la porte de service, mais le hall de l'hôtel grouillerait de monde, et ce serait le lieu parfait pour que quelqu'un lui assène un coup de couteau dans le dos avant de disparaître.

Il s'approcha de la réception en balayant le hall du regard. Il ne vit aucune caméra de surveillance et se dit qu'il avait quelques minutes avant que le tireur, s'il avait l'intention de finir son œuvre, contourne l'immeuble et entre par l'accueil, et il gagna prestement le comptoir.

« Jon Smith. J'ai une réservation et un paquet doit m'attendre. »

Le concierge le salua, mais Smith eut du mal à faire la conversation. Il marmonna quelques réponses ineptes aux questions de l'employé et pêcha d'une main une carte de crédit dans son portefeuille. Il se retourna et s'adossa au comptoir pour, à nouveau, scruter le hall, mais ne trouva rien d'anormal.

« Monsieur Smith ? Votre clé et votre paquet. Je vous souhaite un bon séjour ! »

La voix du concierge sortit Smith de sa concentration. Il fit un signe de tête distrait et regarda le numéro de sa chambre.

« 904 ? C'est au neuvième étage ?

— Oui. C'est l'étage VIP. »

Smith reposa la clé sur le comptoir. « Pouvez-vous changer ça pour une chambre au premier étage ?

— Mais..., s'étonna le concierge, vous avez réservé à l'étage VIP !

— C'est une superstition, dit Smith entre ses dents parce qu'il perdait du temps. J'ai toujours peur que les échelles de pompiers n'arrivent pas au neuvième étage.

— Oh ! oui, bien sûr. On a vu les images du Grand Hôtel royal. Je vous présente nos excuses. Je vais vous attribuer une suite plus bas.

— Pourriez-vous aussi retirer mon nom, s'il vous plaît ? Je n'ai pas besoin qu'une horde de reporters puissent me retrouver.

— Notre système exige que nous indiquions un nom à côté du numéro des chambres. Y a-t-il un pseudonyme que vous aimeriez utiliser ?

— Robert Koch. »

Smith préféra monter à pied plutôt que de prendre l'ascenseur et, dès qu'il entra dans sa chambre, il alla fermer les rideaux et allumer la lampe de bureau. Afin d'éviter de trop bouger sa main blessée, il se débarrassa de sa veste d'un coup d'épaule et gagna la salle de bains pour examiner la plaie.

C'était une vilaine entaille dans le gras de la paume, douloureuse mais ni très profonde ni très grave. Smith la lava et l'enveloppa d'une serviette. De retour dans la chambre, il ouvrit la boîte, où il trouva un ordinateur portable léger, un trousseau de clés et un ticket de parking pour la voiture. Il se connecta à Internet et envoya un courriel à Klein pour l'informer de l'attaque et lui dire qu'il n'allait peut-être pas dormir à l'hôtel. En fait, il préférait partir pour courir moins de risques. Il aurait aimé sauter dans la voiture, mais pour l'instant, il était en sécurité et voulait découvrir qui était la femme sur la photo. Il ouvrit Google et se mit au travail.

Pendant une heure, il resta concentré sur l'ordinateur. Il avait tapé « Dattar » dans la barre de recherches, et une liste d'autres noms, et il lisait les premières pages de chaque résultat. Il regarda les yeux de la femme. Elle avait une expression grave qui indiquait intelligence et pouvoir. Ses vêtements – un tailleur bleu marine, un chemisier blanc à col ouvert, quelques centimètres d'une chaîne autour du cou, des boucles d'oreilles discrètes en diamants – donnaient l'impression qu'elle savait ce qu'était la richesse. Smith travaillait quotidiennement avec des femmes médecins, biologistes et professeurs, et cette femme ne leur ressemblait pas du tout. La plupart enfilaient des blouses de laboratoire par-dessus leurs vêtements et portaient donc, le plus souvent, des chemisiers et des pantalons très simples. La femme de la photo travaillait pour une entreprise, Smith l'aurait parié, et si son intellect paraissait impressionnant, il était plus proche du pouvoir que des compétences universitaires.

Il décrocha le téléphone et demanda le service d'étage tout en continuant à taper sur son clavier et à consulter Google Images chaque fois qu'un nom de femme était souligné près de celui de Dattar. Quarante-cinq minutes de plus passèrent sans succès. Il était de moins en moins convaincu que Dattar était impliqué dans l'attaque du Grand Hôtel royal. Et si la simultanéité de l'attaque et de l'évasion de Dattar était une coïncidence ?

Frustré, il se mit en quête d'un logiciel de reconnaissance faciale. Il tomba sur un site commercial qui prétendait tester un programme capable d'analyser une image et de rechercher sur Internet toutes les pages où elle apparaissait. Le logiciel n'en était qu'à la version bêta et on ne pouvait l'utiliser que sur invitation. Smith accéda au lien et s'inscrivit pour participer au test, puis il appela l'entreprise. Quand la voix amicale d'une femme répondit, il lui demanda d'accélérer le processus d'admission.

« Puis-je savoir pourquoi vous avez besoin de ce service ? s'enquit la femme sur un ton légèrement soupçonneux.

— Je suis membre de l'armée des États-Unis, et je recherche un contact que m'a donné l'ami d'un ami. J'ai une photo de la personne en question, mais pas son nom, et mon ami ne s'en souvient pas non plus. »

Smith attendit dans l'espoir que son interlocutrice avalerait ce pieux mensonge. Ce ne fut pas le cas.

« Je suis désolée, mais nous devons nous montrer très prudents. Nous avons déjà eu un incident avec un homme qui tentait de localiser une femme qu'il harcelait et que la justice lui avait interdit d'approcher. Nous ne lui avons pas accordé l'accès, heureusement, mais vous voyez le problème.

Oui, mais pourquoi avoir mis ce lien sur Internet alors, si on ne peut pas profiter de votre logiciel ?

— Pour l'heure, nous constituons une liste de souscripteurs, mais nous espérons pouvoir lancer le logiciel l'an prochain, et les personnes figurant sur cette liste seront prioritaires.

— Est-ce que ça pourrait vous convaincre si un membre de la police militaire vous contactait ? Je suppose que votre entreprise lui ferait confiance pour utiliser l'information à bon escient.

— Non, je suis désolée. Nous sommes en pleine discussion avec le ministère de la Sécurité nationale, afin qu'il puisse avoir la primeur du logiciel, mais les négociations sont en cours. Tant qu'un accord n'aura pas été conclu, nous ne permettrons pas l'accès à quelque instance de maintien de l'ordre que ce soit.

— Très bien, merci de m'avoir consacré du temps. »

Smith raccrocha et appela Martin Zellerbach, le seul homme capable de pirater n'importe quel ordinateur.

« Salut, Jon, je suis content de t'entendre. »

Marty avait répondu d'une voix terne et sans chaleur, mais Smith n'en fut pas moins agréablement surpris. Marty souffrait d'autisme Asperger, il décrochait rarement son téléphone et énonçait en général des salutations tout à fait hors de propos.

Smith se représenta le petit homme grassouillet aux yeux verts, assis dans la maison qu'il ne quittait que fort peu, entouré de ses ordinateurs bien-aimés. Quand ils étaient enfants, Smith avait protégé Marty dans la cour de l'école. Les autres l'évitaient, lui et ses manières étranges, et il se retrouvait très isolé. Jamais il ne s'était marié, il avait peu d'amis et, au fil des ans, il s'était de plus en plus replié sur lui-même.

« Tu as l'air d'aller bien, Marty.

— Merci. J'ai entrepris une nouvelle forme de thérapie. J'ai vu que tu avais failli mourir en Europe. Je suis content que tu ne sois pas mort. »

Smith sourit et apprécia l'effort qu'il faisait.

« Comment est-ce que tu m'as vu ? Je croyais que la télévision te donnait mal à la tête.

— Il y a eu un clip sur le site de CNN, pouffa Marty. Je suis sûr que tu as eu des centaines de milliers de connexions. Tu as besoin de mon aide ? demanda Marty avec intérêt.

— Oui. Je tente d'avoir accès au bêta-test d'un logiciel qui permet de rechercher quelqu'un sur Internet à partir d'une photo. »

Smith informa Marty du problème, utilisant la même histoire innocente : il recherchait une collègue.

« Tu en as entendu parler ? Est-ce que Google Images peut le faire aussi bien ?

— Oui, j'en ai entendu parler, et le travail de cette entreprise est très excitant. Et non, Google Images ne le fait pas. Google fouille Internet pour trouver des images identiques. Si tu proposes une image à Google, il va te sortir toutes les images approchantes. En revanche, le logiciel dont tu parles lit les pixels. Un truc génial.

— C'est donc du Google amélioré, c'est ça ? demanda Smith en qui renaissait l'espoir. Si j'ai une photo et que je veux savoir si d'autres l'ont mise en ligne, et éventuellement en apprendre davantage sur ce qu'elle représente, je peux interroger Google Images. Par contre, à partir d'une photo, ce nouveau logiciel me retrouvera la personne, par exemple, en fonction des caractéristiques de son visage.

— Oui. C'est de ça que tu as besoin ?

— C'est exactement ce dont j'ai besoin. Tu crois que tu peux le faire ? Je t'envoie la photo qu'il faudrait analyser.

— Laisse-moi un peu de temps, et je te rappelle. »

Smith se glissa sous la douche, heureux de sentir l'eau chaude couler le long de son dos. Il ferma les yeux et, sans le vouloir, revit la femme et son air déterminé. Une série d'images s'imposa à son esprit. Randi Russell lui souriant alors qu'ils montaient dans une voiture ancienne conduite par Peter Howell, celui-ci déguisé en chauffeur pour les véhiculer, Randi dressée au-dessus de lui pour répliquer au tir d'un agent double décidé à le tuer. Randi pilotant un hélicoptère. Une idée lui vint : et si la femme de la photo était un agent, elle aussi ? Du MI6, ou autre ? Ça expliquerait l'absence totale d'information à son sujet. Il coupa l'eau et sortit de la cabine en saisissant une serviette au passage.

Dix minutes plus tard, il était de nouveau sur l'ordinateur pour rechercher le lien entre Dattar et les agences de sécurité qui avaient eu affaire à lui, quand son portable sonna. Il décrocha et entendit la voix excitée de Marty.

« J'y suis ! J'ai cassé leurs mots de passe.

— Et alors ? s'impatienta Smith. Tu as identifié la photo ?

— Ce logiciel est fantastique ! Une œuvre d'art.

— D'accord, commenta Smith en faisant de son mieux pour dissimuler sa déception, mais tu dois trouver cette femme ! Tu as passé la photo à leur moulinette ?

— Oui, mais j'ai rien trouvé. Elle est trop floue. Elle ne vaut rien. Et le logiciel n'a scanné que 450 millions d'images. »

Smith fut surpris d'être déçu à ce point. Ce logiciel était son seul espoir. « Est-ce que ça prend en compte l'ensemble de la photo ?

— Oui, je te l'ai dit, le logiciel reconnaît tous les pixels ! soupira Marty, un peu frustré de l'ignorance de Smith.

— Tu pourrais te concentrer sur le visage et ne rechercher que cette partie ?

— C'est déjà le cas, grogna Marty.

— Est-ce que tu peux faire une recherche sur les sites qui ne sont pas encore inclus dans leur base de données ?

— Peut-être.

— Tu veux bien essayer ?

— D'accord, mais je vais devoir modifier le registre. Ça prendra un certain temps.

— J'en ai vraiment besoin. Je crains que cette femme ne soit en danger. Il doit bien y avoir une photo de son visage sur Internet !

— On dirait qu'elle dirige une entreprise, ou un truc dans le genre. Elle a un beau visage, mais elle a l'air furieuse.

— "Déterminée", ce ne serait pas plus juste ?

— Non. Furieuse. Comme si quelque chose la mettait en colère. Elle ne sourit pas. En général, les femmes sourient. »

Marty le surprenait de nouveau. Depuis que Smith le connaissait, jamais il n'avait commenté l'aspect social de quiconque. Pourtant, il se trompait. La femme n'avait pas l'air en colère.

« Merci de ton aide !

— Je t'aide toujours », affirma Marty comme si ça allait de soi.

Quand Smith raccrocha, il était un peu plus optimiste. Il abandonna ses recherches et consulta son courriel. Un message de Randi l'informait que l'échantillon prélevé dans son réfrigérateur était arrivé à George Mason. Il l'appela. « Tu veux qu'on y aille ensemble ?

— D'accord.

— Tu peux venir me chercher au Four Seasons ? Dans une voiture blindée ?

— Je serais ravie de venir te chercher, mais que dirais-tu que je remplace la voiture blindée par la mienne ? Aux dernières nouvelles, on n'a pas besoin de vitres à l'épreuve des balles pour éviter les clichés.

— J'aimerais vraiment que tu prennes une voiture blindée.

— Tu… Tu veux bien me dire ce qui se passe ?

— Au moment où j'entrais au Four Seasons par la porte de service, quelqu'un m'a tiré dessus.

— Si le Réseau Bouclier est impliqué, peut-être devrais-tu me mettre au parfum. On pourrait faire ressources communes.

— Je ne l'oublierai pas mais, pour l'instant, j'ai l'impression d'être une cible.

— Je viendrai avec la voiture et un Uzi. Tu te sens mieux ?

— Et comment ! »

Vingt minutes plus tard, Randi appela du parking en sous-sol.

« Je suis dans une berline noire arrêtée juste devant l'ascenseur du garage. La portière côté passager sera entrouverte. Quand la porte de l'ascenseur s'ouvrira, tu n'auras qu'à sauter dans la voiture. »

Smith mit ses vêtements civils noirs. Si l'attaquant attendait un homme en uniforme, cette tenue différente pourrait lui faire gagner quelques secondes. Il prit les clés de la voiture et l'ordinateur et emprunta l'ascenseur pour descendre au parking. Il émergea dans le sous-sol, la berline noire était bien là. Il sauta sur le siège et claqua la portière. La voiture démarra à la seconde même.

Les cheveux blonds de Randi étaient plus longs que dans son souvenir, avec des mèches plus claires, comme si elle était allée au soleil. Qu'elle ait des yeux marron surprenait pour quelqu'un de si blond. Elle eut l'air sincèrement contente de le voir et lui sourit. Le cœur de Smith se serra. Et si le général Randolph avait raison ? S'il comptait, finalement, pour certaines personnes ?

« Ça me fait plaisir de te voir, dit-elle comme si elle avait lu dans ses pensées. Je suis contente que tu ailles bien.

— Je suis content de te voir, moi aussi. »

Elle hocha la tête et se concentra sur la route, klaxonna pour qu'on lui ouvre la barrière et sortit dans la lumière déclinante de la fin d'après-midi. Smith regarda autour de lui en quête de snipers, mais il doutait de pouvoir les repérer.

« Tu as l'Uzi ? » demanda Smith d'une voix légère.

Randi désigna le siège arrière.

« J'ai cru que tu plaisantais !

— Je ne plaisante jamais quand il s'agit d'armes.

— C'est une voiture de la CIA ?

— Oui. De la flotte dont nous disposons. Tu veux me dire ce qui se passe ? Le Grand Hôtel royal est très, très loin d'ici, et tu es pris comme cible en entrant au Four Seasons ? »

Il lui parla des photos et des efforts du Réseau Bouclier pour trouver tant la femme que Howell. « Tu as eu des nouvelles de Howell ? Tu l'as vu ?

— Pas du tout, mais ça n'a rien d'inhabituel. Nous ne nous fréquentons pas hors du boulot.

— Ça ne me réjouit pas que Dattar soit dans la nature. Il est dangereux, et on dirait qu'il me vise personnellement, à la fois là-bas et ici, mais organiser une seconde tentative si loin de la première et si tôt après, ça signifie qu'il est un plus gros joueur encore que je ne le croyais.

— Je suis bien d'accord, soupira Randi. Sa sphère d'influence n'a jamais été aussi étendue, et il est plus dangereux encore depuis qu'il est en cavale. La moitié des services secrets d'Europe sont à sa recherche, mais ils ne trouvent rien. Il a disparu. »

Cinq minutes plus tard, ils se garèrent devant le laboratoire de la George Mason University. Se sentant trop à découvert en descendant de voiture, Smith courut jusqu'à l'entrée, Randi sur ses talons.

Son ami, le professeur Jinchu Ohnara, l'accueillit au labo de biochimie. La soixantaine, mince, avec une épaisse chevelure grise et des yeux marron vifs, Ohnara était le plus grand chercheur en génétique de la côte Est. Ses travaux sur l'ADN étaient mondialement reconnus. Smith avait travaillé avec lui sur un projet modeste, à l'époque où il était étudiant à l'University of California à Los Angeles, et il faisait encore appel à lui quand il avait besoin d'un regard neuf sur les sciences officielles.

« Je suis très heureux que tu sois sorti de cet hôtel en vie ! dit Ohnara en serrant la main de Smith.

— Est-ce que tout le monde m'a vu sur cette corniche ?

— Tout le monde.

— Mon quart d'heure de gloire. Je vous présente Randi Russell. Elle travaille au ministère de la Santé, déclara Smith pour respecter la couverture que Randi avait suggérée.

— C'est un plaisir de vous rencontrer. Je comprends qu'une fonctionnaire de la santé publique s'intéresse à cette bactérie.

— C'est de mauvais augure, remarqua Randi en fronçant les sourcils. Vous avez trouvé quelque chose de troublant ?

— Eh bien, quelque chose qui peut nuire à la santé publique dans certaines parties du globe. Jon, quand l'échantillon est arrivé, je l'ai regardé, et je crois que tu devrais faire de même. »

Il l'entraîna vers le labo. Il flottait dans l'air une légère odeur d'alcool isopropylique qui devint plus forte quand ils entrèrent.

« Vous ne l'avez pas ouvert dans le laboratoire hermétique ? »

Smith avait demandé avec insistance que seul Ohnara traite l'échantillon et qu'il ne le fasse que dans des conditions de sécurité renforcées.

« Si. Quand j'ai terminé, j'ai transféré l'échantillon dans une boîte biologique, un peu comme un aquarium à gants, avec une ventilation indépendante. Tu ne le manipuleras pas, tu te contenteras de le regarder, expliqua Ohnara en posant sur lui des yeux interrogateurs. Y a-t-il une raison de prendre de plus grandes précautions encore ?

— Je ne sais pas ce que c'est. Vu l'époque où on vit…

— Inutile de le me rappeler. Une bactérie contagieuse et résistante aux antibiotiques nous tuera tous, un jour, je le crains, mais je n'ai rien vu qui soit comparable, disons, à la toxicité du virus Ebola. Il faut pourtant enfiler une combinaison. »

Tous trois s'équipèrent de combinaisons jetables, de gants et de chaussons. Ohnara leur tendit aussi des masques, puis, avec sa carte magnétique, il ouvrit une porte qui donnait sur une zone isolée du labo et fit signe à Smith de tourner à droite. Contre le mur du fond, un îlot était entouré de tabourets, avec un cube transparent en son centre qui contenait un microscope. Des gants en caoutchouc entraient dans la boîte par des trous étanches et permettaient à plusieurs personnes à la fois d'accéder aux oculaires et de voir la plaque. Les scientifiques pouvaient introduire l'échantillon par un long tube et le mettre en position. Smith constata qu'une plaque était déjà sous l'objectif.

« Dis-moi que ce que tu en penses, suggéra Ohnara. Madame Russell, vous pouvez vous aussi regarder par d'autres oculaires. »

Smith s'approcha. Plusieurs bactéries en forme de tiges se matérialisèrent immédiatement, mêlées à une autre forme qu'il ne reconnut pas. Il se concentra sur les créatures rectilignes.

« *Vibrio cholerae*. C'est la bactérie du choléra, dit-il à l'intention de Randi. L'autre bactérie, celle qui ne bouge pas, qui flotte autour, est attachée à une souche du virus H5N1. Professeur, est-ce que le virus de la grippe aviaire a muté ?

— Tu m'avais demandé de le vérifier, et d'après ce que je vois, ce n'est pas le cas. »

Dieu merci ! songea Smith. Pourtant, même la grippe aviaire connue était assez virulente pour que sa présence dans l'échantillon soit une source d'inquiétude. Il contempla un moment ce que lui révélait le microscope. La bactérie bougea.

« Encore en vie..., remarqua-t-il au moment où l'une d'entre elles se séparait en deux. Et on dirait qu'elles se multiplient.

— Ce n'était pas le cas, au début, mais maintenant, si, et plus vite que je ne l'ai jamais constaté. D'où vient cet échantillon ?

— Du cache d'une lampe de réfrigérateur en banlieue, répondit Randi.

— Curieux endroit pour trouver ces bactéries. Est-ce que quelqu'un l'a essuyé avec une éponge mouillée ? Le choléra a besoin d'eau pour prospérer.

— Non. Personne n'y a touché. On croit que ça a été étalé là délibérément. Je n'ai jamais rencontré le choléra ailleurs que dans les pays chauds. Est-ce que la bactérie peut survivre dans le froid ?

— Oh, oui. Elle peut survivre à plusieurs jours de gel, mais c'est la chaleur qui la met en action. Quand j'ai déposé une petite partie de l'échantillon sur la plaque, le choléra était endormi, probablement à cause de l'air froid du réfrigérateur, mais, depuis qu'elle se réchauffe, elle se multiplie.

— Et le virus de la grippe aviaire ?

— Il est mort. La grippe aviaire ne se transmet pas par voie respiratoire, même si on connaît de rares cas où la transmission s'est faite entre humains. Il s'agissait de membres de la famille du malade ou du personnel soignant exposés aux mêmes oiseaux qui avaient apporté la maladie. La grippe aviaire est très méchante, bien sûr, mais emprisonnée dans du gel, comme c'est le cas, et en quantité si réduite, ça lui donne une fragilité qui, à mon avis, l'empêcherait d'être transmise à l'homme.

— Mais c'est possible, non ? demanda Randi.

— Possible, oui, probable, non. Le choléra est ce qui doit nous inquiéter, ici. Je n'aime pas du tout ça. »

Smith non plus. Sous ses yeux, la bactérie devenait de plus en plus active, contrastant avec les étranges espèces immobiles.

« Quelle est cette autre espèce que je vois ? Celle attachée au H5N1 ?

— *Shewanella MR-1*. Fascinante, et assez commune dans la région de Washington. On en a une grande réserve juste ici, dans le limon au fond du Potomac, et ça fait un an que je l'analyse. On va passer au microscope atomique. »

Sous les yeux de Smith, l'image se modifia et l'étrange bactérie devint plus détaillée. De longs filaments ressemblant à des cheveux sortaient des flancs de la créature.

« Ahh ! Merci. Je vois les poils qui poussent.

— Est-ce que ce sont des sortes de cils ? demanda Randi.

— Oui, mais ils ne font que trois à cinq nanomètres d'épaisseur. Dix mille fois plus fins qu'un cheveu humain. Seul un microscope atomique permet de les voir. On sait que ces poils sont des nanofils microbiologiques conducteurs d'électricité. Presque comme des filaments d'ampoule. On a déterminé qu'ils peuvent acheminer le courant même sous l'eau dans un environnement anaérobie.

— Est-ce que ce sont des piles bactériennes ? Comme les *Geobacter* ? suggéra Smith.

— As-tu travaillé avec ces MFC ? s'étonna Ohnara.

— Très superficiellement. J'ai entendu dire qu'il y avait eu des percées récentes dans notre compréhension du fonctionnement de ces piles.

— Oui, on sait désormais que les électrons circulent dans ces fils, mais ce que les bactéries font de ces électrons et quel est leur but reste un mystère. Quoi qu'il en soit, elles constituent une source potentielle d'énergie, et nous sommes enthousiasmés par la possibilité qu'elles puissent créer suffisamment d'énergie par elles-mêmes pour recharger des piles. Des bactéries très utiles.

— Est-ce que des températures inférieures à zéro ralentiraient la multiplication des cellules de choléra ? Pouvez-vous congeler cet échantillon, pour me donner le temps de faire avancer mon enquête ?

— Abaissons la température à zéro, et voyons un peu, dit Ohnara en s'écartant des oculaires.

— Est-il possible que cette substance soit sortie du robinet de la cuisine ? demanda Randi. Que quelqu'un l'ait déversée dans le réseau d'eau potable ? »

Ohnara tira un tabouret sur roulettes et s'assit. Il posa sur Randi un regard grave. « Le choléra est dangereux, ça ne fait aucun doute, mais il faudrait une souche extrêmement virulente pour déjouer les méthodes occidentales de désinfection du réseau. Le chlore tue les bactéries, tout comme l'ébullition.

— Dans quel but a-t-on donc déposé des cellules de choléra dans un réfrigérateur ?

— Je suppose que ça infecterait une personne qui porterait cette substance à sa bouche ou qui l'ingérerait dans un aliment ou une boisson, mais c'est une manière très peu sûre de blesser quelqu'un, et ce n'est en aucun cas le moyen de blesser un grand nombre de gens. Pour cela, il faudrait une source d'eau contaminée. En règle générale, la maladie ne passe pas d'une personne à l'autre.

— Mais la multiplication rapide de la souche virale associée est inquiétante et inhabituelle, intervint Smith. Et si c'était une forme de super-choléra ?

— Peut-être, oui, mais peut-être pas. Certains spécimens ont succombé quand je les ai transférés sur la plaque, ce qui montre que la souche n'est pas robuste du tout. Si vous préférez, je peux la soumettre aux produits chimiques standard qu'elle est susceptible de rencontrer, ceux que les normes actuelles de traitement de l'eau nous font utiliser. On verra si elle réussit à survivre.

— J'apprécierais beaucoup, approuva Smith.

— Docteur Ohnara, est-il possible d'établir une typologie de la souche bactérienne ? De déterminer quelle est son origine ?

— Je l'ai déjà fait. Elle correspond à celles qu'on trouve dans des régions d'Inde et du Pakistan. »

Randi sursauta et Smith vit toute couleur quitter son visage.

« Du Pakistan, vous avez dit ?

— En effet. Est-ce important ?

— C'est une région bien connue pour les risques de terrorisme », intervint Smith, d'une voix délibérément neutre.

Il faisait confiance à Ohnara pour garder un secret, mais il ne voyait pas la nécessité d'établir de lien entre le Pakistan, l'évasion de Dattar et une souche virulente de choléra. Il allait demander à Klein de lui fournir davantage d'informations sur la matière biologique volée. Cette souche-là se trouvait peut-être dans une des boîtes isothermes.

« Je ne crois pas que ça puisse être une forme de terrorisme efficace, insista Ohnara. Comme je l'ai dit, il est difficile d'imaginer comment le choléra peut être utilisé de cette manière, du moins dans un pays moderne comme le nôtre. À l'évidence, si cette souche survit à certains des produits chimiques auxquels je vais la soumettre, je pourrai changer d'avis.

— Espérons que non ! » soupira Smith en lui serrant la main.

Smith et Randi gagnèrent le devant de l'immeuble mais, alors qu'ils allaient ouvrir la porte, Smith recula.

« Toujours inquiet ? remarqua Randi. Et si je sortais et que j'amenais la voiture à l'arrière, pour que tu puisses sauter dedans comme tout à l'heure ?

— Merci ! » sourit Smith avec soulagement.

Smith réitéra ce qu'il appelait la « course à la voiture » et fut soulagé que Randi s'éloigne du campus. « Alors, qu'est-ce que tu penses de cet échantillon ?

— L'idée qu'il vienne de la région de Dattar n'est pas rassurante, grogna Randi.

— Est-ce que tu pourrais être visée ? Tu as eu affaire à lui, dans le passé ?

— Non. Je n'ai jamais eu le moindre contact avec lui. Il n'a peut-être aucun lien, mais j'ai le sentiment que si. »

Elle tourna dans une rue au bout de laquelle Smith vit une station de métro. Il eut l'impression qu'elle allait ajouter quelque chose.

« Quoi ? voulut savoir Smith.

— Non, rien. Retour au Four Seasons ?

— Tu peux me déposer ici ? Je vais prendre le métro. J'ai des achats à faire.

— Bien sûr. Ça devrait aller. Personne ne nous a suivis.

— Je te crois sur parole », convint-il avec un sourire.

Elle lui sourit aussi, mais recouvra vite son sérieux. « On a un problème en raison de bactéries disparues. Il est possible que j'aie encore besoin de ton aide.

— Bien sûr ! » assura Smith en pensant aux boîtes isothermes.

Il descendit de la berline, esquissa un salut de la main et se dirigea vers le métro. Dès qu'il fut hors de vue, il appela Marty. Pas de réponse. Il laissa un message annonçant son arrivée, monta dans le métro et s'installa pour le trajet, non sans observer les autres passagers. La plupart lisaient un livre ou écoutaient de la musique dans leur casque, quand ils ne somnolaient pas. Personne ne fit attention à lui. Il sortit à la station Dupont Circle et fit le reste du chemin à pied, à vive allure, en jetant de rapides coups d'œil derrière lui tandis qu'il s'enfonçait dans un quartier résidentiel calme. Près de chez son ami, il repéra le petit homme rondouillard qui faisait les cent pas sur le trottoir.

Marty semblait agité et tenait un ordinateur portable ouvert entre les mains. Dès qu'il vit Smith, un sourire éclaira son visage. « Jon ! Jon ! J'ai reçu l'annonce de ta venue ! Je t'attendais. Je suis là ! »

Il faisait des gestes enthousiastes. Smith grogna et regarda autour de lui. Il aurait préféré que Marty l'attende à l'intérieur.

Il n'avait vraiment pas besoin qu'il annonce sa présence à tout le quartier, mais rien ne pouvait arrêter Marty, quand il était excité. Fort heureusement, rien ne paraissait inhabituel dans la rue. Marty vint à sa rencontre, et lui mit son ordinateur sous les yeux : « Je l'ai trouvée ! » claironna-t-il.

14

JON SMITH SE TENAIT DANS LE HALL TOUT DE MARBRE et de bois précieux de Landon Investments, à New York, et se demandait pourquoi des terroristes pakistanais voulaient tuer Rebecca Nolan, pourquoi la lampe du réfrigérateur de Randi Russell avait été enduite d'une souche de choléra originaire du Pakistan, et comment Oman Dattar avait bien pu tout organiser. Il avait passé le trajet en train depuis Washington à compulser tout ce que Marty avait trouvé sur Nolan. Ce qu'il avait appris d'elle l'impressionnait, mais le renvoyait pourtant à la question clé : qui pouvait vouloir sa mort et pourquoi ? Il avait transmis son identité à Randi, qui avait mis des agents de la CIA sur le coup.

Smith donna son nom à l'accueil, obtint un passe et gagna les ascenseurs. Les portes s'ouvrirent dans un souffle à l'étage des bureaux de Landon Investments. Grâce aux recherches de Marty, Smith savait que l'entreprise gérait plus de 3 milliards de dollars pour des clients de plus en plus riches, et qu'elle avait une réputation sans faille. À elle seule, Rebecca Nolan supervisait plus de 900 millions de dollars, et elle était considérée comme l'étoile montante de l'entreprise. Un article du magazine *Fortune* avait qualifié Landon Investments de « meilleur fonds de placement jamais connu », et expliquait que les gestionnaires évitaient délibérément les feux de la rampe, préférant agir en toute discrétion, ce qui correspondait aux désirs de leurs très riches clients.

La jeune Asiatique derrière la réception lui sourit en le voyant approcher. « Monsieur Smith, je vous présente mes excuses. Il n'y avait pas de passe prêt pour vous, parce que je n'ai pas été mise au courant de votre visite.

— Je vous en prie, ne vous excusez pas. Mme Nolan n'est pas au courant de ma visite. Il est pourtant important que je la voie. Est-elle disponible ?

— Mme Nolan ?

— Oui.

— Je suis désolée, mais Mme Nolan ne reçoit personne pendant les heures d'ouverture des marchés. Peut-être pourriez-vous revenir après 16 heures ?

— Je regrette, mais je dois la voir tout de suite. Pouvez-vous l'appeler ?

— Êtes-vous un client de Mme Nolan ? demanda la jeune femme dont le visage était de plus en plus soucieux.

— Non. Je suis membre de l'Institut de recherche sur les maladies infectieuses de l'armée des États-Unis, et je dois lui parler, expliqua-t-il en tendant sa carte.

— L'armée ? Est-ce à propos du vaccin Wingspan contre le charbon ? L'annonce de leur découverte a beaucoup fait grimper les actions de cette entreprise ! dit la réceptionniste avec enthousiasme.

— C'est bien à propos d'une bactérie, mais pas celle-là, corrigea Smith en entrant dans son jeu.

— Dans ce cas, je suis certaine qu'elle vous recevra à la minute où le marché fermera.

— Je dois la voir immédiatement, s'il vous plaît. »

Smith regarda la jeune femme déployer tous ses efforts pour garder son calme. Elle réagissait comme s'il avait exigé de voir le pape pendant la messe dominicale. Elle pressa un bouton. Au bout d'un moment, elle annonça la présence du visiteur et ajouta : « Il est dans l'armée. » Elle écouta et répondit : « Bien sûr. » Elle raccrocha et regarda Smith. « Mme Nolan dit qu'elle est désolée, mais qu'elle ne peut vous recevoir à cette heure. Elle demande que vous reveniez à la fermeture des marchés. »

Smith se souciait plus de son enquête que des marchés. Derrière la réception, un mur de verre dépoli séparait le hall des bureaux. Il distinguait les silhouettes floues des employés à leur poste de travail ou circulant dans la pièce. Il s'approcha des portes.

« Monsieur Smith, je suis désolée, mais où allez-vous ? »

La voix de la réceptionniste trahissait son angoisse. Elle se leva, toute petite, charmante, très agitée. Smith actionna la poignée. La porte ne bougea pas.

« Je vous demande de déverrouiller cette porte ! »

La jeune femme se redressa du haut de son mètre cinquante. Malgré sa petite taille, elle défendrait bec et ongles l'emploi du temps de Mme Nolan. « Je ne peux pas, monsieur. J'aurais déjà alerté la sécurité si vous n'apparteniez pas à l'armée. Vous devez reculer. Je serai ravie de vous donner un rendez-vous à 16 heures précises, à la clôture des marchés. »

Il revint vers elle, dans son espace personnel, à quelques centimètres. Elle ne bougea pas. Il admira qu'elle ne se laisse pas impressionner, mais il devait impérativement voir Mme Nolan. Il regarda le bureau et repéra le bouton dont il pensa qu'il ouvrait la porte.

« Madame… Lee, dit-il après avoir consulté son badge. J'apprécie votre sens du devoir, mais les nouvelles que je lui apporte ne peuvent attendre, si ce n'était pas le cas, je repartirais et elle saura que vous avez fait de votre mieux pour empêcher l'armée des États-Unis de prendre contact avec elle. »

Il lui adressa son plus beau sourire et il vit bientôt apparaître sur son visage une trace d'amusement. Il se pencha, pressa le bouton et fut récompensé par le déclic indiquant que la porte était ouverte.

Smith entra dans l'espace réservé aux courtiers de Landon Investments. Les rangées de postes de travail, une cinquantaine en tout, équipés d'ordinateurs, dessinaient un fer à cheval avec une travée au centre. L'agencement aboutissait à des fenêtres à sa droite et à sa gauche. Les courtiers portaient tous des casques semblables à celui de la réceptionniste, et presque tous parlaient dans leur micro. Le son de cinquante conversations différentes s'élevait et retombait autour de lui.

Au centre du fer à cheval se tenait Mme Nolan. Elle ressemblait exactement à sa photo, sauf que, ce jour-là, au lieu d'un tailleur strict, elle portait une robe fourreau rouge qui moulait son corps mince. Ses cheveux relevés découvraient des boucles d'oreilles, où Smith crut reconnaître des diamants jaunes. Elle contemplait quatre écrans d'ordinateur en demi-cercle et fronçait les sourcils. Smith s'avança dans la travée. Quelques courtiers lui jetèrent un coup d'œil, mais la majorité restèrent concentrés sur leur écran et l'ignorèrent. Mme Nolan l'ignora aussi et ne quitta pas ses ordinateurs des yeux. Il remarqua qu'elle mesurait plus d'un mètre soixante-dix et estima qu'elle devait avoir dans les trente-cinq ans. Elle ne leva la tête vers lui que lorsqu'il fut à moins d'un mètre de son mur d'écrans.

Ses yeux bruns exprimaient le même sérieux que sur la photo. Il la vit le toiser de la tête aux pieds pour ensuite relever les yeux vers son visage. Elle haussa un sourcil.

« Monsieur Smith, de l'armée, je suppose ?

— Oui. Je suis navré d'avoir forcé votre porte, mais il est impératif que je vous parle. C'est une question de vie ou de mort. »

Une étincelle de surprise passa sur son visage. « De vie ou de mort pour qui ?

— Vous. »

Le choc se lut sur son visage et son corps oscilla vers l'arrière. Elle tendit la main, pressa un bouton sur un téléphone et dit : « Gerald, surveille les pharmaceutiques pour moi, tu veux bien ? J'ai une courte réunion. »

Elle retira son casque et fit un signe de tête à Smith. « Allons dans mon bureau. »

Elle l'entraîna jusqu'à une porte en verre dépoli ouvrant sur un couloir aux tons de gris discrets et dont l'épaisse moquette étouffait leurs pas. Smith songea que tout, chez Landon Investments, voulait donner l'impression d'opulence, de calme, de compétence. Il était facile d'acheter des meubles chers, mais il se dit que l'impression de sérénité était bien plus ardue à créer alors que les marchés étaient en plein tumulte dans le monde entier. Rebecca Nolan s'arrêta devant une porte ouverte au coin de l'immeuble et fit signe à Smith de la précéder.

Le bureau était une sorte de prototype de design minimaliste. Sur le bureau en noyer noir trônaient trois écrans d'ordinateur, chacun montrant une chaîne financière différente avec bande passante en bas. Smith vit Nolan y jeter un coup d'œil en refermant la porte derrière elle. Le reste de l'espace était austère : une machine à café, et une lithographie abstraite au mur.

« Voulez-vous un café ?

— Volontiers, répondit Smith.

— Je vous en prie, asseyez-vous ! »

Smith choisit un fauteuil en cuir noir face au bureau. Nolan lui tendit une tasse de café avant de s'asseoir. Cette fois, elle ne regarda pas les écrans à sa gauche.

« C'est quoi, cette affaire de vie ou de mort ! »

Smith avait eu le temps dans le train de préparer ce qu'il espérait être une histoire plausible. Soudain, face au calme de son interlocutrice, il eut peur d'avoir l'air hystérique.

« Nous avons des raisons de croire qu'une organisation terroriste pakistanaise a ordonné votre exécution. »

Nolan écarquilla brièvement les yeux, mais n'afficha ni la surprise ni la peur auxquelles il s'attendait. Soit elle ne le croyait pas, soit autre chose était en jeu.

« C'est là une déclaration radicale, monsieur Smith. Quel est votre rôle pour détenir une telle information ? Êtes-vous membre du FBI ? Avez-vous une pièce d'identité ? »

Elle avait gardé son calme, mais il sentit de l'incrédulité dans sa voix ; elle le croyait sans doute un peu fou. Il craignit qu'elle n'appelle la sécurité.

Il lui tendit son permis de conduire et sa carte de l'USAMRIID, et combla le silence pendant qu'elle les consultait. « Je rentre de La Haye. J'étais au Grand Hôtel royal, pendant l'attaque. Si vous avez regardé les reportages, vous m'avez vu sortir par la fenêtre du deuxième étage. C'est à ce moment-là que j'ai appris que vous étiez visée. Avez-vous la moindre idée d'une raison pour laquelle un terroriste à l'autre bout du monde aurait eu votre photo dans sa poche ?

— Je suis bien sûr au courant de ce qui s'est passé au Grand Hôtel royal. J'ai vu les reportages. J'ai vu l'homme sortir par la fenêtre et s'échapper. Si c'était vous, je me réjouis que vous ayez survécu. L'attaque a ébranlé les marchés. La holding qui possède la chaîne à laquelle appartient cet hôtel a vu ses actions chuter de 4 dollars, après ces nouvelles. »

Stupéfait, Smith ne sut pas bien comment réagir. Il sentait sa patience s'épuiser. Il avait passé presque tout son temps, depuis l'attaque, à penser à elle et à trouver le moyen de la mettre en garde, et elle ne s'inquiétait que de la baisse des actions de l'hôtel !

« Honnêtement, madame Nolan, je me moque de l'état des finances de cette chaîne d'hôtels. Je suis venu vous dire que votre vie était en danger. Je ne peux vous donner aucun détail sur la manière dont je l'ai appris, mais je peux vous assurer que le danger est réel et que vous devez vous en inquiéter, et si possible avant la clôture des marchés. »

Il sortit de sa poche une autre carte qu'il posa sur le bureau. « Voici le numéro d'un agent de la CIA. Elle s'appelle Randi Russell. Elle a tout préparé pour que des agents vous emmènent dans une planque sécurisée en banlieue de Washington, le temps de réunir les renseignements nécessaires à l'arrestation des tueurs qui sont à vos trousses. Je vous suggère de lui téléphoner. Elle vous confirmera ce que je viens de vous dire.

— Je vais l'appeler, je reviens. »

Elle sortit. Smith attendit en sirotant son café, un œil distrait sur les écrans distillant les cours de la bourse. Au bout de dix minutes, Nolan revint, pâle mais déterminée, et Smith devina que leur réunion n'allait pas se terminer comme il le voulait, parce qu'elle aurait dû avoir l'air beaucoup plus tendue qu'elle ne l'était. Elle se rassit.

« Mme Russell a confirmé votre version des événements. Je lui ai posé une question, que je vous pose à votre tour : combien de temps croyez-vous que ça prendra de trouver l'assassin ? »

Smith hésita. C'était bien le problème. Il ne savait ni qui avait engagé l'homme du Grand Hôtel, ni pour le compte de quelle organisation il agissait, ni s'il travaillait seul ou avec le groupe qui avait démoli l'hôtel. Il n'avait aucune information crédible à fournir, et Randi non plus.

« Je n'en sais rien. Ça pourrait prendre des jours, voire des mois. On n'a aucun moyen de déterminer quand on vous attaquera.

— Des mois ? s'affola-t-elle. Impossible ! J'ai un travail. Une vie. Je vais engager un garde du corps dès cet après-midi. Deux, si nécessaire, mais je ne vais pas m'isoler pendant des mois. Si je le faisais, je ne retrouverais plus rien à mon retour.

— Si vous ne le faites pas, soupira Smith, la question ne se posera peut-être même plus. Il faut qu'on vous mette en lieu sûr pendant que la CIA démêle cette situation.

— J'ai à gérer presque un milliard de dollars de nos clients, et tout une équipe qui dépend de moi. Je ne peux pas partir d'un seul coup sans savoir quand je reviendrai.

— Avez-vous jamais pris en considération autre chose que l'argent, dans votre analyse ? s'irrita Smith. Parce que, laissez-moi vous le dire : tout l'argent du monde n'aura plus aucune importance quand vous serez morte !

— Monsieur Smith, réfléchissez à ce que vous me demandez. Vous voulez que je prenne mon sac et que je parte, comme ça ! dit-elle en claquant des doigts. Sans dire à mes clients, à ma secrétaire ou à mes collègues où je vais ni combien de temps je serai absente ? Vous me demandez de quitter ma vie, à l'instant, pour des mois, pendant que la CIA tente de localiser je ne sais quel assassin de l'ombre que vous n'attraperez peut-être jamais. Qui pourrait faire ça ? Le feriez-vous ? »

Il ouvrit la bouche pour lui dire qu'il le ferait, mais se retint. En tant que membre du Réseau Bouclier, il continuerait à toucher son salaire, et son poste à l'USAMRIID l'attendrait à son retour. Il n'avait pas de famille, pas d'épouse, pas de maîtresse, personne à qui rendre des comptes avant de disparaître. À cet instant, la différence entre sa vie et celle du citoyen moyen lui éclata au visage. Il fallait qu'elle parte. Sa vie en dépendait.

« Vous devez le faire. L'argent n'est rien, comparé à votre vie, et il ne devrait même pas entrer en ligne de compte. Vos clients ne devraient pas attendre de vous un tel sacrifice.

— Mes clients tiennent beaucoup aux fonds qu'ils me confient. Certains s'inquiètent plus de leur argent que de leur santé ou de leur famille.

— Ils se moqueront donc comme d'une guigne de vous, quand vous ne serez plus de ce monde ! Surtout quand on vous aura retrouvée avec une balle dans la tête. »

Il avait utilisé délibérément des mots qui pouvaient la choquer, mais ils parurent avoir l'effet opposé : ils la mirent en colère. Elle se leva.

« Merci d'être venu me prévenir. J'apprécie que vous vous inquiétiez et que vous soyez aussi franc. Je vous assure que je ferai ce qu'il faut pour me protéger, et je vous souhaite, à vous et à Mme Russell, de très vite régler ce problème. Je vais vous raccompagner. »

Smith la regarda, stupéfait. Elle le congédiait. Il s'était donné tout ce mal pour la trouver, pour la mettre en garde, et elle le congédiait ! Pourtant, il était sûr qu'elle était la clé de toute cette horrible affaire, de plus c'était la seule civile de l'équation, celle qui ne cadrait pas. Pour Howell et lui, c'était différent ; ils étaient du métier, et le fait que quelqu'un veuille les voir morts ne signifiait rien. À moins qu'elle aussi soit un agent secret – mais Klein n'avait trouvé aucune trace d'elle dans sa base de données. Son arrogance l'irritait au plus haut point. Il se leva et se rejouit de voir que, bien qu'elle fût grande, il la dépassait quand même.

« Vous ne parlez pas sérieusement ! Un terroriste, dans cet hôtel, a tenté de me tuer. Il avait en sa possession trois photos : une de moi, une de vous et une d'un homme que je connais. Cette photo de vous a été prise dans la rue, dit-il en montrant la fenêtre. Cette rue probablement, et vous n'avez pas su qu'on la prenait. Des gardes du corps ne vous serviront à rien. Il faut que vous vous planquiez. Avant, j'aimerais que vous m'expliquiez pourquoi cet assassin avait votre photo. Après tout, je suis moi aussi visé, j'ai le droit de connaître vos liens avec lui afin de me protéger. »

Elle plissa les yeux.

« Je ne vois pas ce que vous et moi pourrions bien avoir en commun pour que cet homme nous veuille morts tous les deux, articula-t-elle d'une voix grinçante.

— Dattar. »

Il avait lancé ce nom sans réfléchir, trop en colère. La stupéfaction s'inscrivit sur le visage de la jeune femme. Smith se dit qu'il avait touché juste.

« Qu'est-ce qu'il y a ? Dattar est-il un de vos clients ?

— Landon Investments a une politique de confidentialité.

— Je me fous de Landon Investments ! »

Il criait presque. Elle rougit et, pendant un instant, il crut qu'elle allait le frapper. Son corps vibrait de rage. Il la vit s'efforcer de se contrôler.

« Si vous avez fini de me transmettre vos informations, permettez que je vous raccompagne », dit-elle d'une voix cassante.

Il resta près d'elle sans relâcher la pression.

« Je vais vous dire une dernière chose avant de vous abandonner au sort que ces tueurs vous réservent. Votre vie a déjà changé, et elle ne redeviendra jamais normale. Vous allez regarder par-dessus votre épaule jusqu'à ce qu'on attrape ces tueurs, à moins qu'ils ne vous tuent avant. »

Elle ne baissa pas les yeux, et il put presque lire ses pensées tandis que son expression passait de la colère à la peur. Il était clair pour lui qu'elle pensait toujours pouvoir contrôler la situation. Au bout de quelques secondes, Smith hocha imperceptiblement la tête et recula d'un pas. Elle passa devant lui et il la suivit dans le couloir. Quand ils retournèrent dans la zone d'accueil, il entendit qu'elle retenait sa respiration.

« Oh, non ! » dit-elle d'une voix pleine d'angoisse.

Avant qu'il ne puisse l'arrêter, elle courut vers le comptoir en acajou.

La petite réceptionniste gisait sur le tapis, les yeux ouverts, la tempe transpercée par une balle.

15

REBECCA NOLAN S'EMPARA DU TÉLÉPHONE et Jon Smith la vit composer un numéro. Il se pencha sur le corps et chercha vainement son pouls. Nolan parlait au service de sécurité de l'immeuble.

« Est-ce qu'elle est morte ? demanda-t-elle à Smith.

— Oui. Est-ce que cet étage dispose d'un bouton qui condamne les portes ? »

Nolan en pressa un à l'opposé de celui que Smith avait utilisé plus tôt pour ouvrir les espaces de travail derrière eux, et il entendit toutes les issues se verrouiller. Le comptoir de la réception était à trois mètres de celles donnant sur la grande salle. Au-delà et vers la gauche, un couloir menait à un espace rectangulaire, avec les ascenseurs des deux côtés. Le tueur pouvait très bien attendre à quelques pas de la porte pour s'en prendre à quiconque quitterait les bureaux.

« Baissez-vous ! » ordonna Smith dans un murmure en tirant Nolan par le bras.

Elle s'agenouilla derrière le comptoir tout en continuant sa conversation avec le personnel de sécurité.

« Je viens de demander une ambulance pour… elle, dit-elle, sa voix se brisant sur le dernier mot.

— On doit sortir d'ici. Cet homme est à vos trousses. Si vous restez, il tuera tous ceux qui seront sur son chemin. Soit il traverse la salle en ce moment même pour vous trouver, soit il attend dans le hall pour vous cueillir quand vous sortirez de l'immeuble.

— Il y a des caméras qui enregistrent tout, dans cette zone. Je vais revenir en arrière. »

Toujours baissée, elle tira la tablette d'un clavier. Smith la regarda accéder au programme de sécurité. En quelques secondes, l'écran se divisa en quatre images montrant divers angles de la salle des transactions.

« Attendez ! Est-ce que vous remarquez quelque chose de nouveau ? Quelqu'un qui ne devrait pas être là ? »

Elle scruta l'écran. Les couloirs étaient vides. Elle secoua la tête. « Rien, assura-t-elle.

— Est-ce qu'il n'y aurait pas un point allumé si la caméra était alimentée ?

— Si.

— Il n'y a rien.

— Il a trafiqué le circuit.

— Ce qui signifie sans doute qu'il attend dans le couloir. Retournez à l'intérieur ! »

Elle pressa le bouton qui ouvrit la porte. Smith bondit pour se faufiler dans l'embrasure avant que la porte ne se referme. Elle filait droit vers son bureau.

« N'y allez pas ! »

Il courut à sa suite.

Debout derrière son bureau, elle glissa une tablette dans un attaché-case en cuir noir et un câble de raccordement au réseau électrique, un Filofax et une petite pochette. Elle jeta un coup d'œil à Smith en passant devant lui, et décrocha une gabardine bleu marine du portemanteau. Smith la saisit par le bras avant qu'elle n'ait eu le temps de franchir la porte et la retint tout en sortant son pistolet de son étui, sous sa veste. Nolan écarquilla les yeux de peur en le voyant.

« Du calme, ce n'est pas contre vous que je vais l'utiliser, même si ce n'est pas l'envie qui me manque, dit Smith d'une voix sourde. De quel côté se trouve l'escalier ?

— À droite. Lâchez-moi ! »

Il ne la lâcha pas. Il était à bout de patience et n'allait pas obéir à ses ordres.

« Pas question ! On part ensemble. Et les autres employés ? Combien y en a-t-il dans les bureaux ?

— Aucun, probablement, dit-elle en consultant sa montre. Ils sont tous dans la salle des transactions et y resteront jusqu'à la fermeture des marchés.

— Dans la grande salle par laquelle je suis entré ?

— Oui.

— Et les toilettes ?

— Il y en a deux reliées à la salle.

— Bon. Le nombre d'employés garantit en partie leur sécurité, et je doute que le tueur entre par là. Il ne devrait pas y avoir de problème d'ici l'arrivée des agents de sécurité. Je sors le premier pour m'assurer que le couloir est libre.

— Allez-y ! » dit-elle d'une voix hargneuse qu'il ne releva pas.

Il la lâcha, s'approcha de la porte et regarda dans les deux directions avant de lui faire signe de le suivre à droite, vers le panneau lumineux « sortie » qui indiquait l'escalier. Il avait fait dix pas quand il se rendit compte qu'elle n'était pas derrière lui. Elle tournait dans un autre couloir.

Mon Dieu, je vais la tuer moi-même ! songea Smith. Il la rattrapa dans un renfoncement donnant sur l'ascenseur de service. Elle passa sa clé magnétique contre le panneau et pressa le bouton de la descente, puis lui présenta un visage qui exprimait un mélange de défiance, de détermination et de panique à peine contrôlée.

« Je ne sais pas qui vous êtes vraiment ni pourquoi vous êtes venu mais, à la minute où vous êtes apparu, tout a basculé. Je ne veux pas de votre aide, je n'en ai pas besoin. Prenez l'escalier, je prends l'ascenseur. Si vous me suivez, je hurle ! »

La porte de l'ascenseur s'ouvrit et Smith fut soulagé de voir qu'il était vide. Elle entra, il la suivit, posa une main sur sa bouche et de l'autre lui bloqua la taille et la poussa dans un coin de l'ascenseur. Elle se débattit et il sentit qu'elle écartait les lèvres comme si elle envisageait de lui mordre la main. Il la plaqua contre la paroi de l'ascenseur.

« Vous allez m'écouter ! dit-il dans son oreille. Il y a un assassin, ici, qui a l'intention de me tuer et de tuer un homme que j'aime beaucoup. Il se trouve qu'il veut aussi votre peau et, même si, à cet instant, cette idée me paraît assez séduisante, je tiens à obtenir des réponses de vous avant que vous mouriez. Criez tant que vous voudrez, je demanderai à Russell d'appeler le flic payé par Landon Investments pour protéger ses employés, et je peux vous jurer que nous sortirons d'ici ensemble. »

Il pressa le bouton de la descente. Il ne s'alluma pas. Il recommença. Rien. « Utilisez votre foutue carte et mettez cet engin en marche ! Tout de suite ! »

Il retira sa main de son visage et recula. Une fois de plus, elle était rouge de rage, mais aussi de peur. Elle passa sa clé magnétique contre le panneau et pressa le bouton. Les portes se fermèrent.

« Quand les portes s'ouvriront, à quel étage serons-nous ? demanda-t-il d'une voix plus dure qu'il ne l'aurait voulu.

— Celui du chargement des marchandises », répondit-elle d'une voix égale malgré sa panique évidente.

Il devait admettre qu'elle savait faire preuve de sang-froid.

« Vous avez une voiture ?

— Pas ici.

— Est-ce que vous en avez une chez vous que nous pourrions utiliser ? »

Elle ne répondit pas, le visage fermé.

« C'est pour gagner la planque. Sinon, j'appellerai la CIA pour qu'on vienne nous chercher.

— C'est ça, appelez la CIA ! Je me sentirai plus en sécurité avec eux qu'avec vous. »

Il n'était pas habitué à être considéré comme le méchant. Une fois de plus, il dut se contenir. Il avait fait ce qu'il devait faire. Si elle était en vie, c'était grâce à lui.

« Très bien. J'appelle. »

Il sortit son téléphone, mais il n'avait pas de signal. Il appellerait de la rue.

La porte de l'ascenseur s'ouvrit et Smith se retrouva face au canon d'une arme.

16

JON SMITH DÉVIA LE CANON de l'arme tandis que Rebecca Nolan frappait l'attaquant masqué d'une cagoule noire avec son attaché-case, lui faisant perdre l'équilibre. Les portes de l'ascenseur commencèrent à se refermer et Smith saisit Nolan pour lui faire réintégrer la cabine.

« Faites-nous monter au hall d'accueil ! »

Nolan scanna sa carte et pressa le bouton. Ses cheveux s'échappaient de sa barrette et ses articulations étaient blanches tant elle serrait la poignée de son attaché-case. Elle s'adossa contre la paroi de l'ascenseur, la terreur se lisait dans son regard.

« Quand les portes s'ouvriront, je veux que vous ayez l'air tout à fait calme, compris ?

— Il y a des caméras dans le parking. Les agents de sécurité ont dû tout voir, fit-elle remarquer d'une voix apeurée.

— J'en doute. Il a réussi à désactiver la caméra de votre réception, il aura aussi bloqué les autres.

— Je vais les prévenir, il faut arrêter ce massacre. »

Elle était redevenue déterminée. Elle se redressa, retira sa barrette et ses cheveux tombèrent sur ses épaules. Smith doutait que le tueur continue sa traque dans l'immédiat, mais il n'avait pas de temps à perdre et ne pouvait pas se permettre d'attendre la police pour leur raconter toute l'histoire. Il fallait qu'ils partent. Les portes s'ouvrirent. Plusieurs policiers étaient déjà là, en grande discussion avec les agents de sécurité de l'immeuble.

Smith saisit de nouveau Nolan par le bras. « Parlez-leur, mais soyez prête à filer. C'est après vous et moi qu'il court. Je ne sais pas bien pourquoi il a tué votre réceptionniste sauf, sans doute, pour vous faire peur ou pour créer une diversion pendant qu'il vous pourchassait. Je vais signaler à la CIA qu'il est dans le parking. »

Smith la lâcha, prit son téléphone et se mit à rédiger un message pour Randi tout en se dirigeant vers le hall.

« On va sortir par l'arrière, dit Nolan.

— Non. C'est ce qu'il attend de nous. On va passer par la porte principale. Il est possible que ces messieurs de la sécurité veuillent nous retenir. Soyez prête à leur faire comprendre que nous devons sortir de l'immeuble. »

Il poussa la porte donnant dans le hall d'entrée. Comme il l'avait pressenti, il se remplissait de policiers. Nolan s'approcha du premier, un officier qui évaluait sa robe de luxe et son attaché-case en beau cuir, et l'homme beaucoup moins chic qui l'accompagnait.

« Monsieur l'agent, il y a un homme dans le parking qui brandit une arme. Je descendais pour prendre ma voiture quand je l'ai vu. Il est vêtu de noir et il porte une cagoule. Dépêchez-vous ! »

Elle montra l'escalier qui descendait au garage. Les autres policiers et les employés de l'accueil l'entendirent, et tout le monde se mit à parler en même temps. L'agent et trois de ses collègues dégainèrent leur arme et prirent la direction de l'escalier. Smith saisit sa chance et entraîna Nolan jusqu'à la porte à tambour. Une fois dans la rue, Smith tourna à gauche et ils se frayèrent un chemin à travers la foule.

« Bien joué ! » dit-il.

Nolan ne répondit pas. Elle restait à côté de lui, mais elle ne cessait de se retourner et de jeter des coups d'œil effrayés derrière elle.

« Essayez de ne pas trop montrer votre peur. Ça ne peut qu'attirer l'attention sur nous, conseilla Smith.

— Où allez-vous ? »

Smith ne put éviter de remarquer qu'elle disait « vous » et non pas « nous ». Elle espérait encore s'en sortir seule.

« Au coin de l'avenue, pour héler un taxi. On va en prendre un et filer aussi loin que possible.

— Et de là ?

— Dans une des planques de la CIA. »

Il crut qu'elle allait protester mais, à son grand soulagement, elle sembla approuver l'idée. Son téléphone vibra, annonçant un texto. C'était Randi Russell : *Va au nord-ouest. Utilise cette planque et appelle-moi quand vous y serez.* Elle laissait une adresse dans l'Upper West Side et des instructions. Au carrefour, ils montèrent dans un taxi et Smith donna une adresse au chauffeur.

« C'est à une rue de chez moi ! remarqua Nolan.

— Joli quartier ! »

Elle ne releva pas. Vingt minutes plus tard, ils arrivèrent près de chez elle. Smith attendit que le taxi disparaisse avant de prendre la direction de Central Park. Nolan l'accompagna. Il héla un autre taxi.

« Et maintenant ? » s'impatienta Nolan.

Smith indiqua au chauffeur une intersection dans l'Upper West Side, près de la planque. Nolan poussa un soupir, mais resta silencieuse pendant la traversée du parc. Dix minutes de trajet et ils étaient devant une maison mitoyenne de trois étages semblable à toutes celles de la rue, bien entretenue, avec une pancarte d'agent immobilier en bas du perron. La poignée était munie d'un cadenas chiffré. Smith pressa quelques boutons et le cadenas s'ouvrit ; un jeu de clés tomba dans sa paume. Il saisit Nolan par le bras.

« Arrêtez de me tenir. Je ne vais nulle part !

— Menteuse ! »

Il la fit entrer sans se préoccuper de ses grognements.

L'appartement se trouvait au second et dernier étage. Smith fut heureux qu'un tapis étouffe leurs pas dans l'escalier. Il y avait deux logements par étage, mais le silence convainquit Smith que leurs occupants n'étaient pas là. Quand ils arrivèrent en haut, ils virent le « 3B » sur leur droite. Smith inséra la clé dans la serrure, et la porte s'ouvrit.

Sur la table de l'entrée, il y avait une station de rechargement par induction pour téléphones portables. Smith jeta les clés sur la feutrine censée recevoir les appareils électroniques et passa dans le séjour. Une porte donnait dans la cuisine. L'ameublement minimaliste avait visiblement connu des jours meilleurs. Un canapé en cuir faisait face à un écran plat et à un lecteur vidéo. Entre les deux, une table basse en verre. À gauche, une volée de marches menait à l'étage supérieur, où devaient se trouver les chambres.

Près du canapé, sur une console, on avait laissé une télécommande et, sur son support, un élégant téléphone argenté, qui se mit à sonner. Du coin de l'œil, Smith vit Nolan ressortir de la cuisine et le regarder.

Smith consulta le petit écran du téléphone pour connaître le numéro de celui qui appelait. Il lut « indisponible », ce qui lui indiqua que c'était sans doute quelqu'un de la CIA qui vérifiait leur statut. Il décrocha et colla le combiné à son oreille.

« Vous êtes arrivés ? demanda Randi.

— Oui. Vous avez arrêté le tireur du garage ?

— Non. Parti depuis longtemps. Est-ce que Nolan t'a donné des informations ? »

Smith regarda la femme en question, qui le scrutait avec son sérieux habituel.

« Je n'ai pas eu un moment pour respirer. Dès que je peux, je te le fais savoir.

— Bien. On n'a toujours aucune idée de l'endroit où se trouve Dattar. Tant qu'on ne lui a pas mis la main dessus, il vaudrait sans doute mieux que vous ne sortiez pas. Il y a à manger dans le réfrigérateur et de l'alcool dans le bar, au coin du salon. J'y ai mis ta boisson préférée. »

Smith repéra le bar.

« C'est-à-dire ?

— Un Vesper, bien frappé. »

Smith sourit. « James Bond gardait son sang-froid sous le feu des armes. Quant à moi, il me faudra une sacrée dose, pour la séance qui m'attend.

— Tu crois qu'elle sait quelque chose ?

— J'en suis certain.

— Appelle-moi si tu apprends quoi que ce soit d'utile. À n'importe quelle heure. Je suis à New York, dans le centre de Manhattan, et je pense y rester au moins vingt-quatre heures de plus. On aurait besoin d'une avancée. Tous les terroristes sont morts avant qu'on ait pu les interroger, les boîtes isothermes n'ont pas été retrouvées et Dattar a disparu.

— Des nouvelles de Howell ?

— Rien. Mais pas de corps non plus. Il est peut-être encore en vie.

— Qui le cherche ?

— J'ai sorti Beckmann de La Haye et je l'ai mis sur le coup.

— Excellent.

— C'est le meilleur, même s'il a des méthodes pas très orthodoxes.

— Tiens-moi au courant !

Smith raccrocha.

— C'était Mme Russell ?

— Oui. Ils n'ont pas attrapé le tireur. Elle nous conseille de faire profil bas un moment.

— Combien de temps ? soupira Nolan en contemplant la pièce.

— J'en sais rien ! » dit-il en levant les mains.

Il aurait voulu se mettre au travail immédiatement et exiger des réponses concernant ses liens avec Dattar, mais il ne pensait pas qu'elle coopérerait. Il décida d'essayer d'établir une relation plus détendue avec elle. « Vous avez faim ? On m'a dit qu'il y avait à manger quelque part.

— Oui, très faim.

— On va voir ce qu'on trouve », dit Smith avec un sourire.

Il retira sa veste, qu'il posa sur le dossier d'une chaise, et alla dans la cuisine. Il remarqua que les yeux de Nolan étaient fixés sur son arme dans son étui, mais elle le suivit, ce qu'il prit pour une victoire, puisque c'était la première fois depuis leur rencontre. Il ne lui fallut guère de temps pour rassembler tout ce qui était nécessaire à la confection d'un sandwich. Il en prépara deux et tendit à Nolan une assiette et une bouteille de thé glacé.

« Désolé, pas d'eau en bouteille.

— Le thé, ça ira très bien. Je vais aller me laver les mains. »

Smith hocha la tête et s'installa à la table de la cuisine pour manger.

Au bout de dix minutes, comme elle n'était pas de retour, il écarta sa chaise et monta à l'étage. L'escalier aboutissait à un long couloir avec une porte à chaque extrémité. Il dégaina son arme. La première porte était celle d'une petite chambre meublée seulement d'un lit entouré de deux tables de chevet, d'une commode et d'un écran plat. Une porte au fond donnait sur une petite salle d'eau avec une douche et un lavabo. Pas de Nolan.

Il revint dans le couloir et ouvrit la porte de ce qu'il supposait être la chambre principale. En effet : elle était un peu plus grande, avec un lit plus grand aussi, une commode et un téléviseur. À sa gauche, la porte de la salle de bains. À sa droite, trois fenêtres. Une légère brise entrait dans la pièce par celle qui était la plus éloignée de la porte.

Elle s'était sauvée.

17

Quel idiot ! soupira Jon Smith. Il plaça sa main libre sur le rebord de la fenêtre et se pencha au-dehors. L'escalier de secours était vide, l'échelle du bas rétractée. Elle devait avoir sauté. Il balaya la rue des yeux, sans la repérer. Il ferma la fenêtre et retourna dans la cuisine pour téléphoner à Marty, qui décrocha à la seconde sonnerie.

« Jon, tout va bien. Tu l'as trouvée.

— Oui, mais je viens de la perdre.

— Oh ! Je suis en train de regarder les nouvelles. On parle de ce tireur dans l'immeuble de Landon Investments, à New York. La femme morte n'est donc pas elle ?

— C'est la réceptionniste. J'ai conduit Mme Nolan dans une planque, mais elle a filé. Elle n'est pas aussi coopérative que je l'espérais.

— Je t'ai dit qu'elle avait l'air en colère. Les gens en colère ne font jamais ce qu'on veut. »

Smith marqua une pause. Le commentaire de Marty était subtil mais, à nouveau, il ne pensait pas que le mot « colère » soit approprié. « Elle a un téléphone sur elle, ainsi qu'une tablette. Est-ce que tu peux la retrouver par l'un de ces moyens ?

— Quel genre de logiciel, sur son téléphone ?

— Aucune idée.

— Numéro ?

— Non.

— Tu ne me donnes pas grand-chose ! soupira Marty.

— Je sais. Désolé.

— Il va falloir que je pirate les principaux serveurs, que je trouve son numéro et que je voie ensuite si je peux la repérer. Certains systèmes ont un GPS, ce qui nous indiquerait sa position exacte, mais d'autres ne fournissent qu'une triangulation à partir du signal de l'antenne la plus proche. Dans ce cas, je ne pourrai que te donner un rayon, et tu devras sillonner le coin. Comment est-ce qu'elle s'est échappée ? »

Marty avait raison : il aurait dû prévoir qu'elle s'enfuirait mais, de toute façon, il n'aurait jamais pu la retenir contre sa volonté.

« J'ai pensé qu'une civile serait plus gérable. En fait, elle ne se comporte pas du tout comme une civile. »

Elle se comporte comme quelqu'un qui a quelque chose à cacher, continua-t-il en silence.

« À quoi elle ressemble ?

— Sérieuse, intelligente, obsédée par son travail. Elle a réagi à la nouvelle qu'un assassin était à ses trousses avec beaucoup moins d'émotion que je l'aurais cru.

— On dirait moi », remarqua Marty.

Smith leva un sourcil. Une fois de plus, Marty était proche de la vérité. Smith n'aurait pas été surpris d'apprendre que Nolan avait des traits d'autisme Asperger.

« Qu'est-ce que tu vas faire, Jon, pendant que je la traque ? »

Marty avait l'air de s'amuser aux dépens de son ami.

« Je vais chez elle, c'est probablement la première idée qu'elle aura.

— Tu viens de me dire qu'elle n'agit pas comme une civile, alors pourquoi tu la traites comme si elle en était une ? »

Smith fut sauvé par un bip qui lui annonçait un appel.

« Il faut que je te laisse. Tu m'appelles dès que tu trouves quelque chose ! »

Il coupa la communication.

« C'est Randi. Je suis à la porte. Évite de me faire sauter la cervelle ! »

Smith avait toujours son arme à la main. Il la glissa dans son étui. Randi arriva dans la cuisine à peine quelques secondes plus tard. Elle portait un jean noir, un T-shirt extra-large, un blouson indigo et aux pieds des chaussures de sport noires à semelle en caoutchouc blanc.

« J'ai perdu Nolan.

— Hein ? Comment ? »

Smith lui raconta toute l'histoire et l'informa que Marty allait essayer de la retrouver grâce à son téléphone portable.

Randi regarda le sandwich de Nolan. Smith s'en rendit compte. « Tu le veux ? Elle n'y a pas touché.

— Je meurs de faim ! »

Elle tira une chaise et décapsula la bouteille de thé. Elle était pâle, visiblement épuisée.

« Tu es malade ?

— J'ai attrapé je ne sais quel virus, ce qui n'est pas surprenant. Je travaille jour et nuit pour mettre la main sur Dattar.

— Ce n'est pas à cause de l'échantillon dans ton frigo, j'espère !

— Je me suis posé la question, dit-elle après avoir avalé une bouchée de son sandwich. J'ai même rappelé Ohnara pour qu'il m'éclaire à ce propos, mais il m'a assuré que mes symptômes ne correspondaient pas au choléra, que si je l'avais contracté, je le saurais, et que ce serait bien plus violent que ça.

— C'est sûrement vrai. Je l'ai vu en action dans les pays du tiers-monde. C'est horrible.

— Qu'est-ce que Nolan peut bien avoir à cacher ? Et, je suis d'accord avec toi, elle a dû rentrer chez elle.

— Allons-y ! On n'a que quelques minutes de retard sur elle.

— Tu n'as pas terminé ton sandwich. Ne t'en fais pas. J'ai posté un agent devant chez elle. Dès qu'elle arrivera, il l'enfermera. Il faut que je te parle d'autre chose. »

Smith, soulagé, inspira profondément. Il aurait dû savoir que Randi avait pensé à tout. Il se rassit, mais découvrit qu'il était trop nerveux pour manger.

« Ohnara dit que l'échantillon de choléra montre que c'est bien une bactérie mutante, mais il ne croit pas qu'elle présente de risque – du moins pas dans ce pays. Il l'a soumise à tous les traitements habituels de l'eau, et elle est toujours morte. En fait, d'après ses expériences, elle est morte si vite qu'il pense que la mutation l'a affaiblie.

— Hum… Si c'est vrai, il devra commencer par introduire cette bactérie mutante dans les populations exposées au choléra. Pour des gens bien intentionnés, un petit ajustement, et ça pourrait affaiblir la maladie.

— N'oublie pas que, sans traitement, elle se multipliait à une vitesse stupéfiante. Ça pourrait aussi rendre la maladie plus virulente.

— C'est pour ça qu'il faudrait l'ajuster. Renforcer ce dont on a besoin et laisser le reste.

— C'est Dattar qui m'inquiète le plus, dit Randi en repoussant son assiette vide. On entend dire qu'une attaque de grande ampleur est en préparation contre une ville américaine. On ne peut pas être sûr que Dattar en est le cerveau, mais ça ne me plaît pas qu'il se soit évadé.

— Il faut qu'on retrouve Nolan. Elle sait quelque chose, j'en suis presque certain. Dès que j'ai prononcé le nom de Dattar, elle s'est fermée. Elle s'est retranchée derrière le secret bancaire. S'il n'était pas un client, elle n'aurait aucune obligation envers lui, et elle se serait contentée de dire qu'elle ne le connaît pas. Le fait qu'elle ait sorti la carte de la confidentialité prouve qu'elle le connaît. »

Ils entendirent des pas dans l'escalier.

« On attend quelqu'un ? » murmura-t-il.

Randi secoua la tête et sortit son arme de son étui, sous son blouson. Les pas se rapprochaient, presque silencieux. Smith tira son pistolet et se colla au mur sur le côté de l'entrée. Randi prit position derrière lui. Les pas s'arrêtèrent sur le palier et une clé fut introduite dans la serrure. La porte s'ouvrit et un homme grand aux cheveux gominés et vêtu d'un costume gris entra. Smith pressa le canon de son arme contre sa tempe.

Il se figea. « Colonel Smith ? »

Randi baissa son arme et s'approcha. « C'est bon, il est de la CIA. Il a failli vous faire sauter la cervelle ! » dit-elle au nouveau venu.

L'homme se tourna vers elle avec un sourire d'excuse. « Désolé, Russell ! J'aurais dû vous prévenir de mon arrivée. »

Russell rengaina son arme. « Jon Smith, je te présente Steve Harcourt. Il est le chef de la Division du Proche-Orient de la CIA, actuellement détaché auprès de la police de New York. »

Smith fit un signe de tête. L'attitude de l'homme et son costume de luxe sur mesure en disaient long sur sa position au sein de l'agence. Il remarqua une petite bosse sous sa manche et supposa que Harcourt portait une arme. Il imagina la surprise des habitants de ce quartier, s'ils savaient combien de gens circulaient parmi eux avec des armes dissimulées sous leurs vêtements. Un crépitement fit sursauter Randi. Elle sortit son BlackBerry et consulta l'écran.

« Jordan dit que Nolan n'est pas rentrée chez elle.

— Je la croyais ici ! » s'étonna Harcourt.

Smith s'apprêtait à raconter sa bévue, quand Randi le prit de vitesse.

« Elle s'est échappée. On a demandé à ce qu'elle soit suivie grâce à son téléphone portable. J'ai envoyé Jordan chez elle tôt ce matin, par précaution.

— Est-ce judicieux ? demanda Harcourt en se frottant le menton. Rien ne la relie à l'enquête qui nous occupe.

— Nous avons les photos dans la poche du terroriste dont je vous ai parlé, rétorqua Randi.

— Je la crois liée à Dattar, déclara Smith.

— Si j'ai bien compris, dit Harcourt en toisant Smith, vous êtes membre de la branche militaire du service des maladies infectieuses, c'est bien ça ? J'apprécie vos idées, et je suis content de voir que vous vous êtes sorti de l'attaque du Grand Hôtel royal, mais poursuivre Dattar est du ressort de la CIA. »

Ce type irritait de plus en plus Smith. Il avait une attitude de bureaucrate qui voulait marquer son territoire et n'avait jamais travaillé sur le terrain.

« Mon travail consiste à me protéger. Quelqu'un me vise et vise Mme Nolan, et j'ai l'intention de découvrir de qui il s'agit.

— Il semblerait que Mme Nolan ne veuille pas de votre aide, sinon elle serait encore là, j'imagine. »

Smith prit son souffle pour répondre, mais Randi s'interposa entre Harcourt et lui.

« Concentrons-nous sur les faits, vous voulez bien ? Il y a eu une attaque contre le Grand Hôtel royal la nuit où les plus grands spécialistes des maladies infectieuses y étaient réunis, et où Dattar s'est évadé de prison. Des photos de Mme Nolan, de Smith et d'un ancien agent du MI6 appelé Howell ont été trouvées dans la poche d'un des assaillants. Mme Nolan gère des fonds et pourrait bien avoir traité avec Dattar, surtout que sa réceptionniste a été abattue moins de vingt-quatre heures après l'évasion. Pour l'instant nous ne savons pas où est Dattar, et nous voulons interroger tous ceux qui pourraient détenir des informations à son sujet. Si c'est Rebecca Nolan, il faut qu'on la retrouve et qu'elle soit interrogée.

— Par la CIA, par personne d'autre ! » insista Harcourt en posant sur Smith un regard menaçant.

Sale con ! pensa Smith.

« D'où la nécessité de poster un agent chez elle.

— Je continue à penser que c'est du gaspillage, mais si vous le jugez nécessaire..., dit Harcourt avec un haussement d'épaules.

— En effet », confirma Randi.

Le téléphone sonna de nouveau. Elle appuya sur la touche haut-parleur.

« Madame Russell ? C'est Jana Wendel. Jordan a été abattu. »

18

KHALIL S'ÉLOIGNA CALMEMENT de sa position en face de chez Nolan, et dépassa la voiture au pare-brise explosé et son occupant effondré sur le volant. Il savait que l'agent avait survécu assez longtemps pour appeler à l'aide, parce qu'il l'avait vu prendre son téléphone et parler avant de perdre conscience. Khalil s'en moquait. L'agent aurait dû être plus rapide. Il avait visé Khalil, l'avait contraint à s'accroupir pour tirer. En conséquence, il n'avait pu envoyer une balle tueuse. Khalil allait avoir trente-cinq ans. Ses réflexes auraient donc dû être plus lents que ceux d'un jeune agent. Que ce soit le contraire mettait en lumière la faiblesse de la CIA.

Khalil s'agaçait seulement que Rebecca Nolan ne soit pas rentrée chez elle. Abattre l'agent était une petite compensation, mais il était clair que celui-ci avait remarqué que Khalil surveillait ce tronçon de rue. Khalil était resté quelques minutes de plus après son tir, au cas où Nolan ferait son apparition, mais il était parti en entendant les sirènes d'une ambulance, au loin. Il avait gagné Central Park, où il s'était mis à courir, comme les dizaines de personnes qui faisaient leur jogging. Quand il fut assez loin, il composa un numéro sur son téléphone.

« Tu l'as eue ? demanda Dattar.

— Elle ne s'est pas pointée chez elle. Mais un agent de la CIA était là. Tu ne m'avais pas dit que la CIA s'intéressait à elle !

— Je ne le savais pas ! De toute façon, c'est de ta faute. Tu n'aurais pas dû tuer la réceptionniste.

— Qu'est-ce que tu racontes ?

— Je parle de la réceptionniste à N… le bureau *cible*. Elle a pris une balle dans la tempe. Ta signature.

— Mais ce n'est pas moi ! Est-ce que tu as payé quelqu'un d'autre pour atteindre cette cible ?

— Non ! Et je ne le ferai pas. Mais c'était une idée idiote, parce que la police a envahi les lieux. Si tu as l'intention de la surprendre au boulot, tu te feras pincer.

— Aucune importance ! Je n'ai jamais eu l'intention d'y aller. C'est trop visible. Celui que tu as payé en plus de moi est un crétin, et je suggère que tu lui réclames le remboursement de ton argent – à condition que tu l'aies payé ! ajouta Khalil d'une voix sarcastique.

— Je n'ai payé personne d'autre ! C'est sur toi que je compte pour la dégommer. Sinon, pas d'argent ! Tu as compris ? »

Dattar raccrocha. Khalil regarda fixement le téléphone en s'efforçant de rester calme, de respirer. Il allait éliminer tous ses rivaux et mettre la main sur Nolan. Il s'assit sur un banc et appela son second, Manhar.

« Tu l'as trouvé ?

— Il est dans un petit hôtel, à Harlem.

— Excellent ! Tu es sûr que c'est lui ?

— Oui. Vieil Anglais. Amolli. Il sera facile à tuer. Tu veux que je l'abatte ?

— Oui, mais fais croire à autre chose.

— Je vais arranger ça.

— Bien. Je m'occupe de Nolan et de Smith.

— Je… j'ai entendu des rumeurs, à propos de Smith.

— Quoi ?

— Il est malin.

— Il est américain ! Aucun d'entre eux n'est plus malin que moi !

— On dit que c'est un traître. Il a forcé Dattar à autoriser la vaccination dans son village. Des centaines d'enfants. Y compris les miens.

— Ils sont en vie ?

— Oui. Quand la diphtérie a touché le village d'à côté, aucun de nous ne l'a attrapée, mais Dattar aurait dû empêcher ce médecin de faire ça. Les anciens du village affirment que ce sont les Nations unies qui ont apporté la maladie et infecté délibérément le village voisin pour prouver que leur médecine est efficace. Qui sait ce que les Nations unies leur ont vraiment injecté ? Dattar est faible.

— Dattar ne compte pas ! réagit Khalil en se levant pour reprendre sa marche, mais ses entreprises, si. J'en veux ma part. Et il prévoit des représailles. Ne t'en fais pas. La maladie ne va pas tarder à s'étendre. Personne ne sera épargné. Concentre-toi sur l'Anglais ! »

Il raccrocha et reprit la direction du nord-est de Manhattan.

Quand Dattar téléphonait, il ne s'embarrassait pas de préambules : « Tu as éliminé Smith ?

— Pas encore, répondit un homme. Les choses sont plus compliquées que je le croyais, mais je sais où il est.

— C'est toi qui as abattu la réceptionniste ? C'était stupide !

— Laisse-moi choisir mes méthodes. Smith coopère avec la CIA, il est dans une de leurs planques. J'ai donc eu une meilleure idée. La police a un enregistrement vidéo de Smith en train de pénétrer dans les bureaux de Landon Investments. Dans moins de trois heures, tous les flics de New York seront à sa poursuite.

— En quoi est-ce mieux que de lui loger une balle dans la tête ?

— La CIA ne voudra pas qu'on croie qu'elle protège un tueur. On posera des questions sur son rôle dans l'attaque du Grand Hôtel royal. D'un seul coup, il passera du statut de héros survivant à celui de conspirateur possible. La CIA s'en lavera les mains. Quand je l'abattrai, tout le monde s'en moquera. Il ne sera qu'un tueur éliminé de plus.

— Excellent ! se réjouit Dattar.

— Quand est-ce que tu vas me payer ?

— Je dois laisser passer un peu de temps entre mon évasion et l'accès à mes comptes, expliqua Dattar en perdant son sourire. Ça vaut mieux pour tous les deux. Tu ne veux pas non plus qu'on s'aperçoive que tu as reçu mon argent juste après, si ? »

Dattar grinça des dents en attendant la réponse.

« D'accord, mais que ça vienne vite. Je ne fais pas ça pour l'amour de l'art, et ceux à qui je dois de l'argent me harcèlent un peu plus chaque jour.

— Bien sûr ! dit Dattar, soulagé, avant de raccrocher et d'exploser. Quand je mettrai la main sur cette femme, je la suspendrai à un croc de boucher et je l'écorcherai vive. Elle me suppliera de la tuer !

— Ils continuent leur mission bien que tu ne les paies pas ? » s'étonna Rajiid en se détournant de l'écran de son ordinateur.

Dattar hocha la tête. Il alla se verser une tasse de café, mais le bateau tangua et il perdit l'équilibre, renversant un peu du liquide brûlant. « Quand est-ce qu'on arrive à Chypre ? Je ne supporte pas ce sale cargo !

— Pas avant vingt-quatre heures au moins. On contourne l'orage qui s'est abattu sur la côte italienne. »

Le navire tangua de nouveau mais, cette fois, Dattar ne se laissa pas surprendre et le café resta dans sa tasse.

« À propos des boîtes isothermes, quand est-ce qu'on pourra diffuser la maladie ?

— Je n'ai aucune nouvelle des essais. Dès que ce sera fait, ça pourra aller vite. J'envisage aussi d'ajouter une école maternelle à la cible. Dans ces conditions, personne ne remettra en question l'épidémie. »

Dattar contempla le visage placide de Rajiid. Cet homme n'avait pas la moindre trace de conscience, c'était certain, mais Dattar non plus ne pouvait pas se soucier des enfants des autres. Il valait mieux qu'ils ne deviennent pas ses ennemis en grandissant.

« Tu as rangé les armes ?

— Dans la salle des machines. »

19

Jon Smith suivit Randi Russell, qui descendait les marches de la maison deux à deux. Harcourt était resté dans la planque pour répondre aux appels téléphoniques et coordonner les actions. Ils hélèrent un taxi et se jetèrent dedans. Pour Smith, la traversée de Central Park prit une éternité, mais il trouva que Randi semblait particulièrement touchée. Elle transpirait, tremblait, pâlissait.

« Tu le connaissais depuis longtemps, cet agent ?

— Non, quelques semaines à peine, mais il était intelligent et plein d'idées. Je savais qu'il manquait un peu d'expérience pour certaines missions sur le terrain, mais je croyais que faire le guet devant chez Nolan serait de la routine. Il devait juste appeler s'il la voyait. »

Des véhicules de police et une ambulance bloquaient déjà la rue. Un officier se tenait au coin pour faire circuler les voitures sur l'avenue. Randi sauta du taxi et fonça sur l'officier en lui présentant sa plaque, mais elle referma l'étui avant qu'il puisse la scanner. Smith l'accompagnait. Il examinait la rue, chaque fenêtre, pour y déceler le moindre mouvement. La plupart étaient vides. Quelques visages regardaient la scène. C'étaient tous des visages de femmes, mais pas celui de Rebecca Nolan.

« C'est Johnson qui m'envoie. Voici mon assistant », annonça Randi.

L'officier leur fit signe de passer.

« Qui est Johnson ? murmura Smith.

— Son capitaine. Harcourt vient de me transmettre son nom par texto. Il m'a aussi fourni la plaque, qui fait de moi un consultant spécial auprès de la police de New York, comme lui, mais sous un faux nom. Officiellement, je ne devrais pas être là. Ça pourrait me griller, mais je ne peux pas le laisser comme ça. »

Smith comprenait la situation. Ils arrivèrent près de la voiture entourée de policiers. Une balle avait traversé le pare-brise maculé de sang. Il y avait aussi beaucoup de sang sur le volant.

« Où est-il ? demanda Randi à un policier.

— Dans l'ambulance.

— Il est vivant ?

— Pour l'instant. »

Randi courut vers l'ambulance, où des médecins s'occupaient d'un homme allongé sur une civière à l'intérieur.

« Comment va-t-il ? demanda Russell à un infirmier qui se tenait entre les portières ouvertes à l'arrière.

— On l'emmène. Une balle est entrée dans sa joue, à ce qu'on croit. On ne peut pas dire si elle est ressortie ou si elle est encore dans le crâne. Il saigne beaucoup.

— On y va ! » déclara un autre infirmier.

Randi recula pour qu'ils referment les portières, qu'elle frappa du plat de la main. La sirène se mit en route et le véhicule se fraya un chemin entre les voitures de police.

Un officier plus âgé, en jean, T-shirt noir et imperméable bleu, sur lequel était épinglé un badge portant son nom – « Manderi » – s'approcha de Randi tout en jetant un coup d'œil peu aimable à Smith.

« Vous connaissez la victime ?

— Oui. Il travaille pour moi.

— Ses papiers disent qu'il travaille pour une entreprise de technologie à McLean, en Virginie, et qui voilà ? La CIA !

— Cette entreprise exécute une partie de notre… travail technologique ! bredouilla Randi – ce qui ne laissait aucun doute sur son rôle dans la CIA.

— Il était armé. Vous savez pourquoi un informaticien aurait un pistolet ?

— Eh bien, le travail technologique pour la CIA peut être dangereux ! »

Elle avait une fois de plus insisté sur le mot « technologique », et l'officier accueillit ses explications avec l'air de ne pas se laisser berner.

« Je vais suggérer à mes supérieurs d'appeler les vôtres, proposa-t-elle. Ils s'arrangeront sûrement.

— Faites donc ! Ça m'intéresserait d'entendre leur conversation. Vous êtes ensemble ? » demanda-t-il en indiquant Smith du menton.

Smith hésita. Il y avait quelque chose dans le comportement de ce policier qui l'incitait à la prudence.

« Pourquoi voulez-vous le savoir ?

— Je viens d'apprendre qu'on recherche un certain Jon Smith en lien avec une attaque à main armée, l'informa l'officier en le regardant fixement. Et vous ressemblez beaucoup au type de la photo.

— Quelle attaque ? demanda Randi.

— Landon Investments, précisa l'officier en quittant Smith des yeux, le temps de répondre à Randi. Une réceptionniste a été tuée. Une vidéo montre que ce Jon Smith est le dernier à lui avoir parlé avant sa mort. Vous avez vos papiers ?

— Non.

— Pas même un permis de conduire ? s'étonna l'officier.

— Non.

— Vous connaissez cet homme ? demanda-t-il à Randi.

— Il faut que j'aille voir la voiture », dit-elle.

Elle fit un signe de tête à l'officier et s'éloigna, en évitant la question et sans rien dire à Smith. L'officier la regarda partir et reporta son attention sur Smith.

« Vous feriez peut-être mieux de venir avec moi. Nous finirons par trouver qui vous êtes.

— Ce n'est pas un crime de sortir sans pièce d'identité. Si je me souviens bien de mon cours de droit constitutionnel, un jugement de la Cour suprême l'a confirmé.

— Vous êtes avocat ?

— Militaire. Excusez-moi ! »

Smith se détourna et partit en direction de Randi. Elle était devant la voiture de Jordan et regardait par la fenêtre du conducteur. Elle s'écarta et fit signe à Smith de la suivre sur le trottoir.

« Tu as un alibi pour le temps que tu as passé chez Landon Investments ? Parce qu'on dirait bien qu'il t'en faudrait un.

— Oui. J'étais dans le bureau de Rebecca Nolan, mais je ne sais pas si elle acceptera de témoigner, surtout qu'elle donne l'impression de faire tout ce qu'elle peut pour m'éviter.

— Et qu'il faudra d'abord que tu la retrouves. Écoute, je vais m'arranger pour que ton visage n'apparaisse pas au JT aussi longtemps que je le pourrai.

— Comment ? Ce type n'avait pas l'air de vouloir coopérer.

— Depuis le 11 Septembre, le NYPD collabore avec la CIA pour tout ce qui a trait au terrorisme. Harcourt est le type qu'on leur a prêté. Je suis certaine qu'il nous aidera à enterrer cette affaire. Il suffira de dire aux autorités que c'est une question de sécurité nationale. Ça les fera reculer.

— Merci. En attendant, je vais faire tout mon possible pour retrouver Nolan et lui soutirer des informations au sujet de Dattar. Préviens-moi si tu sais où est Peter Howell. J'aurais bien besoin de son aide. Randi… Tu te sens plus mal ? Tu n'as pas l'air en forme.

— Ça ne va pas fort, mais je n'ai pas le temps d'être malade. Je dois découvrir Dattar et les boîtes isothermes, dans cet ordre. »

Elle écarta ses cheveux de son visage et Smith remarqua une goutte de sueur qui coulait sur sa tempe, alors qu'il faisait frais. Il leva pourtant les yeux à temps pour voir l'officier soupçonneux et un collègue en civil se diriger vers lui.

« Les flics arrivent. Je te laisse t'occuper d'eux ! » dit-il en tournant les talons et en s'éloignant d'un pas régulier, l'air détendu.

Il ne doutait pas que Randi saurait gérer la situation, mais il ne respira pas librement avant d'avoir tourné le coin de la rue. Il partit alors au pas de course vers Central Park pour regagner la planque. Le téléphone dans sa poche se mit à vibrer. C'était Marty.

« Donne-moi de bonnes nouvelles, j'en ai besoin !

— Elle est dans un café dans le quartier du Flatiron. »

Marty lui indiqua l'adresse exacte, beaucoup plus au sud. Smith fit demi-tour et revint jusqu'à Lexington Avenue pour gagner la station de métro la plus proche.

« Comment tu l'as trouvée ? Par son téléphone ?

— Non, par sa tablette. J'ai d'abord déniché son numéro de téléphone. Je me suis dit que, comme la plupart des professionnels, elle préférait sûrement le BlackBerry aux autres smartphones. J'avais raison, mais ça signifiait que je ne pourrais te donner qu'une vague idée de l'endroit où elle était, parce que la technologie est plus ancienne. Pourtant, quand je suis entrée dans son compte, j'ai découvert qu'elle avait aussi un abonnement pour sa tablette. C'est en piratant la tablette que j'ai vu qu'elle était en ligne sur un réseau ouvert. Elle y est encore. »

Smith évita un taxi qui tournait et continua vers l'est. Il n'était plus qu'à un pâté de maisons du métro.

« Tu as une idée de ce qu'elle fait en ligne ?

— Bien sûr ! Quand tu pirates un réseau ouvert, tu peux tout voir, soupira Marty d'un ton las.

— Marty, ne me fatigue pas ! Contente-toi de me dire ce qu'elle fait !

— Elle est sur le site de la bourse.

— Qu'est-ce que tu veux dire ? demanda Smith en s'arrêtant net.

— C'est clair, non ? Elle est en pleines transactions. Elle achète et vend des actions, tu sais bien ! »

Smith n'en croyait pas ses oreilles. « Sa vie est en danger, elle vient de découvrir sa réceptionniste gisant à terre, morte, et elle est dans un café à jouer en bourse ? Elle est folle ?

— Je ne crois pas. D'après ce que je vois, elle couvre des options et transfère des investissements. Elle a un temps d'avance sur la plupart des mouvements. Si elle était folle, j'imagine qu'elle perdrait de l'argent, non ? »

Smith se remit à marcher. Il laissait à Marty le soin de choisir le mot juste.

« C'était une question de pure forme ! Écoute : je vais prendre le métro. Ne la quitte pas des yeux. J'espère que je vais arriver à temps.

— La bourse ne ferme pas avant une heure. Je pense qu'elle ne bougera pas d'ici là. Elle est en plein boum. Elle jongle avec des millions de dollars. »

Smith entendit qu'on claquait des mains.

« Je viens d'entendre des applaudissements. Tu n'es pas seul ?

— Si ! rit Marty. C'était moi. J'ai un casque pour communiquer avec toi. J'ai applaudi à son dernier échange. Elle a couvert une option par une demande correspondante et elle a fait monter le titre de 75 cents sur le coup. Ce compte vient de gagner 110 000 dollars. Cette femme est un génie ! Une machine à calculer ! Je suis impatient de voir quel sera son prochain coup. »

Ça faisait longtemps que Smith n'avait pas vu Marty aussi excité.

« Je veux qu'elle gère mon argent. Tu crois qu'elle me prendrait comme client ? »

Smith arrivait à la bouche de métro. Il attrapa la rampe et descendit l'escalier à toute vitesse. « Seulement si elle réussit à éviter de se faire tuer. »

20

SMITH ÉMERGEA DE LA BOUCHE de métro et se dirigea vers le café en s'efforçant de sembler détendu tout en balayant la zone des yeux pour repérer la moindre menace. Quand il vit Rebecca Nolan par la fenêtre, il étouffa un juron. Elle n'avait même pas pris la peine d'aller s'installer dans un coin de la salle ! Ses cheveux détachés dissimulaient en partie son visage, elle tapait furieusement sur un petit clavier attaché à sa tablette. Il saisit la poignée de la porte et entra.

La riche odeur du café torréfié emplissait l'air. Le mur du fond de l'établissement, qui formait un long rectangle, était orné de centaines de boîtes de thé et de café sur des étagères. Un des serveurs travaillait derrière un bar en bois qui courait sur toute la longueur et où plusieurs clients buvaient leur espresso. Une porte au fond menait à l'hôtel dont dépendait le café. Nolan leva les yeux quand il arriva près d'elle. Il se jucha sur le tabouret libre à côté du sien et croisa les jambes. Elle cessa de taper, ce qu'il prit pour un bon signe.

« Vous avez donc décidé de vous asseoir là, jusqu'à ce que Dattar ou une de ses brutes vienne vous tuer ?

— Vous devez me laisser tranquille !

— Désolé, mais ça n'est pas pour tout de suite. Soit vous me dites ce que vous avez fait pour mettre Dattar en rage, soit vous êtes morte. Pour être honnête, au rythme où vous accumulez les conneries, je parie que cette dernière possibilité est la plus probable.

— Je fais ce qu'il faut pour me protéger, et je vous ai dit que j'en étais parfaitement capable. Vous devriez arrêter de gaspiller votre temps avec moi et repartir à la chasse, l'assassin court toujours.

— Un agent de la CIA qui faisait le guet devant chez vous vient d'être abattu.

— Que faisait-il là ? demanda-t-elle, soudain attentive.

— L'assassin ? Il cherchait à vous tuer.

— Pas l'assassin, l'agent !

— Il vous protégeait.

— Je n'ai jamais demandé de protection ! protesta-t-elle, consternée.

— Disons, juste pour répondre votre argument, que la financière que vous êtes dans une entreprise boursière possède suffisamment d'instinct de survie pour gruger un assassin professionnel grassement payé. Dans ce cas, bravo ! Mais pendant que vous assurez la sécurité des conseillers financiers, nous autres, au-dehors, nous avons besoin de quelques informations. Par exemple : pourquoi Dattar veut-il vous abattre ? »

L'ordinateur émit un bip et Nolan regarda l'écran.

« Touchez à cette tablette et je la jette à travers la vitre ! annonça Smith du ton de la conversation.

— Vous êtes un véritable homme des cavernes, hein ? réagit Nolan en rougissant de colère contenue. Vous ne connaissez que la menace.

— Répondez à ma question ! »

Elle avala le fond de sa tasse de café et la reposa bruyamment sur la soucoupe.

« J'ai volé son argent. »

Smith ne put s'empêcher de rester bouche bée, les yeux ronds. L'ordinateur bipa de nouveau et elle regarda l'écran, mais ne le toucha pas. Un million de questions passèrent dans la tête de Smith, mais le bip lui rappela où il était : il vallait mieux ne pas trop s'éterniser ici. Il se leva. « On doit partir. »

Elle secoua la tête et son expression butée indiqua à Smith qu'elle allait refuser. Avant qu'elle ne puisse réagir, il se pencha et colla ses lèvres à son oreille. « Vous êtes assise en vitrine. Une balle en pleine tête et vous êtes morte. »

Nolan regarda le panneau de verre avant de revenir à Smith. Elle haussa un sourcil. « Moi non, mais vous, si. Il ne me tuera pas. »

Elle referma son ordinateur et le rangea dans son sac. Pendant toute cette manœuvre, Smith remarqua qu'elle restait calme. Un calme parfaitement déplacé, de l'avis de Smith.

« Qu'est-ce qui vous fait croire ça ? »

Elle se leva et se rapprocha de lui au point qu'il put voir les paillettes noisette dans ses yeux noirs et sentir son parfum à la rose – et autre chose qui émanait d'elle.

« Parce que je suis la seule à savoir où est l'argent. S'il me tue, il ne le retrouvera jamais, et s'il y a une chose que j'ai apprise, à propos des gens comme Dattar, c'est que l'argent passe avant tout. »

Son audace le stupéfiait. Et son inconscience. Mais elle avait raison : Dattar ne la tuerait pas avant d'avoir récupéré son argent. Il la kidnapperait et la torturerait jusqu'à ce qu'elle avoue. Smith tenta de lui faire entendre raison.

« D'accord, Dattar ne vous tuera pas. Il vous fera ce qu'il a fait subir à son ministre de la Santé, qui avait eu le culot d'insister pour qu'on vaccine les enfants menacés dans la zone qu'il contrôlait. Il vous fera enlever et il vous arrachera la peau centimètre par centimètre.

— J'ai lu tout ce que j'ai pu, sur Dattar, et je sais quel genre d'homme il est, mais je n'ai jamais entendu parler de la mort d'un ministre de la Santé. Comment se fait-il que les médias n'aient pas fait état d'une telle atrocité ?

— Parce que l'homme a été sauvé avant de mourir. Par moi. Dites-moi, combien de temps résisteriez-vous ? Oh ! s'exclama Smith en claquant des doigts. Désolé ! Je suis idiot : vous ne pourriez pas me le dire parce que, dès que vous auriez expliqué à votre tortionnaire comment récupérer son argent, il vous achèverait. »

Smith tourna les talons et se dirigea vers la sortie. Il pensait qu'après ces paroles, elle le suivrait. Elle ne pouvait quand même pas être stupide au point de croire qu'elle pourrait gruger les tueurs de Dattar, d'autant qu'elle savait à quel point ce dernier était dépravé. Il posa un pied sur le trottoir, regarda derrière lui et la vit disparaître par la porte qui donnait dans l'hôtel.

Elle était partie.

21

JON SMITH LUTTA CONTRE SON ENVIE de courir à travers le café, de foncer dans l'hôtel, de saisir Rebecca Nolan par les cheveux et de la secouer. Au lieu de quoi, il sortit son téléphone et appela Marty.

« Je l'ai trouvée exactement où tu avais dit.

— Je sais ! grogna Marty. C'est à cause de toi qu'elle a cessé ses opérations en bourse, hein ?

— Et comment !

— Deux de ses transactions se sont soldées par un déficit. Si tu ne t'en étais pas mêlé, je parie qu'elle aurait couvert ses pertes ! » accusa Marty.

Smith tourna dans Broadway sans ralentir, attentif à la moindre activité suspecte.

« Tu es de son côté, maintenant ? Il faut qu'elle accepte qu'on la protège jusqu'à ce que Dattar soit capturé.

— Ils ne la laisseront pas travailler, dans la planque, tu le sais. Pas de téléphone, pas d'Internet, pour qu'on ne puisse pas la localiser. Que deviendraient ses titres pendant ce temps ? »

Smith commençait à comprendre la confiance de Nolan dans le pouvoir de l'argent. Jusqu'à Marty, qui semblait penser que ça valait plus que sa vie.

« Son travail en souffrirait beaucoup moins qu'elle, si elle mourrait. Oublie la bourse. Elle s'est échappée à nouveau. Est-ce que tu peux continuer à la suivre pour moi ?

— Tant que son ordinateur est en marche, oui.

— Ça me suffit pour l'instant. Ne la lâche pas. Je te rappelle bientôt. »

Smith raccrocha et appela Randi. « Je l'ai retrouvée…

— Formidable ! Je vous rejoins tous les deux à la planque.

— … mais elle s'est enfuie.

— Pardon ? Est-ce que j'ai bien compris ? Tu l'as perdue de nouveau ?

— Je te raconterai tout ça à la planque. Dans vingt minutes », soupira Smith.

Il reprit le métro, vers le nord cette fois. Vingt minutes plus tard, il était de retour dans la maison de la CIA. Il trouva Randi dans le salon, assise au bureau en train de taper avec rage sur l'ordinateur devant elle. Elle se tourna vers lui, et il fut choqué de la voir plus pâle encore qu'auparavant, et luisante de sueur.

« Tu as une mine affreuse ! Est-ce que tu es plus malade ?

— Oui.

— J'aime pas ça. Cette substance a dû t'affecter.

— J'ai appelé le démineur. Il était tout près de ce truc, quand on a examiné l'intérieur du réfrigérateur, et il va bien. Je crois que c'est une simple grippe. Enfin… je l'espère ! conclut-elle avec un petit sourire, en invitant Smith à s'asseoir sur le canapé. Raconte-moi ce qui s'est passé ! Comment l'as-tu perdue ?

— Elle a pris ses jambes à son cou et je l'ai laissée filer. Marty la suit grâce au GPS de son ordinateur. Ça marchera tant qu'il restera allumé.

— Et si elle l'éteint ?

— Crois-moi, pouffa Smith, elle ne l'éteindra pas. Elle ne voudra pas rater une seconde l'activité de la bourse. Cette femme vit de ses transactions.

— Le marché est fermé.

— Celui du Japon va ouvrir. Elle restera en ligne, aucun doute. J'ai autre chose : je sais pourquoi Dattar la poursuit. Elle m'a dit qu'elle avait volé son argent. »

Le choc laissa Randi sans voix, puis elle sourit et se mit à rire.

« Oh, mon Dieu ! Formidable ! »

Smith soupira. Il s'était attendu à toute une gamme de réactions de la part de Randi, mais son enthousiasme pour l'acte inconsidéré de Nolan n'en faisait pas partie. Il commençait à se demander si tout son entourage n'était pas en train de perdre la tête.

« Tu sais qu'elle sera pour ainsi dire morte dès qu'il aura mis la main sur elle.

— D'accord. Pourquoi alors est-ce que tu l'as laissée partir ?

— Elle refuse de coopérer. J'ai donc décidé de l'utiliser comme appât. On va la pister grâce au GPS et se tenir à l'écart jusqu'à ce que le sbire de Dattar agisse. Ensuite, on le chopera… avant qu'il ne s'empare d'elle, espérons-le.

— Ça tient la route, mais j'irais plus loin. Laissons l'homme de Dattar s'emparer d'elle, suivons-les jusqu'à l'endroit où ils iront se cacher et piratons les communications. Ce type finira par contacter Dattar pour connaître ses instructions, et on pourra savoir d'où il transmet.

— Il pourrait décider de torturer Nolan avant d'appeler Dattar, objecta Smith. On ne peut pas prendre ce risque.

— On s'inquiétera de ça quand on en sera là. Tu vas la suivre ?

— J'espérais qu'un de tes agents pourrait le faire. Où en est Beckmann en ce qui concerne Howell ? J'ai besoin de lui plus que jamais, si je veux localiser Dattar et, pour être franc, Mme Nolan et moi ne nous entendons pas du tout.

— J'ai déjà placé un autre officier devant chez elle, mais je crois qu'on peut faire mieux. Est-ce que tu penses qu'un officier de la CIA aura plus de chances de la convaincre d'accepter notre protection ?

— Sans doute pas, soupira Smith. Laisse tomber. Préviens-moi dès que tu apprends quelque chose à propos de Howell ! J'ai vraiment besoin de lui. »

Randi se leva et oscilla sur ses jambes.

Smith fronça les sourcils. « Tu devrais te reposer. »

Elle l'éconduit d'un geste de la main, fit un pas et s'effondra. Smith la retint avant qu'elle ne touche le sol et l'allongea doucement sur le canapé. Elle avait la respiration courte et râpeuse, et elle transpirait à grosses gouttes. Son corps fut soudain agité de secousses, ses jambes de spasmes. Smith entendit la porte s'ouvrir et se refermer. Harcourt entra.

« Appelez une ambulance ! » ordonna Smith.

Il resta assis près de Randi et lui tâta le front, qu'il trouva glacé. Il vérifia son pouls.

« Je crois que je vais vomir ! dit Randi, qui ouvrit les yeux et tenta de se redresser.

— Reste allongée ! »

Smith courut à la salle de bains revint avec une bassine. « Tu peux vomir là-dedans.

— Je me sens bien plus mal que pour une grippe. On dirait presque une intoxication alimentaire. »

La sirène d'une ambulance retentit au loin. Harcourt s'approcha.

« Vous croyez que c'est pour nous ? demanda Smith.

— Je l'espère. L'ambulance arrive, Russell, ne vous en faites pas ! »

Randi hocha la tête. La sirène se rapprochait.

« Je sors leur montrer le chemin ! annonça Harcourt en dévalant l'escalier.

— Tiens bon, Randi !

— Et si c'était le gel du réfrigérateur, en fin de compte ? » s'inquiéta Randi.

Smith préféra ne pas lui répondre. Si ce n'était pas le choléra, c'était peut-être le H5N1 ; la grippe aviaire était si virulente qu'il refusait même d'envisager cette possibilité.

Harcourt revint. « C'est pour nous. Ils apportent un brancard.

— Il ne faut pas qu'ils te voient ! » rappela Randi à Smith.

Il serra sa main entre les siennes, fit un signe de tête à Harcourt et monta l'escalier pour gagner la fenêtre par laquelle Nolan s'était échappée. Il posait le pied sur l'escalier de secours quand il entendit des pas lourds à l'étage au-dessous. Il dévala à toute vitesse les marches métalliques avec l'impression d'être un fugitif – ce qu'il était !

22

MANHAR S'ACCROUPIT AU FOND du placard à balais nauséabond d'où il surveillait la porte de chambre de l'Anglais. D'un seau émanait une odeur d'ammoniaque à laquelle la vadrouille ajoutait sa touche de pourriture. Une blatte passa devant lui. Manhar l'écrasa avec la pelle en plastique posée contre le mur. Il détestait New York et sa foule, ses insectes, son air puant la graisse animale des hot-dogs vendus dans les rues. Il voulait en finir avec l'Anglais et prendre le prochain vol pour le Pakistan. Il espérait que l'arme de Dattar allait tuer tout le monde rapidement. Manhar ne voyait aucun intérêt à ce que l'Amérique continue d'exister.

Une porte s'ouvrit dans le couloir, et un homme en sortit, mince, longiligne, un peu plus de cinquante ans, une tête d'Anglais, et Manhar se dit qu'il serait facile à tuer. Il ne semblait pas armé. Quand il se retourna pour fermer sa porte à clé, Manhar se leva, fit trois pas sur le tapis élimé et pressa le canon de son arme contre les reins de l'Anglais. Il le sentit se figer.

« Retournez à l'intérieur ! » ordonna Manhar.

L'homme ne répondit pas et rouvrit la porte. Manhar le suivit dans la chambre et referma d'un coup de pied le battant en contreplaqué qui vibra au contact du montant. Tout bruit passerait les murs fins comme du papier. Quoi qu'il fasse, il faudrait que ce soit en silence, sinon les autres occupants entendraient. Manhar pensait pourtant que les types qui résidaient dans un hôtel aussi minable devaient avoir tendance à ne pas se mêler des activités criminelles dont ils pouvaient avoir connaissance.

La chambre était meublée d'un lit défoncé, d'un fauteuil aux accoudoirs élimés et d'une table basse tachée de marques de verre. Dans la kitchenette, une cafetière et un minifour occupaient tout le plan de travail, en face d'une cuisinière aux brûleurs recouverts de feuilles d'aluminium et d'un petit réfrigérateur. Le lino gris par terre rebiquait dans les coins. Quand Manhar vit que la cuisinière était au gaz, il eut une idée.

« Est-ce que je peux me retourner ? demanda l'Anglais avec calme, un trop grand clame, de l'avis de Manhar.

— Bougez pas et levez les bras ! »

L'homme s'exécuta et laissa Manhar le fouiller. Il ne trouva aucune arme sur lui.

« Allez sur le lit ! »

L'Anglais marcha à pas lents et se retourna. Quand ils furent face à face, il haussa un sourcil. « Vous êtes plus vieux que je ne m'y attendais. »

Manhar s'inquiéta de ces paroles. Il s'y attendait ? Il décida de terminer sa mission rapidement. Quelque chose dans les yeux vifs et intelligents de cet homme, dans son air détaché et placide lui disait qu'il pourrait être dangereux, même sans arme, mais il évacua cette pensée. Ce type était vieux, non ? Aucun danger. Pas le moindre danger !

« Ta gueule ! À plat ventre sur le lit ! »

Comme Manhar n'avait pas de silencieux, il faudrait qu'il pose un oreiller sur la tête de sa victime et tire à travers. Il l'avait déjà fait. C'était une assez bonne solution. Pendant que l'Anglais s'allongeait, Manhar jeta un autre coup d'œil à la kitchenette. Il recula, sans cesser de viser le lit. Quand il fut près de la cuisinière, il l'attrapa et tira : elle ne bougea pas d'un pouce. Il avait besoin d'aide.

« Viens ici et déplace-moi ça ! ordonna-t-il.

— Pourquoi ?

— Contente-toi de le faire ! »

Manhar quittait pas son arme des yeux.

L'homme haussa les épaules. « Je m'appelle Peter Howell, et vous ?

— Celui qui va te tuer. Maintenant, ferme-la et déplace-moi ce truc ! »

Howell haussa de nouveau les épaules et sa nonchalance irrita encore un peu plus Manhar. Il regarda l'Anglais poser une main à l'arrière de la cuisinière, une autre sur le devant, et tirer. Le lourd équipement en acier bougea en éraflant le sol. *Pour un vieux, il est costaud!* se dit Manhar. Howell relâcha son effort quand la cuisinière fut à soixante centimètres du mur.

« Pourquoi tu t'arrêtes ? Continue !

— Que je continue jusqu'où ? J'ai déjà le dos contre le mur. »

En effet, Howell se trouvait en sandwich entre la cuisinière et le bord du plan de travail de la kitchenette. Manhar s'écarta.

« Retourne sur le lit !

— Toujours à plat ventre, je suppose ? demanda-t-il d'une voix amusée.

— Oui. »

Howell couché, Manhar se concentra sur la cuisinière. Il glissa la main derrière et arracha le tuyau du gaz. Il sourit. Son plan pour détourner l'attention du crime était excellent. Ils trouveraient un mort sur son lit dans un hôtel pouilleux qui venait d'exploser à cause d'une fuite de gaz.

Quand il reporta les yeux sur l'Anglais, Howell était debout, son propre pistolet pointé vers le cœur de son agresseur. Pendant un instant, Manhar fut déstabilisé par la vitesse à laquelle le contrôle de la situation avait changé de camp. La panique lui noua les tripes. Jamais il n'avait affronté un homme armé, parce qu'il avait toujours pris ses victimes par surprise, leur tirant le plus souvent tout simplement dans le dos. Il se sentit transpirer. La sueur perla sur son visage.

« Un petit conseil : toujours maintenir votre victime loin de son matelas. Un nombre incalculable de gens cachent leur arme dessous. Y compris moi », ironisa Howell.

Manhar se mit à respirer vite, tandis qu'il évaluait ce qui se passerait s'il tirait le premier.

Howell secoua la tête. « Je vois à quoi vous pensez, et je vous le déconseille. Je serai certainement capable de tirer moi aussi, et vous êtes près du gaz. Il est plus que probable qu'une étincelle jaillissant de votre arme fera tout sauter. Bon ! Vous allez vous diriger lentement vers la porte, et nous allons sortir d'ici pour trouver un endroit tranquille où discuter.

— Pourquoi ? Vous ne pouvez pas tirer non plus !

— Oh, mais si ! Je ne suis pas aussi près que vous de la fuite, et comme ma balle pénétrera votre chair, je suis presque certain que la pièce restera intacte le temps que je sorte. »

Manhar hésita. Howell avait peut-être raison. Il entendait le gaz fuser du tuyau et l'odeur s'accentuait, mais Howell était à trois bons mètres. Avant qu'il se décide, on frappa à la porte.

Si Howell fut surpris de cette interruption, il ne le montra pas. Il fit deux pas en arrière pour s'écarter de la ligne de tir de celui qui allait entrer. « Qui est-ce ? » demanda-t-il.

Le battant s'ouvrit d'un coup et un homme apparut. Grand, mince, les cheveux coupés court, un visage anguleux, il visualisa la scène avec calme. Manhar remarqua qu'il tenait un outil pour crocheter les serrures dans une de ses mains, et un pistolet dans l'autre.

« Merci de ne pas m'avoir tiré dessus à travers cette foutue porte ! dit-il à Howell.

— Eh bien ! gloussa Howell. Herr Beckmann ! Quel plaisir de vous revoir ! Quand était-ce, la dernière fois ? À Prague ?

— Sur l'île de Man, rectifia Beckmann en esquissant un sourire. Si je me souviens bien, vous déposiez de l'argent sur votre compte secret. Mais vous étiez beaucoup mieux logé ! observa-t-il en regardant autour de lui. Cette chambre est déprimante, et on dirait qu'il y a une fuite de gaz.

— Mon ami et moi, déclara Howell en montrant Manhar du menton, allions justement partir.

— Ah ! se réjouit Beckmann. Celui-ci a l'air en bonne santé, pour changer. Espérons qu'il ne s'effondre pas. Ça fait un moment que j'en cherche un vivant pour lui extorquer quelques réponses, et c'est vous qui m'en procurez un qui respire encore !

— C'est lui qui m'a trouvé. Un exploit dont je doute qu'il soit responsable.

— Pour qui travaille-t-il ?

— Khalil, je crois.

— C'est ennuyeux. Khalil est extrêmement dangereux.

— Quoi qu'il se passe en ce moment, approuva Howell, c'est très grave. »

L'odeur du gaz devenait trop forte et Manhar se mit à osciller. Tout à coup, ses jambes cédèrent sous lui et il s'effondra au sol. La dernière chose qu'il entendit avant de perdre conscience fut la voix de Howell : « D'abord il commet l'erreur du matelas, puis il respire du gaz et il tombe. Ces jeunes terroristes n'ont pas reçu la moindre formation ! »

23

Jon Smith téléphona au Dr Onhara pour l'informer de l'état de Randi Russell : « Elle présente les symptômes d'une intoxication alimentaire ou pire : choléra ou grippe aviaire. Ma crainte, c'est que le produit qu'on a analysé puisse en être la cause. Des nouvelles de la souche de choléra ?

— Oui. Notre système de filtration de l'eau l'a superbement éliminée. Rien n'a survécu. D'autres bonnes nouvelles : le virus est mort presque tout de suite au contact de l'air. Je doute que ce dont souffre Mme Russell vienne de l'échantillon mais, si tu es inquiet, je peux procéder à des recherches sur les deux maladies à l'hôpital. Tu ferais bien de vérifier aussi ce qu'elle a mangé ces dernières vingt-quatre heures. »

Smith raccrocha, perplexe, mais quelque peu rassuré. Randi avait sans doute attrapé une grippe tout à fait classique. Son appel suivant fut pour Marty.

« Tu la pistes toujours ?

— Un hôtel sur Park Avenue South, répondit-il sans hésiter avant de transmettre l'adresse exacte. Elle utilise leur connexion Internet. Je peux dire si elle est en ligne ou si elle est juste assise dans le hall.

— Elle joue en bourse ? demanda Smith, soulagé de la savoir en vie.

— Non. Le Japon n'a pas encore ouvert. Elle fait des recherches.

— Sur quoi ?

— Toi.

— Moi ? Tu es sûr ?

— Évidemment ! Elle a tapé ton nom dans divers moteurs et lu tout ce qu'elle a pu trouver – ce qui n'est pas grand-chose, puisque, comme tu t'en souviens sans doute, c'est moi qui ai fait le ménage, se vanta Marty. Elle ne déniche que les références à ta cascade sur la façade de l'hôtel.

— Je pars dans sa direction. »

Cette fois, Smith héla un taxi. Il avait besoin d'un moment pour réfléchir à l'état de Randi. Qu'avait-elle pu attraper si soudainement ?

Il trouva Rebecca Nolan dans le hall d'un petit hôtel luxueux de Park Avenue. Ce qu'il y vit d'autre le figea un instant. Deux hommes, l'un lisant le *Wall Street Journal*, l'autre devant l'ordinateur mis à la disposition des hôtes, ne cadraient pas du tout avec le décor. Ni ces types ni Nolan ne remarquèrent son arrivée, ce qui valait mieux. Il emprunta un couloir d'où il pouvait les surveiller tout en restant invisible depuis le hall. En les regardant il eut soudain une idée. Il rappela Marty.

« Tu y es ? Tu la vois ? demanda son ami.

— Oui. Il y a un homme qui utilise l'ordinateur du hall de l'hôtel. Est-ce que tu peux le pirater et me dire ce qu'il fait ?

— Une minute. Je te rappelle. »

Smith raccrocha sans lâcher Nolan des yeux. Elle tapait à toute vitesse. Quand l'homme qui lisait le journal tournait une page, il en profitait pour scruter le hall d'un œil professionnel.

Je t'ai repéré ! songea Smith.

Son téléphone vibra. « Alors ?

— Sors-la d'ici immédiatement !

— Pourquoi ?

— Il vient de dire à un certain Khalil qu'une bombe va exploser dans sept minutes. »

L'homme à l'ordinateur cessa de taper, reporta son attention sur Nolan et sortit un pistolet de sous sa chemise. Smith dégaina son arme et bondit dans le hall, droit vers lui. Le terroriste se leva d'un bond, renversant sa chaise. Smith lui tira dessus et le toucha à l'épaule droite, puis il se tourna vers son complice. Il vit le journal tomber au sol, et un pistolet luisit dans la main du terroriste. Les sens émoussés par l'attention qu'il portait à l'arme, Smith entendit à peine le cri du réceptionniste. Il fit feu à nouveau, en même temps que l'homme au journal, et sentit la balle s'enfoncer dans la chair de son bras gauche. L'agresseur s'écroula, une balle en plein cœur. Il y eut d'autres cris, mais ils venaient d'un groupe de femmes assises dans un coin que Smith n'avait pas vues. Quand Smith se retourna vers l'ordinateur, le premier complice avait disparu.

« Évacuez l'hôtel, il y a une bombe ! cria Smith au seul employé encore à son poste à la réception, un jeune homme de vingt-cinq ans environ au regard affolé.

— J'ai appelé la police. Vous pouvez le leur dire.

— Écoutez-moi bien, rugit Smith en gagnant la réception. Il y a une bombe dans cet immeuble. Activez l'alarme anti-incendie ! Il faut évacuer. Tout de suite ! Vous avez cinq minutes ! » ajouta Smith après avoir consulté sa montre.

Le jeune homme restait bouche bée, la respiration presque arrêtée. Il fit un pas en arrière. « Ne me tuez pas ! » supplia-t-il.

Avant que Smith ait pu répondre, Nolan s'était précipitée pour actionner l'alarme. Un sifflement presque insupportable emplit le hall. Smith rengaina son arme et se mit à fouiller la zone. Il écarta les feuilles d'un arbre en pot près de la réception, déplaça un fauteuil poussé contre le mur, s'accroupit pour regarder sous les meubles. Quand il se redressa, il eut un court vertige. Du sang coulait de son bras sur le tapis.

Les portes de l'ascenseur s'ouvrirent et une foule de gens se déversa dans le hall.

Il entendit le jeune employé hurler dans un téléphone : « Ils ne sont pas censés se servir de l'ascenseur ! »

Le hall se remplissait de clients affolés, qui tous jouaient des coudes pour gagner la rue. Une femme repéra le terroriste mort et se mit à crier sans discontinuer jusqu'à ce qu'un homme l'entraîne dehors. Smith bouscula ceux qui évacuaient les lieux pour rejoindre Nolan. Elle faisait elle aussi le tour du hall à la recherche de la bombe. Elle s'agenouilla derrière un canapé placé contre la fenêtre.

Smith sortit son téléphone et fut content que le numéro de Klein se compose grâce à une seule touche, parce qu'il était de plus en plus faible. Quand Klein décrocha, il avait rejoint Nolan.

« J'ai besoin d'un démineur, vite ! dit-il.

— D'accord ! Où ? demanda Klein d'une voix calme.

— Il faut d'abord que je trouve la bombe, mais il ne me reste que quatre minutes pour la désamorcer. Tu peux me mettre en contact avec quelqu'un qui me guiderait ?

— Ne raccroche pas ! »

Smith cliqua sur le haut-parleur et aida Nolan. Elle venait d'écarter un lourd double rideau quand Smith retint son bras.

« Doucement ! Il est possible que le mouvement la déclenche. »

Nolan lui jeta un regard perçant, mais elle obéit. Elle glissa tout son bras entre la fenêtre et le rideau et écarta prudemment le pan de velours.

Smith aperçut alors l'engin explosif improvisé contre le montant de la fenêtre. Il s'agenouilla et posa son téléphone sur le tapis pour avoir les mains libres. Il perdait du sang, sa vision se troublait.

Trois fils noirs reliaient la bombe à un téléphone portable bon marché qui disposait d'une alarme. L'écran affichait deux minutes et cinquante-six secondes et décomptait le temps restant.

« Ici Ben Washington. Je suis expert en explosifs. Vous m'entendez, malgré l'alarme ? »

Smith sursauta quand la voix sortit du téléphone. « Oui, je vous entends.

— Dites-moi ce que vous voyez.

— Un engin relié à un téléphone portable. Trois fils, tous noirs. L'écran décompte les secondes. On en est à deux minutes.

— D'accord. On a le temps. Coupez les fils ! Tous les trois. Sans étincelle, ça n'explosera pas, du moment que vous faites ça très gentiment. Vous comprenez ? Pas de gestes brusques. Vous savez si on vous surveille ? »

Smith regarda Nolan, qui constata que le hall était désormais vide. Elle secoua la tête.

« Je ne suis pas sûr. L'un des types s'est échappé.

— Parce que, si on vous surveille, il leur suffit d'appeler le téléphone et ça déclenchera l'explosion sur-le-champ. S'il sonne, vous filez de là. D'accord ?

— D'accord », confirma Smith.

Il empocha son téléphone et chercha des yeux quelque chose pour couper les fils.

« Des ciseaux ! » dit Nolan.

Elle traversa le hall en courant et Smith l'entendit demander une paire de ciseaux à l'employé qui était déjà à la porte, prêt à sortir. Il ne se retourna pas. De la sueur perla à son front tandis qu'il regardait les secondes s'égrener. Trente secondes de perdues.

Nolan revint et lui tendit des ciseaux. Il plaça le premier fil entre les lames ouvertes et coupa. L'écran affichait cinquante-neuf secondes quand il tourna les ciseaux pour atteindre le second fil. Celui-là était court et rattaché à quelque chose dont Smith pensa que c'était un détonateur. Le couper était plus difficile à cause de sa petite taille et Smith perdit une vingtaine de secondes à mettre les lames en place. Il coupa le fil et se tourna une fois de plus pour avoir accès au troisième fil.

Le téléphone frémit sur le tapis et l'écran s'éclaira.

Smith fit un bond en arrière et tituba sous le poids de Nolan quand elle trébucha contre lui. Malgré l'alarme toujours aussi puissante, il entendit le téléphone se mettre à sonner. De la fumée sortit de la bombe. Il se détourna et se mit à courir en tenant le bras de Nolan pour l'entraîner dehors.

Juste avant d'arriver à la porte à tambour en verre, il se souvint de la mise en garde de Washington : « Si on vous surveille… » Il aplatit Nolan au sol à l'instant où deux trous perçaient la vitre à l'endroit exact où sa tête se trouvait une seconde plus tôt.

« C'est une embuscade. On sort par l'arrière ! »

Nolan se remit sur ses pieds et courut à l'autre bout du hall. La bombe continuait à fumer, mais elle n'avait pas explosé. Smith entendit le mugissement de sirènes qui se rapprochaient. Nolan fit un crochet pour saisir son attaché-case sur un fauteuil, et revint vers l'étroit couloir d'où Smith l'observait quelques minutes auparavant. Il la suivit jusqu'à une porte où était indiqué « Réservé aux employés ». Nolan prit alors à gauche dans un autre couloir. Smith vit le néon « sortie » tout au bout. Nolan et lui sortirent au pas de course, ignorant le panneau qui annonçait qu'une alarme se déclencherait si on ouvrait la porte. Une fois dehors, Smith rattrapa Nolan dans la ruelle.

« Restez à ma gauche, vous voulez bien ? demanda-t-il. Je préférerais que des passants ne remarquent pas le sang.

— C'est pas beau, dit Nolan en regardant son bras. Il faut vous conduire à l'hôpital.

— Non, répliqua Smith sans s'arrêter. Impossible. On va me poser trop de questions. »

Il se rapprocha d'elle et passa son bras dans le sien pour dissimuler la blessure. Ils avaient l'air d'un couple qui se promenait bras dessus, bras dessous. En fait, il avait besoin qu'elle le soutienne parce qu'il se sentait pris de vertiges.

« Vous avez peur des autorités ? Je croyais que vous en faisiez partie ! »

Smith prit à gauche et traversa la rue en continuant de chercher l'homme à l'ordinateur.

« Est-ce que votre tablette est dans le sac que vous portez ? Est-ce que ça valait vraiment la peine de faire un détour pour la récupérer ? La bombe aurait pu exploser d'une seconde à l'autre. »

Nolan lui jeta un coup d'œil mais ne répondit pas. Il vit ses articulations blanchir tant elle serrait fort la poignée de son attaché-case. Smith réfléchissait en marchant. Son bras avait besoin de soins, sans tarder, il fallait qu'il interroge Nolan et découvre pourquoi elle avait été assez folle pour voler l'argent de Dattar, et il devait prendre contact avec Beckmann à propos de Howell. Il se maudit de ne pas avoir laissé l'agresseur à l'ordinateur s'emparer de Nolan, puisque l'intention du terroriste était désormais claire. Il aurait pu les suivre. Pourtant, utiliser la jeune femme comme appât l'ennuyait. Cette fois, il était décidé à lui extorquer des réponses.

« Où est-ce qu'on va ? demanda Nolan.

— Je ne sais pas précisément. Dans un endroit sûr. J'ai besoin de me reposer et de soigner cette blessure. Et il faut qu'on parle.

— On n'a aucun besoin de parler.

— Est-ce que vous ne pourriez pas coopérer ? Juste quelques heures ? Je viens de vous sauver la vie. Je crois que vous me devez bien ça ! »

La douleur devenait insoutenable. Il n'était pas certain de pouvoir en supporter davantage sans s'effondrer. Il titubait. Nolan lui saisit le bras et il gémit à son contact.

« Donnez-moi votre téléphone et dites-moi qui appeler ! » proposa Nolan.

C'était une bonne question, songea Smith. En temps normal, il aurait pu compter sur Randi, mais elle n'était pas en état de l'aider. Klein lui trouverait un lieu sûr où se terrer, mais Smith ne voulait pas utiliser sa ligne trop souvent. Si les autorités refusaient la demande de la CIA de passer Smith sous silence dans l'affaire de la réceptionniste tuée, elles allaient le pister de la même manière qu'il avait pister Nolan : grâce à son téléphone portable. Il allait devoir le jeter et s'en procurer un à carte prépayée. Jusque-là, moins il appellerait Klein, mieux ça vaudrait.

« Il n'y a personne », répondit-il.

Nolan eut l'air interloquée, mais Smith souffrait trop pour tenter d'analyser ses pensées.

« Pas d'épouse ? Pas d'enfants ? Pas de parents ? Un frère ? Une sœur ? »

Smith secoua la tête.

Nolan le regarda, tout à fait incrédule. « Un ami ? Un collègue ?

— Je vous ai dit que non.

— Je ne vous crois pas.

— Écoutez, on pourra discuter de mon absence totale de relations personnelles un autre jour. Pour l'instant, il nous faut un lieu sûr où nous poser. »

Ils traversèrent une autre rue et Smith sentit Nolan l'entraîner vers une porte vitrée protégée par un auvent rouge.

« Bien. Entrons ici ! » dit Nolan.

Un portier leur ouvrit et fit un signe de tête respectueux. « Heureux de vous voir, mademoiselle Nolan ! »

Il posa sur Smith un regard pénétrant et le salua aussi. Nolan fila droit vers un des ascenseurs. Une fois dans la cabine, elle détacha son bras de celui de Smith et composa un code sur un clavier au mur, puis pressa le bouton marqué « PH ». Ils montaient donc à l'appartement unique au dernier étage.

« Est-ce que je peux savoir où on va ?

— Chez ma mère.

— Elle peut garder un secret ?

— Non. Pas même si sa vie en dépendait, mais elle n'est pas là. Elle est à Paris pour les défilés de haute couture.

— Qui est votre mère ?

— Grayson Redding. »

Smith regarda l'indicateur de l'ascenseur dépasser le troisième étage et son anxiété monta au rythme de la cabine. Il détacha son attention des chiffres le temps que le nom qu'elle venait de donner s'imprime dans son esprit. Il siffla. « De la famille des chemins de fer et autres véhicules de transport ? »

Elle hocha la tête.

« Si vous êtes une Redding, comment cela se fait-il qu'il soit si difficile de trouver votre trace sur Internet ? La page de la société aurait dû vous montrer sous toutes les coutures.

— Je vous ai dit que Landon Investments tient beaucoup à la confidentialité. La politique de l'entreprise exige que nous soyons aussi discrets que possible. J'ai conservé mon nom d'épouse, après mon divorce. Ça a joué aussi beaucoup. »

L'ascenseur s'arrêta et la cabine s'ouvrit dans l'appartement même. Smith posa le pied sur le marbre d'une entrée somptueuse d'où partaient plusieurs portes.

« Est-ce qu'elle occupe tout l'étage ? »

Nolan jeta ses clés dans une coupelle en verre sur la crédence ancienne sculptée dont Smith évalua la valeur à son salaire annuel.

« Oui. C'est comme une maison. Le personnel est en vacances, lui aussi. On est seuls. Venez dans la salle de bains de la suite principale. Ma mère y garde un nécessaire de premiers secours. »

Smith posa la main sur son bras pour l'arrêter. « J'imagine qu'un appartement aussi magnifique est protégé par un système d'alarme.

— En effet.

— Actionnez-le, s'il vous plaît.

— Maintenant ?

— Tout de suite. »

Nolan revint près de la porte de l'ascenseur et tapa un code sur un clavier. Smith entendit le système émettre un bip signalant qu'il était enclenché, et il sentit un peu de tension quitter son corps. La douleur était toujours aussi vive, mais il saignait un peu moins.

« J'ai besoin d'une pince, d'un bol plein d'un mélange d'alcool et d'eau, d'un gant de toilette et de bandages.

— Qui va manier la pince ?

— Vous. »

Nolan soupira. Il la suivit dans un couloir aux murs tendus de soie, au-delà d'une porte qui laissait apercevoir une salle de jeux et une bibliothèque. Smith trouva l'appartement somptueux, mais il n'avait pas l'intention de s'y attarder, s'il pouvait l'éviter.

La salle de bains était plus grande que son salon. Plutôt rare au cœur de New York ! Nolan ouvrit un placard et en sortit ce que Smith avait demandé, puis elle le fit asseoir sur un tabouret en cuir blanc. Quand il se vit dans le miroir, Smith fut frappé par sa pâleur et ses traits tirés.

« On commence par quoi ?

— Aidez-moi à retirer ce T-shirt. Si on n'y arrive pas, il faudra le couper. »

Nolan disparut et Smith essaya d'enlever son T-shirt. Il réussit à dégager son bras droit et à le faire passer au-dessus de sa tête. Retirer son bras gauche ne serait pas aussi facile, parce que ça appuyait sur la blessure. La douleur fut tellement atroce qu'il décida d'attendre le retour de Nolan. Elle revint pieds nus et vêtue d'un jean sombre et d'un pull en V bleu marine.

« C'est mieux, dit Smith, j'aurai moins de remords quand je vous aurai tachée de sang.

— Je vais vous aider. »

Grâce à elle, il réussit à ôter sa manche sans trop souffrir. Il ne retint sa respiration qu'une fois, quand elle tira sur le morceau de tissu qui s'était incrusté dans la plaie.

« Ça fait mal ?

— C'est supportable. Ce sera bien pire lorsque vous extrairez la balle.

— Comment voulez-vous que je stérilise la pince ? demanda-t-elle en prenant une profonde inspiration.

— Avec de l'alcool pur, non dilué. »

Il la regarda verser l'alcool sur la pince.

« Est-ce que ça tue tout ?

— Tout ce qui réagit à l'alcool.

— Qu'est-ce qui n'y réagit pas ?

— Les biofilms.

— Qu'est-ce que c'est ?

— Des bactéries qui forment une colonie et deviennent si résistantes que rien ne peut les tuer. Pas même l'eau de Javel. Il faut les racler mécaniquement.

— Je vois la balle. Vous êtes prêt ? »

Pas du tout.

« Oui ! » dit-il.

Elle commença. Il perçut d'abord le froid du métal, puis une douleur si violente qu'il ne put se retenir de grogner. Quand elle enfonça la pince plus loin, il sentit tout son corps réagir à la douleur. Les muscles de ses bras se contractèrent, ses oreilles se mirent à siffler et sa tête à tourner. Elle retira la pince et prit une profonde inspiration.

« Je ne peux pas saisir la balle sans élargir la plaie. Tenez ! dit-elle en lui tendant une serviette.

— Pour quoi faire ?

— Vous transpirez. Deuxième round. Prêt ? »

Il hocha la tête.

Elle inséra la pince et la même douleur fulgurante le traversa. Quand elle écarta les branches de la pince, il sentit toute la pièce tournoyer autour de lui. Il s'évanouit.

24

JON SMITH SE RÉVEILLA couché sur la moquette dans une des chambres de l'appartement. On avait glissé un oreiller sous sa tête. L'obscurité lui fit penser que c'était le milieu de la nuit. Il n'entendait rien d'autre que les bruits de la ville, dehors. Son bras gauche l'élançait, mais la douleur s'était estompée. Près de sa tête, son téléphone vibra, et l'écran éclaira doucement une zone à sa droite. Smith réussit à s'emparer de l'appareil et répondit sans se redresser.

« Monsieur Smith ? Ici Jana Wendel. Je travaille avec Mme Russell. Est-ce que vous pouvez me retrouver à l'hôpital ? Et, s'il vous plaît, ne parlez de cet appel à personne ! »

La jeune femme murmurait. Smith s'assit et la petite couverture qu'on avait déposée sur lui tomba. Son bras lui faisait mal et il laissa échapper un gémissement.

« Est-ce que ça va ?

— Ça ira. Pourquoi murmurez-vous ?

— Retrouvez-moi devant l'entrepôt, au niveau des livraisons ! »

Smith se mit debout. Il était torse nu, un bandage blanc entourait son biceps gauche. Dans la pénombre, il constata qu'il était près d'un billard. Il gagna le mur et alluma le plafonnier. La lumière lui fit plisser les yeux, mais il fut content de voir sa veste et une chemise par terre, à côté de l'oreiller. Il retourna les ramasser. Cette chemise ne lui appartenait pas. C'était une chemise d'homme en tissu chambray bleu clair au col boutonné.

Heureusement que je ne dois pas la passer par la tête ! se dit Smith. Il l'enfila, prit sa veste et son téléphone et sortit dans le couloir. Aussi vite qu'il le pouvait, il regarda dans chaque pièce, se retrouva dans la cuisine et revint vers la porte de l'ascenseur. L'appartement était sombre, silencieux et vide. Nolan était partie. L'écran de l'alarme signalait qu'elle était coupée.

Smith frémit à l'idée d'être resté inconscient dans ce vaste appartement sans système de sécurité, mais il supposa que Nolan n'avait eu d'autre choix que de le couper. C'était ça ou lui laisser un mot avec le code et les instructions, et il en savait déjà assez sur Nolan pour conclure que jamais elle ne lui ferait confiance à ce point. Il appela l'ascenseur et y monta. Pendant la descente, il téléphona à Klein. « Je sais pourquoi Dattar lui en veut. Elle lui a volé son argent.

— Comme c'est ingénieux ! commenta Klein après un court silence. Il a été condamné à la prison à vie. S'il ne s'était pas évadé, il n'aurait jamais pu avoir de nouveau accès à ses fonds.

— Et maintenant, il veut mettre la main sur elle.

— Quoi qu'il veuille lui faire, on dirait que ça n'a rien à voir avec les boîtes isothermes. Est-ce que tu as une idée de l'endroit où elles pourraient se trouver ?

— Je crois que c'est Dattar qui les a. Russel et moi utilisons Nolan comme appât pour le faire sortir du bois. Dès que ce sera fait, on aura l'information.

— Excellent !

— Autre chose : je suis recherché par la police de New York pour le meurtre de la standardiste de Landon Investments. J'ai réussi à leur échapper jusqu'ici.

— Je vais voir s'ils ont un mandat d'arrêt. Si c'est le cas, je m'en occupe. Je vais surveiller leur enquête. »

Jana Wendel faisait les cent pas devant l'entrepôt de l'hôpital et tirait nerveusement sur une cigarette. Smith s'approcha d'elle en veillant à paraître détendu, nonchalant. Elle le repéra et prit une autre bouffée.

« Il faut avaler la fumée, si vous voulez avoir vraiment l'air d'une fumeuse. Vous êtes Jana Wendel ?

— Oui, répondit-elle d'un air penaud. Je déteste fumer, mais c'est le seul truc que j'ai trouvé pour rester ici sans éveiller les soupçons.

— Comment va Randi ?

— Elle dort. Elle est sous perfusion pour éviter la déshydratation.

— C'est le choléra ?

— Non. Elle leur a demandé de vérifier ça en premier, et ensuite de lui faire le test de la grippe aviaire. Les premiers résultats montrent que ce n'est ni l'*Escherichia coli* ni une salmonelle, mais indiquent une variante possible de la grippe aviaire. »

Smith fit de son mieux pour garder un visage impassible. Il dut échouer parce que Jana le regarda avec inquiétude.

« Vous êtes visiblement contrarié. Je sais que la grippe aviaire est dangereuse, mais je n'ai pas eu le temps de consulter les statistiques. Quelles sont ses chances ?

— Le virus pandémique virulent moyen peut tuer jusqu'à quinze pour cent des personnes infectées.

— C'est terrible, dit Jana d'un air songeur, mais j'imagine qu'il s'agit surtout des très jeunes et des très vieux, non ? Elle n'est pas dans ces tranches d'âge, et elle est robuste.

— Mais la grippe aviaire n'est pas un virus lambda. Il tue cinquante pour cent des personnes infectées, et l'âge ne semble pas être un facteur déterminant.

— Pour l'instant, ils n'ont rien confirmé, mais elle va de plus en plus mal. Ils font d'autres analyses. En attendant, elle a été admise dans le service des maladies infectieuses.

— Dans son état actuel, la grippe aviaire ne se transmet pas facilement d'homme à homme. »

À moins que ce soit une version mutée. Smith garda cette pensée pour lui. « Où est-elle ?

— Quatrième étage, chambre 422. Visites interdites.

— Pourquoi aviez-vous besoin de me voir ?

— Suivez-moi dans le hall de l'hôpital, répondit Jana après avoir regardé des deux côtés de la rue. J'ai besoin d'une connexion Wifi pour vous montrer. »

Elle enfonça sa cigarette dans le sable du cendrier et entra dans l'hôpital par la porte de service. Ils débouchèrent dans une pièce rectangulaire avec des rangées de distributeurs d'en-cas et de boissons. Smith alla droit à celui qui contenait des sandwiches, glissa de l'argent dans la fente et s'empara du paquet qui tomba à sa portée avant de rejoindre Jana à une table. Il fit signe à Jana de commencer.

« Tout d'abord, il faut que vous sachiez que ce que je vais vous dire est confidentiel. Hautement confidentiel. Je ne vous le confie que parce que Randi Russell me l'a demandé.

— D'accord. »

Smith vit sur l'écran ce qui lui parut être le tableau de bord d'un agrégateur de logiciels pour site de médias sociaux. Les mises à jour apparaissaient dans chaque colonne. Jana montra les mises à jour de BLACKHAT254.

« Ça vient d'un de nos agents. Cette colonne est le site général, celle-ci, le site restreint de la CIA. J'ai dit à Randi qu'il y avait un problème avec le site restreint. Il a du retard par rapport au site général. »

Smith vit qu'elle avait raison. Les mises à jour de BLACKHAT254 apparaissaient plus vite sur le site général que sur le site restreint.

« C'est un problème ? On n'a qu'à consulter le site général.

— Ça semble bénin, et je ne m'en suis pas vraiment inquiétée, jusqu'à ce que Jordan se fasse tirer dessus. J'y suis retournée après et, quand j'ai regardé les mises à jour, j'ai vu quelque chose de bizarre. J'ai fait une capture d'écran. »

Elle l'afficha. Sur le même tableau de bord, elle désigna une ligne.

« C'est ce que Jordan a envoyé sur le site général dix minutes avant d'être abattu, et là, c'est ce qui est apparu sur le site restreint sept minutes plus tard. "Moneywoman" est notre code pour Rebecca Nolan, et "Friend", pour toute personne sur qui on a des soupçons. »

Smith lut d'abord la phrase du site général. Jordan avait écrit : « Surveille Moneywoman et vois Friend au coin de la 72e Rue et de Lexington Avenue. » Sept minutes plus tard, on pouvait lire sur le site restreint : « Surveille Moneywoman et vois Friend au coin de la 72e Rue et de Central Park Ouest. » Smith cessa de mâcher son sandwich. « Ils ont changé d'emplacement. Ils l'ont déplacé de l'autre côté du parc.

— Oui. La plupart du temps, quand ils planquent, les agents n'utilisent que le site restreint. Ça s'affiche presque instantanément, aussi vite qu'un appel téléphonique, avec l'avantage du silence : les agents peuvent se mettre au courant les uns les autres sans que l'entourage puisse les entendre. J'avais demandé à Jordan d'utiliser aussi le site général jusqu'à ce que je puisse comprendre ce qui causait le retard. On avait un agent en renfort au coin de la rue ; il était le seul à voir le site restreint. Non seulement ce second agent a eu l'information très tard, mais quand il a vu le code “Friend”, il a traversé le parc !

— Et Jordan s'est fait tirer dessus. Est-ce qu'il est encore en vie ?

— Oui. Ils l'ont plongé dans un coma artificiel le temps que l'œdème diminue dans son cerveau. Quand ce sera fait, les médecins pourront évaluer les dégâts. »

Jana déglutit et Smith remarqua qu'elle avait les larmes aux yeux. Elle les ravala.

« Qu'en a conclu Russell, quand vous lui avez montré ça ?

— Elle m'a dit que je ne devais en aucun cas en informer quiconque à l'agence. Elle m'a demandé d'aller vous trouver et de vous en parler, parce que vous connaissez quelqu'un qui peut rechercher la source. »

Elle pense à Marty, se dit Smith. « Le problème ne vient pas nécessairement de l'intérieur de l'agence, si ? Est-ce que quelqu'un de l'extérieur pourrait intercepter le flux et le modifier avant qu'il arrive sur le site restreint ?

— J'en doute, murmura Jana d'un air sceptique. On utilise le Wifi, mais le site est codé et protégé par un mot de passe. Je crois qu'il faut d'abord envisager que ça vienne de l'intérieur de la CIA, et ne penser à l'extérieur qu'ensuite.

— Gardez le téléphone de Randi allumé. Je vais demander à un certain Marty d'appeler. C'est à lui que pensait Randi. C'est un génie informatique. Il est autiste et il a parfois un comportement bizarre, mais c'est le meilleur. Je prendrai des nouvelles, dit-il en se levant, mais ne m'appelez qu'en cas d'extrême urgence. Quelqu'un me traque, et je n'ai pas très envie de l'aider à me trouver. Je ne tarderai pas à éteindre mon téléphone. »

Jana n'était plus au bord des larmes et semblait déterminée.

« Merci de votre aide !

— Y a-t-il un moyen pour vous de m'informer de l'état de Randi ? demanda-t-il en lui serrant la main. Je suis inquiet pour elle.

— Oui, surveillez BLACKHAT254 sur le site public. Je lui dirai de poster des bulletins de santé. En code, bien sûr. Vous connaissez son pseudonyme ?

— Oui. Je regarderai. »

Jana Wendell disparut dans l'hôpital et Smith regarda la porte se refermer.

Au bout d'un moment, il emprunta le même chemin. Une fois dans le hall, il consulta le tableau des différents services et repéra l'aile où étaient mis en isolement les malades contagieux. Il prit l'ascenseur. Quand il en descendit au quatrième étage, il se retrouva dans un long couloir avec des chambres de chaque côté. À sa gauche, à sept mètres de lui, derrière le comptoir des infirmières, une femme seule tapait sur un clavier d'ordinateur. Une pancarte au mur indiquait que l'étage était sous surveillance et demandait que tout visiteur se fasse connaître. On y lisait aussi les numéros des chambres dans chaque direction.

L'infirmière leva les yeux. « Puis-je vous aider ?

— Je suis membre de l'Institut de recherche sur les maladies infectieuses de l'armée, dit-il en lui tendant sa carte de l'USAMRIID. J'ai besoin de voir la malade de la chambre 422.

— C'est un étage isolé, fit remarquer l'infirmière en fronçant les sourcils. Les seuls visiteurs autorisés sont ses médecins et les professionnels de santé.

— Ce qui est mon cas. Je suis médecin, et je suis ici à titre officiel.

— Il est tard, répondit l'infirmière avec un regard dur. Revenez aux heures de visite, avec l'autorisation de son médecin. »

Smith se pencha sur le comptoir, décrocha le téléphone et le tendit à l'infirmière. « Appelez son médecin. Dites-lui que c'est une urgence, qu'un médecin de l'Institut de recherche sur les maladies infectieuses de l'armée des États-Unis exige d'avoir immédiatement accès à la patiente. »

L'infirmière hésita.

« C'est très important. Ça ne peut pas attendre ! »

L'infirmière prit le combiné et pressa quelques touches. Au bout d'un moment, elle expliqua : « J'ai ici un médecin de l'USAMRIID qui demande à avoir accès à Mme Russell... Il dit que c'est une urgence, précisa-t-elle. J'ai vu ses papiers. »

Elle écouta un moment et raccrocha.

« Il donne son autorisation, mais ne restez pas longtemps. Signez ici.

— Merci, dit Smith. Est-ce que je dois enfiler une combinaison de protection ? »

L'infirmière tendit le bras derrière elle et lui remit une pochette enveloppée dans du plastique. « C'est un tablier et un masque. »

Smich déchira l'enveloppe, secoua le tablier en papier et l'enfila sur ses vêtements. Il mit son masque et se dirigea vers le numéro 422.

C'était une petite chambre individuelle peinte en bleu clair et beige, ce qui lui donnait un air de station thermale ou d'hôtel. Le lit, pourtant, montrait bien qu'on était à l'hôpital ; avec ses barreaux et sa table de nuit intégrée où étaient posés la télécommande du téléviseur et celle du sommier relevable, ainsi qu'un verre en plastique et une lampe de chevet. En un pas, Smith se retrouva devant la porte ouverte de la salle de bains.

Une rampe lumineuse au-dessus du lit permettait aux infirmières de voir la nuit sans allumer. La pièce était plongée dans l'ombre et le seul bruit qu'on entendait venait des gouttes d'eau qui tombaient dans le lavabo.

Smith s'avança jusqu'à la perche de la perfusion. Randi avait les yeux fermés. Ses joues et son front luisaient de sueur. Ses lèvres étaient gercées. Elle avait la peau grise.

Elle ouvrit les yeux et le regarda. « Hé ! » dit-elle d'une voix faible.

Il s'assit sur le lit près d'elle et prit sa main. Elle tenta de la lui retirer, mais il la serra. Elle fronça les sourcils. « Tu ne devrais pas être là. Je pourrais être contagieuse.

— Je me laverai les mains. Comment te sens-tu ?

— Horriblement mal. Fiévreuse, incapable de garder quelque chose dans l'estomac. Pas même les glaçons. »

Smith vit que le verre en plastique était plein de glace. « Si j'ai bien compris, ce n'est pas le choléra ?

— Non, mais ça pourrait être la grippe aviaire. Les premières analyses ne sont pourtant pas concluantes. Le médecin pense à une variante. C'est *forcément* lié à ce qu'il y avait dans mon frigo. Il n'y a rien d'autre. C'est lié. Je le sais.

— J'ai vu Jana Wendel. Elle m'a laissé entendre que tu penses qu'il y a une taupe au sein de la CIA.

— J'en suis certaine. Ce système restreint est blindé. Celui qui le perturbe connaît nécessairement les codes.

— Une idée ?

— Je ne suis pas dans les bureaux depuis assez longtemps pour tirer des conclusions. Langley emploie des centaines de personnes rien que dans mon secteur. Trouver la fuite est difficile. J'ai pensé que Marty pourrait suivre une signature électronique, remonter à la source.

— Est-ce qu'une telle enquête n'impose pas que tu avertisses tes supérieurs ?

— Officiellement, oui, mais ça sent mauvais, et j'ai l'impression que la pourriture n'est pas loin. Jordan n'envoyait de rapports qu'à peu de personnes dans mon secteur immédiat, et je crois qu'il a été délibérément visé pour que la maison de Nolan reste vulnérable.

— Tu te rends compte que je ne peux plus utiliser la planque ?

— Nolan non plus.

— Et Beckmann ? Je peux lui faire confiance ? »

Randi se mit à tousser, une toux profonde, rauque.

« Il vient d'un autre département. Il est sûrement plus sage de se montrer prudent tant qu'on n'en sait pas plus sur lui.

— Je n'ai donc plus que Howell sur qui compter, si je veux avoir une chance de survivre à cette affaire. Le retrouver devient ma priorité. Je vais demander à Marty de voir ce qu'il peut faire, mais s'il ne trouve rien, tu pourrais être arrêtée pour avoir divulgué des informations secrètes, tu le sais, hein ?

— Je m'en inquiéterai le moment venu. Il y a une taupe dans mon secteur, je le sens. »

Smith vit qu'elle s'agitait. Il ne voulait pas la perturber davantage.

« Il y a quelque chose qui cloche, je suis d'accord. Je m'en occupe, toi, soigne-toi bien et repose-toi. »

Quand elle referma les yeux, Smith se leva et quitta la chambre aussi silencieusement qu'il y était entré.

Dès qu'il fut assez loin de l'hôpital, il retira sa carte SIM de son téléphone, la glissa dans sa poche et jeta l'appareil avant d'aller acheter un nouveau téléphone. Il appela Klein aussitôt.

« J'ai un problème », dit-il.

Il parla à Klein des soupçons de Randi et de Jana Wendel, convaincues que quelqu'un piratait le système de communication depuis Langley. « Est-ce que la CIA gère la configuration de la Maison-Blanche ? Dans ce cas, nos conversations avec le président pourraient être en danger.

— Elle est chargée de la sécurité de certains canaux, bien sûr. Le président reçoit des rapports quotidiens, et une partie provient des systèmes de données de Langley. Il n'est pas inconcevable que celui qui pirate la CIA puisse aussi accéder aux conversations du président, mais j'en doute. Nous avons d'innombrables systèmes qui se recoupent et se doublent pour éviter ce genre d'ingérence.

— Et le Réseau Bouclier ? C'est possible ?

— À nouveau, tout est possible, mais c'est peu probable. Et ce serait plutôt ton téléphone qui présenterait un risque, parce que, bien que crypté, il utilise quand même les ondes aériennes. On ne peut pas les sécuriser autant que les lignes téléphoniques terrestres. J'ai remarqué que tu avais changé de numéro. Tu as acheté un téléphone prépayé ?

— Oui. Je rejoins Nolan pour l'interroger sur l'affaire Dattar. Dès que je sais quelque chose, je t'appelle.

— Ne perds pas de vue la recherche des boîtes isothermes. À moins qu'elle ne détienne une information vitale, l'interroger est secondaire. Ne lâche pas le morceau !

— Compris.

— Mais fais attention ! Un agent de la CIA qui s'est laissé acheter est extrêmement dangereux. Les secrets qu'il détient peuvent mettre en danger tout le pays.

— Compris aussi ! » répondit Smith avec un gros soupir.

25

À SON RÉVEIL, MANHAR SE RETROUVA attaché à une poutrelle en acier qui soutenait des rails au-dessus de sa tête. Des menottes en plastique enserraient ses poignets. D'autres liens retenaient ses chevilles et ses jambes aux genoux. Il en avait un aussi autour du cou, qui lui cisaillait la gorge chaque fois qu'il déglutissait. Il baissa les yeux et vit qu'il était également attaché par des cordes à la taille et sous les bras. Quand il se tordit pour tester la solidité des liens, il comprit qu'il n'irait nulle part sans aide. Il faisait nuit. Il ne percevait que la lueur d'un réverbère dans la rue à dix mètres de lui. L'endroit était désert. Des monceaux d'ordures s'entassaient sous les rails.

À moins de deux mètres de lui, Peter Howell envoyait des textos sur un téléphone et Andreas Beckmann était assis par terre, le dos contre une autre poutrelle. Il fumait une cigarette. Il posa sur Manhar un regard calme.

« Il est réveillé ! » annonça Beckmann.

Howell leva les yeux. « Quel est ton nom ? »

Manhar cracha.

Howell leva les yeux au ciel. « Épargne-moi ton cinéma. Dis-moi ton nom ! »

Howell poussa du pied un tuyau en métal. L'acier paraissait assez solide.

« Manhar.

— Bien, approuva Howell. Monsieur Manhar, je voudrais savoir qui vous a engagé pour me tuer, et comment vous communiquez avec lui. »

Manhar eut un rire gras. Que ces deux types puissent penser qu'il vendrait la mèche montrait à quel point ils étaient stupides. Il cracha par terre de nouveau.

« Hum… Je m'en doutais. Ce n'est pas très malin de votre part, remarqua Howell en continuant à taper sur le clavier du téléphone. Je l'ai ! annonça-t-il à Beckmann.

— Excellent ! dit Beckmann en se levant. On va lui laisser celui-là. »

Il prit une autre bouffée de sa cigarette et consulta sa montre. « N'oublie pas de lui parler du tuyau. Il pourrait vouloir l'utiliser. »

Manhar faisait de son mieux pour suivre leur conversation, mais il n'avait aucune idée de ce dont ils parlaient.

Howell empocha son téléphone. « On dégage. Bonne chance à toi ! »

Manhar n'en revenait pas ! Ils l'avaient juste attaché à une poutrelle et ils le laissaient là ? Il finirait par se débarrasser de ses liens et il partirait à leur poursuite. La prochaine fois, il leur ferait payer cette humiliation.

Howell s'approcha et leva son téléphone. « Je te prends en photo. Souris ! » dit-il.

Manhar regarda l'engin et un pressentiment lui fit froid dans le dos.

« Je vais envoyer ça à ton collègue, Khalil. J'ai déniché son mail sur ton téléphone. Je lui indiquerai où te trouver. Il sera furieux. Khalil n'apprécie guère l'échec, n'est-ce pas ? Le connaissant comme je le connais, je suppose qu'il ne tardera pas, et les quelques heures qui te sépareront de ta mort risquent d'être les plus longues de ta vie. »

Manhar sentit la peur parcourir son corps. Il s'attendait à être tabassé ou pire par ces deux types, mais leur imagination n'était sûrement pas à la hauteur de ce qu'il savait des techniques de torture de Khalil. Il garda le silence. Il parviendrait peut-être à convaincre Khalil qu'il n'avait rien lâché ?

Beckmann termina sa cigarette et la jeta dans un bidon d'huile vide. « Il se mettra immédiatement au travail, assura-t-il à Manhar. Khalil ne laisse aucune chance aux losers. Si tu nous dis ce que tu sais, on te détache. Je crois que c'est un marché honnête, pas toi ? »

Une petite brise souffla et Manhar frissonna. À cet instant, il décida de négocier. L'idée d'être attaché à une poutrelle quand Khalil commencerait à s'occuper de lui était insoutenable. « Je sais rien », bredouilla-t-il.

Beckmann hocha la tête d'un air triste. « Envoie le courriel ! dit-il à Howell.

— Attendez ! » s'écria Manhar.

Howell se figea, les sourcils levés.

« C'est la vérité. Khalil ne m'a rien dit. Juste qu'il voulait vous tuer, ainsi que Smith et une Américaine.

— J'ai entendu parler de cette Américaine. Qui est-ce ?

— J'en sais rien.

— Je ne te crois pas, grogna Howell en fixant les yeux sur son téléphone.

— Je sais juste que c'est une femme. Khalil se charge personnellement de Smith, parce qu'on dit qu'il est difficile à tuer. Moi, je devais vous tuer.

— Comment ! s'insurgea Howell. Khalil croit que je suis plus facile à tuer que Jon Smith ? Je n'en reviens pas ! »

Beckmann éclata de rire, mais s'arrêta quand Howell le fusilla du regard. « Désolé ! Vous ne devriez pas prendre ça pour vous. Je ne connais pas Smith depuis longtemps, mais ses techniques me semblent assez inventives.

— Il a fait de longues études, c'est pour ça, déclara Howell.

— Est-ce que vous n'êtes pas allé à Cambridge, avant de rejoindre le MI6 ? s'étonna Beckmann.

— Si, mais j'ai eu le bon sens de laisser tomber. Smith a continué. Manhar ! rugit Howell en reportant son attention sur son agresseur, qui paie Khalil ? »

Manhar secoua la tête. Il ne dirait rien de plus à ces idiots. « J'en sais rien. »

Dans la seconde, Howell leva le tuyau et l'abattit sur le genou gauche de Manhar. La vitesse de l'attaque et l'extrême douleur le firent hurler. Il eut l'impression que son genou se désintégrait. À travers les larmes qui avaient empli ses yeux, il vit Howell lever à nouveau le tuyau pour lui assener un autre coup.

« Dattar ! C'est lui qui paie, cria Manhar de toutes ses forces. Je vous en prie, laissez-moi partir. Si vous me brisez les jambes, je ne pourrai pas échapper à Khalil.

— Quel est le plan ? demanda Howell en retenant son geste.

— Qu'est-ce que vous voulez dire ?

— Tu m'as entendu. Qu'est-ce que Dattar a en tête ?

— Je sais pas exactement. Il détient une sorte d'arme qu'il va utiliser contre les États-Unis. Il en est fier. Il dit qu'elle est imbattable. »

Howell et Beckmann se regardèrent. Manhar tremblait de douleur. Il avait dit tout ce qu'il pouvait dire et il espérait qu'ils le croyaient.

« Une bombe ?

— Je sais rien de plus, gémit Manhar. Vous avez promis de me laisser partir.

— Est-ce que c'est une bombe ? Réponds à cette question et on te détache !

— Non, je ne crois pas. Quelque chose d'autre, mais pas une bombe.

— Quand ? lança Beckmann.

— Quelle heure est-il ? murmura Manhar.

— 10 h 30, répondit Howell.

— Dans vingt-quatre heures. »

26

JON SMITH N'AVAIT PAS ENVIE de rappeler Marty pour lui demander, une fois de plus, de lui dire où était Nolan, mais ça restait le moyen le plus efficace de la localiser. Il ravala sa fierté et composa le numéro.

« Laisse-moi deviner : tu l'as encore perdue ! » ironisa Marty.

Smith sentit l'irritation monter en lui, mais il n'était pas sûr que ce soit à cause de la perspicacité de Marty ou bien de sa propre incompétence dès qu'il s'agissait de Nolan.

« Comment t'as deviné ?

— Elle joue à nouveau en bourse. Je ne crois pas que tu l'y aurais autorisée.

— Je suppose que le Japon a ouvert ?

— Oui, mais il y a autre chose. Elle a transféré des millions de dollars d'un compte dans les îles Caïmans vers un autre compte lié à Antigua.

— Lié ? À qui ?

— C'est un compte numéroté. Je ne peux pas avoir de certitude. Je peux te dire qu'il a été ouvert assez récemment. La première transaction a été effectuée il y a un mois, et elle venait du compte d'un riche individu résidant au Pakistan. »

L'argent de Dattar ! songea Smith. « Où est-elle ?

— Au restaurant. »

Marty donna une adresse proche de l'appartement de Mme Redding.

« J'y vais. Appelle-moi si elle bouge. »

L'établissement choisi par Nolan était un vaste espace de restauration qui vendait aussi des plats préparés, de la charcuterie et tout ce que l'Italie produisait de meilleur. Il était situé dans le quartier du Flatiron, en face de Madison Square Park. Il entra par la Cinquième Avenue et s'arrêta.

C'était le lieu idéal pour tuer. Il y avait des gens partout, surtout des touristes, qui jouaient des coudes pour accéder à la section désirée. Des enfants qui accompagnaient leurs parents à cette heure tardive pleuraient. Un assaillant pourrait tirer et disparaître dans la foule, et Smith ne pourrait répliquer de crainte de toucher un civil ou un enfant. Il chercha Nolan des yeux. À sa droite, dans le coin-café avec ses tables rouges hautes et ses tabourets de bar, il la repéra, qui sirotait un café posé à côté d'un verre de vin tout en pianotant sur son ordinateur. Elle portait toujours le pull marine et le jean de couleur sombre de la veille. Il jeta un rapide coup d'œil à ceux qui l'entouraient. Ils n'avaient rien d'inquiétant, ce qui lui permit de se détendre un peu. Quand il arriva à sa table et s'installa sur un tabouret en face d'elle, elle lui adressa un petit sourire fort inattendu.

Elle fit glisser le verre de vin dans sa direction. « C'est pour vous, dit-elle. J'ai pris la liberté de commander un rouge bien corsé. Vous n'avez pas l'air d'un amateur de blanc.

— Tout dépend du repas. En général, entre deux, je bois du whiskey, mais c'est très bien. Vous ne semblez pas surprise de me voir.

— Non. Je ne sais pas comment vous faites, mais je n'arrive pas à me débarrasser de vous. Comment va votre bras ?

— Mieux. Désolé d'avoir perdu connaissance.

— C'était aussi bien ! grimaça Rebecca Nolan. Ç'a été horrible. Quand j'ai extrait la balle, du sang a giclé de la plaie. Pendant un instant, j'ai cru qu'elle s'était fichée dans une artère.

— Si vous m'aviez demandé, je vous aurais dit que ce n'était pas le cas. »

Elle prit un air amusé. « Si vous aviez été conscient, je doute que vous auriez été capable de soutenir une conversation. »

Il inclina son verre en signe d'approbation et avala un peu de vin avant de reposer le verre.

« Vous vous souvenez de Randi Russell ? L'agent de la CIA à qui vous avez parlé dans votre bureau ?

— Oui, répondit-elle en prenant une gorgée de café.

— Elle est hospitalisée. Gravement malade. Je crois que ça a un lien avec Dattar. Il faut que vous me disiez tout. Tout de suite, vite, parce qu'on doit partir. C'est trop dangereux ici. Si vous commenciez par m'expliquer pourquoi vous avez volé son argent. »

Le regard de Nolan se perdit dans le fond de sa tasse. « En fait, je ne faisais que le récupérer. Cet argent appartenait à ma famille. C'était ce qu'on avait gagné grâce à nos investissements dans la région de Dattar. Il y a cinq ans, il a confisqué tout ce que ma famille avait passé des années à amasser, y compris une nouvelle mine de saphirs, trois entreprises de sidérurgie et un centre de recherche. Il a prétendu que les terrains et les bâtiments étaient la propriété du gouvernement, bien que ma famille ait été là depuis des générations, à l'époque où le Pakistan faisait encore partie de l'Inde. On a construit les routes, les voies ferrées, les usines, tout ! Presque toutes les infrastructures de la région viennent du sang, de la sueur et des larmes de générations de Redding. »

Smith évita de souligner que les Redding avaient aussi fait fortune grâce à ce pays et à ses habitants. On ne pouvait pourtant nier que leurs investissements avaient permis à la région de se développer.

« Quand un de nos scientifiques du centre de recherche a disparu et que ses dossiers ont été volés, j'ai soupçonné que Dattar ou un de ses sbires était dans le coup. Dattar faisait déjà courir le bruit qu'il allait confisquer nos biens. C'est alors que j'ai décidé de prendre l'argent.

— Quel scientifique ? Sur quoi travaillait-il ? »

Avant que Nolan ait pu répondre, un homme s'installa sur un tabouret pas très loin d'eux. Il ne devait pas avoir beaucoup plus de vingt ans, il était vêtu d'un jean et d'un sweat-shirt. Un sac à dos pendait à l'une de ses épaules. Il le fit glisser sur la table et en sortit un ordinateur et un manuel de chimie. La reliure du livre était rafistolée au Scotch et, quand il l'ouvrit, Smith vit qu'il avait surligné des passages en jaune. Il se détendit un peu.

« Il avait découvert une forme de bactérie électrique », dit Nolan.

Les boîtes isothermes! pensa Smith en fouillant sa mémoire pour retrouver le nom de cette bactérie. « *Shewanella MR-1* ?

— Vous en avez entendu parler ? Ça ne me surprend pas. J'ai tout lu sur vous en ligne. Un CV impressionnant !

— Que faisait ce scientifique avec cette bactérie ?

— Je ne sais pas très bien. Il avait dans l'idée qu'on pourrait l'utiliser à la fois comme énergie alternative et comme système efficace d'introduction de microbes sains. Apparemment la bactérie est capable à la fois de transmettre et de produire de l'électricité. Quand on a retrouvé le corps de notre savant, je me suis dit qu'il fallait arrêter Dattar ! J'ai découvert qu'il s'était créé plusieurs pseudonymes pour dissimuler l'argent qu'il avait extorqué à tous ceux qui faisaient des affaires dans la région. Landon Investments en gérait une grosse partie. Je l'ai sortie. Sans argent, il ne pourra plus engager de tueurs.

— Vous avez tort. Il a engagé un des meilleurs pour nous avoir. Je suppose que vous vous doutiez qu'il vous traquerait ?

— Oh, oui, je savais qu'il essaierait. C'est pour ça que j'ai dispersé l'argent : je suis la seule à pouvoir y accéder et ils ont besoin de moi pour la reconnaissance vocale et digitale. J'espérais qu'il resterait en prison toute sa vie. Ça m'a inquiétée d'apprendre qu'il s'était évadé. Je savais qu'il tenterait d'accéder à ses fonds et qu'il s'apercevrait de la supercherie.

— Pourquoi continuer à me fuir, alors ? Je suis de votre côté.

— Je ne sais pas trop quoi penser de vous. Quelque chose cloche. Votre refus d'aller à l'hôpital a accentué mes soupçons, et aussi le fait que vous n'ayez personne à prévenir. Les gens ont tous quelqu'un dans leur vie. Dans le cas contraire, soit ils ont un grave problème, soit ils mentent – ou les deux. Et je préfère agir seule. En plus, si le tueur est aussi à vos trousses, il me semble qu'on lui facilite la tâche en restant ensemble.

— Vous avez beaucoup trop confiance en vous. Vous êtes sans doute un excellent trader, mais échapper à des tueurs requiert d'autres compétences.

— J'ai bien compris que vous êtes militaire, mais votre CV dit que vous êtes un spécialiste des maladies infectieuses, pas de l'esquive. »

Il baissa les yeux pour échapper à son regard perçant et but une gorgée de vin. « Il faut que je reste en mouvement, j'ai une autre mission à accomplir. Vous devriez bouger, vous aussi.

— Oui, j'ai décidé de retourner à la planque. J'ai réalisé, après la tentative d'attentat à l'hôtel, que je mets d'autres personnes en danger. J'attendais que vous me retrouviez pour avoir le code de cette clé. »

Smith se frotta le visage.

« Quoi ? s'étonna-t-elle.

— Vous ne pouvez pas y aller.

— Pardon ? Vous m'avez harcelée pour que j'y aille et, maintenant que je suis enfin d'accord, vous dites que je ne peux pas ? Pourquoi ?

— Les circonstances ont changé. Elle risque d'avoir été découverte, on n'y serait plus en sécurité. »

Nolan resta silencieuse et termina son café, pensive.

« On est donc livrés à nous-mêmes.

— Pour l'essentiel, oui.

— Qui est l'homme de la troisième photo ? Vous le connaissez ?

— Il s'appelle Peter Howell.

— Qu'est-ce que Dattar a contre lui ?

— Je ne sais pas exactement. Howell est britannique, et Dattar pourrait vouloir se venger du Royaume-Uni, qui a accepté de l'emprisonner après sa condamnation. Cela a rendu le procès possible. Howell a disparu. Mais il n'est pas facile à tuer, je pense qu'il est en vie. »

Nolan inclina la tête sur le côté pour mieux le regarder. « Vous avez des amis très intéressants, surtout pour un homme qui prétend ne pas avoir de relations personnelles. »

Smith décida de ne pas relever. « Il faut lever le camp. On est ici depuis trop longtemps. C'est dangereux

— New York est une grande ville, fit remarquer Nolan en regardant autour d'elle. Il y a des centaines, peut-être des milliers de restaurants. Est-ce que ce tueur est bon au point de pouvoir me suivre comme vous ?

— Il peut ne pas disposer de mes outils de précision, mais il ne se débrouille pas mal sans. Je parie qu'il surveille votre appartement et votre bureau.

— Comment le savez-vous ?

— Secret professionnel. Il faut qu'on y aille !

— C'est un ordre ? » demanda-t-elle en levant un sourcil.

Il faillit se mordre la langue. Elle avait raison. Quelque chose chez cette femme faisait ressortir le militaire en lui. Il agissait comme un instructeur avec une recrue particulièrement récalcitrante. Il prit une profonde inspiration et choisit l'honnêteté. « Désolé. Absolument pas. J'ai appris combien les ordres sont inutiles en ce qui vous concerne. Ce n'était qu'une suggestion. »

Son téléphone vibra dans sa poche.

« Filez immédiatement ! cria Marty. Quelqu'un d'autre a accès au GPS de sa tablette. On vient de transmettre vos coordonnées à un téléphone prépayé que je ne peux pas pirater. Ces types sont les meilleurs.

— Qui c'est? demanda Smith.

— La CIA. »

27

« IL FAUT PARTIR ! Tout de suite ! déclara Smith.

— Pourquoi ? Qu'est-ce qui se passe ?

— Le groupe de l'hôtel vous a repérée avec l'aide d'un… pirate informatique. Je leur donne dix minutes, pas plus, pour être là. Éteignez votre tablette et votre téléphone ! »

Nola reposa brutalement sa tasse sur la soucoupe. Elle pâlit. C'était la première fois qu'il la voyait réagir aux circonstances de manière normale. Peut-être commençait-elle à prendre conscience du danger. Elle plissa les yeux. Smith trouva que ce n'était pas bon signe.

« Appelez le supérieur de Mme Russell ! Ils doivent bien avoir d'autres planques qu'on pourrait utiliser.

— Ce n'est pas une bonne idée.

— Pourquoi ? »

Smith regarda l'homme au sac à dos près d'eux et la foule dans les allées. Du cœur du magasin, il entendit le rire suraigu d'une femme à moitié ivre, et l'air bruissant des conversations mêlées aux verres qui s'entrechoquaient. Une vraie cacophonie. De derrière le comptoir du café lui parvenait le chuintement du lait qu'on faisait mousser à la vapeur, l'odeur des grains de café qu'on était en train de moudre. De la musique noyait le tout. Smith n'entendrait pas le tueur approcher – c'était évident. Il devrait donc le repérer avant qu'il puisse viser. Il ne cessait de fouiller la salle des yeux. Son téléphone vibra. C'était Marty.

« Vous êtes encore là ?

— On s'en va.

— Si c'est quelqu'un de la CIA qui vous poursuit tous les deux, il va falloir respecter un silence radio, tu le sais, hein ? Je veux dire que, pour eux, pirater l'ordinateur d'un civil, c'est de l'espionnage intérieur, ce qui est illégal. Il doit y avoir une mauvaise graine à l'agence, pour que ça se produise.

— Je ne suis pas vraiment un civil.

— Tu es de l'armée, donc de leur côté, si bien que c'est pire encore. Elle, c'est une civile. Je suppose que ni la CIA ni toi n'avez de mandat.

— Toi non plus !

— Ce que je fais, moi, c'est un délit. Ce que fait la CIA, ça relève de la trahison. Elle agit comme un État policier qui espionne les citoyens américains. »

Smith sentait Marty s'exciter, et il n'avait pas de temps à perdre en considérations juridiques.

« La CIA est très forte, dans ce domaine, insista Marty. Tu ne peux plus utiliser la moindre technologie, tu comprends ? Ça veut dire ni carte de crédit, ni téléphone, ni accès à un compte en banque.

— Tu m'appelles sur un téléphone prépayé. Ils savent déjà qu'on est là. Je t'enverrai des messages à partir de chaque téléphone prépayé que je me procurerai ! dit Smith en vérifiant son portefeuille, où il trouva 300 dollars. Il va falloir que je me procure du liquide. »

Nolan leva brusquement la tête en entendant ce commentaire.

« J'ai du liquide ! dit-elle en sortant sa tablette.

— Ne touchez pas ce truc ! C'est censé être éteint. En fait, on va s'en débarrasser.

— Je refuse ! Toute ma vie est enregistrée sur ce disque dur. »

Smith eut envie de s'en emparer et de le lancer à travers la salle.

« Je vais avoir bien du mal à disparaître des ondes tant que je serai avec Nolan, expliqua-t-il à Marty. Elle ne veut pas renoncer à son ordinateur, elle prétend que c'est toute sa vie.

— Je crois que je pourrais aimer cette femme…

— Est-ce qu'il y a un moyen de neutraliser le GPS ?

— Sur le téléphone, oui. Dis-lui de chercher le GPS dans le menu et de le désactiver, mais ce n'est pas absolu, parce que le service d'urgence du 911 ne peut pas être coupé. Même s'il utilise la triangulation depuis l'antenne la plus proche et non le GPS, je pense que la CIA peut accéder à leurs détecteurs les plus précis. Il est plus prudent qu'elle l'éteigne.

— Et la tablette ? »

Smith reporta son attention sur la salle. Leur voisin se levait, il avait fini de réviser sa chimie. Smith libéra sa main droite, qu'il glissa sous sa veste, pour être prêt.

Marty continuait à parler. « Pour la tablette, c'est pareil. Elle peut débrancher le GPS, mais ça ne ferme qu'une partie du système. Chaque fois qu'elle ouvre ses pages, je peux voir où elle est en suivant le flux d'informations. Il va falloir qu'elle l'éteigne. Si elle a besoin de l'utiliser, qu'elle ne l'allume que très peu de temps.

— Compris. »

En raccrochant, il remarqua que Nolan éteignait ses deux appareils.

« Allons-y ! lui dit-il en se levant.

— Appeler la CIA ? demanda-t-elle en descendant de son tabouret, non sans arborer un air lourd de suspicion.

— Non, déguerpissons d'ici !

— Porte principale ?

— Oui. Vite ! »

Nolan attrapa son attaché-case et se dirigea vers la porte, naviguant entre les groupes de clients. Smith lui saisit le coude.

« Vous me tenez à nouveau ! protesta Nolan d'une voix sourde.

— Je ne vous tiens pas, je vous guide. Quand on aura passé la porte, on se sépare. Partez à droite, j'irai à gauche. Faites le tour de Madison Square Park et on se retrouve de l'autre côté. »

Ils étaient à dix pas de la sortie. Nolan regardait dans toutes les directions. Un homme assis à une table la regarda fixement.

« Essayez de vous calmer. Vous vous faites remarquer.

— Que je me calme ! Vous êtes sérieux ? » protesta Nolan entre ses dents serrées.

Juste avant la porte, ils passèrent devant un groupe d'hommes en costume assis à une table ronde. Trois d'entre eux suivirent Nolan des yeux et Smith se rendit compte que ce n'était pas parce qu'ils avaient deviné son stress, mais parce qu'ils appréciaient son physique.

« C'est le moment d'entrer en piste ! » déclara Smith.

Il la devança et ouvrit la porte tout en tenant son arme sous sa veste, mais il dut s'arrêter pour laisser passer un couple. C'est alors que, derrière eux, il vit, à l'angle de l'immeuble du Flatiron à sa droite, l'ombre d'un homme qui surveillait la porte du restaurant. Quelques mètres plus à gauche, un autre individu suspect était collé au mur.

« Demi-tour ! » chuchota-t-il avec autorité.

Il sourit au couple qui entrait, se retourna et poussa Nolan vers l'intérieur.

« Qu'est-ce que vous avez vu ?

— Des ennuis. Il y a une autre sortie ?

— Sur la 24e Rue.

— On y va. »

Nolan traversa l'immense magasin d'un pas rapide. Smith lâcha son bras, mais pas son arme. Après une vitrine de gâteaux, Nolan tourna à droite. Smith vit une rangée de portes vitrées.

« Ça donne dans la 24e Rue », déclara Nolan.

La tension était perceptible dans sa voix. Smith ne la quittait pas, tout en observant chaque personne présente pour repérer le moindre geste brusque, le moindre regard un peu trop appuyé. Nolan ne ralentit pas. À la porte, Smith dégaina enfin, mais garda l'arme dissimulée. Il était clair que Nolan avait l'intention de franchir les portes sans hésiter.

« Attendez ! Il est possible qu'ils couvrent aussi cette sortie. Laissez-moi passer !

— Vous devriez me laisser sortir la première, remarqua Nolan en reculant d'un pas. Moi, ils ne m'abattront pas. »

Smith ne répondit pas. Il poussa la poignée et la porte s'ouvrit, laissant passer une bouffée d'air frais. Nolan se plaça derrière lui. Il regarda dehors.

Dans la 24e Rue, les voitures garées des deux côtés rétrécissaient la chaussée. S'ils voulaient traverser rapidement, ils devraient se faufiler entre elles. Pas idéal, comme situation ! Sa vue était limitée de chaque côté.

« Il vous faut combien de temps pour courir jusqu'à la Sixième Avenue ? demanda Smith.

— C'est loin.

— À peu près trente secondes au pas de course ? Davantage ? »

Nolan déglutit. Un voile de sueur couvrait son visage. « Je ne sais pas. Trente secondes, peut-être, oui. »

Trente secondes dans le viseur d'un tireur professionnel, c'était très long.

« Il va falloir qu'on se sépare et qu'on parte dans des directions opposées. Faites de votre mieux pour ne pas courir en ligne droite. Changez de trajectoire, slalomez entre les voitures et traversez, si vous le pouvez. J'essaierai d'attirer l'attention de tout guetteur. »

Des clientes approchèrent pour sortir, et Smith s'écarta pour les laisser passer. Il les suivit jusqu'au seuil et, cette fois, il repéra un guetteur sur le trottoir d'en face, en direction de Madison Square Park.

C'était un homme d'environ vingt-cinq ans, aux cheveux châtains, au corps élancé, l'air typiquement américain, ce qui surprit Smith. Comme la plupart des habitants du Proche-Orient, Khalil avait en général recours à des membres de sa famille, même élargie, pour faire le sale boulot. Utiliser un Américain était une anomalie. Il en conclut que la taupe de la CIA indiquait sa position à Khalil ou à un membre de son équipe, mais ça ne ressemblait pas au mode opératoire de Khalil.

Est-ce que la taupe de la CIA pouvait disposer de sa propre équipe ? Est-ce que Smith allait devoir se colleter avec deux assaillants : Khalil et quelqu'un d'autre, ayant en plus accès à la technologie de la CIA et à son réseau de mercenaires. *Howell, où es-tu donc ?* songea Smith. Trois personnes apparurent dans la rue. Le guetteur se replia dans l'ombre.

« Il y a un guetteur ici aussi, annonça Smith.

— Est-ce qu'on ne devrait pas retourner à la porte de la Cinquième Avenue ?

— Deux sur le devant, un sur le côté, mais avec une longue course sur la 24e Rue jusqu'à la liberté. Aucune solution n'est meilleure que l'autre, mais je crois qu'on devrait tenter le coup ici. Si on est assez rapides, il devra choisir lequel de nous deux il veut tuer en premier. »

Il la regarda. Elle lui sembla effrayée mais déterminée.

« Est-ce que vous pouvez le faire ? demanda-t-il.

— Combien de temps voulez-vous que je vous attende au parc ?

— J'aime votre optimisme. Une heure. Pas davantage. N'allumez ni votre téléphone ni votre ordinateur.

— Pourquoi ? voulut savoir Nolan, toujours soupçonneuse.

— Parce que le pirate dont je vous ai parlé s'introduit dans vos appareils. Ils ont tous deux un GPS. C'est comme ça que je vous retrouve, et c'est comme ça qu'ils vous retrouvent aussi.

— Vous avez piraté mon téléphone ? s'insurgea Nolan. Vous me dites que vous êtes du côté des gentils, et vous faites ça ? J'espère que vous avez un mandat !

— Voler Dattar, c'est mieux ? On en reparlera. Pour l'instant, on doit arriver au coin de la rue sans se faire abattre. Je sors le premier. Vous me suivez ! »

Il passait beaucoup de piétons devant la porte, mais peu en groupes, ce que recherchait Smith.

« À la seconde où on voit un autre groupe de piétons, on court. Je vais ouvrir la porte et tenter d'attirer le tireur vers moi. Quoi qu'il se passe, ne vous arrêtez pas ! »

Plusieurs personnes passèrent sur le trottoir. Il fut à la porte en deux enjambées, la poussa et sortit. Nolan le suivit et courut vers la gauche. Il s'arrêta délibérément, le temps que le tireur s'aperçoive de sa présence. L'homme se redressa. Smith fila vers la droite, son pistolet toujours caché dans sa veste, comptant sur le fait que son poursuivant ne tirerait pas avec autant de gens autour de lui. Smith vit l'homme de la CIA – si c'était bien le cas – suivre sa progression. Il se mit à courir parallèlement à

Smith en zigzaguant entre les piétons. Ils étaient chacun d'un côté de la rue étroite, deux rangées de voitures entre eux.

Deux piétons coupèrent la route du tireur, qui les bouscula pour garder Smith dans sa ligne de mire. L'un des passants, un jeune homme en pantalon baggy et casquette de base-ball, trébucha mais rétablit son équilibre. « Non, mais ! Vous vous prenez pour qui ? » cria-t-il.

Le guetteur l'ignora et continua son chemin. Arrivé sur la Cinquième Avenue, Smith fila vers la droite en cherchant des yeux les deux autres guetteurs. Ils étaient partis, mais celui de la rue continuait à le suivre. Smith passa à la vitesse supérieure et, à la 23e Rue, il traversa en direction de Broadway. Il regretta immédiatement d'avoir emprunté cette artère, dont les trottoirs étaient encombrés de piétons marchant lentement. Il slalomait entre eux dans l'espoir que ses changements de direction soudain empêcheraient l'homme de tout simplement lui tirer une balle dans la tête. Le pâté de maisons lui parut interminable. Smith entendit un cri et grogna quand quelque chose heurta son bras gauche, d'où du sang chaud se mit à couler. Il regarda derrière lui et vit l'homme pointer son arme dans sa direction. Le silencieux qui y était attaché expliquait que Smith n'ait pas entendu le coup de feu.

Les gens réagirent à la vue de l'arme. Ils coururent dans toutes les directions, souvent en croisant la ligne de tir. Smith traversa, se retourna, leva son arme, visa son agresseur et se prépara à tirer, mais l'homme se cacha derrière un piéton, qu'il saisit par le cou, et il poussa sa compagne droit vers Smith.

« Baissez-vous ! » cria Smith.

La femme cria et s'agenouilla, les mains sur la tête. Trois personnes s'éloignèrent à toute vitesse. À la droite de Smith, un homme émit un juron et bouscula deux autres personnes, dont une tomba.

« Dégagez d'ici ! » cria Smith.

Il entendit une femme crier, mais ne quitta pas des yeux le tireur, qui reculait avec son otage. Soudain, le tueur le relâcha et fila vers la 23e Rue. Un père avec un bébé dans une poussette et des écouteurs sur les oreilles, visiblement inconscient de ce qui se déroulait autour de lui, s'interposa dans la ligne de tir de Smith, qui baissa son arme et regarda, impuissant, l'agresseur disparaître.

Smith rengaina son pistolet et retourna au pas de course vers Madison Square Park. Au coin de la 23e et de Broadway, il repéra Nolan sur le trottoir d'en face, du côté du parc. Les deux hommes qui avaient guetté leur sortie par les portes de la Cinquième Avenue la prirent soudain en tenaille, chacun lui saisissant un bras, et l'entraînèrent à travers le jardin. L'un portait un costume noir et une chemise blanche qui faisait ressortir sa peau basanée, l'autre une chemise blanche brodée par-dessus un pantalon en coton de couleur sombre. Quand la brise plaqua sa chemise contre son dos, Smith distingua la forme d'un objet massif. Il supposa que c'était un pistolet dans un étui contre ses reins. Nolan marchait entre eux, son sac à la main, tête haute. Smith ne pouvait voir son visage, mais elle se tenait droite, raide. Il alluma son téléphone et appela Marty.

« Vous avez pu quitter le restaurant ? demanda son ami sans préambule.

— Oui, mais Nolan a été capturée. Est-ce que ses appareils sont toujours éteints ?

— Attends, je vérifie ! »

Smith dépassa un couple qui se tenait par la main et un jeune homme avec un sac à dos qui parlait dans son téléphone, et suivit Nolan.

« Désolé, ils sont éteints. »

Une limousine s'arrêta au coin du jardin. Un homme en col roulé bleu marine, pantalon noir et veste bien coupée en descendit. Même de loin, Smith sut qui c'était. Khalil ouvrit la portière arrière et les deux sbires qui tenaient Nolan la poussèrent à l'intérieur, l'un d'entre eux posant une main sur sa tête pour qu'elle ne heurte pas le toit, l'autre la forçant à monter. Quand elle fut à l'intérieur, Khalil la rejoignit, et l'un des deux hommes monta de l'autre côté. Son acolyte s'assit devant avec le chauffeur. La limousine s'introduisit dans le flot des voitures, passa à l'orange et tourna à la première occasion.

« Surveille ses appareils, tu veux bien ? Il faut que je sois prévenu dès qu'elle les rallume. »

Il appela Klein. « Khalil vient de faire monter Nolan dans une limousine près de Madison Square Park. Il y a une caméra de surveillance au… » Smith traversa la rue et courut vers un petit bâtiment dans le jardin. « … au Shake Shack, dans le parc. Est-ce que tu peux voir si elle a filmé l'enlèvement ? C'est une sorte de snack. Il vient sans doute de fermer pour la nuit.

— Je m'en occupe. Tu es sûr que c'était Khalil ? C'est une très mauvaise nouvelle.

— J'en suis sûr. Je vais tenter de la repérer à nouveau. »

Smith raccrocha et partit en courant dans la direction prise par la limousine.

Pour une fois qu'elle m'écoute, elle se fait enlever ! songea Smith.

28

DATTAR DESCENDIT DU CARGO et se retrouva sur la jetée, aveuglé par le soleil. En temps normal, il n'aurait pas débarqué en plein jour, mais il était trop impatient de quitter le bateau. Les gardes du corps qu'il utilisait quand il venait à Chypre se prélassaient près d'un grand 4×4 garé là. C'étaient des mercenaires bien entraînés. Malgré leur attitude désinvolte et leurs mitraillettes pointées vers le sol, il savait qu'ils abattraient quiconque oserait le menacer. Rajiid, à sa droite, portait à l'épaule un sac contenant leurs vêtements. Il était en communication téléphonique avec leur contact aux États-Unis.

Le capitaine pakistanais du cargo s'approcha et considéra Dattar avec aigreur. « Je viens d'apprendre qu'aucun fond n'avait été viré sur mon compte. Je suppose que c'est une simple erreur de votre part ? »

Rajiid jeta un coup d'œil à Dattar.

« J'ai préféré éviter le téléphone et Internet pendant le trajet, par sécurité », expliqua Dattar, dans l'espoir que ce mensonge calmerait le marin.

Ce ne fut pas le cas. Il saisit Dattar par le col de sa chemise. Avant que Dattar ait pu réagir, Rajiid avait dégainé et visait le capitaine à la tête. Les deux mercenaires pointèrent eux aussi leur arme sur lui.

« Comment osez-vous me toucher ! Je vais leur demander de vous réduire en bouillie ! »

À la grande surprise de Dattar, le capitaine ne parut pas effrayé, et il ne le lâcha pas.

« Je travaille pour Amir. Si vous me touchez, le seul qui sera réduit en bouillie, ce sera vous. Dites à vos chiens de baisser leurs armes ! »

Amir était un seigneur de guerre qui régnait sur une vaste opération de trafic de drogue depuis sa villa en haut d'une colline de Chypre. Peu connaissaient son nom, même ceux qui vivaient sur la petite île depuis des années, et le fait que ce capitaine de bas étage l'ait évoqué le fit passer en quelques secondes de simple laquais à formidable ennemi. Dattar regarda Rajiid et hocha la tête. Il baissa son arme.

« Ne tirez pas ! cria Dattar à ses soldats. Paie-le ! ordonna Dattar à Rajiid.

— Mais…

— Tout de suite ! »

Rajiid glissa son pistolet dans son étui sous sa chemise en lin vert olive et sortit une tablette de la poche extérieure du sac de vêtements. Il laissa tomber le bagage par terre pour pouvoir taper sur l'écran.

« Je veux voir ce que vous faites ! » dit le capitaine.

Rajiid ne leva pas les yeux et se contenta de hocher la tête en travaillant. Au bout d'un moment, il tendit la tablette au capitaine, qui la prit, protégea l'écran du soleil et la rendit à Rajiid.

« N'essayez plus jamais de me voler ! » conseilla-t-il à Dattar avant de remonter dans son cargo.

Rajiid se rapprocha de son patron. « C'était tout ce qui restait.

— Et les cartes de crédit ?

— Gelées par les banques lors de votre arrestation.

— Les revenus de la mine ?

— Gelés aussi, et Jain, qui siphonne régulièrement sur le site, a disparu.

— Passe à l'offensive !

— J'attends toujours les résultats des essais, mais je pense que ça va marcher.

— Diffuse sur ce cargo. Ce capitaine, je veux le voir mort !

— Ça pourrait ne pas marcher.

— Fais-le quand même. »

Rajiid hocha la tête.

Dattar gagna le 4×4 à grands pas en faisant de son mieux pour ignorer les regards interrogateurs de ses soldats. Qu'il ait autorisé ce capitaine de cargo puant à le maltraiter sans réagir les avait choqués. Dès qu'il fut monté, avec Rajiid à côté de lui, il annonça sa décision : « Conduisez-moi auprès d'Amir !

— Pourquoi ? demanda son second.

— Allons-y ! » rugit Dattar.

Les pneus crissèrent sur le pavé.

Vingt minutes plus tard, ils étaient devant le portail de la propriété ultra-sécurisée d'Amir.

Trois gardiens s'approchèrent, dont un brandissait un miroir au bout d'une perche. Il le glissa sous la voiture en quête d'un engin explosif.

Le deuxième indiqua qu'ils devaient descendre pour que le troisième fouille l'intérieur du véhicule. Il avait un visage grêlé et des yeux méfiants. « Vous n'avez pas rendez-vous, fit-il remarquer à Dattar.

— Je veillerai à en prendre un, la prochaine fois, pour que tous mes ennemis sachent où me trouver, répliqua Dattar. Fouille-moi et qu'on en finisse ! Amir me connaît. »

Le gardien haussa un sourcil mais ne répondit pas. La fouille terminée, le gardien au visage grêlé leur fit signe de passer. Ils empruntèrent une longue allée bordée de peupliers, par-delà une oliveraie, et se retrouvèrent devant l'imposante masse de la villa. C'était une demeure de deux niveaux en pierre blanche à la façade décorée d'une ligne de médaillons arborant le visage de dieux grecs. Dattar trouva l'endroit vulgaire et prétentieux. L'allée continuait vers la droite sous un portique et disparaissait dans une autre partie du domaine. Les deux gardes armés de mitraillettes qui barraient la porte d'entrée les regardèrent approcher.

Entre eux apparut Najon, le majordome d'Amir, que Dattar avait déjà rencontré. Il vint ouvrir sa portière. « M. Amir est dans le jardin. Je vais vous y conduire. »

Najon prit la direction du portique. Après une longue piscine à débordement, ils trouvèrent le maître des lieux à l'ombre d'une tonnelle. Devant lui, sur une table, une cafetière à piston et une assiette de petits sandwiches, ainsi qu'un téléphone et une tablette, dont les LED clignotaient.

Dattar et Amir s'étaient rencontrés à l'époque où Amir n'était qu'un rouage du cartel qu'il dirigeait désormais et Dattar un simple ministre en pleine ascension. Dattar savait qu'un de ses rivaux, un membre de la mafia russe, avait ordonné l'élimination d'Amir. Il y avait déjà eu trois tentatives d'assassinat et, lors de la dernière, quand une grenade propulsée par un lance-roquette avait explosé sous sa limousine blindée, Amir avait été blessé au bras gauche, ses nerfs sectionnés et c'est de la main droite qu'il approchait son café de ses lèvres.

« Ta présence ici me surprend, dit Amir en désignant du menton des chaises vides. Je t'en prie, assieds-toi et dis-moi ce qui t'amène soudain à Chypre ! »

On leur servit du café.

« J'ai besoin d'un prêt, déclara-t-il.

— Toi ? s'étonna Amir en plissant les yeux. Pourquoi ?

— Les autorités ont gelé mes comptes, expliqua Dattar en écartant les bras.

— Et alors ? pouffa Amir. Tu as plein de comptes partout, j'en suis sûr. Pioche dedans ! »

Dattar savait que le moment viendrait où il serait contraint d'avouer ses échecs, mais il jugeait que ce n'était pas encore le moment. Que ce soit une femme qui l'ait trahi n'arrangeait pas les choses. Il prit une profonde inspiration.

« Mes avoirs ont été… détournés. »

Il se refusait à utiliser le mot « volés ». Il récupérerait ses fonds.

« Détournés ? Comment ça ? Par qui ? demanda Amir en arrondissant les yeux.

— Par un conseiller en investissements. J'ai tout organisé pour que ce conseiller comprenne son erreur. »

Rajiid détourna le regard en entendant son patron utiliser le masculin, mais il resta silencieux. Amir sembla pourtant avoir remarqué la réaction de Rajiid. Il changea de position sur son siège et prit une gorgée de café.

« Où est ce voleur ?

— À New York. »

Amir hocha la tête, comme s'il s'attendait à cette réponse. « Et qui as-tu engagé pour donner une leçon à cette personne ?

— Khalil.

— Ah ! s'exclama Amir en riant. Je crois que ce voleur ne tardera pas à regretter chaque centime qu'il a subtilisé ! Khalil est le meilleur, et il est sans pitié. Tu veux donc un prêt jusqu'à ce que Khalil achève sa mission, c'est ça ? »

Dattar sourit et se détendit pour la première fois depuis qu'il était descendu du cargo. Amir allait lui prêter des fonds et Khalil trouverait l'Américaine. Tout allait s'arranger. « Tout à fait.

— Combien ? »

Dattar réfléchit en avalant une gorgée de café. Ses dépenses s'accumulaient. « Vingt millions.

— Bon. Et ta garantie ?

— Les pierres de ma mine de saphirs.

— J'ai entendu dire, observa Amir en fronçant les sourcils, que des prospecteurs ont bien trouvé une nouvelle source de saphirs dans ta région, mais que le rendement serait médiocre, voire nul.

— Il y en a peu, mais de la meilleure qualité. Ils se vendront au prix le plus élevé.

— Tu viens de me dire que tu ne peux pas accéder à tes biens. Je suppose que la mine en fait partie. Non. J'ai besoin de quelque chose de solide. D'insaisissable. Rien sur quoi les Nations unies pourraient faire main basse. »

Dattar réfléchissait à toute vitesse. Les autorités avaient tout gelé. Il ne lui restait que son arme. Il prit une profonde inspiration. Il lui fallait cet argent.

« J'ai quelque chose en ma possession, une arme que j'ai l'intention d'utiliser contre les pays de la communauté internationale qui ont osé insister pour que je sois arrêté et jugé pour crimes contre l'humanité. Je vais leur forcer la main. »

Amir se redressa. Dattar nota avec satisfaction qu'il avait capté son attention.

« Quelle est cette arme, et comment as-tu l'intention de l'utiliser ?

— Je ne peux pas tout te dire précisément, mais je peux te prouver que ça marche. Dans moins de vingt-quatre heures, je t'enverrai un lien vers un article de journal qui confirmera le résultat de notre premier essai. Sache bien que ce ne sera qu'un petit test, mais il prouvera ce que j'avance.

— Cette arme t'appartient-elle en propre ? demanda Amir, intrigué. D'autres en disposent-ils aussi ?

— Non seulement elle m'appartient, mais j'en possède le mode d'emploi. J'avais besoin de fonds pour continuer les essais, et j'ai donc fait appel à des acteurs clés. Le projet est financé par un consortium appelé Janus.

— Qui d'autre y a-t-il dans ce consortium Janus ? Ne me dis pas qu'il y a ce salaud de Rapanov ! »

Rapanov était le trafiquant d'armes russe qui avait mis à prix la tête d'Amir.

« Non, pas Rapanov. Il est trop petit. C'est un groupe de pays qui ont souffert des Nations unies et de leurs sanctions économiques. Bien sûr, ils ne reconnaîtront pas leur rôle si le projet échoue et s'ils sont mis en cause, mais ils paient quand même.

— Dans ce cas, pourquoi ne pas leur demander l'argent à eux ? »

Parce que je ne peux pas me permettre de leur monter la moindre faiblesse, se dit Dattar, qui ne l'aurait jamais avoué à Amir.

« Ils ont payé leur part. C'est à moi de financer le dernier maillon du plan : l'utilisation de l'arme. Je suis prêt à le faire, mais mes biens sont gelés.

— Quels pays ?

— Qu'est-ce que ça peut te faire ? Tu commerces avec eux tous, non ?

— Oui, mais ils ne paient pas tous leurs factures. Dis-moi !

— Yémen, Syrie et Soudan.

— Tu es fou ! rugit Amir. Deux au moins de ces pays dévoreraient le Pakistan, s'ils le pouvaient, et ton petit territoire à la frontière te serait retiré. En plus, le Yémen héberge des camps d'entraînement d'une dizaine d'organisations terroristes différentes, dont chacune serait ravie de te retirer ton arme par la force. Tu t'associes à un groupe incontrôlable !

— Tu oublies que mon "petit territoire" à la frontière cache une mine de pierres précieuses et que je contrôle les infrastructures.

— Tout le monde sait que tu as recours aux fonds des entreprises technologiques occidentales, que tu ponctionnes. Les droits d'exploitation qu'elles te versent ne sont qu'une fraction de ce qu'elles empochent, et tu n'as pas le savoir-faire, à l'intérieur de ton territoire, pour faire fonctionner ces infrastructures. Tu as besoin de leur aide.

— J'ai confisqué la mine et les entreprises étrangères.

— Ce qui a entraîné la réaction immédiate de l'Occident : on t'a accusé de crimes contre l'humanité – une accusation, insista Amir en se penchant vers Dattar, qui, bien que vraie, n'aurait jamais été portée contre toi si tu n'avais pas agi de la sorte.

— Exactement ! Mais ça n'a pas marché, hein ? Parce que je suis ici. Libre ! Et quand je lancerai l'arme, ils n'auront d'autre choix que de négocier avec moi et avec ceux du consortium Janus. Ils se traîneront à nos pieds pour faire ce qu'on leur demande.

— S'ils ne te tuent pas d'abord.

— Ils n'oseront pas, affirma Dattar en buvant une gorgée de café. S'il y en a un qui essaie, je balancerai l'arme dans tout son pays et il regardera mourir le reste de sa population.

— Et les autres serpents de ton consortium ? S'il y en a un qui décide de te doubler…

— Aucun risque.

— Pourquoi en es-tu si certain ? demanda Amir avec méfiance.

— Parce que je suis le seul à savoir comment me servir de cette arme. Sans ma méthode de diffusion, elle ne causera pas de gros dégâts. De plus, ce sont des lâches. Ils sont prêts à payer pour qu'on fasse le sale boulot, mais aucun n'a les couilles de passer à l'acte. Quand elle sera lancée, j'aurai le moyen de contraindre la communauté mondiale non seulement à débloquer mes avoirs, mais à me payer davantage, juste pour que j'arrête. »

Amir sirota un peu de café en scrutant le visage de Dattar. « Qu'exigeront les membres du consortium Janus si le plan réussit ?

— Que chaque membre des Nations unies paie une taxe de protection au consortium et lui cède le contrôle de toutes ses actions dans les entreprises de fabrication et de technologie. On prendra cinquante pour cent de tous les bénéfices. »

Le visage d'Amir exprima un mélange de surprise et d'incrédulité. « Aucun pays n'acceptera un tel marché. C'est de l'extorsion de fonds. Ça ferait d'eux des serfs, et de Janus le roi.

— Ils accepteront.

— Pourquoi ?

— Parce que, sinon, ils mourront.

— C'est de la folie ! Aucune arme ne peut avoir un tel pouvoir sur eux.

— Si, la mienne. »

Amir observa son interlocuteur. Dattar attendit.

« J'ai besoin d'une preuve avant de te donner l'argent. Quand tu auras fait ton essai, je t'enverrai les fonds, pas avant. Et je veux vingt pour cent d'intérêt.

— C'est scandaleux !

— Personne d'autre ne te prêtera 20 millions sur la foi de ces élucubrations. On est d'accord ? »

Le café eut soudain un goût amer dans la bouche de Dattar. Il n'avait pas le choix. Il décida de renégocier l'accord si le dernier test était probant. « D'accord.

— Où vas-tu lancer ton offensive ?

— À New York. »

29

ALORS QU'IL ASSISTAIT À UN DÎNER en l'honneur de ceux qui avaient contribué à la campagne électorale du président Castilla, Klein reçut un appel du directeur général de l'Organisation mondiale de la santé à propos du cargo. Il sortit de la salle de bal pour répondre.

« Monsieur Klein ? Le président m'a demandé de vous transmettre cette information : nous avons découvert un cargo à la dérive au large des côtes syriennes. Il n'était plus piloté. Une reconnaissance aérienne a révélé que tous les membres d'équipage étaient morts.

— Si vous m'appelez au lieu de prévenir le personnel diplomatique syrien, je suppose que ces morts ne sont pas dues à une bataille, mais à une maladie ?

— Nous n'en sommes pas certains. Le cargo est entré dans les eaux syriennes peu après notre reconnaissance. La Syrie nous refuse l'accès au navire. »

Klein s'éloigna davantage encore de la salle de bal en faisant des signes de tête amicaux à des personnes de sa connaissance croisées dans le couloir.

« Combien de membres d'équipage ?

— Trente-trois. Le dernier port où ils ont fait halte était Chypre, il y a environ six heures.

— Étaient-ils en vie, alors ?

— Oui, tous, et apparemment en bonne santé.

— Ils ont forcément été abattus par des tireurs ! Quelle maladie peut tuer aussi vite ?

— Nos photos de reconnaissance ont réussi à capter au moins quinze membres d'équipage dispersés sur le pont du navire. Nous avons zoomé sur chacun, et aucun ne montre la moindre trace de blessure par balle ou par explosif. Trois d'entre eux gisent dans une flaque de vomi.

— Du poison ?

— J'en doute.

— Pourquoi ?

— Parce que, alors que la Syrie nous refuse l'accès au navire, elle refuse aussi d'y envoyer des médecins ou une équipe de légistes. Elle a l'intention de le survoler et de lâcher une bombe dessus pour le détruire.

— Ils vont le faire sauter ? s'étonna Klein en cessant de marcher. Qu'est-ce qu'il peut bien y avoir sur ce cargo qu'ils ne veulent pas qu'on découvre ?

— Je crois qu'ils ont peur de mettre le pied sur le bateau. Je crains que ça n'ait un rapport avec les souches de grippe aviaire mutées qui ont été volées. Le cargo a appareillé dans le port de Rotterdam.

— Oh ! Maintenant, je comprends. L'attaque du Grand Hôtel royal et les boîtes isothermes.

— Exactement.

— Combien de gens peut tuer cette souche de grippe aviaire mutée ?

— La grippe aviaire est rare et très grave, avec cinquante pour cent de mortalité. Cette mutation est nouvelle, et on commence juste à établir des statistiques, mais nos modèles informatiques suggèrent une mutation qui permettrait la transmission d'homme à homme, et pourrait tuer jusqu'à quatre-vingt-dix-neuf pour cent des personnes infectées.

— Croyez-vous qu'elle pourrait tuer aussi vite que les cas que vous décrivez ? Est-ce que quelqu'un peut être apparemment en bonne santé et mourir en l'espace de quelques heures ?

— Je ne peux pas répondre à cette question, mais je peux vous dire une chose : pendant la grippe espagnole de 1918, qui a tué plus de dix-sept millions de personnes, on racontait que quatre femmes d'un club de bridge ont joué jusque tard dans la nuit. Elles se sont séparées, sont rentrées chez elles, et trois d'entre elles n'ont jamais vu le jour se lever. »

Amir fut mis au courant de ce qui s'était passé sur son cargo quand un membre de son équipe basé en Syrie lui transmit l'information. Une heure plus tard, il reçut de Dattar une demande de virement immédiat sans date de remboursement. Dattar disait que, si les fonds n'étaient pas transférés, il lâcherait son arme sur Chypre.

Amir s'exécuta.

30

KHALIL COMPRIT QUE MANHAR avait été capturé quand, une heure plus tard que prévu, il n'avait toujours pas reçu l'appel escompté, mais ça n'avait plus d'importance, maintenant que l'Américaine était sous son contrôle. Ils traversèrent Manhattan en direction de l'ouest. La femme était silencieuse, les yeux fixés devant elle, les mains crispées sur la poignée d'un attaché-case.

La voiture tourna dans une rue et s'arrêta devant un vaste chantier de démolition. Un grillage renforcé par du plastique vert entourait un bâtiment de trois étages partiellement détruit. Des lampes en hauteur projetaient une lueur dure sur la zone plongée dans l'ombre. La portière s'ouvrit et l'homme de Khalil, Ali, saisit Rebecca Nolan par le bras et la sortit brutalement de la voiture.

Khalil descendit à son tour et regarda ses hommes entraîner Nolan vers la clôture. Ils avaient la clé du cadenas qui condamnait le portail. Ils entrèrent, gagnèrent le monte-charge et ouvrirent la porte métallique. Il monta en dernier et fit signe au troisième homme : « Reste là et surveille l'entrée ! »

Khalil fut satisfait de voir Nolan frémir au bruit de la fermeture. Elle n'était donc pas aussi indifférente qu'elle le paraissait.

Ils s'arrêtèrent au premier étage. Khalil y avait fait apporter une vieille table en bois, deux chaises pliantes en aluminium et un lampadaire relié à une prise au sol par un très long fil. L'entrepreneur avait manqué d'argent pour terminer les travaux et il en était à se battre contre ses créanciers après avoir déposé le bilan. Personne ne les dérangerait. Khalil avait payé une somme minime pour utiliser ce qui restait du bâtiment et son raccordement au réseau électrique. C'était le seul étage pourvu de murs, et encore, puisqu'il n'y en avait que trois : un côté du long rectangle était ouvert sur l'air nocturne. Ses hommes firent asseoir Nolan sur une chaise. Khalil s'attribua l'autre.

« Préparez-vous à mourir, dit-il. Je suis grassement payé pour vous tuer. »

La femme cilla.

Il la regarda déglutir. « Je veux savoir pourquoi. »

Elle ne répondit pas.

Khalil adressa un signe à Ali, qui la saisit par les bras et la jeta au sol. Elle s'agenouilla, mais Ali appuya sur sa tête, jusqu'à ce qu'elle soit face contre terre, et il ne la lâcha pas. Khalil prit sur la table une tige de bambou. Il la fit tournoyer et l'abattit sur le dos de Nolan. Khalil soupçonnait que la colonne vertébrale de Nolan casserait avant la tige. Le corps de la jeune femme frémit. Khalil se moquait des conséquences, pourvu qu'elle ne meure pas avant de lui avoir donné les informations dont il avait besoin. Il visa entre les omoplates et frappa une deuxième fois. Elle gémit.

« Dites-moi pourquoi je suis si bien payé pour vous tuer ! »

Il leva de nouveau la tige et l'abattit au milieu du dos de Nolan, qui gémit plus fort et tenta de se recroqueviller en se mettant un peu de profil, les genoux remontés sur la poitrine.

« La prochaine fois, ce sera les reins. Je vous suggère de parler. Tout de suite !

— Argent, murmura-t-elle.

— Quel argent ?

— Celui de Dattar. Je l'ai. »

Khalir doutait d'avoir bien entendu. « Combien ?

— Tout. »

Khalil n'en croyait pas ses oreilles. Ce salaud de menteur n'avait plus un sou ! Khalil était en train de se faire gruger. Il sentit la rage monter en lui et sa respiration s'accéléra. Il se vantait d'être plus malin que tout le monde, et voilà que Dattar tentait de se servir de lui ! « Où est-il ?

— L'ordinateur.

— J'ai demandé où était l'argent ! rugit Khalil en brandissant la tige en bambou.

— *L'ordinateur*. Il est sur l'ordinateur. »

Khalil arrêta son geste, la tige figée en l'air au lieu de l'abattre sur elle. Il utilisait des ordinateurs pour son courrier, pour surfer sur Internet ou pour lire quelques titres de journaux. Il savait que beaucoup s'en servaient pour consulter leurs comptes en banque, mais jamais il ne s'y serait risqué. Ses clients le payaient par virement directement sur un compte en Suisse. Quand il avait besoin de liquide, il utilisait une carte de crédit sous une identité usurpée. Ce genre de transaction pouvait être retracée, mais elle serait perdue au milieu du nombre gigantesque de transactions semblables.

« Remets-la sur la chaise ! »

Ali la souleva et la propulsa sur le siège. Quand il l'adossa, elle poussa un cri strident et se redressa pour éviter que son dos ne touche quoi que ce soit.

Khalil ouvrit l'attaché-case qu'elle serrait entre ses mains dans la limousine et en sortit son ordinateur. Il le lui tendit. « Montrez-moi ! ordonna-t-il, et n'appelez pas à l'aide sinon je vous loge une balle dans la tête. »

Très pâle, les mains tremblantes, elle prit l'ordinateur. Il la regarda l'allumer et attendre qu'il se connecte. Dès que ce fut fait, elle tapa une adresse et la page s'afficha. Elle indiqua son nom d'utilisatrice et un mot de passe. Un relevé de compte apparut.

Khalil retint son souffle. Les chiffres étaient énormes. Pourtant, il savait qu'il devait y avoir davantage d'argent. Beaucoup plus que ça. Il détacha les yeux de l'écran et vit qu'elle le regardait, calme à nouveau, les lèvres serrées. Si ses mains n'avaient pas tremblé, il n'aurait pas su qu'elle souffrait.

« Où est le reste ?

— Dispersé un peu partout.

— Transférez ça sur mon compte !

— Quelle banque ? Dans quel pays ? Une transaction aussi importante sera vérifiée. En fonction du pays, la banque devra même en informer les autorités. »

Khalil n'était pas certain qu'elle dise vrai. Il avait l'expérience de transferts importants dans tout le Proche-Orient, mais pas en Amérique, et jamais sur des sommes pareilles.

« Vous l'avez pris sur son compte. Je suppose que vous pourrez le mettre sur le mien.

— Je l'ai fait en prélevant des petites sommes chaque jour. Sous la limite qui déclenche une enquête. Le reste, je l'ai détourné dès le début en le plaçant d'abord sur un compte dans un paradis fiscal. Ça m'a pris des mois.

— Cette fois, dit Khalil en collant presque son visage au sien, ça prendra trois jours. Trois virements séparés.

— Non, ça ne marchera pas. Pour des transferts aussi importants, je dois me présenter à la banque en personne. J'ai mis en place cette sécurité pour que Dattar ne puisse pas me tuer s'il me trouvait. »

Elle fixa Khalil droit dans les yeux et, pendant un instant, il ne sut pas s'il devait la croire ou non. Il leva le poing pour la frapper. Elle le regarda, et il vit qu'elle serrait les mâchoires en prévision de la douleur à venir. Un bruit lui parvint d'en bas. Il se figea, puis, le silence revenu, il reporta son attention sur elle.

« Où est cette banque ?

— Dans les îles Caïmans. »

Khalil s'y attendait.

« Transférez d'abord les petites sommes. Tout de suite. Ensuite, on ira chercher le reste.

— J'ai besoin de vos références.

— Lancez la transaction, et je taperai les numéros quand on les demandera. »

Nolan baissa la tête vers l'ordinateur. Khalil remarqua que ses mains tremblaient encore, mais qu'elle se ressaisissait pour pouvoir se concentrer. Il savait que des transferts pouvaient être programmés pour une date ultérieure. Il la laisserait achever la programmation et il la tuerait. Il s'adossa à son siège en attendant.

31

JON SMITH ENTRA DANS UN DRUGSTORE et se dirigea vers le rayon pharmacie. Il avait besoin de gaze, d'alcool, de bandages et d'Ibuprofène. La manche de sa chemise était imbibée de sang, et il sentait des gouttes couler le long de sa main.

Je deviens une vraie passoire ! songea-t-il. Il aurait aimé acheter ce qu'il lui fallait pour recoudre sa plaie, mais il avait besoin d'argent pour acheter un téléphone prépayé, et il n'éteindrait pas celui-là avant, parce qu'il attendait un appel de Marty. Son téléphone vibra, justement. Smith l'ouvrit et trouva un message de Marty : *Nolan à nouveau en ligne*. Suivait une adresse puis : *Tu peux jeter ce téléphone, maintenant.* Smith envoya à Marty un message lui demandant de prévenir la police, puis il en envoya un autre à Klein.

Son téléphone vibra dans l'instant. Quand il lut « numéro inconnu » sur l'écran, il conclut que c'était Klein. Il pressa le bouton vert et porta le téléphone à son oreille.

« Jon, tu en as des ennuis ! » dit la voix de Howell.

Smith éprouva un immense soulagement. « Où étais-tu ?

— Je suis dans le Village. Et toi ?

— Tu es à New York !

— Oui, et on me dit que toi aussi.

— Je suis dans le quartier du Flatiron. Un homme vient de tenter de me tuer.

— Khalil ? »

Smith ne fut pas surpris que son ami ait immédiatement compris la situation. Peter Howell était un des meilleurs.

« J'en doute. Un Américain. De la CIA, je crois. »

Le silence tomba et se prolongea.

« Tu es là ? s'inquiéta Smith.

— Je ne te demanderai pas pourquoi la CIA pourrait te vouloir mort. Tu as posé la question à Randi ? Bien qu'elle soit de la CIA, je crois qu'elle te mettrait au courant s'ils voulaient te griller.

— Randi est en réanimation. Gravement malade. Elle pense qu'il y a une taupe. Elle ne sait ni qui ni pourquoi. Je ne suis pas un des leurs ! Pourquoi me pourchasser ?

— Je crains d'avoir d'autres mauvaises nouvelles. J'ai trouvé un des laquais de Khalil. Il dit que Dattar détient une nouvelle arme qu'il a l'intention de lâcher dans vingt heures, et ce n'est pas une bombe. Des idées ?

— Quelques-unes. Laisse-moi m'assurer que je me suis bien débarrassé du type qui me suivait et on se retrouve dans trente minutes, dit-il avant de lui parler de Rebecca Nolan et de lui donner l'adresse transmise par Marty.

— J'ai Beckmann avec moi. »

Ce fut au tour de Smith de rester silencieux. Beckmann était membre de la CIA, et donc suspect.

« Tu peux le semer ?

— S'il le fallait, oui, mais je le connais depuis des années. Son respect des conventions est un peu fluctuant, mais il ne trahirait pas. Ce n'est pas notre espion. J'en mettrais ma main au feu.

— Ne sois pas si catégorique. Tu risquerais de le regretter. »

Smith paya et quitta le drugstore. Il jeta sa carte SIM dans une poubelle avant de héler un taxi. Il y avait peu de circulation, et ils traversèrent la ville en moins de dix minutes. Le chauffeur le déposa à une rue du lieu désigné par Marty, et il fit le reste du chemin à pied en essayant de repérer des guetteurs.

L'adresse le mena à un immeuble de deux étages partiellement détruit qui ressemblait à un ancien entrepôt entre deux nouveaux immeubles d'habitation. Le coin était désert. Il leva les yeux et distingua une lueur au premier étage. En s'approchant du portail, il vit que, bien que le battant soit tiré, le cadenas était ouvert. Il était impossible de le refermer de l'intérieur. Cela indiqua à Smith qu'ils étaient encore là. Il dégaina son pistolet et poussa le portail juste assez pour regarder l'immeuble en ruine, à genoux, un œil contre la fente.

Une sentinelle se tenait à l'autre extrémité de la coquille vide du bâtiment et fumait une cigarette. Smith ouvrit plus grand le portail et se glissa à l'intérieur, courbé en avant. Le rez-de-chaussée était constitué de poutrelles en acier régulièrement espacées, sans mur. Un monte-charge au fond semblait d'origine et, à côté, un escalier en planches avait perdu sa rampe. Il n'y avait rien qui puisse lui servir à se cacher. Il rampa tout autour, dans l'ombre, et fut soulagé de voir la sentinelle sortir un téléphone et composer un numéro. Smith accéléra l'allure pendant qu'il était trop occupé par sa conversation pour s'intéresser à lui. Il était à soixante centimètres de l'homme quand la conversation se termina. Il se redressa et pressa le canon de son pistolet contre la nuque du gardien. « Un mot et t'es mort ! » lui murmura-t-il à l'oreille.

La sentinelle se figea.

« Montre-moi avec tes doigts combien ils sont à l'étage ! »

L'homme leva deux doigts.

L'homme s'aplatit par terre, bras écartés. Smith retourna son arme et le frappa sur le côté de la tête, près de la tempe. Il perdit connaissance.

Smith gagna l'escalier. En approchant, il entendit des voix. Ce n'étaient que des murmures. Il monta tout doucement, grimaçant lorsqu'une des marches craqua sous son poids. Quand ses yeux arrivèrent au niveau du plancher, il regarda le plateau.

Ce premier étage était entouré de murs sur trois côtés, le troisième étant fermé par des bâches, et il n'était pas du tout aménagé. Rebecca Nolan était assise sur une chaise, Khalil penché vers elle. Tous deux se concentraient sur l'ordinateur tandis qu'un second homme se tenait à un peu plus d'un mètre d'eux.

Avant que Smith ait le temps de se baisser, le second homme le repéra et voulut prendre son arme dans sa ceinture, mais Smith tira le premier, atteignant l'homme en pleine poitrine. Khalil se retourna et sortit son arme de son étui, sous sa veste.

Smith se baissa et dévala l'escalier pour éviter une balle dans la tête. Après avoir sauté les dernières marches, il courut à l'autre bout du bâtiment et s'adossa contre une poutre métallique. Au loin retentit la sirène d'une voiture de police. Il perçut un mouvement à sa droite ; ça ne pouvait pas être la sentinelle, toujours inconsciente. Smith contourna la poutre et la sentit vibrer quand une balle la frappa. Il avait à peine entendu le tir. Un pistolet muni d'un silencieux – la CIA, pensa Smith. Son agresseur était de retour.

Il fit de son mieux pour rester dissimulé par la poutre, mais elle était trop étroite pour le protéger complètement. Il retint son souffle quand une balle siffla tout près de lui. Smith courut vers l'escalier et grimpa les marches deux à deux sans s'occuper du bruit qu'il faisait. La sirène se rapprochait, de plus en plus puissante. Il ralentit au niveau du plancher et se retrouva dans la pièce à l'instant où Khalil sautait au sol à l'autre extrémité de l'étage. Smith l'ignora et se précipita vers Nolan, qui s'était levée et se tenait curieusement voûtée. Elle jeta l'ordinateur dans sa pochette. Quand Smith arriva à sa hauteur, elle posa sur lui un regard affolé. Smith entendit le second agresseur monter les marches à grand bruit.

« Il faut qu'on saute comme l'a fait Khalil. Tout de suite ! »

Il visa l'escalier et tira. Les bruits de pas cessèrent, le mugissement de la sirène augmenta.

« Il fuira la police comme Khalil, raisonna Nolan.

— Non. Il est de la CIA. La police ne l'inquiétera pas. »

Smith l'entraîna. Il se retourna et vit que l'agresseur était presque en haut de l'escalier. Nolan sauta. Smith la suivit, pliant les genoux pour amortir l'impact. L'agresseur redescendait. Smith tira en direction de ses pieds. L'angle était mauvais, mais le tir eut l'effet désiré : l'individu remonta.

Ils avaient sauté à l'arrière du bâtiment, qui était accollé aux immeubles voisins sur trois côtés.

« On traverse ! dit Smith. Le plafond nous protégera jusqu'à la rue. »

Nolan courait près de lui, toujours voûtée. Le cœur de Smith battait à une vitesse folle. Ils arrivèrent à l'autre extrémité sans incident. Smith marqua une pause. Gagner le portail serait la partie la plus dangereuse. Il se tourna vers Nolan : « Allez-y, je vous couvre ! »

Smith jaillit le premier, courant à reculons et tirant de temps à autre, toujours en visant le premier étage. Nolan courut à sa manière raide, dos courbé, tête baissée. Il ne voyait pas l'agresseur, mais il entendit une balle heurter le mât d'une lampe juste derrière lui. L'angle était favorable à Smith, puisqu'il était en bas et que le tireur devait rester à plusieurs mètres du bord. Pourtant, ce dernier pourrait l'atteindre quand il serait au portail. Smith envisagea une seconde de courir parallèlement à l'immeuble et de passer par-dessus la clôture, mais il renonça à cette idée : on pourrait lui tirer dans le dos. Il continua donc à courir à reculons tout en faisant feu. Il était au portail quand il tira sa dernière balle.

Il trébucha au moment de franchir l'ouverture. Une balle déchira le métal à quelques centimètres de son épaule. Nolan traversa la rue et courut vers le parking d'en face. Smith regarda autour de lui avant de la suivre. Ils contournèrent un immeuble à l'autre extrémité. Ils arrivaient au coin quand les lumières des gyrophares de la police éclairèrent les arbres. Nolan avançait vite, son attaché-case dans les bras. Smith fut soulagé de voir un taxi vernir vers eux. Il l'arrêta. Dix secondes plus tard, ils étaient à l'intérieur, et le chauffeur tournait à gauche, vers le nord, loin.

32

Jon Smith s'adossa à la banquette pour reprendre son souffle. Il avait donné au chauffeur une adresse au hasard, à Harlem, pour gagner du temps et mettre le maximum de distance entre l'immeuble en ruine et eux. Rebecca Nolan était assise de côté, le corps loin du dossier. Elle gardait la tête baissée et ses cheveux lui cachaient le visage, mais elle tenait toujours son attaché-case d'une main ferme. Rien, apparemment, n'aurait la contraindre à l'abandonner.

« On a besoin d'un endroit où se poser », dit Smith.

Elle le regarda. Même dans l'obscurité qui régnait, son visage respirait la souffrance.

« Un hôtel ?

— Non. Pas de carte de crédit. Peut-être une pension qui accepterait du liquide.

— Peur d'être retrouvé ?

— Oui. »

Elle sortit son ordinateur.

« Ne l'allumez pas !

— Juste une minute, pas plus.

— Ils nous repéreront. Je ne veux pas qu'ils sachent quelle direction on prend.

— On n'a qu'à s'arrêter. Je ne l'allumerai qu'une minute, promis ! Je l'éteindrai quand on repartira.

— Vous pouvez vous arrêter une seconde ? demanda Smith au chauffeur, qui haussa les épaules et se gara le long du trottoir. Juste une minute ! » rappela-t-il à Nolan.

Elle hocha la tête sans quitter sa tablette des yeux.

« Et pas d'accès non plus à un compte en banque ! Quoi que vous fassiez, ça doit être intraçable.

— Ne vous en faites pas. J'accède à mes bitcoins. Ils sont sur le disque dur. Je ne les mets même pas dans le Cloud. Ils n'existent que sur cet ordinateur et je peux les transférer à toute personne qui les accepte comme paiement. Un ordinateur central situé Dieu sait où les crache et les disperse sur la Toile. Vous enregistrez un programme d'extraction qui les localise, les collecte et vous les offre par une transaction anonyme générée par ordinateur. Vous pouvez ensuite les utiliser pour payer des biens et des services. L'ordinateur central contrôle combien il y en a d'émis pour qu'ils ne puissent jamais être dévalués.

— Qui accepte d'être payé avec ça ?

— Surtout des gens qui veulent rester anonymes : aucune banque centrale ne détient les fonds et jamais les comptes ne peuvent être gelés. Les impôts ne peuvent pas les confisquer, mais personne d'autre que vous ne peut non plus les approvisionner.

— Vous aimez l'argent, hein ? »

Il avait dit ça d'une voix légère pour ne pas avoir l'air de porter une accusation.

« J'adore l'*accumulation* de l'argent. Le côté mathématique. Comment faire en sorte que les transactions débouchent sur des gains. Ça me fascine. Les bitcoins n'en sont qu'une autre forme. »

Smith fut soulagé de voir qu'elle se déconnectait. Elle se pencha et donna au chauffeur une adresse à Inwood. Le taxi s'inséra dans le flot des voitures.

Smith se retourna pour vérifier s'ils n'étaient pas suivis. « Où va-t-on ?

— Dans un immeuble que je connais. Un club privé qui fonctionne comme une sorte de *bed and breakfast*, sauf qu'on loue l'appartement pour soi seul. J'ai payé pour deux nuits.

— En bitcoins !

— Oui. Ce propriétaire les accepte sur son site, et ils lui seront transférés. Le site est anonyme, intraçable, comme l'argent.

— Mais la transaction a quand même laissé une trace. »

Elle haussa les épaules, ce qui la fit grimacer.

« Oui, mais minime. J'ai d'abord accédé à un service anonyme qui a bloqué les cookies sur l'ordinateur, je n'ai jamais mentionné l'adresse de l'immeuble, et son propriétaire non plus. Je l'ai déjà utilisé auparavant. Si on me recherche, jamais on ne pourra déterminer son emplacement.

— Vous n'avez pas besoin d'une planque de la CIA ! admit Smith, admiratif. Vous vous débrouillez très bien toute seule.

— Juste pour deux nuits, dit-elle avec un pâle sourire. Ensuite, il faudra changer. »

Dix minutes plus tard, ils s'arrêtèrent devant un immeuble en briques situé dans une rue tranquille, aussi au nord de la ville que possible sans sortir de Manhattan. Smith paya le chauffeur et rejoignit Nolan. Le bâtiment était haut de trois étages et disposait de plusieurs portes. Chacune était surmontée d'un auvent rouge bordé de blanc, soutenu par des tiges dont certaines étaient rouillées, ce qui donnait à l'immeuble un air vieillot de splendeur passée. Nolan composa un code près de la deuxième porte métallique de la rangée et un déclic signala l'ouverture de la serrure.

Ils pénétrèrent dans une entrée exiguë avec une série de boîtes aux lettres sur le mur de gauche. En face se trouvait une autre porte, dont Nolan tapa le code sur un second clavier. Elle donnait accès à un petit hall au sol en damier de marbre noir et blanc usé par les ans. Il n'y avait qu'un seul ascenseur, à l'évidence installé bien après la construction de l'immeuble. Ils empruntèrent l'escalier étroit couvert d'un tapis gris. Au premier étage, elle s'approcha de la porte, une porte blindée percée d'un judas qui s'ouvrait au moyen d'un clavier et non d'une clé. Nolan tapa un code et le battant s'écarta.

Le duplex était tout en longueur, avec l'entrée, le salon et la cuisine à l'arrière. Un petit escalier sur la droite menait au second niveau. Le parquet en bois massif luisait et un tableau contemporain ornait la cheminée, entre deux fenêtres. Le contraste entre l'extérieur et l'appartement était frappant. Nolan lui indiqua l'escalier mais s'arrêta en bas des marches.

« Qu'est-ce qui ne va pas ?

— Je ne sais pas si je serai capable de monter. Tant qu'on était en fuite, je ne sentais pas trop la douleur, mais à présent elle est trop forte.

— Vous voulez que je vous porte ?

— Non, mais si vous pouviez me donner le bras… »

Elle gravit l'escalier marche après marche en ahanant, mais sans s'arrêter. Elle soupira de soulagement en arrivant sur le palier. « La chambre principale est à droite. »

Il l'accompagna dans la pièce – un grand lit, des tables de nuit munies de lampes, une commode en bois sombre et un écran plat sur une console contre le mur d'en face. Près de la penderie, une porte menait à la spacieuse salle de bains.

Smith ouvrit les placards et trouva un sèche-cheveux, des affaires de toilette et, plus important, une trousse de premiers secours.

« On dirait que j'ai réussi à abîmer la chemise que vous m'avez donnée, avoua Smith en lui montrant sa manche gauche.

— Quoi ! Une autre blessure ?

— Oui. Qui passe en premier ? demanda-t-il en brandissant les cotons imbibés d'alcool.

— Je n'ai pas pris de balle. Vous d'abord.

— Pouvez-vous vous en charger de nouveau ? »

Il déboutonna la chemise et l'enleva lentement, en faisant attention à ne pas tirer brutalement sur le tissu collé à la peau pour éviter que la blessure ne ressaigne. Elle prit un tampon imbibé d'alcool et nettoya la plaie. Ce fut au tour de Smith de gémir.

Elle fouilla dans la boîte. « Pas de pinces !

— Je ne crois pas que la balle ait pénétré. Elle n'a fait que m'érafler.

— Tant mieux ! Honnêtement, je ne crois pas que j'aurais pu refaire la même chose que l'autre fois. »

Elle enveloppa la plaie de gaze, qu'elle fixa avec du sparadrap. Quand elle tourna pour ranger le sparadrap, elle poussa un gémissement et devint toute blême.

Il posa la main sur son bras. « Montrez-moi votre dos !

— Je ne crois pas que je pourrai retirer mon pull. Si je lève les bras, pourrez-vous me l'enlever ? »

Il hocha la tête. Elle leva les bras et il lui ôta son pull avec délicatesse. Elle portait un soutien-gorge framboise en dentelle fine qui laissait peu de place à l'imagination mais, si Smith le remarqua, il fut trop inquiet de ce qu'il vit, quand elle se retourna, pour s'y arrêter.

D'énormes lignes rouges et gonflées traversaient son dos de part en part. Un des coups avait provoqué une plaie ouverte, et du sang coulait au niveau des agrafes métalliques du soutien-gorge. Tout son dos était tuméfié, et Smith repéra quelles vertèbres avaient été touchées par la tige de bambou. Il sentit la colère monter en lui.

« Je vais passer la main le long de vos vertèbres.

— Je ne suis pas sûre de pouvoir supporter la douleur.

— Je le ferai très doucement. Je veux juste m'assurer qu'aucune n'a été fêlée.

— D'accord. »

Il commença à la nuque. Elle ne gémit pas, mais sursauta à un endroit. Il fut pourtant soulagé de constater que ses os étaient intacts.

« Je ne crois pas qu'ils aient cassé quoi que ce soit, dit-il en fouillant dans la pharmacie.

— Qu'est-ce que vous cherchez ?

— Une pommade antibiotique. Une des plaies est ouverte. »

Il trouva un tube de gel. Il nettoya d'abord la coupure à l'alcool, puis étala la pommade, avant de recouvrir le tout d'un bandage qu'il colla avec autant de délicatesse que possible.

Quand elle se retourna, elle avait de grands yeux tristes. Il voulut la réconforter. Il plaça ses paumes de chaque côté de son visage et déposa un petit baiser sur ses lèvres. Il s'écarta, mais sans retirer ses mains, heureux de cette nouvelle intimité. « Je suis désolé de ne pas avoir pu te retrouver plus tôt.

— Tu avais raison.

— À quel propos ?

— Ce que tu m'as dit, dans mon bureau... Je ne pensais pas qu'ils pourraient vouloir me tuer ni qu'ils atteindraient un tel degré de cruauté. Je n'arrive pas à comprendre comment j'ai cru pouvoir gérer ça seule. Pure arrogance, je suppose. Une fois l'argent récupéré, ils m'auraient tuée sans la moindre hésitation.

— Je ne les laisserai pas te faire du mal. »

La tristesse sur son visage fut éclairée par un peu d'espoir.

« Je te crois.

— Tu penses donc que je suis finalement du côté des gentils ? demanda-t-il en souriant.

— Après ce que tu viens de faire, je crois que oui. »

Elle se redressa et l'attira vers elle. Ce baiser fut différent. Elle glissa sa langue entre ses lèvres et il sentit son corps frémir. Elle aplatit ses seins contre sa poitrine nue et Smith la saisit par les hanches. Au bout d'un moment, il leva la tête. « Tu ne devrais pas t'allonger sur le dos », dit-il.

Elle le regarda. Son visage rayonnait d'intensité et ses yeux brillaient d'une lueur malicieuse. « Je ne crois pas que tu devrais te redresser sur les bras ! ironisa-t-elle en se haussant sur la pointe des pieds et pressant son corps contre le sien pour l'embrasser à nouveau. J'ai une idée qui pourrait fonctionner. »

33

RANDI RUSSELL PERÇUT UN DANGER et se réveilla, les sens en alerte. La chambre d'hôpital était sombre, les bruits de la ville étouffés. Elle se tourna, heureuse de remarquer qu'elle allait un peu mieux. Elle regarda autour d'elle. Tout semblait à sa place : le plateau avec la tasse de glaçons près de son lit, l'aiguille de la perfusion sur le dos de sa main, le robinet de la salle de bains qui gouttait toujours.

Elle saisit la tasse et suça un morceau de glace. C'est alors qu'elle l'entendit. Un pas. Furtif. Dans le couloir.

« Monsieur ! Qui êtes-vous ? C'est un service d'isolement », appela la voix de l'infirmière.

Randi ne prit pas le temps de réfléchir. Elle arracha sa perfusion avec une grimace, rejeta le drap et roula hors du lit, au plus loin de la porte. Elle n'avait pourtant pas prévu que ses jambes ne la soutiendraient pas. Elle s'effondra sur le lino et réussit à se glisser sous le lit. S'il n'avait pas fait aussi sombre, tout intrus l'aurait facilement repérée.

Des chaussures d'homme apparurent à la porte et avancèrent dans la chambre. Randi retint son souffle.

« Monsieur ! » protesta de nouveau l'infirmière.

Randi vit les chaussures à bout ferré se détourner, et l'intrus ressortit. Il marqua une pause sur le seuil avant de faire un pas à gauche et de quitter le champ de vision de Randi. Elle posa la joue contre le sol, immobile, sans énergie.

Elle entendit les pas de l'homme s'éloigner dans le couloir et des murmures. Au bout d'un moment, l'étage retomba dans le silence, et elle fut à nouveau consciente des bruits étouffés de la ville comme du robinet de sa salle de bains. Il y eut un petit tintement quand les portes de l'ascenseur s'ouvrirent.

Randi vit alors apparaître des chaussures de sport féminines.

« Madame Russell ? » appela Jana Wendel.

Randi fut soulagée de reconnaître sa voix. « Je suis sous le lit. »

Jana s'accroupit. Elle portait un masque de protection.

« Que faites-vous là ? » s'étonna Jana.

Randi roula vers elle et s'assit. Des taches noires brouillèrent sa vue. Elle sentit plutôt qu'elle ne vit Jana la prendre dans ses bras.

« J'ai entendu quelqu'un dans le couloir et je me suis cachée sous le lit. L'instinct, je suppose. Pourquoi êtes-vous venue ?

— Votre instinct ne vous a pas trompée. Il faut qu'on parte d'ici, tout de suite.

— Qu'est-ce qui se passe ?

— Votre ami Marty dit que la taupe de la CIA donne des informations sur Smith et Nolan à un téléphone prépayé qu'il a suivi jusqu'ici. Il m'a appelée et je me suis précipitée dès qu'il m'a prévenue. »

Randi regretta de ne pas avoir vu le visage de l'homme aux chaussures à bout ferré.

« S'il vous plaît, allez demander à l'infirmière une description de l'homme. Voyez s'il a signé le registre.

— Pouvez-vous rester assise sans mon aide ?

— Oui », affirma Randi en s'adossant au lit.

Jana sortit et revint très vite.

« Il n'y a pas d'infirmière et la dernière signature sur le registre remonte à plus de quatre heures.

— Il y avait une infirmière il y a à peine quelques minutes. Elle a parlé à cet homme.

— Eh bien, il n'y a plus personne. Peut-être est-elle allée chercher un café. »

Ou peut-être l'homme l'a-t-il réduite au silence. Randi écarta cette idée. Il n'aurait eu aucune raison de s'inquiéter de l'infirmière. Il n'avait pas signé le registre et il n'y avait pas de caméras à cet étage. Il ne risquait pas d'être découvert.

« Qu'est-ce que Marty a dit à propos du décalage entre les deux sites ?

— Le système dédié est effectivement piraté de l'intérieur. Il dit aussi que la taupe pourrait savoir que vous la soupçonnez, parce qu'elle a tenté de contrer certaines investigations de Marty. Je n'ai pas tout compris, mais Marty utilisait votre code pour avoir accès au réseau, et quelqu'un d'autre a commencé à suivre sa trace électronique. Et… ce n'est pas tout », annonça Jana en prenant une profonde inspiration.

La vision de Randi s'éclaircit et elle fut contente de remarquer qu'elle se sentait mieux en position assise. « Autre chose ?

— Oui. Vos analyses sont revenues : vous avez attrapé un virus respiratoire lié à la grippe aviaire.

— Ça ne me surprend pas vraiment. Il y a un traitement ? »

Jana secoua la tête.

« Quel est le taux de mortalité ? »

Jana serra les lèvres.

« À ce point, hein ? Est-ce que je suis contagieuse ?

— Ça ne se transmet pas facilement d'homme à homme mais, dans ce cas, on n'est contagieux que deux à cinq jours ; ça dépend des gens. Votre médecin semble croire que vous ne l'êtes plus.

— Depuis combien de temps suis-je ici ? demanda Randi avec un soupir.

— Trente-six heures.

— Vous devriez partir.

— Non, je n'ai pas peur de l'attraper.

— Vous devriez. Le médecin pourrait se tromper, surtout si j'ai attrapé une version mutée.

— Ce n'est pas le cas.

— Que voulez-vous dire ?

— Ce n'est pas le cas. C'est une variante, mais pas une mutation. »

Randi poussa un soupir de soulagement.

« Je crois que c'est lié à Dattar, dit Jana. Tout ça. Je crois qu'il a envoyé quelqu'un pour vous infecter. Cette taupe, peut-être. »

Randi hocha la tête. Jana venait d'exprimer ce qu'elle redoutait depuis l'instant où elle était tombée malade. Elle fit un geste maladroit en direction d'un placard. « J'ai besoin de mes vêtements et de mon téléphone. »

Jana consulta sa montre. « Si l'infirmière avait été là, elle prendrait une pause d'un quart d'heure dans deux minutes. L'autre infirmière commencera ses rondes à la même heure, pendant vingt minutes, et le bureau d'étage sera vide », exposa-t-elle avant de s'éloigner.

La malade entendit bientôt grincer la porte du placard. Elle s'accrocha au matelas pour se redresser, se retourna et s'assit au bord du lit. Jana lui tendit le téléphone et posa les vêtements près d'elle. Randi referma la main sur eux, mais elle se sentit incapable de les enfiler. « Vous pouvez m'aider ? Je me sens terriblement faible. »

Jana la soutint, le temps qu'elle s'habille. « Est-ce qu'il y a des médicaments que vous voulez emporter ?

— Ils m'ont seulement mise sous perfusion de sérum physiologique. »

Jana consulta sa montre. « Attendez-moi ! »

Elle alla regarder dans le couloir et revint vers Randi. « La voie est libre ! » dit-elle.

Randi passa un bras autour des épaules de la jeune femme.

« Je ne pense pas que les ascenseurs soient sûrs. Au rez-de-chaussée, ils s'ouvrent tous face au bureau de la sécurité.

— Il y a un escalier à gauche. Je ne sais pas bien où il conduit », suggéra Randi.

Jana aida sa chef à se lever et elles gagnèrent la porte. Randi s'appuyait sur elle. Le seul bruit dans le couloir vide était le murmure d'un téléviseur, quelque part à droite. À gauche, un néon rouge indiquait l'escalier de secours. Quand elles tournèrent dans cette direction, Randi sentit monter son taux d'adrénaline, ce qui lui donna un regain de vigueur. Elles ouvrirent la porte.

L'escalier en béton avait une rampe métallique. L'idée de descendre quatre volées jusqu'au sous-sol lui donna envie de gémir, mais elle se ressaisit. Soudain, elle entendit un frottement, plus bas. Jana dut l'entendre aussi, parce que Randi sentit ses muscles se crisper. Elle montra la porte de la tête. Jana approuva et elles firent demi-tour. Randi poussa tout doucement le battant et elles se retrouvèrent dans le couloir du service d'isolement.

« Ascenseur jusqu'au premier. Escalier ensuite ! murmura Randi. S'il y a une infirmière, laissez-moi parler ! ».

Elle écarta Jana pour marcher seule. Les portes de l'ascenseur s'ouvrirent dans un souffle et elles sortirent dans un couloir qui ressemblait à celui qu'elles venaient de quitter : des chambres de part et d'autre et une infirmière derrière un haut comptoir. Elle leva les yeux, vit Jana et fronça les sourcils en découvrant Randi.

« Puis-je vous aider ? dit-elle.

— Oui. Je suis une patiente. Je connais une des personnes hospitalisées dans votre service, et elle voudrait voir Susan, expliqua Randi en montrant Jana, mais elle s'envole pour l'Europe demain et c'est notre seule chance de lui faire plaisir. C'est ici, chambre 234. Est-ce que ça pose un problème ?

— M. Skorich ? Il dort !

— On va juste entrer quelques secondes. Je vous promets qu'on repartira tout de suite s'il dort », assura Jana.

Un téléphone sonna sur le bureau. *Sauvées !* pensa Randi.

« Faites vite, s'il vous plaît, dit l'infirmière. L'heure des visites est passée depuis longtemps. »

Elle reporta son attention sur le téléphone. Randi fit de son mieux pour se tenir droite en s'éloignant dans le couloir, les yeux fixés sur le néon qui indiquait l'escalier. Jana poussa la porte et la tint pour Randi. Dès qu'elles furent hors de vue, Randi entoura de son bras les épaules de Jana. « On y va ! »

Elles entamèrent la descente, aussi vite qu'elles le pouvaient ; leurs pas résonnaient dans toute la cage d'escalier. Au bout de quelques secondes, elles entendirent d'autres pas qui descendaient au-dessus d'elles.

« Plus vite ! s'impatienta Randi, qui transpirait et commençait à avoir des vertiges. Vous êtes armée ?

— Un couteau contre le mollet. »

Si celui qui rôdait là était de la CIA, il aurait sûrement un pistolet avec silencieux. Une arme tout aussi discrète et bien plus efficace. Elles arrivèrent au sous-sol et poussèrent la porte donnant sur le garage. Randi repéra tout de suite une berline de la CIA garée à l'emplacement pour handicapés.

« C'est la mienne. Allons-y ! » dit Jana.

Randi se redressa. Elle tituba en direction du véhicule. Elle regarda du côté de la sortie. Jusque-là, personne n'avait fait irruption dans le parking. Ouvrir la portière blindée du conducteur fut tout ce que Randi parvint à faire.

« Il y a des armes dans le coffre, dit Jana.

— Excellent ! Filez ! Partez d'ici ! Retournez à Washington ! Je vais me débrouiller et je vous appellerai. Je ne veux pas vous impliquer plus que nécessaire dans cette histoire. »

Jana hocha la tête et partit au pas de course. Randi s'écroula sur le siège et claqua la portière. Elle sortit du garage et se retrouva dans la rue, où elle accéléra dès qu'elle le put. Personne ne semblait la suivre, mais elle n'était pas rassurée. Elle prit son téléphone et le regarda, ne sachant pas trop si elle pouvait courir le risque de l'utiliser. Elle avait absolument besoin de l'aide de Klein et décida de tenter le tout pour le tout. Le chef du Réseau Bouclier répondit à la première sonnerie.

« Il y a une taupe à la CIA, dit-elle.

— Une situation aussi familière que déprimante, madame Russell.

— Qui que ce soit, cette taupe est après Smith et Nolan, et transmet leurs coordonnées à un agresseur inconnu. Dattar est mêlé à tout ça, j'en suis sûre. Et vous pouvez parier qu'il a ces boîtes isothermes. Smith avait raison.

— Beaucoup de spéculations… mais même s'il n'y en a qu'une part de vraie, on ne peut pas laisser la CIA prendre l'affaire en main. La taupe pourrait saper chaque initiative.

— Et si les terroristes étaient là ? Sur le sol américain ? L'enquête passerait automatiquement au ministère de la Sécurité nationale et au FBI. La CIA et sa taupe ne sauraient plus rien.

— Vous avez travaillé à l'étranger pendant trop longtemps. Ce ministère et le FBI sont désormais censés recevoir tous les renseignements dont dispose la CIA et lui transmettre ceux qu'ils détiennent dès qu'il s'agit d'une affaire nationale.

— D'accord, ça signifie donc que la police de New York est aussi dans le coup ! Depuis le 11 Septembre, le NYPD a constitué une unité de renseignement conjointe, avec à sa tête un officier détaché par la CIA. Il s'appelle Harcourt. Je suppose qu'il sera dans la confidence.

— Est-ce que vous êtes en train de me dire que la CIA et le NYPD agissent de concert sur le sol américain ?

— Tout à fait.

— Ça ressemble beaucoup à de l'espionnage intérieur – ce qui est illégal.

— Et le Réseau Bouclier ? Quelles sont les règles entre lui et les autres ? »

Klein marqua une pause. Randi attendit.

« Le Réseau Bouclier est autonome. »

Klein venait de lui confirmer ce qu'elle avait toujours pensé depuis qu'elle avait appris l'existence du réseau. Que Klein soit à la tête d'une organisation secrète totalement indépendante et qui ne devait rendre de comptes à personne était stupéfiant. C'était pourtant exactement ce que Randi voulait entendre, parce qu'elle devait opérer en dehors de la CIA.

« Je veux qu'on intègre Beckmann, dit-elle.

— Non, personne d'autre.

— Écoutez-moi : avec Beckmann, Howell et Smith, toutes les bases sont sécurisées. Je connais tous les rouages de la CIA, Smith sait tout des bactéries et Howell sait rester en vie.

— Et ce Beckmann ?

— Beckmann sait comment contourner les règles et obtenir des résultats. »

Klein demeura silencieux, et Randi tint sa la langue, le temps qu'il réfléchisse à sa requête.

« Je n'ai jamais rencontré ce Beckmann, mais Smith, si. S'il est d'accord, on l'intègre. Sinon, impossible ! »

Randi poussa un soupir de soulagement. Son plan commençait à prendre forme.

« Je vais en informer Smith. S'il dit non, Beckmann reste en dehors. Je ne poserai aucune question. Monsieur..., tenta Randi en aspirant une grande bouffée d'air, j'espérais vous demander une autre faveur.

— De quoi avez-vous besoin ?

— Des informations en direct du ministère de la Sécurité nationale et du FBI. En temps réel, pas sous forme de rapports hebdomadaires. Je veux avoir accès à tout ce qu'ils savent.

— C'est facile. »

Randi haussa les sourcils. Ces deux organismes n'avaient jamais été très coopératifs avec la CIA, en dépit de ce qu'ils prétendaient. L'incompréhension entre les deux agences était légendaire. Que Klein puisse avoir connaissance des rapports de ces différentes provenances offrait un énorme avantage au Réseau Bouclier.

« Quels sont les contacts du Réseau Bouclier ? demanda Randi. Ce que vous êtes capable d'accomplir est stupéfiant !

— Avez-vous besoin d'autre chose ? demanda Klein pour éluder la question.

— Oui, de trouver Smith. Vous savez où il est ?

— Il a dû couper toute communication. Un récent rapport de la police indique qu'on a découvert un mort dans un immeuble près de la High Line, et ce n'était pas lui. »

Randi ne prit pas la peine de demander à Klein pourquoi il s'intéressait à un mort dans un immeuble particulier de New York. Elle se dit qu'il devait avoir ses raisons.

« Et Nolan ?

— Sans doute avec Smith.

— Et encore vivante.

— Pour l'instant.

— C'est énorme !

— C'est elle qui est le plus en danger. Une civile qui a été assez présomptueuse pour voler Dattar ! Sa vie ne tient qu'à un fil. »

Randi se mit à tousser. Elle savait que, quand une quinte commençait, il était presque impossible de l'arrêter. Elle s'étranglait et tentait de respirer.

Klein écoutait à l'autre bout du fil. « Est-ce que ça va ?

— Je crois que ce qu'il y a dans ces boîtes isothermes a été testé sur moi.

— Est-ce très contagieux ?

— Apparemment, ça ne se transmet pas facilement d'homme à homme, mais on ne sait pas comment on l'attrape et personne n'est sûr de rien. J'ai besoin d'un endroit où me reposer et je voudrais revoir un scientifique du nom d'Ohnara. Il a dit qu'il serait ici, à New York, pour une conférence. Ce qui me rappelle autre chose : Ohnara est un collègue de Smith, il a testé la matière suspecte dans mon réfrigérateur. Il faut qu'il fasse d'autres tests.

— Ça va coûter cher ?

— Peut-être. Si je passe par la CIA, la paperasserie prendra plusieurs jours et notre taupe risque d'être au courant. J'espérais que vous pourriez accélérer la procédure. Inutile de dire que j'ai un intérêt personnel à ces recherches. On m'a dit que mes chances de guérison étaient assez minces.

— Je lui donne les autorisations nécessaires. Êtes-vous armée ?

— J'ai des armes de la CIA. Pourquoi ?

— Quelque chose me dit que vous allez en avoir besoin. »

34

OMAN DATTAR MONTA dans un jet privé en partance pour l'aéroport Kennedy de New York. Il savait qu'il devait veiller en personne à la restitution de ses fonds et à l'utilisation de son arme. Dépendre d'intermédiaires n'était jamais une bonne idée. Il sentit l'avion cahoter sur la piste. Son téléphone sonna.

« Tu m'as menti ! accusa Khalil.

— De quoi tu parles ?

— Tu n'as pas d'argent. La femme a tout pris.

— Tu as tort. J'ai de l'argent. Tu crois qu'elle a tout ? C'est faux.

— Alors, paie-moi ! Tout de suite ! Et le tarif vient d'augmenter, à cause de tes mensonges. Je veux le double.

— Pas question. Tu n'as rien fait de ce que je t'avais demandé. Smith est toujours en vie, et j'imagine que Howell aussi.

— Soit tu me paies le double, soit je lui dis de tout transférer sur mon compte. »

Dattar explosa. « Cet argent est à moi !

— Le double. Maintenant ! »

Dattar prit une profonde inspiration. Il devait donner l'impression à son cousin Rajiid assis non loin de lui de tout maîtriser. « Est-ce qu'elle est sous ton contrôle ?

— Oui.

— Passe-la-moi !

— Pas tant que tu ne m'as pas payé. »

Sale menteur! pensa Dattar. Il n'avait pas la fille. « Je ne te verse pas un sou tant que je n'ai pas la preuve que tu l'as. Va près d'elle et appelle-moi sur l'ordinateur, avec la webcam. Dès que je la vois, je te transfère la moitié de l'argent.

— Je ne ferai rien tant que l'argent ne sera pas transféré.

— On dirait qu'on est dans une impasse. »

Khalil raccrocha.

Dattar se rassit. Il fallait agir vite. Si Khalil avait découvert son secret, d'autres le pourraient aussi. Il regarda par le hublot. Il avait l'impression que l'avion se traînait.

Jon Smith se réveilla quand un rayon de soleil filtra entre les lames du volet de la chambre. Rebecca dormait près de lui, couchée sur le côté. Il se glissa hors du lit et alla dans la salle de bains. Un rapide coup d'œil au miroir lui redonna quelque espoir. Il avait l'air un peu moins hagard que la veille et sa blessure, semblait-il, n'avait pas saigné de nouveau. Il se mit sous la douche et prit plaisir à sentir l'eau chaude sur son corps. Il mouilla copieusement la gaze, pour s'assurer qu'elle ne collerait pas à la plaie, et la retira. Il nettoya la blessure en douceur et refit le bandage. Une serviette autour des reins, il gagna la cuisine.

Il déposa une capsule de café dans la machine et ouvrit trois placards avant de trouver les tasses. D'en haut lui parvint le son d'une baignoire qu'on remplit. Smith devait absolument se procurer un nouveau téléphone. Il entendit des pas dans l'escalier et Rebecca entra dans la cuisine.

Elle portait un pantalon de jogging gris bien trop grand pour elle et un T-shirt qui, lui aussi, avait été taillé pour un homme. Elle s'approcha en souriant et lui donna un bref baiser sur les lèvres.

« Jolie tenue ! fit-elle remarquer.

— Je n'ai pas pensé une seconde qu'il y aurait des vêtements à notre disposition. Je crois que les tiens m'iraient beaucoup mieux qu'à toi. Tu veux échanger ?

— Bien sûr ! Il y en a d'autres là-haut, mais la plupart me semblent trop petits pour toi. Priorité : ce café sent délicieusement bon.

— Je vais t'en faire un, dit Smith en lui offrant une chaise. Assieds-toi ! »

Elle s'installa, remonta ses pieds sur l'assise et entoura ses genoux de ses bras.

Elle but une gorgée de son café, puis elle regarda son bandage. « Un nouveau pansement ? Un peu grossier. Tu veux que j'arrange ça ?

— S'il te plaît, oui. J'avais besoin de prendre une douche et je ne voulais pas te réveiller. »

Elle se leva, mais il lui fit signe de se rasseoir.

« Ça ne presse pas. Bois ton café ! Je sors acheter un téléphone.

— D'accord. Je vais te laisser ces vêtements. J'ai mis les tiens dans la machine à laver et ils sont en train de sécher. Ils seront prêts à ton retour. »

Vingt minutes plus tard, Smith, vêtu d'un pantalon et d'un T-shirt, appelait Klein.

« Heureux d'entendre que tu es en vie ! Randi Russell a quitté l'hôpital et travaille à l'aspect bactérie de l'affaire.

— Elle a quitté l'hôpital ? Est-ce qu'elle est remise ?

— Suffisamment pour partir, apparemment. Elle veut surtout rester en mouvement, elle craint que la taupe puisse la trouver.

— Est-ce qu'on sait quel virus elle a attrapé ?

— Une variante de la grippe aviaire, mais pas une mutation.

— Ce n'est donc pas la souche qu'on recherche, conclut Smith avec un soupir de soulagement.

— Comme toi, elle est convaincue que Dattar est derrière tout ça.

— J'ai eu des nouvelles de Howell. Il l'a confirmé. Il m'a parlé d'une sorte d'arme…

— Je crois qu'elle est dans les boîtes isothermes.

— Je suis d'accord. Mais comment est-ce qu'on va les trouver ?

— Je pensais que tu avais l'intention d'utiliser Nolan comme appât ?

— Au début, j'ai cru qu'on pourrait limiter les risques mais, après le quasi-fiasco d'hier soir, je réfléchis à une autre solution. J'ai failli ne pas arriver à temps. Ils étaient sur le point de la tuer.

— Ça pourrait être ta seule option. »

Smith ne répondit pas. Il ralentit en arrivant près de l'immeuble.

« Tant qu'on n'a pas neutralisé Dattar, sa vie est en danger, résuma Klein. Il faut qu'elle le sache, et elle doit être prête à collaborer. Pourquoi ne lui dis-tu pas ce que tu sais ? Pourquoi ne pas lui donner une chance de prendre une décision elle-même ?

— C'est une civile. Elle n'a pas conscience de tout ce que cela implique et elle n'est pas entraînée pour se protéger.

— C'est elle qui a mis le feu aux poudres en détournant son argent. Elle court sans doute un risque, mais elle me semble parfaitement capable de comprendre que nous avons des problèmes bien plus graves. J'aimerais que tu le lui expliques, continua Klein devant le silence de Smith. Est-ce qu'il y a quelque chose que je ne sais pas ? Que tu ne me dis pas ?

— Non. Je vais en discuter avec elle.

— Bien. Où es-tu ? Je vais prévenir Howell et Beckmann. »

Smith tourna le coin de la rue et remarqua deux hommes appuyés à un arbre en face de l'immeuble. « T'inquiète ! Ils sont là. »

Il raccrocha et s'approcha de ses collègues. Howell le regarda, mais Beckmann resta concentré sur deux vieux messieurs qui, assis sur des caisses, jouaient aux dominos. Il ne leva les yeux que lorsque Smith fut tout près.

« Comment est-ce que vous m'avez trouvé ? demanda-t-il à Howell.

— On a interrogé le chauffeur de taxi qui vous a conduits ici. Beckmann et moi arrivions juste quand Rebecca Nolan et toi avez sauté dedans.

— Est-ce que quelqu'un d'autre a vu partir le taxi ? s'inquiéta Smith.

— Non, on a sillonné le secteur. Il n'y avait personne. Tu es en sécurité pour le moment. Heureux de voir que tu as si bien géré la situation.

— Ouais, mais… Khalil et la taupe de la CIA ont pris le large.

— C'est dommage, mais pas très étonnant. Khalil sait rester en vie.

— Entrez ! Je veux tout savoir sur le type que vous avez neutralisé. »

Il composa le code et les deux hommes le suivirent jusque dans la cuisine. Rebecca était debout en train de manger une orange. Elle avait remis son jean et son haut bleu marine, mais elle était pieds nus. Smith fit les présentations et remarqua qu'elle regardait les deux nouveaux venus avec méfiance. Ils s'assirent à la table et Smith prépara du café.

Howell leur expliqua ce que Beckmann et lui avaient appris.

« Randi Russell semble penser que l'arme en question pourrait avoir un lien avec les boîtes isothermes volées, dit Smith.

— Je suis d'accord, approuva Beckmann. Il y a eu l'attaque contre le Grand Hôtel royal, l'évasion de Dattar, le vol des souches de virus et maintenant un des tueurs de Dattar dit qu'il organise un attentat. C'est une conclusion logique.

— Mais, désormais, il n'a plus d'argent pour lancer son attaque ! fit remarquer Rebecca, qui parlait pour la première fois.

— Comment ça ? s'étonna Howell. On pense que Dattar est très riche.

— Je l'ai volé. »

Smith observa Howell et Beckmann par-dessus le bord de sa tasse et fut heureux de constater à quel point ils étaient sous le choc, aussi surpris que lui-même l'avait été quand il l'avait appris. Beckmann pouffa de rire.

« Comme mon ex-épouse ! » dit-il.

Howell lui adressa un regard amusé.

« J'espère que tu ne lui as pas tout donné ! »

Beckmann se contenta de hausser les épaules et Howell posa sur Nolan un regard empreint d'un tout nouveau respect.

« Votre audace me surprend, mais ça m'inquiète aussi. Dattar n'est pas du genre à aimer qu'on le prive de tous ses moyens. Et puis, êtes-vous tout à fait certaine que vous avez tout pris ?

— Je l'étais il y a encore deux jours.

— Elle ne peut pas accéder à Internet. C'est comme ça qu'ils la pistaient, expliqua Smith.

— Il n'y a pas d'ordinateur, dans cet appart ?

— Il y a un Mac dans le salon, dit Rebecca. Il devrait être clean.

— Ça vous ennuie de vérifier ? demanda Howell.

— Pas du tout. »

Ils suivirent tous la jeune femme au salon et attendirent qu'elle accède aux divers sites. Au bout d'un moment, Smith l'entendit retenir sa respiration.

« 20 millions de dollars ont été déposés sur un de ses comptes aux îles Caïmans il y a vingt-quatre heures. C'est un compte auquel il a accès. Les autorités n'ont pas dû le geler.

— Pouvez-vous trouver la source de ce virement ? »

Rebecca resta concentrée sur l'écran.

« C'est venu d'un autre compte dont je ne peux pas trouver les références. Désolée !

— On dirait que Dattar a organisé un financement de remplacement, fit remarquer Howell.

— Il est donc à nouveau dans le coup, conclut Smith. Il faut le mettre à sec. Rebecca... Randi et moi avons pensé que t'utiliser comme appât pourrait le faire sortir du bois. »

Rebecca Nolan eut un regard pensif. Smith fut soulagé de constater que ça ne semblait pas la scandaliser et qu'elle ne se sentait pas trahie par sa suggestion. Howell leva un sourcil vers Smith, mais évita tout commentaire, et Beckmann se contenta de se pencher en avant sur son siège. Au bout d'un long moment, elle arbora cette expression déterminée que Smith lui connaissait bien.

« Est-ce que vous seriez là, tous les trois, messieurs, pour sauter sur Dattar à la seconde où il apparaîtrait ?

— Oui, affirma Smith.

— Il n'y a rien qui me plairait davantage, dit Howell.

— Bien sûr ! confirma Beckmann.

— Alors allons-y ! »

35

JANA WENDEL ENTRA DANS LE PARKING le plus proche du quartier général de la CIA, coupa le moteur et poussa un soupir. Elle avait conduit toute la nuit, et elle était venue droit au bureau après un bref somme chez elle. Elle rassembla ses affaires, sa carte d'accès et sa serviette et pénétra dans le bâtiment. Marty devait appeler dans trente minutes. Il avait besoin de son aide pour traquer la taupe. Randi Russell lui avait donné son mot de passe et ses codes d'accès mais il voulait que Jana lui offre un nouvel accès. Il voulait aussi que les ordinateurs des deux femmes soient connectés pour pouvoir explorer en profondeur.

Les étages commençaient à s'animer. Elle franchit les contrôles de sécurité dans une sorte de brouillard et gagna son bureau. Elle veilla à garder un visage neutre face aux caméras qui jalonnaient les murs, mais elle tremblait. Si l'agence découvrait qu'elle permettait à un élément extérieur de pirater son réseau, elle serait accusée de trahison. Elle savait pourtant que c'était nécessaire. Le transmission avait failli tuer Nicholas Jordan, et cela compromettait sûrement d'autres missions. Son bureau était situé après celui de Randi Russell. En s'approchant, elle vit que la porte de sa chef était fermée, ce qu'elle trouva curieux. Elle était sûre de l'avoir laissée ouverte, comme celle de tout bureau inoccupé. Elle ralentit, hésitante, mais frappa et ouvrit.

Steve Harcourt était assis dans le fauteuil de Randi, face à George Cromwell. Harcourt tapait sur le clavier de l'ordinateur. Il s'interrompit en voyant Jana.

« Nous souhaitions justement vous parler, mademoiselle Wendel ! » dit Cromwell.

Jana, déjà patraque, sentit son ventre traversé par une telle douleur qu'elle faillit se plier en deux, mais elle inspira profondément et se redressa.

« Et pourquoi donc, monsieur ?

— Quelqu'un est entré dans la base de données de la CIA depuis l'extérieur, répondit gravement Cromwell, grâce au code de Russell. Nous ne savons pas encore quels sont les dégâts mais, par chance, l'ordinateur est déconnecté, et notre informaticien assure qu'à moins qu'on le reconnecte on ne peut accéder de l'extérieur qu'à de très maigres informations, même avec le code. Nous surveillons cette menace : si nous laissons l'intrus utiliser le code, nous pourrons remonter à la source. »

Jana sentit sa bouche s'assécher. Elle réussit à hocher la tête, mais ne put prononcer un mot. Harcourt se leva.

« Nous venons d'appeler l'hôpital, et on nous a dit que Russell était partie. Les infirmières de nuit nous ont décrit la femme qui était avec elle et nous ont donné le nom inscrit sur le registre : le vôtre. Nous avons ensuite demandé à visionner ce qu'ont filmé les caméras de sécurité. On vous a vue fumer dehors, quand le contact de Russell, Jon Smith, est arrivé et vous a parlé. Plus tard, on vous a vue sur les bandes de sécurité du parking avec Russell. »

Pour dissimuler le tremblement de ses mains, Jana les serrait l'une contre l'autre.

« Mme Russell m'a expliqué que Jon Smith l'assistait dans son enquête, dit-elle.

— En effet, confirma Harcourt, elle a suggéré qu'il soit associé à l'enquête dès le début, mais elle devait le contrôler. Pourquoi étiez-vous à l'hôpital ?

— Pour voir Mme Russell.

— Peut-être, dit Cromwell en lui désignant une chaise vide, devriez-vous nous confier tout ce que vous savez. Nous aimerions en particulier entendre tout ce que vous savez sur Jon Smith. Il a été impliqué dans des tirs au sein d'un immeuble de bureaux à New York, ainsi que sur un chantier de construction vide où on a trouvé un corps. »

Jana n'eut aucun mal à avoir l'air stupéfait. Elle ne savait pas grand-chose de Smith. Toutefois, il suffisait de lui parler quelques minutes pour comprendre que ses capacités de survie surpassaient de loin celles de la plupart des civils. Mais elle ne pouvait savoir s'il était du bon côté. Elle ne pouvait se fier qu'à son instinct et à la confiance que Randi accordait à ce contact.

« Je suis certaine qu'il n'a rien à voir avec ça, monsieur !

— Rapportez-nous seulement ce qu'il vous a dit ! » ordonna Harcourt.

Jana s'effondra sur une chaise. Elle chercha à toute vitesse des explications plausibles à sa conversation avec Smith, mais décida de se tenir aussi près de la vérité que possible. Randi lui avait déjà soufflé quoi raconter si les activités de Marty étaient découvertes.

« Mme Russell m'a demandé de lui parler. Elle avait des inquiétudes à propos de la CIA.

— Quel genre d'inquiétudes ? » voulut savoir Cromwell.

Les deux hommes la fixaient. Jana hésita. Randi avait eu beau insister pour tout prendre sur elle, la pointer du doigt donnait à Jana l'impression de la pousser sous un bus. Elle déglutit à nouveau et plongea :

« Elle croit qu'il y a une taupe. Interne. Ici. Qui donne des informations à l'extérieur. »

Harcourt et Cromwell se regardèrent.

« Est-ce qu'elle a dit de qui il s'agissait ? » voulut savoir Cromwell.

Jana secoua la tête.

« En tout cas, grogna Harcourt pourrait, c'est bien son mot de passe à elle qui est compromis. Ça pourrait laisser penser que la taupe, c'est elle, et ça ne me plaît pas qu'elle donne des informations à Smith. Il est censé être un instrument, pas un confident. Qu'est-ce qui lui est passé par la tête ?

— Ça nous apprendra à utiliser des éléments extérieurs ! approuva Cromwell. Il est clair qu'elle agit en solo et qu'il l'aide. Il faut les interroger tous les deux.

— Ayons recours au FBI, dans ces circonstances, suggéra Harcourt. Envoyons un rapport. La police de New York voulait l'interroger, c'est Russell qui a réussi à l'éviter.

— Vraiment ? s'étonna Cromwell. Comment ?

— Elle m'a demandé d'appeler un de mes contacts pour qu'il mette l'affaire Smith en veilleuse pendant un moment. Que le NYPD concentre son attention ailleurs. Elle a dit qu'elle avait besoin de l'expertise de Smith dans son enquête sur Dattar et les boîtes isothermes. J'ai cru que c'était une bonne idée, à l'époque, avoua Harcourt en levant les mains d'un air contrit.

— Vous avez fait ce qu'il fallait, le rassura Cromwell. Il n'y a rien de mal à vouloir aider un autre officier, et Smith était sous ses ordres. Appelez le FBI. Mettez-les sur le coup. Je veux qu'on trouve Russell et qu'on boucle Smith.

— Sans violence ?

— Je veux Mme Russell saine et sauve. Quant à lui... j'aimerais l'amener ici et lui soutirer quelques réponses, mais il faut les prévenir qu'il est armé et dangereux, et que, s'il résiste, ils seront juges de la situation. »

Jana fit de son mieux pour ne pas crier. Harcourt tendit la main et éteignit l'ordinateur de Randi.

« Je vais m'assurer qu'on mette les scellés sur ce bureau. Le service informatique va traquer le pirate, puis désactiver son mot de passe, dit Cromwell en ouvrant la porte. Mademoiselle Wendel, venez avec nous ! J'aimerais que vous rédigiez une déclaration officielle à inclure dans le dossier. »

Cromwell lui tint la porte pour qu'elle le précède. Elle jeta un coup d'œil à l'écran éteint et sortit.

36

MANHAR REGARDA LA LIMOUSINE de Dattar tourner dans la voie d'accès privée d'une maison sur Long Island. Fidèles à leur parole, Howell et Beckmann l'avaient laissé partir, et il avait passé ses quelques premières heures de liberté dissimulé près du camp de base de Khalil, incapable de décider quoi faire. Rentrer chez lui sans avoir accompli sa mission signifiait la mort, à coup sûr ; admettre son échec face à Khalil signifiait la mort lente sous la torture. Il s'était terré dans un coin sombre et il avait surveillé la bâtisse à moitié détruite en attendant que son patron se montre, et c'est de là qu'il avait vu la limousine de Khalil s'arrêter et ses hommes pousser la femme dans l'immeuble. Plus tard, il avait observé Smith remonter la rue et disparaître à l'intérieur. Comme il avait été déçu de voir Khalil s'échapper ! Il avait espéré que Smith le tuerait.

Il avait entendu dire que Dattar avait pris un avion pour les États-Unis et séjournerait chez un nationaliste pakistanais de Long Island. Pour ses voisins, cet étranger était un homme d'affaires turc dans l'import-export, et non un trafiquant d'armes.

Manhar sortit des buissons et courut derrière la voiture. Son genou blessé le faisait boiter, mais il réussit à se glisser dans la propriété avant que le portail ne se referme. Il s'approcha de la maison en feignant d'être calme, tandis que les gardes du corps de Dattar descendaient de la limousine. Dattar apparut en dernier, dégaina une arme en même temps que les trois autres et la pointa sur lui. Manhar leva les mains.

« Je ne suis pas armé. Je suis juste venu vous faire une proposition, monsieur Dattar, sur la manière dont vous pouvez récupérer l'argent qui vous a été volé.

— Qui es-tu ? demanda Dattar en le toisant.

— Manhar. L'homme de main de Khalil. Il prévoit de vous doubler, et j'ai pensé que vous devriez le savoir. »

Manhar fut heureux de voir deux des gardes du corps échanger un coup d'œil. Dattar haussa un sourcil, mais ne bougea pas.

« Et pourquoi est-ce que je devrais te croire ?

— Je sais aussi qu'il a laissé Howell lui échapper et que Smith a failli le tuer hier. Smith a tué son premier lieutenant.

— Et ?

— Et je sais où vous pouvez le trouver. Je connais toutes ses planques. Je vous donnerai l'information.

— En échange de quoi ?

— Un retour chez moi en toute sécurité.

— Ça ne suffit pas. Me donner une adresse ne me servira à rien. Il faudra encore que je mette la main sur Khalil. Et ce ne sera pas facile. Si tu veux rentrer chez toi, tu devras m'aider à l'attraper ! »

Manhar n'aima pas du tout cette façon de présenter les choses. Il aurait préféré ne plus jamais revoir Khalil. Dattar dut remarquer son hésitation.

« Tu es dans le coup ou tu dégages. Tu as une minute pour décider ! »

Manhar n'avait plus le choix depuis qu'il avait manqué Howell, ça, il le savait. Il soupira.

« Je suis dans le coup. Dites-moi ce que vous voulez que je fasse.

— Entre dans la maison ! On va tout t'expliquer. »

Manhar suivit Dattar dans la vaste demeure, jusqu'à une cuisine aux placards en bois sombre, avec un plan de travail en granit. Jamais Manhar n'avait vu une cuisine pareille, et il ne put s'empêcher de la contempler bouche bée. Un homme très mince entra dans la pièce et jeta un coup d'œil à Manhar. Dattar le désigna du menton.

« C'est Rajiid. »

Un troisième homme apparut et déposa devant Dattar un ordinateur.

« Et lui, c'est Nihal. Mes stratèges. Tu vas les écouter. Ce type, dit-il en avançant son verre en direction de Manhar, souhaite nous conduire à Khalil. Il croit qu'il a l'intention de prendre mon argent à l'Américaine et de le garder.

— Est-ce que Smith est mort ? demanda Rajiid. Khalil devait le tuer il y a plusieurs jours. Il prétendait que ce serait facile.

— Non, répondit Manhar. Non seulement Smith est vivant, mais c'est lui qui a failli tuer Khalil.

— Et l'Américaine ?

— Elle est avec Smith.

— C'est Smith qui l'a ? Comment est-ce qu'il a su, pour elle ?

— J'en sais rien », répondit Manhar.

Dattar se mit à faire les cent pas.

« C'est sans importance, intervint Rajiid. Ce qui compte…

— Ce qui compte, c'est qu'elle vive assez longtemps pour me dire où est mon argent ! »

Dattar avait presque hurlé. Manhar se redressa sur son siège et Rajiid retint sa respiration.

« Ce qui compte, c'est qu'on puisse mettre en œuvre notre plan, reprit Rajiid. Après, vous aurez tout l'argent et tout le pouvoir dont vous pouvez rêver.

— Quiconque ose me gruger, lança Dattar en fixant Rajiid, ne s'en sortira pas comme ça ! Surtout quand ce sont des centaines de millions volés pendant que je pourrissais en prison.

— Il faudrait commencer par la trouver.

— Et qui va rester, une fois l'arme lâchée, hein ? Tu comptes revenir, toi ? Moi, non. »

Rajiid s'agita sur son siège.

« C'est bien ce que je pensais, conclut Dattar. C'est pour ça que je voulais que Smith soit abattu et qu'elle soit capturée avant le début de l'opération, tu t'en souviens ? J'ai engagé le meilleur, et on me dit que non seulement Smith est en vie, mais qu'il a survécu à une attaque. »

Nihal éclata de rire. Tous les regards se tournèrent vers lui. La rage se lisait sur le visage de Dattar.

« Je crois que nos ennuis sont terminés ! J'ai un courriel de l'Américaine. Elle veut conclure un marché. »

37

Jon Smith sortit de l'immeuble avec Rebecca Nolan. Ils traversèrent Broadway. Malgré l'heure matinale, des hommes assis sur des caisses, devant des bodegas, arrosaient leurs cafés d'alcool ; les bouteilles étaient emballées dans des sacs en papier. Ils continuèrent vers l'est de Broadway et pénètrent dans un autre quartier. Aux immeubles proprets mais vieillots succédèrent des tas d'ordures sur les trottoirs et dans les caniveaux, des boutiques fermées par des rideaux de fer. Un bureau de change au coin proposait les services d'un avocat, en étage, qui promettait le divorce pour 500 dollars.

Smith montra la pancarte.

« C'est ce type qu'aurait dû embaucher Beckmann ! Ça lui aurait fait économiser de l'argent.

— C'est cet immeuble en ciment de l'autre côté de la rue », dit Nolan en souriant.

Ils allaient chez un Pakistanais, dont Nolan prétendait qu'il serait ravi d'échanger ses dollars contre des lingots d'or. Ils s'attendaient à ce que Dattar exige le remboursement de la totalité de ses fonds par virement, mais il fallait qu'il apparaisse en personne pour que leur plan fonctionne. Elle hésitait aussi à sortir sa tablette de crainte de révéler sa position.

« Qu'est-ce qu'un Pakistanais fait dans ce quartier hispanophone ?

— Bilal est installé là depuis des années.

— Est-ce qu'ils savent qu'il échange de l'or ?

— Regarde ! » dit Nolan avec un nouveau sourire.

Elle montra un vilain immeuble de plain-pied arborant une enseigne au néon où on lisait « Prêteur sur gages » et, en dessous, en plus petit, « On achète de l'or ». Nolan emprunta une porte latérale blindée surveillée par une caméra en hauteur. Elle pressa un bouton sur l'interphone. Quelques secondes plus tard, la porte cliqueta et Nolan la poussa. En franchissant le seuil, Smith perçut un « bip » et le battant se referma derrière lui. La seule lumière venait d'une porte ouverte, au bout du couloir.

« Mademoiselle Rebecca, vous revoilà ! » dit une voix au fort accent étranger.

Rebecca entra dans le bureau. Un homme aux cheveux et à la moustache poivre et sel et aux yeux sombres, vêtu d'un T-shirt blanc et d'un jean délavé, se tenait derrière un bureau métallique en L peint en vert. Il pointa un pistolet sur Smith.

« Votre ami est armé, affirma-t-il avant de se tourner vers Smith. Levez les mains !

— C'est bon, je me porte garant pour lui, protesta Rebecca. Bilal, je vous présente Jon Smith. Il est de toute confiance.

— Un nom intéressant, Jon Smith, commenta Bilal en baissant son pistolet. Plutôt courant.

— Quelqu'un doit bien le porter, fit remarquer Smith sans quitter Bilal des yeux.

— Mademoiselle Rebecca, s'il vous plaît, retirez l'arme de votre ami de son étui et posez-la sur la table. »

Quand Rebecca s'approcha de lui, Jon inspira l'odeur du shampooing dans ses cheveux. Elle baissa la fermeture éclair de sa veste, le regarda et fit glisser ses mains sur sa poitrine jusqu'à atteindre le pistolet dans son étui.

« Le cran de sûreté est mis ? Je ne voudrais pas te tirer dessus accidentellement !

— C'est bon. Tu peux le prendre. »

Elle sortit l'arme et la tint, canon vers le bas, pendant les quelques pas qui la séparaient du bureau de Bilal.

« Comment saviez-vous qu'il en avait une ? lui demanda-t-elle en la posant.

— J'ai installé un détecteur de métaux à la porte.

— C'était donc ça, le "bip" que j'ai entendu ! commenta Smith.

— Oui. Je possède beaucoup d'objets extrêmement précieux, et vous avez dû remarquer, en venant, que ce quartier est plutôt malfamé. Vous êtes de la police ?

— Non, militaire.

— Vous êtes ici pour vendre de l'or ?

— Je suis ici pour verifier si Mme Nolan est en sécurité.

— Mlle Rebecca et moi sommes de vieux amis ! protesta Bilal. Elle est toujours en sécurité avec moi.

— C'est ce qu'on m'a dit, mais j'ai préféré m'en assurer. »

En fait, Rebecca lui avait expliqué que la plupart des commerçants de la ville connaissaient Bilal, et que beaucoup venaient là régulièrement convertir leur argent liquide en Krugerrands ou en lingots d'or. Bilal avait la réputation d'être honnête dans un négoce où cette qualité était rare.

« Et vous, mademoiselle Rebecca, vous venez vendre de l'or ?

— En acheter, plutôt. J'aimerais des lingots contre des dollars.

— Virement de votre compte sur le mien ? »

Rebecca acquiesça.

« S'il vous plaît, asseyez-vous ! »

Il inclut Smith dans cette offre, mais tendit la main et transféra le pistolet de Smith sur un petit bureau derrière lui.

« Puis-je utiliser votre ordinateur ? » demanda la jeune femme.

Bilal ouvrit un tiroir et posa un ordinateur portable devant elle. Elle rapprocha sa chaise pour y accéder.

« Il est allumé », dit Bilal en se tournant vers un ordinateur de bureau à sa droite.

Rebecca se mit à taper. Au bout d'un moment, Bilal se leva et rabattit une porte contre le mur qui cachait un énorme coffre-fort. Il maintint la porte de biais pour que ni Nolan ni Smith ne puissent voir ses mains et, très vite, Smith entendit la serrure s'ouvrir.

« C'est déjà arrivé ? s'enquit Rebecca.

— L'ordinateur enverra un signal. »

Quelques secondes pus tard, le PC de Bilal bipa.

« Voyons un peu ! »

Bilal, des lingots d'or dans les mains, s'approcha de son écran et le consulta.

« Très bien ! confirma-t-il en posant un lingot sur une balance. Vous souhaitez vérifier le poids ? »

Elle se leva et le regarda déposer les lingots l'un après l'autre sur la balance.

« Le fixing de Londres ? s'enquit Rebecca.

— Un peu plus bas, ici. »

Quand Bilal eut terminé, sous le regard attentif de Rebecca, le pesage des lingots, il sortit de sous son bureau une valisette noire. Rebecca pouffa de rire, et Bilal lui sourit.

« Vous la reconnaissez ?

— Je me demandais où elle pouvait bien être.

— Vous voyez ? dit Bilal en regardant Smith par-dessus son épaule. Tout est en sécurité, chez moi. »

Smith attendit patiemment que Rebecca termine la transaction et se leva pour porter la valise. Elle devait peser dans les trente kilos. Si Dattar avait prévu une embuscade pour voler l'or, personne ne pourrait partir avec en courant – pas très vite en tout cas. Bilal referma le coffre et inclina la tête.

« C'est toujours un plaisir de vous voir, mademoiselle Rebecca. Monsieur… Smith », conclut-il en lui rendant son pistolet.

Smith glissa l'arme dans son étui.

« Merci ! »

Ils ressortirent et retrouvèrent la lumière du jour.

« Quelle transaction extraordinaire ! Qu'est-ce que c'est, le fixing de Londres ?

— Ce sont en majorité les banques londoniennes qui négocient l'or. Deux fois par jour, elles fixent le prix pour leurs échanges. Ce prix est appelé “London fix”.

— Est-ce que tu sais quel genre de précautions il prend pour protéger la boutique ? En plus du détecteur de métaux, bien sûr ! demanda Smith alors qu'ils gagnaient Broadway.

— Je sais qu'il a une arme grosse comme un canon boulonnée sous le bureau. Ce n'est pas pour rien que le tablier métallique est perforé. Il a aussi des panneaux solaires sur le toit pour que son système de sécurité soit toujours alimenté, même en cas de coupure de courant. L'électricité produite et non consommée est revendue à la compagnie d'électricité Con Ed. Bilal est assez fier d'être payé par Con Ed plutôt que de les payer ! J'ai entendu dire que sa voiture est blindée et que le bureau est équipé de toutes les armes possibles et imaginables.

— J'ai tout de même du mal à croire que personne n'ait essayé de le cambrioler.

— Oh, on raconte que certains s'y sont risqués !

— Et alors ?

— On ne les a plus jamais revus. »

38

DEPUIS L'ARRIÈRE DE LA MAGNIFIQUE demeure sur Long Island, Manhar regardait les hommes de Dattar charger deux gros camions à remorque. Ils embarquèrent d'abord deux tuyaux de pompiers, plusieurs gilets avec réflecteur, des mâts en acier, des bâches et plusieurs clés à molette d'un mètre de long. Au flanc du premier véhicule, deux hommes collaient une banderole où on pouvait lire « MTA ».

Manhar arrêta un de ces types et montra le logo.

« Qu'est-ce que ça veut dire ?

— Metropolitan Transportation Authority.

— C'est quoi ?

— L'organisme qui gère les transports collectifs de New York. »

L'homme s'éloignait déjà quand Manhar émit un sifflement admiratif. Il avait entendu dire que certains voulaient s'en prendre au métro de New York, mais il n'aurait pas cru que Dattar aurait le culot de le faire. Dattar, qui monta de quelques crans dans son estime, lui faisait justement signe de s'approcher.

« Vous allez faire sauter le métro ? demanda Manhar.

— Non. Comment est-ce que Khalil piste Nolan ?

— Un type surveille tous ses déplacements depuis un mois. Il connaît son emploi du temps, ses endroits préférés, tout !

— Est-ce que tu es en train de me dire, enragea Dattar, dont le visage devint cramoisi, qu'il avait un mois pour l'enlever et qu'il ne l'a pas fait ? Pourquoi ? »

Manhar n'aimait pas la tournure que prenait cette conversation. C'était simple : Khalil n'avait pas enlevé Nolan parce que Dattar ne l'avait pas encore payé. Mais Manhar ne voulait pas donner cette information à Dattar, qui avait tendance à liquider les porteurs de mauvaises nouvelles. Il tenta de changer de sujet.

« Vous allez utiliser du gaz sarin dans le métro, comme au Japon ?

— Non. *Pourquoi est-ce que Khalil n'a pas enlevé Nolan ?* »

Manhar ne voyait plus aucun moyen d'échapper à la question. Rajiid et les autres avaient interrompu le chargement du camion et le regardaient.

« Il prétend qu'il attend d'être payé. »

Le visage de Dattar se décomposa et son souffle devint haletant. Rajiid jeta un coup d'œil de côté et remarqua que ses hommes étaient bras ballants. Il aboya un ordre. Ils se remirent au travail et Manhar sentit la tension diminuer.

« Monte dans ce camion ! décida Dattar. Tu pars en mission avec les autres. »

Manhar obéit, l'estomac noué. Il se hissa dans la remorque et rejoignit ceux qui étaient assis par terre, dos à la paroi. Rajiid apparut et distribua à chacun deux comprimés et une bouteille d'eau.

« Qu'est ce que c'est ? demanda Manhar quand ce fut son tour.

— Un médicament. Ça te rendra fort. Prends-le ! » rugit Rajiid en voyant Manhar hésiter.

Manhar lança les comprimés dans sa bouche d'un geste théâtral, mais les glissa sous sa langue avant d'avaler de l'eau. Rajiid observa la manœuvre, approuva du chef et s'éloigna. Discrètement, Manhar recracha les comprimés dans sa main et les jeta.

Il éprouva soudain le désir impérieux de savoir ce que Dattar avait en tête, pour quelle raison il avait maquillé ces camions. Le but de Manhar en venant ici était juste de permettre à Dattar de tuer Khalil. Khalil mort, Manhar ne serait plus menacé de mort. Il ne voulait pas non plus mourir au cours d'une mission suicide dans le métro de New York. Il s'efforça de rester calme et au bout de dix minutes, il se tourna vers son voisin, dont il voyait le visage par intermittence grâce à une fenêtre en haut de la paroi qui laissait passer la lumière des réverbères chaque fois qu'ils en croisaient un.

« Est-ce qu'on va pouvoir s'échapper avant que le gaz soit diffusé ? demanda-t-il.

— On diffuse pas de gaz.

— Ça, dit Manhar en montrant deux bonbonnes, c'est du gaz. Je le sais. J'en ai utilisé en Irak.

— Non, ça, c'est seulement au cas où. C'est pas le plan principal. Et puis, qu'est-ce que ça peut te faire ? Nos familles, au pays, seront généreusement indemnisées pour notre mort et nous connaîtrons la gloire des martyrs.

— Est-ce que le plan va marcher ?

— Oh, oui ! pouffa l'homme. Ça va marcher. Dans trois heures, la plupart des habitants de Manhattan commenceront à mourir, et personne ne pourra rien faire.

— Est-ce que Dattar va mourir, lui aussi ?

— Non, pas lui. Il doit vivre, bien sûr, pour payer nos familles.

— Et nous ?

— Nous irons au royaume d'Allah. »

Mahar eut envie de le secouer. Le seul royaume qu'il avait envie de connaître était au Pakistan, avec plusieurs femmes dans une grande maison aux multiples pièces. Il devait s'éloigner de l'équipe de Dattar avant qu'elle mette sa mission à exécution. Son problème, c'était de savoir dans quelle direction s'enfuir, et pour le savoir, il fallait qu'il découvre ce que Dattar avait en tête.

« Dis, alors, le plan, c'est quoi ?

— J'en sais rien. Nihal nous expliquera ce qu'on doit faire une fois sur place.

— Tu sais pas ? s'étonna Manhar. Ben alors, comment tu es si sûr que ça va marcher ?

— Nihal me l'a dit. Je le crois. »

Manhar s'adossa à la cloison et entreprit de réfléchir à son évasion.

Dattar faisait le trajet dans la voiture de tête. Il passa une dernière fois en revue le plan avec Rajiid.

« Tu as les bactéries ?

— Les boîtes isothermes sont en place.

— Et les armes ?

— Prêtes. S'il y a le moindre problème ou un policier trop curieux, les hommes sauront quoi faire.

— On de doit tuer un policier qu'en dernier recours. Essayons d'abord de discuter. Il faut juste qu'on ait le temps de placer les bactéries.

— Tu vas tuer Nolan ? demanda Rajiid.

— Oui. Dès qu'elle m'aura révélé où elle a planqué mon fric.

— Et Smith ?

— Lui aussi.

— Il est malin, tu me l'as toujours dit.

— Pas autant que moi. Et puis, j'aurai Khalil à mes côtés.

— Et Howell ?

— Khalil a dû s'occuper de lui. »

Rajiid serra les lèvres.

Dattar n'avait plus d'inquiétudes. Après avoir appris que Nolan voulait le rencontrer, pour « mettre un point final à cette histoire », comme elle l'avait présenté dans son message, il avait rappelé Khalil, feignant d'être plus calme, et il l'avait convaincu de se joindre à lui. « Ensemble, on est plus forts que seul. »

Dattar avait déjà pris contact avec son informateur à la CIA, ses instructions seraient suivies à la lettre. Il s'adossa à son siège et regarda défiler les lumières de l'autoroute.

Jon Smith s'était posté au coin de la rue où se trouvait la planque de la CIA, dans l'Upper West Side. Il regarda une camionnette s'arrêter le long du trottoir. Le chauffeur ouvrit la fenêtre et Peter Howell sortit la tête.

« Monte à l'arrière et regarde ce qu'on a ! »

Smith ouvrit les portes et fut accueilli par un nuage de fumée et par Andreas Beckmann, cigarette au bec, assis sur un tabouret au milieu de rangées de fils et d'équipement technologique. Un système de télévision aux écrans multiples et plusieurs ordinateurs occupaient presque tout l'espace. L'air empestait le tabac et la chaleur des ordinateurs.

« Belle installation ! dit Smith. Tu es sûr que c'est sans danger de fumer là-dedans ? J'ai l'impression de sentir les ondes électromagnétiques. Une étincelle et quelque chose va exploser.

— Sans cigarette, ce “quelque chose”, ce sera moi ! rétorqua Beckmann. Quelle organisation peut fournir un tel équipement en si peu de temps ? Ça me prendrait des jours et un monceau de paperasse avant de l'obtenir de la CIA, et le FBI n'a rien d'aussi récent ! »

Smith avait d'abord appelé Klein pour le matériel, puis Marty pour tout connecter. En fait, l'installation portait partout la marque de Marty, depuis les consoles de PC parfaitement alignées jusqu'aux fils classés par couleur sur les enrouleurs. Smith avait aussi demandé à Marty de gérer tout ça dans le véhicule, mais il avait refusé, préférant continuer à pister la taupe.

« Personne d'autre ne peut traquer ce type mieux que moi. Pirater les systèmes de la CIA s'avère un jeu d'enfant. »

La lueur dans ses yeux avait montré à Smith que Marty prenait grand plaisir à ce défi. Participer à une planque n'était pas aussi excitant.

Smith remit un fusil à Beckmann, qui vissa sa cigarette au coin de sa bouche pour inspecter l'arme.

« Joli ! Qu'est-ce que c'est ?

— Un lance-fléchettes anesthésiantes. C'est pour le gros gibier, mais ça marche sur les hommes. Si on veut savoir ce qu'il trame, il nous le faut vivant.

— Je préférerais tuer ce salaud !

— Moi aussi.

— Howell a en plus un fusil de sniper. Il va se mettre en position. Bonne chance ! »

Beckmann salua Smith qui verrouilla les portes. Chacune portait ce qui ressemblait à un logo – un cercle noir avec des spirales –, mais qui était en fait un miroir sans tain que l'on pouvait faire coulisser, pour viser et tirer sans ouvrir les portes.

Smith traversa la rue et monta dans la planque. Ils avaient choisi ce lieu après discussion. Il leur fallait un endroit qui leur permettait de couvrir la position d'en haut comme d'en bas. La planque présentait aussi l'avantage de ne pas avoir de voisins : la CIA possédait tout l'immeuble. Howell avait scrupuleusement scruté la rue, avant de remonter dans l'appartement, et ils se disaient que l'endroit serait aussi sûr que possible pendant les quelques heures dont ils avaient besoin. Smith espérait être parti depuis longtemps quand la taupe les retrouverait. Howell inspectait son fusil dans la cuisine.

« Tout est prêt ?

— Impeccable », répondit Smith.

Il prit un gilet et le micro que Rebecca porterait pour la rencontre.

« Elle est en haut ?

— Oui. Elle a dit qu'elle t'attendait. »

Smith trouva Rebecca dans la salle de bains, vêtue d'un jean et de son soutien-gorge.

« Je n'ai pas voulu m'habiller tant que tu ne m'aurais pas équipée », dit-elle.

Il lui montra le micro.

« C'est tout petit !

— Il le faut si on veut le dissimuler. S'il se passe quoi que ce soit, on est juste là.

— Et ça, qu'est-ce que c'est ?

— Un gilet pare-balles. Joli, tout fin, tu ne trouves pas ?

— Oui. Ça ne ressemble pas du tout à ce que portent les policiers dans la rue.

— C'est un tissage très dense de soie et d'autres fibres. C'est léger, mais ça arrête une balle aussi bien que du Kevlar.

— Cadeau de Mme Russell de la CIA ?

— Non. D'un ami. »

C'était Klein qui avait fourni le gilet.

Il accrocha le petit micro à sa bretelle de soutien-gorge et l'émetteur à la taille. Il lui présenta le gilet pour qu'elle glisse les bras dans les emmanchures, en prenant soin de ne pas effleurer ses blessures, mais il interrompit un instant son geste quand il vit qu'elle le regardait intensément.

« N'aie pas l'air si sinistre ! ironisa-t-elle. Il ne me tuera pas avant d'avoir accès à son argent.

— C'est ce que tu dis.

— C'est ce que je *sais*. Comment es-tu arrivé à ton grand âge sans te rendre compte que tout tourne autour de l'argent ? »

Elle avait un regard incrédule. Lui avait perdu depuis bien longtemps la certitude que l'argent pouvait résoudre tous les maux du monde.

« J'y suis arrivé parce que j'ai croisé bien des gens qui ne pensent qu'à ça. Tu crois que l'argent fait tout parce que tu vis sur une petite île, mais Dattar et ceux qui lui ressemblent ne raisonnent pas comme toi. S'il montre la moindre envie de te tuer parce qu'il est furieux, ou avant que tu lui aies rendu l'accès à tous ses comptes, je veux que tu prononces le mot de code et je me chargerai de lui. »

Elle prit son air buté.

« Tu ne peux pas. Howell m'a dit la vérité.

— Qu'est-ce que t'a dit Howell ? demanda Smith en fronçant les sourcils.

— Que si tu devais choisir entre moi et Dattar, tu as pour ordre de me laisser mourir. Dattar ne peut pas être tué avant d'avoir révélé son plan. Howell a dit que tes supérieurs avaient été très clairs à ce propos. »

Jon ne sut pas trop comment réagir. Il était vrai qu'on lui avait donné des ordres : certaines circonstances pouvaient exiger de sacrifier une personne pour en sauver un grand nombre. Klein, Howell et lui étaient convenus qu'il fallait absolument arrêter Dattar avant qu'il utilise son arme. Jon avait beau savoir que c'était vrai, l'image de Rebecca dans ses bras la nuit précédente s'imposa à lui, et tous ses instincts s'opposèrent de nouveau à l'idée de laisser Dattar lui faire du mal.

« Je n'ai pas pour habitude de faire l'amour à une femme et ensuite de l'offrir à un chien tel que Dattar. »

Il se concentra sur la fermeture des lanières du gilet. Il sentait ses yeux sur lui, mais il ne leva pas les siens avant d'avoir terminé.

« J'ai volé son argent, déclara-t-elle d'une voix ferme, je suis la seule responsable de ce qui m'arrive. Je t'ai dit et répété que je savais prendre soin de moi. Ce qui s'est passé hier ne change rien.

— Je n'utilise pas les civils comme boucliers, quels que soient mes ordres. »

Elle soutint son regard un moment, puis se dressa sur la pointe des pieds et colla ses lèvres aux siennes en un doux baiser.

« Ne t'en fais pas ! J'ai raison. Cette histoire, c'est une question d'argent. C'est mon rayon. Ça ira. »

Il aurait bien aimé la croire mais, d'expérience, il savait que tout pouvait mal tourner. Son seul espoir, c'était que, quoi qu'il arrive, ce ne serait pas une catastrophe. Il prit son pull et l'aida à l'enfiler.

« Première étape, Dattar.

— Oui. Allons-y ! »

Smith la suivit dans l'escalier. Howell était parti.

Le plan était simple. Rebecca allait s'asseoir sur un banc circulaire qui entourait un arbre. Le lourd sac de lingots à ses pieds, qui ralentirait la fuite de quiconque s'approcherait et chercherait à le voler. Elle avait organisé par courriel avec Dattar une série de livraisons quotidiennes étalées sur un mois, chacune devant être suivie d'un virement d'un million de dollars. Ils espéraient, de cette manière, multiplier les occasions de s'emparer de Dattar. S'ils ne parvenaient pas à le capturer la première fois, ils l'auraient la deuxième.

Dattar avait insisté pour qu'elle ait son ordinateur allumé avec elle, pour recevoir ses courriels. L'équipe n'était pas ravie de cette exigence, mais pour Dattar, ce n'était pas négociable. Marty surveillait le flux de données et relayait tout message envoyé par Dattar. Rebecca, quant à elle, avait insisté sur le fait qu'elle ne confierait les numéros de comptes et les mots de passe qu'à Dattar. Si un intermédiaire venait à sa place, le contrat ne tenait plus. Dès que Dattar se pointerait, ils l'encercleraient.

Ils sortirent dans la rue et se dirigèrent vers le banc, où le sac était déjà déposé. Smith gagna la camionnette, frappa deux fois et ouvrit les portes. Howell et Beckmann étaient à l'intérieur.

« Elle est en place, constata Howell.

— J'aurais préféré que tu t'abstiennes de lui révéler le pire scénario. »

Beckmann cessa de tripoter son talkie-walkie et regarda Howell qui prit son arme d'une main, se redressa et sauta de la camionnette, pour se retrouver près de Smith.

« J'ai pensé qu'elle devait être au courant. J'ai appris que c'était contre-productif de mentir à une femme. »

Beckmann pouffa. Howell lui jeta un regard furieux.

« Je ne laisserai pas Dattar la tuer », déclara Smith.

Howell ne parut pas surpris.

« Les ordres sont clairs. Si c'était un homme, est-ce que tu dirais la même chose ? Si c'était Randi ? »

Cette question fit réfléchir Smith. Il irait très loin, pour Randi, mais on ne pouvait pas comparer.

« Randi est un soldat. Elle, non. Et si c'était un homme, nous n'aurions pas cette conversation, parce que je ne serais pas aussi proche d'elle.

— Exactement ! Tu laisses tes émotions prendre le pas sur la raison d'État.

— Peut-être que j'en ai juste marre de vivre en marge. De combattre des animaux comme Dattar en rampant dans le même bourbier. »

Alors qu'il se détournait pour se mettre en position, Howell posa une main sur son bras.

« Le fait que ça te concerne tant montre que tu n'es pas comme lui. Beckmann et moi sommes là pour toi. On va l'avoir et on fera tout notre possible pour la garder en vie. »

Smith savait qu'il n'y avait plus rien à ajouter. Il retourna dans l'immeuble, monta à l'appartement, ouvrit la fenêtre et s'installa, face à la rue. Il aimait être en hauteur pour mieux voir, mais si quoi que ce soit tournait mal, il devrait descendre plusieurs étages pour atteindre Nolan. Lui qui était le plus jeune et le plus en forme du groupe, voilà qu'il se retrouvait loin de l'action, coincé sur son perchoir ! Il vérifia son fusil de sniper et se mit en position. Il ne restait qu'à attendre.

Dattar atteignit le coin de rue le plus proche du rendez-vous et s'arrêta pour vérifier son arme. Il sentit le canon d'un pistolet contre sa nuque.

« Je prends la moitié ! déclara Khalil.

— On en reparlera quand on aura la fille ! rétorqua Dattar en écartant l'arme d'un geste brusque. En attendant, garde tes menaces pour toi !

— C'est une embuscade, forcément, affirma Khalil.

— Bien sûr ! confirma Dattar en tendant à Khalil de petites jumelles. On est à plus d'un pâté de maisons, et regarde !

— Dans la camionnette, commenta Khalil. Et probablement d'une fenêtre en étage. C'est ce que je ferais, dit-il en rendant les jumelles à Dattar.

— Le sac, à ses pieds, contient un million de dollars en lingots d'or.

Lourd ! remarqua Khalil avec un sifflement. Tu imagines pouvoir t'emparer du sac et d'elle à la fois ? Ils t'abattront dès que tu t'approcheras.

— Je ne vais pas m'approcher d'elle.

— Comment est-ce que tu comptes avoir l'argent ?

— Je vais la faire venir à moi. Je viens de lui envoyer un courriel.

— Qu'est-ce que tu as écrit ?

— Qu'elle doit apporter le sac au coin de la rue. Si elle ne le fait pas, je donne le signal à mes hommes et elle sera responsable de ce qui se produira ensuite. J'ai ajouté que l'argent ne valait pas le nombre de vies innocentes qui seraient sacrifiées si elle n'obéissait pas. »

Dattar porta les jumelles à ses yeux et regarda Nolan consulter sa tablette. Elle tapa quelque chose et reposa la tablette. Le téléphone de Dattar vibra. Il ouvrit la réponse, la lut et émit un sifflement entre ses dents.

« Qu'est-ce qu'elle dit ?

— Que l'argent a une grande valeur et que des gens meurent chaque jour. »

Smith perçut des mouvements au bout de la rue. Des silhouettes s'approchaient de Nolan. Smith colla son œil au viseur : six hommes en uniformes noirs, bottes de combat, gilets en Kevlar, fusils de sniper en position de tir. Tous portaient des casques de transmission. Smith se concentra sur le premier et attendit qu'il soit à hauteur de la cachette de Howell. Nolan était à une vingtaine de mètres et ils l'avaient forcément vue. Personne ne la mettait en joue, pourtant, ce qui le rassura. Dans le téléphone que Smith avait placé près de lui, la voix de Howell se fit entendre, doux murmure dans l'appartement sombre.

« T'as vu ce groupe ?

— Oui. Dattar ? »

Smith ne quittait pas sa cible des yeux. L'homme ralentit en approchant de la cachette de Howell et se retourna pour parler à un membre de son équipe. Pendant un instant, les lettres sur sa chemise furent visibles.

« Beckmann, Howell, ne tirez pas ! C'est le FBI. Un commando d'intervention, sans doute.

— Mais qui les a appelés ? grogna Howell.

— Je n'en ai aucune idée, mais ils vont tout faire foirer. Si Dattar les voit, il va s'enfuir, c'est sûr ! »

Le téléphone de Smith vibra.

« Attendez une seconde ! »

C'était Marty.

« Il l'a contactée. Il lui a dit de venir au coin de la rue, sinon il va se servir de son arme. »

Smith bondit et gagna la porte de l'appartement, le téléphone contre son oreille, le fusil à la main. Si elle obtempérait, Dattar l'enlèverait.

« Qu'est-ce qu'elle a répondu ?

— Que l'argent a une grande valeur et que des gens meurent chaque jour, pouffa Marty. Elle résiste à son coup de bluff.

— Il ne bluffe pas ! » rétorqua Smith.

Il ouvrit la porte et se retrouva face aux yeux de Harcourt et au canon de son arme.

39

« POSE TON ARME ET RETOURNE dans l'appartement, ou je te tire une balle dans la tête ! » rugit Steve Harcourt.

Jon Smith laissa son fusil tomber par terre.

« Qu'est-ce que vous faites ? Je suis de votre côté ! On utilise Nolan comme appât. Dattar est tout près. Vous vous mettez en travers d'une mission !

— Ta gueule ! »

Il tapa un message.

« Jon, ils lui mentent ! s'écria bientôt Marty d'une voix affolée qui surprit Harcourt. Dattar lui a dit qu'il t'avait pris et il exige qu'elle vienne vers lui. Elle le fait !

— Qui est-ce ? »

Smith sentit sa tension monter en flèche. Une profonde amertume se changea bientôt en colère. Il garda le téléphone dans sa main.

« Howell, du MI6, sait que je suis ici. Si vous me tuez, il vous tuera ! »

Smith espérait que ce mensonge ferait son effet, mais Harcourt secoua la tête.

« Inutile de me mentir. Le FBI a cerné tes deux copains. Ou devrais-je dire les deux copains de Russell ? La CIA sait qu'elle est une taupe et on a demandé au FBI de l'arrêter, elle et tous ceux qui bossent pour elle. On va retenir Howell le temps de le transférer en Angleterre, dans les bras chaleureux du MI6. Donne-moi ce téléphone ! »

Smith le lança aux pieds de Harcourt, prêt à le frapper dès qu'il se pencherait pour le ramasser. Mais Harcourt ne quitta pas Smith des yeux et ne dévia pas son arme.

« Ramasse-le et tends-le-moi ! Tu me prends vraiment pour un imbécile. »

Smith se pencha. Il espérait que Marty avait écouté et qu'il resterait silencieux.

« Russell n'est pas une taupe, vous le savez ! »

Smith avait parlé assez fort pour que Marty l'entende. Aucun son ne sortit du téléphone, mais l'écran s'alluma quand Smith tendit l'appareil. La liaison n'était pas coupée. Il remit le téléphone à Harcourt qui l'éteignit.

« C'est le mot de passe de Russell qui est utilisé pour pirater le système. Allonge-toi par terre ! À plat ventre ! »

Harcourt regarda le téléphone et, au même instant, Smith fit un pas de côté et lui envoya son pied en pleine figure. Harcourt le sentit venir, mais réagit une fraction de seconde trop tard. Il tomba à la renverse. Un coup de feu partit, et une balle atteignit Smith au sternum. Il grogna en sentant le projectile s'enfoncer dans le gilet pare-balles et tituba sous le choc. Smith se rua sur Harcourt, sa fureur prenant le pas sur tout bon sens, le frappa au visage à l'instant même où l'autre tirait à nouveau. Smith sentit le nez de l'homme se tordre vers la droite et un jet de sang fusa.

Il saisit l'arme et l'arracha des mains de Harcourt, tandis qu'il se préparait à lui assener un autre coup sur le nez. La douleur paralysa ses phalanges, quand, au lieu du cartilage souple du nez, il frappa la pommette. Harcourt lança son poing, qui atterrit sur le bras gauche blessé de Smith.

Des bruits de pieds dans l'escalier indiquèrent à Smith que l'équipe d'intervention avait entendu les tirs et venait à la rescousse de Harcourt. Il sauta par-dessus son corps et remonta en courant jusqu'à la chambre qui donnait sur l'escalier de secours. La fenêtre était ouverte et Smith se glissa à l'extérieur sans prendre la peine de vérifier si l'équipe de Harcourt couvrait aussi l'arrière du bâtiment. Il bondit sur l'escalier et détacha la dernière échelle. Il entendit plus qu'il ne vit les hommes au-dessus de lui, leurs voix s'amplifiant alors qu'ils atteignaient la fenêtre. Smith ne leva pas la tête, il ne la baissa pas non plus vers la rue. Il se concentra sur chaque barreau et mit toute son énergie à descendre le plus rapidement possible. En haut, une voix cria :

« On l'a ! Sur l'escalier de secours. Tenez bon ! »

L'instant suivant, Smith entendit un coup de fusil à air comprimé. Ils avaient pris l'arme de Beckmann ou de Howell.

La fléchette l'atteignit à la nuque. Il la sentit se planter dans sa chair et grimaça à l'idée du tranquillisant qui allait se répandre dans son corps.

Il arracha la fléchette. Il arriva au coin avant que l'effet soit total. Chaque pas n'était plus qu'une suite de mouvements sans coordination et sa vision se troublait. Il tituba, seule l'adrénaline le faisait avancer.

Il tournait au coin de la rue quand une voiture argentée monta sur le trottoir et freina à un mètre à peine de lui. Randi Russell sortit la tête par la vitre qui venait de s'abaisser.

« Monte ! »

Smith se précipita du côté passager, ouvrit la portière à la volée, et s'effondra à l'intérieur. Ses pieds étaient encore dehors quand Randi passa la marche arrière. Elle écrasa l'accélérateur et la voiture descendit du trottoir, l'avant se mettant dans la bonne direction dès qu'elle tourna le volant. Une fenêtre arrière craqua et Smith entendit une balle le rater de peu. Il se battait toujours avec la portière quand Randi passa la première et que la voiture bondit vers l'avant. Elle fonça dans la rue et tourna au premier croisement. Malgré tout ce qui se produisait autour de lui, Smith avait du mal à rester éveillé. Il tenta de remercier Randi de l'avoir sauvé, mais ses lèvres refusèrent d'obéir aux ordres de son cerveau et d'articuler les mots. Son amie lui parut se déformer, son corps ondulant tel un drapeau dans le vent. Il savait que c'était à cause du tranquillisant, mais il n'arrivait pas à s'en inquiéter. Il décida de céder à la torpeur et ferma les yeux.

40

MANHAR SORTIT DU CAMION à la hauteur de la station de métro de la 191e Rue Ouest. Il avait déposé une première équipe à la station de la 72e Rue et Broadway. Les autres le suivirent. Tous avaient revêtu un gilet à bandes réfléchissantes et un casque de chantier. Il était 10 heures du soir, bien après l'heure de pointe. Rajiid disposa en cercle autour du camion des cônes orange et il ajouta un chevalet portant la mention « Chantier interdit au public ». De retour près de la remorque, il donna ses ordres, et ses hommes montèrent vite fait une tente pour dissimuler la zone aux curieux, juste au-dessus d'une grille du métro.

« Toi ! dit Rajiid en faisant signe à Manhar. Ouvre la bouche d'incendie. Les autres, sortez le tuyau. »

Ils retirèrent une portion de la grille et firent descendre l'extrémité du tuyau. Rajiid fit signe à Manhar :

« Ouvre l'eau ! »

Le tuyau se gonfla.

« Et maintenant ? demanda Manhar.

— On attend.

— On attend quoi ?

— Que l'eau inonde la station et que la MTA coupe le courant sur cette ligne.

— Ça va marcher ?

— Les infrastructures sont anciennes, et cette station est en zone inondable. On inonde deux stations à la file, en plus de celle de la 72e Rue. Ça ne prendra pas longtemps.

— J'entends bien l'eau couler, mais est-ce que tu crois qu'ils vont fermer la station ?

— Je planifie ça depuis deux ans. Ils vont la fermer. Va chercher des mâts et une toile ! Il faut qu'on isole une portion du quai, en bas. »

Une heure plus tard, un employé de la MTA s'arrêta près du camion. Rajiid glissa un pistolet dans sa ceinture, le cacha sous un pan de son gilet de chantier et s'avança pour saluer le nouveau venu avant qu'il ne puisse passer la barrière.

« La station est inondée, fit remarquer l'employé, mais il ne pleut pas.

— C'est une rupture de canalisation. On y travaille. Fais-leur couper le courant. Il y en a pour vingt minutes, au pire.

— Laisse-moi le temps de prévenir le centre de contrôle, soupira l'homme.

— On va attendre, concéda Rajiid en haussant les épaules. L'eau va créer un court-circuit.

— Je vais leur dire d'envoyer une équipe.

— D'accord. »

L'employé s'éloigna. Rajiid retourna dans l'enceinte.

« Allez chercher les boîtes isothermes ! Toi, ordonna-t-il à Manhar, viens avec moi ! Les autres, restez en surface et continuez à déverser de l'eau. »

Manhar regarda le type près de qui il avait fait le trajet à l'arrière du camion prendre deux boîtes isothermes et suivre Rajiid dans la station. Manhar se figea. Il n'arrivait pas à se décider. Partir en courant ? Où ? Dans quelle direction ? Il ne savait toujours pas ce que Rajiid avait prévu. Au bout d'un moment, il les suivit. La station sentait la boue et les ordures.

« Et les caméras ?

— Désactivées.

— En coupant le courant ?

— Non. Ça aurait éveillé des soupçons. On a juste déconnecté à la source le câble qui les alimente.

— Pourquoi l'eau monte-t-elle si vite ?

— On a aussi mis deux pompes hors service. Ça va noyer les rails », conclut Rajiid avec un sourire.

L'eau continuait de se déverser et une partie du flot laissait échapper de la vapeur.

« C'est de la vapeur chaude ? demanda Manhar.

— Six cents volts dans le rail électrifié. Ça chauffe l'eau qui va finir par bouillir, et il y aura un court-circuit. D'ici une heure, moins si cet employé fait son travail et parvient à couper cette section. »

Rajiid fit signe au sous-fifre : « Dépose les boîtes isothermes ici et monte l'écran. Aide-le ! » ordonna-t-il à Manhar.

Le type rangea les boîtes et se mit à planter les mâts. Un métro arriva et fit gicler l'eau sur le quai. Les portes s'ouvrirent, des gens descendirent et gagnèrent la sortie aussi vite qu'ils le pouvaient, sans un regard pour les « ouvriers ». Les portes du métro se refermèrent et il repartit. L'écran était en place, les boîtes isothermes étaient cachées derrière, et Manhar rejoignit Rajiid qui regardait l'eau tomber.

« Mais si vous utilisez du sarin ou du gaz moutarde, est-ce que vous ne devriez pas attendre que la station soit pleine de monde ? Il n'y aura personne à gazer si elle est fermée ! »

Manhar espérait que sa question pousserait Rajiid à lui révéler ce qu'il avait réellement prévu.

Rajiid haussa un sourcil.

« Qu'est-ce qui te fait croire qu'on utilisera du gaz ?

— J'ai vu des bidons de gaz moutarde dans le camion. Et vous avez aussi ça, dit Manhar en montrant les boîtes isothermes.

— On a le gaz, oui, mais seulement en cas d'urgence. Si on l'utilise, ils fermeront le métro dès sa découverte, et la plupart des passagers s'enfuiront indemnes. On ne tuerait que très peu de gens. Ce qu'on a là est bien plus efficace. Ça va en tuer des milliers. Mais il faut d'abord que l'électricité soit coupée sur les rails. C'est pour ça qu'on attend. »

Rajiid gagna l'extrémité du quai et s'accroupit pour regarder l'eau. Manhar s'accroupit près de lui ; il transpirait de plus en plus à mesure que l'eau montait.

41

DATTAR FERMA LE POING ET FRAPPA Rebecca Nolan en pleine figure. Khalil lui maintenait les bras dans le dos. Ils étaient à l'arrière d'une camionnette et roulaient en direction de la station de métro de la 191e Rue, où Rajiid attendait que se produise un court-circuit.

« Dis-moi où et comment récupérer à mon argent ! »

La tête de Nolan était tombée en avant. Comme elle ne la redressait pas, Dattar pensa un moment qu'elle était peut-être inconsciente mais, quand Khalil lui tordit un bras un peu plus fort, elle gémit.

Dattar tira un couteau de sa botte. « Pose sa main par terre ! »

Khalil changea de position et aplatit la paume de Nolan sur le fond de la camionnette. Dattar ficha son couteau dans la chair, entre l'index et le pouce. Elle sursauta mais n'émit aucun son.

« Je veux mon argent ! T'as dix minutes pour me dire où il est, sinon, on tue Smith ! »

Elle leva la tête.

Ah ! C'est donc ça qui la touche, songea Dattar. De plus, il constata l'effort immense qu'elle déployait pour ne pas réagir à la douleur infligée par le couteau. La camionnette s'arrêta et Dattar retira son arme de sa main. « Sors ! »

Khalil ouvrit les portières à l'arrière et la tira hors du véhicule. Sa main saignait, mais elle ne s'en inquiéta pas.

Dattar fut content de constater que la tente camouflait bien la zone. Quand il entra, un homme en train de fumer une cigarette assis sur la bouche d'incendie se leva d'un bond.

« Où est Rajiid ?

— En bas. Il attend le court-circuit.

— Des civils sur le quai ?

— Aucun.

— Et les ascenseurs ?

— On a tendu des rubans en plastique pour en interdire l'accès. Ils sont si souvent hors service que ça n'étonne personne.

— Des employés ?

— Un. On s'en est déjà occupé. »

Dattar fit signe à Khalil. « On va entrer par Broadway. Amène-la. On va lui faire déposer les bactéries. »

Il partit vers l'entrée de la station sur Broadway. Ses hommes avaient barré l'escalier d'un autre ruban jaune et noir et peu de gens circulaient sur le trottoir.

Dattar descendit les quelques marches jusqu'à un tunnel étroit, long, sombre, au plafond en arc de cercle et aux murs carrelés. Le tunnel se prolongeait sous trois pâtés de maisons. Les bottes de Dattar résonnaient sur le sol en béton. Le tunnel sentait le renfermé.

Dattar sauta par-dessus le portillon. L'air était lourd d'humidité, en partie à cause de la vapeur que produisait le rail électrifié. Le petit groupe s'approcha du bord du quai et regarda en contrebas.

L'eau emplissait la cavité. Elle frémissait, elle bouillait, même, au-dessus du troisième rail. Dattar tourna la tête sur sa gauche et trouva Rajiid au bout du quai, accroupi à côté de Manhar. La situation promettait d'être intéressante. Du coin de l'œil, il vit Khalil se raidir. Au même instant, Manhar leva les yeux et une expression de terreur presque comique passa sur son visage.

« Qu'est-ce que tu fais là ? s'étonna Khalil.

— J'aide », répondit Manhar en se redressant.

Quand il découvrit l'œil au beurre noir de Nolan et sa main en sang, il pâlit. « Je suis content que tu aies survécu à l'attaque de Smith, dit-il presque comme s'il venait de se rappeler l'incident.

— C'est pas grâce à toi ! »

Dattar remarqua le sourire de Rajiid, quand il regarda Nolan.

« Comme tu peux le constater, Rajiid, tous nos problèmes seront bientôt résolus. Elle va me rendre ce qui m'appartient de droit et, ensuite, je pense que c'est elle qui devrait déposer les bactéries… avec celui-là, dit Dattar en montrant Manhar, puisqu'il est si serviable. »

Khalil ricana.

« Comment ça se passe, à la 72e Rue ? demanda Dattar à Rajiid.

— La MTA a arrêté la ligne. Ça a été très vite inondé, comme je l'avais prévu. Notre équipe dit que la MTA est déjà là, et que ses hommes font sortir les passagers des métros. Ça devrait les occuper un moment.

— Et alors ? Quand est-ce que cette station coupera le courant ?

— Bientôt. C'est presque inondé. Dès que ce sera fait, j'imagine qu'ils enverront une équipe ici, mais plus réduite. On devrait avoir au moins vingt minutes devant nous. »

Il y eut une petite explosion et les signaux de la station s'éteignirent.

Rajiid se leva, un air de triomphe sur le visage. « Le rail électrifié a sauté. Khalil, dis aux autres de couper l'eau et d'apporter la pompe ! »

Khalil montra Rajiid : « Qu'il le fasse !

— Non, à moins que tu veuilles déposer les bactéries ? » rétorqua Dattar.

Khalil fronça les sourcils et partit.

Pendant tout ce temps, Nolan était resté à la droite de Manhar, les yeux baissés, les épaules voûtées. Dattar s'approcha d'elle.

« Dis-moi où est l'argent ! »

Elle leva la tête. Il lut la douleur sur son visage, mais autre chose aussi. On disait qu'elle avait des nerfs d'acier et qu'elle restait impassible même quand soufflait un vent de folie sur les marchés du monde entier. Elle était capable de sortir victorieuse du marasme qui entraînait la chute des autres. Il voyait soudain sa détermination surnaturelle à l'œuvre, et ça le rendait nerveux. Il fit donc ce qu'il faisait toujours quand quelqu'un le rendait nerveux : il la frappa. Son poing atterrit au même endroit qu'auparavant et le corps de Nolan oscilla. Elle tituba et tomba en arrière. Manhar, à côté, ne bougea pas. Rajiid, l'air vaguement las, reporta son attention sur le troisième rail.

« Pour la dernière fois : dis-moi où est mon argent !

— Non ! » rétorqua la jeune femme en levant la tête.

La mâchoire de Manhar s'ouvrit et il la regarda, incrédule. Rajiid se tourna de façon à leur faire face, mais resta accroupi.

« Pas avant que vous me prouviez que Smith est encore en vie », déclara Nolan.

Dattar sentit l'excitation monter en lui. Personne ne lui avait jamais refusé quoi que ce soit sous la torture, et personne n'en était sorti vivant. Il fit un pas vers elle.

« Avant que tu t'y mettes, si on lui faisait placer les bactéries ? suggéra Rajiid. Après, elle ne sera plus en état de rien faire. »

Dattar se refréna et approuva du chef.

Rajiid s'approcha de la première boîte isotherme, l'ouvrit et retint son souffle.

« Qu'est-ce qu'il y a ? demanda Dattar.

— La couleur n'est pas bonne. Ce lot risque d'être fichu. »

Rajiid ouvrit la seconde boîte et en sortit un autre flacon.

« Alors ? s'inquiéta Dattar.

— Celui-là a l'air mieux, même si, sans microscope, je ne suis certain de rien.

— Est-ce qu'on en a assez avec une seule boîte ?

— Il faudra bien. N'oublie pas qu'une fois les bactéries libérées, elles se multiplient très vite. Mettez des gants, ordonna Rajiid à Manhar et Nolan.

— Je ne les déposerai qu'au fond de votre gorge ! » déclara Nolan d'un air sombre.

Dattar en avait assez. Il tira son couteau et s'avança, mais son cousin lui saisit le bras avant qu'il ne la poignarde.

« Laisse tomber ! » conseilla Rajiid.

Rajiid se tourna vers Nolan. « Tu places les bactéries ou on tue Smith !

— Non. "Place les bactéries ou on tue Smith !" "Dis-moi où est l'argent ou on tue Smith !" Vous avez prévu de le tuer, de toute façon. Je ne vous aiderai pas. Si vous voulez tuer des milliers de personnes, vous devrez le faire vous-même et mourir avec elles. »

Rajiid retint Dattar plus fermement encore. « Je vais te tuer ! » hurla-t-il à Nolan.

Elle le regarda droit dans les yeux.

« Et je mourrai avec tout votre argent placé bien en sécurité. Et alors, qui paiera pour les armes, les munitions et l'entretien de votre immense propriété au Pakistan ? Pour toutes vos femmes ? Vous oubliez que je sais ce que ça coûte, d'être comme vous.

— Une fois cette bactérie en place et mon plan à l'œuvre, j'aurai assez d'argent pour acheter et revendre le monde entier. Mes comptes me seront rendus, tout comme mon pays. Rien que ma mine recèle assez de pierres précieuses pour payer tout ça et plus encore.

— *Si* ça marche, ricana Nolan. Vous avez vidé les mines Redding. Vous n'en tirerez plus rien, et vous avez eu la brillante idée de tuer le seul homme en mesure de faire fonctionner l'entreprise qui fournit l'énergie. Vos hommes en sont incapables. Je ne sais pas ce que vous mijotez, mais il vaudrait mieux que ce ne soit pas trop compliqué, sinon là aussi ça va capoter. Quoi qu'il arrive, il vous manquera vos 200 millions. Si vous me tuez, vous n'êtes pas près de regagner cette somme ! Vous avez besoin de moi, Dattar, et je vais passer un marché avec vous.

— Qu'est-ce qui te fait croire que tu es en position de négocier ? »

Elle lui rit au nez.

Dattar échappa à Rajiid et fonça sur elle, couteau levé. Il la coupa à l'épaule et ouvrit une longue estafilade le long de son pull. Du sang jaillit. Il s'apprêtait à la tuer, quand Rajiid l'arrêta.

« Aide-moi à le retenir ! » cria-t-il à Manhar.

Dattar sentit le jeune homme passer un bras autour de son cou et tirer.

Nolan regarda par-delà l'épaule de Dattar et elle se figea.

Khalil arrivait. Il tenait un couteau, lui aussi, et s'approchait d'elle avec calme. Elle se pressa contre le mur. Il posa le couteau contre son cou, juste sous son oreille gauche, et le fit tourner. Du sang jaillit de nouveau. Il déplaça ensuite la pointe du couteau jusqu'au bord de son œil droit.

« L'argent que tu détiens est intéressant, c'est vrai, mais si tu continues à m'énerver, je n'hésiterai pas à te tuer. Ne me tente pas. Mets-toi au boulot ou gare à tes yeux ! Si tu ne places pas les bactéries, d'autres le feront à ta place. Cela ne t'avancera à rien de t'entêter, cela te coûtera seulement la vue. »

Il s'écarta. Elle le regarda. Au bout d'un moment, elle baissa les yeux, prit une profonde inspiration et décida d'obéir. Elle enfila un gant en caoutchouc sur sa main blessée, ce qui la fit grimacer, puis mit le second sur sa main valide et s'approcha des boîtes isothermes. De celle des bactéries sans doute encore vivantes, elle sortit un plateau qui contenait plusieurs flacons, chacun rempli d'un liquide jaune.

« Qu'est-ce que je fais ? » demanda-t-elle à Rajiid.

Il lâcha Dattar, la rejoignit et retira de la boîte un plateau sur lequel reposaient six récipients plats contenant une sorte de gélatine. « Verse les bactéries sur cette substance ! »

Nolan saisit le premier flacon de sa main valide mais, quand elle tenta d'en dévisser le bouchon avec sa main blessée, elle poussa un petit cri. « Je ne peux pas ! »

Rajiid tendit la main et dévissa les flacons, dont il versa le contenu sur les bases gélatineuses. « Maintenant, il faut tester la température de l'eau. »

Khalil montra Manhar du menton. « Toi ! Vas-y ! »

Manhar lâcha Dattar et s'approcha des boîtes isothermes. Rajiid lui tendit un thermomètre, que Manhar regarda, terrifié. « Tu es sûr que le troisième rail est déconnecté ? Est-ce que l'eau est électrifiée ?

— Pour le moment, le rail est éteint. Si tu continues à nous faire perdre du temps, ils vont le remettre en service. »

Rajiid lui fit signe de descendre et Manhar se laissa glisser vers la voie.

Dattar se rapprocha pour regarder. « Quelle température doit avoir l'eau ? »

Rajiid s'accroupit au bord du quai. « Il ne faut pas qu'elle soit trop chaude. La bactérie meurt si l'eau est à plus de trente-cinq degrés. Comme l'eau bout à cent, je suppose qu'elle n'a pas encore assez refroidi, mais on va voir. »

Manhar plongea le thermomètre dans l'eau.

« Alors ? s'impatienta Dattar.

— Quatre-vingts.

— Pfft ! fit Rajiid. Trop chaud. Khalil, dis aux gars d'en haut de rouvrir l'eau ! On va ajouter de l'eau fraîche. »

Khalil partit. Quand Manhar remonta sur le quai, il était en nage.

« S'ils remettent le courant dans le troisième rail, est-ce qu'on pourra placer les bactéries ? demanda Dattar.

— Non. C'est pour ça qu'on a intérêt à refroidir cette eau assez vite. Quelqu'un de la MTA va finir par se pointer pour tenter de réparer la panne.

— Dans ce cas, ce gars sera tué, déclara Dattar avec cynisme. Je ne suis pas venu de si loin pour qu'on m'arrête. Toi, t'es une voleuse, dit-il à Nolan. On punit les voleurs en leur coupant les mains. Si tu me rends l'argent, tu resteras en vie, mais sans mains. Si tu ne me le rends pas, tu mourras. »

42

QUAND JON SMITH SE RÉVEILLA, Randi Russell et le docteur Ohnara étaient penchés sur lui. Randi avait une mine horrible. Ohnara, lui, arborait une expression pensive et effrayée. Smith regarda autour de lui. Il lui sembla être couché sur le dos, sur le carrelage d'un labo. Quelque chose de doux soutenait sa tête, comme une sorte d'oreiller de fortune. « Où est-ce que je suis ?

— Dans le laboratoire Medicon Corporation, répondit Ohnara. Randi Russell t'a amené. Comment te sens-tu ? »

Smith parvint à s'asseoir. Il sentait des pulsations dans sa tête et tout fut noir un moment.

« Aspirine ! » parvint-il à croasser.

Une minute plus tard, une main lui tendit une tasse.

« C'est pas de l'aspirine, fit-il remarquer en respirant l'odeur intense du café, mais je vais le prendre. Quelle heure est-il ? » Randi consulta sa montre. « Minuit. »

Il but une gorgée, pensa à Rebecca Nolan et sentit la tristesse l'envahir, mais il résista. Elle avait des cartes à jouer, contre Dattar, et il espérait qu'elle les jouerait assez bien pour rester en vie jusqu'à ce qu'il la retrouve.

« Merci d'être arrivée au bon moment ! dit-il à Randi, assise sur un tabouret face à lui. Comment tu as su où j'étais ?

— Marty m'a appelée, et Klein aussi.

— Klein ?

— Je lui avais demandé de me tenir informée de toute action entreprise par le FBI ou le Département de la Sécurité intérieure. Il m'a signalé que Harcourt avait ordonné à la CIA de t'arrêter, qu'il te soupçonnait d'activités terroristes, et ses "oreilles" lui ont appris que Harcourt savait où tu étais et qu'il envoyait une équipe d'intervention. Marty m'a dit où te trouver.

— Et Howell ? Et Beckmann ?

— Beckmann est incarcéré par le FBI. Howell a réussi à s'échapper. On ne sait pas où il est.

— Besoin d'aide pour te lever ? demanda Ohnara.

— Oui. »

Ohnara lui tendit un bras et Smith parvint à se hisser sur un tabouret. Il regarda Ohnara : « Racontez-moi tout !

— Je ne peux pas déterminer si la grippe aviaire qu'a attrapée Mme Russell est la même que celle attachée à la *Shewanella* de l'échantillon du réfrigérateur, soupira le professeur. Il est extrêmement difficile de contracter la grippe aviaire sans contact étroit avec un animal infecté. La distance que Mme Russell a maintenue entre elle et l'échantillon semble écarter cette possibilité. De plus, le choléra a pratiquement disparu et la *Shewanella PR-1* ne provoque pas de maladie.

— Malgré tout, demanda Smith à Randi, tu as quand même dans l'idée que cet échantillon a joué un rôle, non ? »

Elle hocha la tête.

« Prenons les choses sous un autre angle. Dites-moi à nouveau ce qu'on sait de la *Shewanella*. Bactérie à Gram négatif. Vit sous l'eau dans un environnement anaérobie, est conductrice d'électricité.

— Non seulement elle est conductrice d'électricité, mais, en réalité, elle s'en nourrit. On ne comprend pas bien comment, mais ses nanofils s'attachent aux métaux ou aux sources électriques et communiquent avec eux. Je n'insisterai jamais assez sur le fait que, pour autant qu'on le sache, elle ne provoque aucune maladie d'aucune sorte.

— Et si elle était transformée en arme ? demanda Randi.

— Je ne vois pas comment ce serait possible. La plupart des armes bactériologiques possèdent en elles-mêmes des capacités toxiques. Dans la mesure où cette bactérie en est exempte, c'est une piètre candidate pour ce type d'utilisation. En fait, ce serait plutôt l'inverse : elle peut créer de l'énergie, et comme elle se nourrit de métaux, on s'en sert dans les rivières de façon bénéfique.

— Bactérie DMRB.

— Traduction, s'il vous plaît ! réclama Randi avec un sourire.

— Il s'agit des bactéries ferro-oxydantes.

— Oh, c'est beaucoup plus clair !

— On peut les utiliser pour réduire les métaux lourds dans l'eau. Le fer, des métaux dans ce genre », expliqua Ohnara.

Smith commençait à y voir plus clair. Il regarda le laboratoire et vit une série de fioles et de boîtes de Petri sur une paillasse. « Qu'est-ce que c'est ?

— J'ai demandé d'autres tests, déclara Randi.

— C'est la bactérie. Je la fais se développer dans des milieux aérobie et anaérobie. »

Smith se leva. Il fut heureux de sentir que ses jambes le portaient. Il s'approcha des fioles et les scruta. « Quand elles communiquent par leurs nanofils, qu'est-ce qu'elles font ?

— Elles colonisent. Ça forme un biofilm. On pense qu'elles respirent sans avoir besoin d'oxygène, en utilisant les fils pour communiquer les unes avec les autres, jusqu'à ce que, finalement, la portion du biofilm qui est en contact avec l'air transmette l'oxygène aux niveaux inférieurs. Le nanofil d'électricité est aussi ce qui conduit l'oxygène. »

Smith retourna à son café et regarda les fioles. Qu'est-ce qui lui échappait ? La sonnerie d'un téléphone retentit. Randi consulta l'écran.

« C'est Klein. Je le mets sur haut-parleur.

— Mademoiselle Russell ?

— Et Ohnara et Smith.

— Smith, tu es réveillé ? »

Smith haussa les épaules – par réflexe, puisque Klein ne pouvait le voir. « Randi m'a donné du café. Ça aide.

— J'ai surveillé les transmissions du FBI et de la police de New York, et j'ai appris quelque chose d'intéressant : le NYPD considère que vous êtes des criminels. Russell serait un agent de la CIA qui agirait pour son propre compte et serait devenue une taupe au sein de l'agence, et toi le tueur de la femme de Landon Investments. Vous êtes signalés comme étant armés et dangereux. Inutile de dire que j'ai trouvé ça surprenant.

— J'ai une assez bonne idée de qui a lancé ces rumeurs : Harcourt », déclara Smith.

Randi leva brusquement la tête et le regarda. « C'est une blague ?

— Non. Est-ce que Marty ne t'a rien dit ? Il me menaçait de son arme quelques minutes avant que tu viennes à mon secours.

— Tout ce que Marty a dit, c'est que le FBI tentait de t'arrêter par erreur.

— Aucune erreur. Harcourt les a lancés à notre poursuite. Il a découvert que Marty utilisait ton mot de passe pour accéder au système de la CIA. Je crois qu'il se sert de ses contacts étroits avec le NYPD pour pousser les flics à nous considérer comme des suspects, moi dans le cadre de l'incident chez Landon, toi pour avoir permis qu'on pirate le système informatique de la CIA.

— S'il vous plaît, intervint Klein, demandez à M. Ohnara de sortir de la pièce. J'aimerais vous parler à tous deux de sujets classifiés.

— D'accord. Je vais chercher du café, dit Ohnara en refermant la porte derrière lui.

— Il est parti ?

— Oui, confirma Smith.

— C'est une situation délicate. Je ne peux pas expliquer à la CIA votre statut au sein du Réseau Bouclier, et si je peux neutraliser le FBI avec un vague argument lié à la sécurité internationale et à une mission secrète, je pense que la CIA ne tardera pas à me contrer.

— On est donc livrés à nous-mêmes, conclut Smith. Ce n'est pas la première fois.

— Pas entièrement. On est deux à jouer à ce petit jeu. Je vais faire de mon mieux pour laisser entendre que c'est Harcourt la taupe, et demander qu'il soit placé en détention.

— Quelque chose dans ces transmissions qui pourrait nous indiquer où Nolan et Dattar peuvent bien être ?

— Rien. Les seules nouvelles, c'est qu'une station de métro de l'Upper West Side, et maintenant une autre juste au sud d'Inwood, ont été fermées pour cause d'inondation. Apparemment, les pompes toutes neuves ont cessé de fonctionner.

— Est-ce que c'est très inhabituel ? Le métro de New York est souvent inondé. Les infrastructures sont vieilles, fit remarquer Randi.

— Tout est sec, dehors, raisonna Smith.

— Ce qui ne signifie pas grand-chose, conclut Klein. Ces pompes retirent quotidiennement cinquante à soixante millions de litres d'eau du réseau. Dès qu'elles s'arrêtent, l'eau s'accumule vite. Les pompes en question étaient neuves. Ce n'est peut-être rien, mais j'ai pensé que vous deviez le savoir. Les stations de métro, comme le réseau électrique, sont des cibles privilégiées pour toute activité terroriste. J'ai pour habitude de les surveiller de près.

— Est-ce qu'ils ont fermé les stations ?

— Pas seulement ça : ils ont éteint le troisième rail. L'électricité est coupée. »

Une idée germa dans l'esprit de Smith. Il posa si vite sa tasse que du café gicla sur la paillasse en Formica. Randi le regarda, intriguée.

« Mais c'est ça ! Je crois que j'ai compris ! »

On frappa à la porte et Ohnara passa la tête et une main tenant un café. « Est-ce que je peux entrer ?

— Absolument ! J'ai une théorie.

— Laquelle ?

— La *Shewanella* n'est pas l'arme, ce n'est que le vecteur. Celui qui a volé les boîtes isothermes a compris comment lui faire conduire non seulement de l'oxygène, mais un virus, par ses nanofils. C'est pour ça que le virus de la grippe aviaire y est attaché. La *Shewanella* le fait remonter !

— On vient d'apprendre que le rail électrifié du métro a été coupé, docteur Ohnara, compléta Randi.

— Et si la bactérie était ajoutée au rail métallique ? continua Smith en regardant Ohnara. Alors, quoi ? À quelle vitesse est-ce qu'elle colonise et voyage ? »

Ohnara pâlit au point que Smith crut qu'il allait s'évanouir. « Sur le rail électrifié ? Dans le métro ? Je ne peux pas en être certain, mais dans des conditions idéales, elle pourrait doubler toutes les quarante minutes. Avec une source d'électricité aussi puissante, qui sait ?

— Où se termine la ligne ? demanda Klein d'une voix tendue.

— C'est justement le problème, dit Smith. La bactérie se nourrit à la fois du métal et de l'électricité. Le rail du train se termine, oui, mais l'électricité qui l'alimente se ramifie dans tout le réseau électrique de la ville.

— Et dessert chaque immeuble, chaque appartement qui y est relié, comprit Klein.

— Les nanofils vont envoyer le virus dans l'air, ajouta Ohnara. La version mutée, qui peut facilement se transmettre d'homme à homme…

— Tu as des armes, Randi ? demanda Smith.

— Un Uzi, un couteau et un Beretta, énuméra-t-elle en prenant ses clés de voiture.

— Ça suffira. On y va ! »

43

MANHAR REDESCENDIT DU QUAI pour gagner le troisième rail. Ses pieds avançaient péniblement dans l'eau épaisse et puante. Il y plongea le thermomètre. « Quarante-deux ! annonça-t-il à Rajiid, qui jura en ourdou en entendant ce chiffre.

— Ajoutez de l'eau ! » cria-t-il dans le combiné d'une cabine téléphonique accrochée au mur.

Le tuyau recommença à déverser de l'eau fraîche sur la voie. Manhar resta sur place et vit un rat mort flotter près de lui. Il voulait quitter ce pays abject, s'éloigner de Rajiid, de Dattar et de tous les autres, fuir dès qu'il le pourrait. Il regarda Nolan. Elle saignait toujours, mais ne semblait pas se préoccuper de ses blessures. Manhar détestait les femmes qui contrôlaient leurs émotions – c'était contre nature. Rester stoïque en toute circonstance était propre aux hommes, pas aux femmes.

C'est alors que Dattar laissa exploser sa colère, il hurlait contre Rajiid et agitait les bras pour donner plus de poids à ses cris perçants.

Bon, se dit Manhar, *ce n'est peut-être pas vrai pour tous les hommes !* Manhar avait entendu dire qu'une fois, Dattar avait écorché vif un Européen pour le punir d'il ne savait quel affront. Manhar ne souhaitait pas être le prochain. Pour l'instant, il était coincé : il devait coopérer.

« Vérifie à nouveau ! » cria Rajiid pour couvrir le fracas de l'eau qui tombait en cascade.

Manhar remit le thermomètre à zéro et le replongea dans le flot : « Trente-huit.

— On y est presque », se rassura Rajiid.

Manhar regagna le quai et se hissa dessus. C'est alors qu'il perçut des pas dans l'escalier.

Un homme vêtu d'un gilet à bandes réfléchissantes et d'un casque de chantier arriva en courant. Il tenait un talkie-walkie et s'arrêta net en voyant Rajiid, Dattar, Manhar et Nolan. « Qu'est-ce que vous faites là ? s'étonna-t-il. Cette station va être fermée dans le trois prochaines heures. Vous devez tous partir. »

Khalil apparut derrière lui, leva son arme munie d'un silencieux et lui tira une balle dans le dos. Manhar regarda le corps tomber. Nolan émit un petit gémissement.

Rajiid eut l'air irrité. « J'aurais pu le baratiner, lui dire qu'on était de la MTA. Maintenant, s'il ne répond pas à leurs appels, ils vont envoyer quelqu'un pour voir ce qui se passe.

— Et combien de temps tu crois que ça va prendre ? rétorqua Khalil en haussant les épaules. Ils vont appeler, il ne répondra pas, ils penseront qu'il est occupé, et d'ici qu'ils en envoient un autre, l'eau aura refroidi, on aura placé la bactérie et on aura filé depuis longtemps. Toi, dit-il à Manhar, jette le corps sur la voie ! Assez loin pour qu'on ne le voie pas du quai.

— Et qu'il ne gêne pas les métros ! Je veux que le réseau fonctionne à pleine vitesse pendant l'heure de pointe, pas que tout s'arrête pour évacuer un cadavre », ronchonna Dattar.

Manhar se leva et se dirigea vers le corps de l'employé. Il mesurait au moins un mètre quatre-vingts. Aucune chance que Manhar puisse le déplacer tout seul. « J'ai besoin d'aide, dit-il. Ce mec est trop gros.

— Va l'aider ! » ordonna Dattar à Nolan.

Elle n'avait pas émis un son, et elle arborait à nouveau cette expression fermée qui lui était coutumière. Elle se leva et rejoignit Manhar. Il passa les mains sous les bras de l'homme, qu'elle saisit par les chevilles. Ils traînèrent le corps au bord du quai et le déposèrent au sol, le temps de sauter sur les voies. Puis ils le reprirent et s'éloignèrent dans le tunnel, au-delà du tuyau qui déversait l'eau. À mesure qu'ils marchaient, l'obscurité s'épaississait. La seule lumière venait des quelques ampoules au plafond et de la signalisation. À une trentaine de mètres, un renfoncement permettait à une personne de se mettre à l'abri. Manhar le montra du menton et y installa le corps assis, veillant à ce qu'il ait les bras pliés sur les genoux pour qu'un conducteur de métro ne s'aperçoive de rien en s'approchant. Manhar fouilla les poches de l'homme et en sortit un portefeuille. Il l'ouvrit, prit l'agent et jeta le portefeuille aux pieds du cadavre. « Viens ! » dit-il à Nolan.

Elle regardait le tunnel, et Manhar n'eut aucun mal à deviner ce qu'elle pensait, malgré son visage impassible.

« Laisse tomber ! Ils te rattraperaient. »

Nolan se retourna et le suivit en silence.

Au bout du quai, Rajiid tendit le thermomètre à Manhar. « Vérifie ! »

Il lui arracha le thermomètre de la main et résista à l'envie de lui répondre de vérifier sa putain de flotte lui-même.

« Trente-cinq.

— Que le spectacle commence ! annonça Rajiid avec un grand sourire. Toi, dit-il à Nolan, rapproche les fioles du bord du quai. Ensuite, tu iras appliquer le gel sur le rail. Je veux qu'il soit appliqué directement sur le troisième rail, pas sur la poutrelle métallique qui le recouvre. Tu dois l'étaler partout, en glissant la main dessous.

— Est-ce que l'eau ne va pas tout faire partir ? demanda Dattar.

— Non. Le gel va fixer le bactérie. Et elle adore l'eau, ce n'est donc pas un problème.

— Est-ce que c'est prudent de rester là ?

— Tant que tu n'y touches pas, il n'y a aucun danger, mais dès que le courant sera remis, je te conseille de quitter New York. »

Nolan se traîna jusqu'aux boîtes isothermes et s'empara du panier métallique qui contenait quatre fioles. Une goutte de sang tomba de son cou.

« Et ne contamine pas les fioles avec ton sang ! »

Elle se redressa.

Manhar vint à sa rencontre et prit une fiole. Il alla étaler la substance gélatineuse sur le troisième rail, en progressant le long du tunnel. Nolan s'affairait près de lui, tête baissée. Elle évita de regarder l'endroit où ils avaient caché le corps quand ils le dépassèrent. Manhar avançait aussi vite qu'il le pouvait. L'eau qui fraîchissait permettrait au troisième rail d'être à nouveau électrifié, et il ne voulait pas se retrouver les pieds dans l'eau et les mains sur le rail quand ça arriverait. Les signaux lumineux clignotèrent et Manhar se mit à transpirer.

Nolan travaillait aussi fiévreusement que lui. Tous deux portaient des gants et prenaient la substance gélatineuse avec leurs doigts, puis l'étalaient sur le rail. Le pire, dans cette tâche, c'était de s'enfoncer dans le tunnel. De temps à autre, Manhar entendait un rat sauter dans l'eau ; plein d'insectes morts et d'ordures flottaient alentour. Nolan poussa un petit cri de surprise, quand un rat bondit sur le troisième rail et fila à toute vitesse sur cette étroite piste métallique.

Manhar continuait à étaler le gel tout en essayant de prévoir comment s'éloigner de New York au plus vite. Dattar les surveillait depuis le quai. Manhar avait compris que Nolan lui avait volé de l'argent, et qu'il ne la quitterait pas des yeux avant de le récupérer. Quand ils eurent épuisé tout le gel, ils pataugèrent en sens inverse et se hissèrent sur le quai. Au même instant, l'eau près du troisième rail frissonna.

« Ils ont remis l'électricité, dit Rajiid en consultant sa montre.

— Trois de nos hommes viennent de s'écouler, morts, déclara Khalil en arrivant près d'eux.

— Bon, ce sont les comprimés-suicide qui font leur effet, se réjouit Rajiid. Ils sont à déclenchement différé.

— Est-ce qu'ils vont tous mourir d'un coup ?

— Non. Par étapes. »

Manhar frémit. Ils avaient donc pensé qu'il allait mourir comme les autres. Il avait menti pour eux, tué pour eux, et maintenant ils voulaient qu'il meure pour une cause qui n'était pas la sienne ! Il allait prendre la situation en main.

Rajiid consulta sa montre.

« Filons d'ici, dit Dattar. Je ne veux pas rester pendant que cette bactérie se multiplie. Est-ce que l'hélicoptère est là ?

— Oui, et l'avion à l'aéroport, confirma Rajiid.

— Tu montes ! ordonna Dattar à Nolan. On va transférer les fonds. »

Nolan claudiqua vers Dattar. Manhar se dit qu'elle n'avait plus beaucoup de forces. Il savait que, dès que Dattar lui aurait coupé les mains, elle se viderait de son sang et mourrait. C'était ce qui se passait quand les vaisseaux n'étaient pas immédiatement cautérisés. Il l'avait vu en Afrique. Mais ce n'était pas son problème. Son problème, c'était de filer d'ici – loin, le plus loin possible. Rajiid ferma la boîte isotherme et la jeta dans un coin, derrière une poubelle. Dattar, Khalil, Manhar et Nolan prirent la direction de la sortie.

44

Klein pénétra dans la Salle de Crise où le président Castilla l'attendait, en compagnie d'un agent du Secret Service. Le président hocha la tête et l'agent sortit en refermant la porte derrière lui.

« Dites-moi quelles sont ces nouvelles si urgentes ! demanda Castilla.

— Je crois que nous avons découvert pourquoi les terroristes ont volé la bactérie. »

Il exposa la théorie de Smith et lui parla des dysfonctionnements dans le métro.

Castilla s'agita. « Je crois devoir vous informer que le directeur des renseignements m'a transmis une note concernant Russell et Smith : la CIA pense qu'elle a trahi et que lui est un de ses acolytes. »

Klein ne fut pas surpris. La CIA avait dû le tenir informé des actions contre Russell et Smith.

« Et le directeur, est-ce qu'il croit cette rumeur ? Techniquement, placer des agents de terrain à des postes de responsabilité au sein de la CIA, c'était son idée. Dès le départ, la CIA n'a pas apprécié cette décision.

— En fait, c'est moi qui ai pris la décision. À l'époque, le directeur était d'accord avec moi. Lui aussi pense que Randi Russell est un bouc émissaire commode. Il m'a pourtant assuré qu'il n'interférerait pas avec la manière dont la CIA gérait la situation, à moins d'avoir la preuve qu'on porte contre elle de fausses accusations. »

Klein s'assit dans un fauteuil en face du président. « Je suis convaincu que Smith est irréprochable, tout comme Russell. Je crois en effet qu'il y a une taupe à la CIA, mais je ne pense pas que ce soit elle. »

Castilla regarda Klein sans un mot. Klein le laissa réfléchir à ce qu'il venait de lui dire.

« Mettons cette question de côté pour l'instant, proposa le président. Parlez-moi du métro. Avez-vous envoyé la police de New York pour vérifier ? Et l'officier du FBI responsable de la région ?

— Ni l'un ni l'autre. Smith craignait qu'ils ne dépêchent toute une équipe, qui aurait alors risqué d'être infectée par le virus. Ça m'inquiète aussi. J'ai bien peur que la station de la 72e Rue soit déjà investie par le personnel de la MTA, parce que c'est là que la panne a commencé. La bonne nouvelle, c'est qu'ils ont inspecté le troisième rail, et qu'ils ont informé le NYPD qu'ils n'avaient rien trouvé d'inhabituel. Quant à la station de la 191e Rue, j'ai accepté de donner à Smith le temps d'aller y vérifier sa théorie.

— Est-ce que la police de New York a demandé l'intervention d'une équipe spécialisée dans le terrorisme bactériologique ?

— Non. Le NYPD a la conviction que Smith est un tueur et Russell une taupe, et je crains fort qu'il n'informe la vraie taupe qu'on est au courant du plan, et que Dattar ne s'enfuie avant qu'on puisse l'arrêter. Surtout qu'un officier de la CIA travaille actuellement au sein de l'unité de renseignement du NYPD. Il s'appelle Harcourt, et il est en liaison directe avec l'agence. Ce qu'ils vont découvrir risque d'être immédiatement transmis à l'agence et donc à la taupe. Il vaudrait mieux que cet incident soit résolu par les seuls agents du Réseau Bouclier.

— Dattar est le moindre de nos problèmes. On va d'abord mettre le métro en sécurité et laisser Smith faire la reconnaissance initiale. Ensuite, on pourra envoyer la police nettoyer la zone et arrêter les suspects.

— Avec tout le respect que je vous dois, je ne crois pas qu'on puisse se permettre de laisser Dattar nous filer entre les doigts. Et si la théorie de Smith était fausse ? On reviendrait à la case départ et Dattar se serait envolé depuis longtemps. Il faut donner à Smith le temps de vérifier tout ça.

— D'accord. Nous ferons comme vous dites. Quel serait, d'après vous le pire scénario ?

— Supposons que Russell et Smith ne trouvent pas la source ou ne la neutralisent pas ?

— Oui.

— La *Shewanella* va se multiplier rapidement et se mettre à communiquer par ses nanofils pour faire remonter le virus. Il se propagera le long du réseau électrique dans toute la ville. Chaque endroit fourni en courant sera touché dans la région de New York. Tous ceux qui seront infectés deviendront porteurs du virus et potentiellement contagieux. Il y a plus de huit cents kilomètres de voie et cinq millions de passagers du métro, un jour de semaine. Dès que la bactérie commencera à diffuser le virus dans l'air, ces cinq millions de personnes y seront exposées.

— Avec pour conséquence une pandémie de grippe. Taux de mortalité ?

— Nous pensons qu'il s'agit d'une mutation du H5N1. La grippe aviaire normale a un taux de mortalité de cinquante pour cent. Celle-ci tue quatre-vingt-dix-sept pour cent des malades. Aucun traitement connu. »

Castilla se leva et se mit à arpenter la pièce. Klein comprenait son agitation.

« Et si on coupait le courant sur le troisième rail à la station concernée ? La bactérie perdrait alors son moyen de transport.

— Oui, le centre de contrôle peut couper des sections du réseau, et ça ralentirait la progression, à coup sûr, mais la bactérie peut aussi générer sa propre électricité, qui sera transportée par le métal du rail. Elle finira de toute façon par accéder à une section alimentée du rail.

— Combien de temps ?

— J'ai entendu dire qu'elle peut doubler toutes les quarante minutes. Quelle distance du rail peut-elle parcourir sans source extérieure d'électricité ? Je n'en sais rien. Et à cela s'ajoute un autre problème : on n'est pas sûr d'avoir identifié la bonne station. Le moyen le plus efficace d'arrêter la bactérie serait donc de mettre tout le réseau du métro hors circuit.

— Ce serait une mesure extrême ! remarqua Castilla en cessant de marcher. De plus, si je donne un ordre aussi radical, la direction du NYPD l'apprendra forcément ; résultat : l'information sera transmise à la taupe, Smith sera en danger et Dattar prendra la fuite.

— J'y ai pensé. La police a de fréquents contacts avec le centre de contrôle du métro.

— Je préfère qu'on ne ferme que la station concernée, pendant un temps assez court pour que les voyageurs restent dans les voitures, mais suffisamment long pour que Smith vérifie sa théorie.

— D'accord.

— Je donne une demi-heure à Smith. C'est assez pour qu'il fouille la station ?

— Je crois. Surtout que maintenant, en pleine nuit, il y a quinze à vingt minutes entre chaque rame, ce qui devrait lui donner un peu plus de temps si on calcule bien le moment de la fermeture. Pouvez-vous faire couper l'électricité dans la zone qui entoure la station de métro suspecte ? En ciblant une petite section de chaque côté ? Peut-être juste le transformateur qui approvisionne le quartier en question ?

— Probablement..., répondit le président Castilla après un temps de réflexion, mais pourquoi ?

— Pour deux raisons : la signalisation fonctionne sur un circuit électrique distinct du réseau du troisième rail, et Smith veut qu'il fasse noir. De plus, certaines stations sont équipées de caméras. La moitié sont en panne, de toute façon, mais j'ai essayé de me renseigner et je n'arrive pas à savoir si celles de la station fonctionnent. Je n'ai pas très envie qu'on surprenne Smith et Russell en pleine action.

— Accordé ! Et s'ils découvrent que la bactérie a effectivement déjà été déposée ? Qu'est-ce qu'on fait ? On dit à tout le monde d'éteindre lumières et appareils électriques ? Pour éviter au moins qu'ils n'attirent ce truc chez eux – ça pourrait nous laisser un peu de temps.

— Même si les habitants obéissaient tous, les téléviseurs resteraient allumés.

— Qu'est-ce que vous voulez dire ? s'étonna Castilla.

— Un téléviseur reste en veille.

— D'accord ! Black-out total. On coupe l'électricité de tout New York. Pas le moindre courant.

— Oui, je crois qu'on ne peut pas l'éviter. La bactérie se multiplie très vite dans des conditions idéales, comme je vous l'ai dit, mais la détruire pourrait être faisable si Smith arrive à temps.

— On va donc commencer en douceur, décida le président en s'asseyant. D'abord, on ferme une section. Une demi-heure maximum. Ça donne à Smith le temps de faire son enquête dans la station concernée. Il trouve et règle le problème : c'est fini. Il n'y parvient pas : on coupe le courant dans toute la ville. De quoi a-t-il besoin pour l'éliminer ? D'eau de Javel ? D'alcool ? »

Klein prit une profonde inspiration.

Castilla leva les mains. « Chaque fois que vous faites ça, je sais que vous vous préparez à me donner d'autres mauvaises nouvelles.

— Je suis désolé ! C'est bien le cas. La *Shewanella* peut former un biofilm. C'est un cas rare, dans la nature. Ce biofilm n'est sensible à aucune substance. Même la Javel ne l'atteindra pas. La chaleur tuerait la bactérie au départ, mais dès qu'elle forme ce biofilm, elle est devient résistante. Il faut la racler mécaniquement. Vous voyez donc le problème : si on la laisse s'étendre, on n'aura aucun moyen technique de la racler sur huit cents kilomètres de rail.

— Je passe l'appel tout de suite », dit Castilla en décrochant son téléphone.

45

SMITH ENTRA DANS UN DRUGSTORE pour acheter des lampes-torches, des piles électriques et deux paires de gants en caoutchouc. Randi était chargée des bouteilles d'eau et de l'aspirine. Ils se retrouvèrent près des caisses.

Randi avait une mine plus affreuse encore sous les néons du magasin, la peau pâle et luisante de sueur, les lèvres gercées, les cheveux ternes. Elle avait rassemblés en queue-de-cheval, mais les mèches retombaient sur son visage. Elle avait insisté pour l'accompagner, malgré sa faiblesse, et Smith savait qu'il n'aurait pas pu l'en empêcher.

« Le ruban adhésif, c'est pour quoi ? demanda-t-elle en regardant dans son panier.

— Pour fixer les torches à la taille et nous donner plus de liberté de mouvement.

— Bien. Tu crois que Klein va pouvoir nous trouver d'autres armes ?

— Peut-être, mais on ne peut pas compter dessus. À chaque minute, la bactérie s'étend un peu plus.

— Si on a raison...

— Oui. Et il faut espérer que c'est le cas. Je ne voudrais pas être complètement passé à côté.

— On a raison, dit-elle en gagnant la sortie. Je le sens. »

Il ne répondit pas. Ils quittèrent le magasin et remontèrent dans leur voiture de location.

Dix minutes plus tard, Randi s'arrêta à quelques mètres de la station de la 181e Rue et coupa le moteur.

« Klein va orchestrer un black-out partiel, dit Smith. On aura trente minutes à partir de l'extinction des feux. »

Il portait encore son gilet pare-balles, mais Randi n'en avait pas.

« Il faut qu'on s'équipe mieux. Prends le gilet, je me charge du fusil.

— Pas question. C'est toi qui dois retirer la bactérie. Je ne suis que la force d'appoint.

— Je ne te vois pas du tout dans ce rôle.

— Tu devrais. Nous avons avant tout besoin de ton expertise pour nous sortir de cette situation, beaucoup mois de la mienne.

— On va passer un marché : quand on approchera de la cible, tu prendras la tête et tu attireras leurs tirs pendant que je travaillerai sur le rail. Dans ces conditions, tu auras besoin du gilet.

— D'accord, passe-le-moi ! »

Ils ouvrirent leurs portières respectives et descendirent de la voiture. C'est alors qu'ils discernèrent une ombre entre deux immeubles.

« Sortis se promener ? demanda Howell.

— Content de te voir ! se réjouit Smith en lui donnant une tape sur l'épaule. Klein t'a mis au parfum ?

— Je connais tous les détails. Où est Beckmann ?

— Retenu par le FBI.

— Dommage ! Alors, quel est le plan ?

— C'est la station juste au sud de la cible, répondit Smith en désignant la bouche de métro. On entre, on saute sur la voie et on gagne le quai de la 191e Rue.

— Je suis armé, dit Howell en leur montrant son fusil de sniper, et prêt à affronter qui on veut. Je vous suis ! »

Ils allaient descendre dans la station quand Smith repéra un Noir, la trentaine, de longues tresses, une housse de guitare avec des bretelles comme un sac à dos. Il regardait fixement Smith et Russell en s'approchant d'eux. Arrivé à leur hauteur, il annonça : « Belle nuit pour chasser le rat ! Livraison spéciale, mon frère. M. Klein m'a demandé de te donner ça. »

Il fit glisser les bretelles de ses épaules. Smith lui prit la housse et faillit la laisser tomber, surpris par son poids.

« Plutôt lourd, pour une guitare !

— Je suis d'accord, sourit l'homme, mais c'est ce qui se fait de mieux. Bonne chance ! »

Il adressa un signe de tête à Russell et Howell et partit.

« Qu'est-ce qu'il y a là-dedans ? voulut savoir Howell.

— Mes armes, je suppose. J'ai demandé un AK-47, deux Beretta et des grenades lacrymogènes. Tu sais, au cas où…

— Bien sûr ! Puis-je suggérer un mouvement en tenaille ? J'arriverai de la station Dyckman au nord et vous de celle-ci ? S'ils tentent de s'enfuir par le tunnel, je les attraperai. Pousse-les vers moi ! Je serai prêt à leur tendre une embuscade.

— Bien. On te donne vingt minutes pour te mettre en place. C'est bon ?

— Parfait !

— Les réverbères de la rue vont s'éteindre en premier. Souviens-toi que ça n'affecte pas le troisième rail, alimenté par un système différent. J'attendrai d'être certain que tu es en position avant de donner le signal pour le déconnecter. Bonne chance ! »

Howell partit au pas de course ; au même moment, les réverbères s'éteignirent. Smith consulta sa montre. Vingt minutes plus tard, il envoya un texto à Klein.

« On a une demi-heure », dit-il à Randi.

Ils descendirent dans la station plongée dans l'obscurité. Smith évita une femme qui montait et marmonna des excuses qu'elle n'entendit probablement pas. Deux autres passagers suivirent, l'air résigné.

Un jeune homme vêtu d'un T-shirt coloré et qui portait un skate-board dans son sac à dos lui fit un signe amical. « Les lumières se sont éteintes. Je crois qu'il y a peu d'espoir de voir arriver une rame.

— Je suis de la MTA, tu as raison. Il y a beaucoup de gens en bas ?

— Non, juste ces deux gars, la dame et moi.

— Bien. J'espère que tu n'es pas trop loin de chez toi !

— Je vais rentrer en skate. Ça sera cool ! »

Smith rejoignit Randi. Elle sauta par-dessus le portillon. Smith la suivit et atterrit de l'autre côté. Sans s'arrêter, il alluma une torche scotchée sur sa hanche. Dirigée vers l'avant, elle projetait un rayon qui éclairait bien la route. Le quai était vide.

Smith sortit de la housse de guitare un AK-47 muni d'une lanière pour le porter en bandoulière. Il enfonça de nouveau les mains dans la housse et sentit un pistolet qu'il inséra dans sa ceinture. Ce n'était pas tout. Il récupéra aussi un sac à dos en nylon. Il trouva l'ouverture, l'agrandit et plongea la main dedans pour voir ce qu'il contenait. Il reconnut au toucher des grenades lacrymogènes et le cylindre d'un filtre de masque à gaz, et sourit quand il se rendit compte qu'il y en avait deux. Il prit le sac, l'assura sur son dos et abandonna la housse de guitare par terre. Quand ils sautèrent sur la voie, de l'eau gicla.

« L'inondation va nous ralentir.

— J'aurais préféré qu'on puisse marcher de front, observa Randi. Ça ne me plaît pas trop qu'on soit en file indienne quand on tombera sur Dattar et ses sbires.

— J'ai tout autant peur du troisième rail. Il est presque toujours protégé, mais il y a des petites sections découvertes. Si quelqu'un a l'idée de remettre le courant, je ne voudrais pas être tout près. »

Il continua sa route, Randi derrière lui. Le tunnel sentait la poussière et la moisissure, mais ce n'était pas aussi nauséabond qu'il l'avait craint. Le plafond était soutenu par des arches en béton et les murs étaient en briques. Comme chaque bruit résonnait en écho, ils gardèrent le silence.

Smith avait calculé que ça leur prendrait quinze minutes pour gagner l'autre station. Bientôt, il sentit la boue commencer à faire ventouse sous ses semelles. Ses pieds et ses mollets étaient trempés. À un moment, quelque chose se dégonfla sous sa chaussure, comme le corps dense d'un petit animal.

Souris ou rat, se dit Smith.

Au bout de dix minutes, ils arrivèrent à un renfoncement. Smith pivota pour que la torche fixée à sa hanche éclaire la zone, mais n'y trouva rien. Il fit signe à Randi de continuer.

Cinq minutes plus tard, il crut percevoir des bruits devant lui. Il s'arrêta et éteignit sa torche. Randi fit de même. Ils restèrent totalement immobiles et entendirent une éclaboussure, plus proche, cette fois. Smith en eut la chair de poule et son cœur s'accéléra. Quelqu'un ou quelque chose était dans le tunnel avec eux.

46

DATTAR, KHALIL, MANHAR et Rajiid avaient fait trois pas vers la sortie, quand les lumières s'éteignirent. Manhar crut un instant à la fin du monde. Il entendit des pas et les jurons étouffés de Khalil.

« Qu'est-ce qu'ils ont fait ? Est-ce qu'ils ont de nouveau coupé le courant du troisième rail ?

— Les lumières dépendent d'un système différent, répondit la voix de Rajiid à la droite de Manhar. Ça dépasse le cadre de la station.

— T'as une torche ? » demanda la voix dure de Dattar tout près de l'oreille de Manhar.

Manhar perçut le son d'une éclaboussure derrière lui et il en frémit. Des rats sautaient dans l'eau.

« Il y en a une dans la boîte isotherme, dit Rajiid. Je vais la chercher. »

Manhar le sentit gagner la poubelle. L'obscurité totale le désorientait. Il entendit une sirène au loin et les gouttes qui tombaient régulièrement du tuyau. Un bruit sourd, puis un autre juron, de Rajiid, cette fois.

« C'est quoi, le problème ? demanda Dattar.

— Je me suis cogné le gros orteil contre cette foutue boîte ! »

Après quelques bruits d'objets déplacés, une lumière s'alluma. Rajiid balaya la zone de se torche et s'arrêta sur Khalil, Dattar et Manhar.

« Où elle est ? » demanda Dattar.

Rajiid promena le rayon sur tout le quai. Nolan était partie.

« Elle a mon argent ! » hurla Dattar.

Manhar ne pouvait pas voir le visage de Rajiid, mais il l'entendit émettre un petit grognement.

« Elle doit être dans le tunnel. Khalil, est-ce qu'elle aurait pu te dépasser et monter l'escalier ?

— Impossible, répondit Khalil.

— Trouvez-la ! Tout de suite ! Elle a mon argent, rugit Dattar. Manhar, dans le tunnel ! »

Manhar tenta de trouver une raison plausible pour ne pas descendre dans le boyau. « On ne sait pas de quel côté elle est partie. Il faut explorer dans les deux directions. Et on a besoin de torches.

— Elle est dans l'obscurité. Si elle peut avancer, toi aussi ! rétorqua Dattar. Rajiid, donne-lui la torche. Khalil, accompagne-le et trouvez-la ! »

Manhar s'avança vers Rajiid, qui tenait toujours la torche. Il la lui remit avec une grimace.

« Combien de temps avant que la bactérie envahisse le tunnel ? demanda Manhar.

— Quarante minutes si le troisième rail est éteint, moins s'il est encore sous tension.

— Et ensuite ?

— Dix minutes de plus et elle aura doublé. À ce stade, il faudrait que tu te tiennes juste au-dessus des zones où tu l'as appliquée pour être contaminé. Au bout de vingt minutes, elle se sera répandue sur cinq mètres dans chaque direction. Au bout de quarante minutes, ce sera trente mètres.

— Qu'est-ce qu'elle transporte ?

— Une mutation du virus H5N1. Assez virulente pour déclencher une pandémie.

— Est-ce qu'on y survit ?

— Trois pour cent des malades. Quatre-vingt-dix-sept pour cent meurent. Si tu l'attrapes, pas la peine d'aller à l'hôpital. Ils ne pourront rien pour toi. Seul le temps dira si tu survivras ou non.

— En route ! hurla Dattar.

— J'y vais, mais j'ai besoin d'une arme.

— On la veut en vie, idiot !

— Donnez-moi votre couteau. Je ne la tuerai pas. »

Dattar soupira et tendit le couteau et un pistolet à Mahar, qui prit les deux et arracha la torche des mains de Rajiid. *Des lâches, tous les deux ! Ils ne veulent pas entrer dans le tunnel pour faire le sale boulot*, rumina Manhar.

Khalil s'approcha. « On y va ! T'as pas intérêt à partir, Dattar. Si quoi que ce soit se passe dans le tunnel, je compte sur vous deux pour venir nous soutenir. »

Dattar agita un pistolet en l'air. « Je ne pars pas sans elle. Je croyais que j'avais été clair. »

Khalil grogna et alluma un briquet. La flamme vacilla. Manhar trouva la lumière ridiculement faible, mais Khalil était un expert en chasse à l'homme et il se dit que ça devait lui suffire. Il éclaboussa autour de lui en sautant sur la voie, tourna sa torche vers la gauche, du côté où il avait déposé le corps, et ne vit rien. Il la tourna vers la droite et ne vit rien non plus.

« On va tous les deux à gauche, déclara Khalil. C'est par là qu'elle est allée.

— Comment tu le sais ? »

Khalil montra le bord du quai : quelques gouttes de sang bien rouge luisirent dans le rayon de lumière.

« Ah oui, t'as raison ! J'avais oublié qu'elle saignait.

— Toi d'abord ! » dit Khalil avec un sourire méprisant.

Manhar ne voulait pas passer le premier. Il n'aimait pas l'idée d'avoir Khalil dans son dos, un pistolet à la main. « On peut avancer de front.

— Pas question que je marche près du troisième rail.

— Bon, alors c'est moi qui marcherai de ce côté.

— Comme tu veux. »

Ils se mirent en route. Manhar ne s'inquiéta pas du bruit de ses pas dans l'eau. Qu'elle les entende venir ! En avançant, il balayait de gauche à droite avec sa torche pour couvrir toute la voie. Il n'y avait rien, et elle ne faisait pas de bruit non plus. Au loin, retentirent de nouveau des sirènes. Ils arrivèrent au niveau du cadavre. Khalil ne le regarda pas. Quelques pas plus loin, Khalil s'arrêta. Il leva une main et Manhar se figea lui aussi. Loin devant eux, ils entendirent des bruits d'eau, puis tout fut silencieux.

Khalil se colla contre le mur à sa gauche.

47

JON SMITH ET RANDI RUSSELL AVANÇAIENT TOUJOURS. Elle lui tapa sur l'épaule. « Je passe devant. Quand ils commenceront à tirer, il faut que tu sois derrière moi, tu t'en souviens ? »

Smith ralentit et elle le doubla. Il continua derrière elle. De temps à autre, le mur du tunnel était interrompu soit par un ancien passage voûté condamné, soit par un renfoncement donnant sur un escalier métallique menant à la surface. Randi ralentissait avant chaque ouverture pour s'assurer que personne n'y était planqué en embuscade.

Ils n'avaient parcouru que sept mètres quand Smith eut l'impression que quelqu'un venait en sens inverse. Il posa une main sur l'épaule de Randi et elle s'arrêta.

« Il y a quelqu'un », lui murmura-t-il à l'oreille.

Elle chuchota en retour : « Je vais tirer la première. Baissons-nous et gagnons une ouverture. »

Ils s'accroupirent et continuèrent leur progression en tandem jusqu'à un renfoncement.

« Je suis prêt. Tu me donnes le signal et j'allume la torche.

— Un, murmura-t-elle, deux, trois. »

Il alluma et Randi déclencha le tir avec son Uzi. Il sentit son corps vibrer à chaque recul de l'arme et le bruit agressa ses tympans. La torche projetait une lueur grise et ses tirs perçaient l'obscurité plus loin dans le tunnel. Smith distingua alors deux hommes à une cinquantaine de mètres d'eux.

Il ne leur fallut que quelques secondes pour répliquer. Il vit les étincelles sortir de l'arme de celui de droite. Le revêtement du mur devant Russell éclata et il l'entendit grogner quand des éclats la touchèrent au visage. Il éteignit la torche et poussa Randi plus avant dans le renfoncement. Une balle frôla son oreille.

« T'en as vu combien ? demanda-t-il.

— Deux. Mais seul celui de droite a tiré.

— Continuons à tirer par rafales tous les quelques mètres. Cette fois, cours vers la gauche et, quand on atteint la prochaine ouverture, tu t'abrites. Il faut qu'on arrive à la bactérie. La station est derrière eux.

— Un, deux, trois ! »

Elle repartit sur les voies et tira en courant vers la gauche. Cette fois, Smith n'alluma pas la torche. Il resta presque derrière elle tout en utilisant son AK-47 en semi-automatique. La réplique fut rapide, mais passa sur leur droite. Russell avançait toujours, avec Smith qui tirait et priait pour qu'une balle d'un des deux hommes ne le frappe pas en pleine poitrine. Il cherchait vainement un renfoncement.

« Un, deux… »

Randi ne faiblissait pas. Smith non plus. Elle repartit vers la droite. Cette fois, il n'y eut pas de réplique. Il continua à tirer. Ils couraient presque. Smith poussa un soupir de soulagement quand le flash de son arme révéla enfin une ouverture, sans escalier, cette fois, mais assez profonde pour les dissimuler, Randi et lui. Ils approchaient du but quand Smith perçut un mouvement. Il retint Randi et colla le dos contre le mur, puis il avança petit à petit son arme brandie devant lui. Dès qu'il put passer un bras dans l'ouverture, il alluma sa torche. Le canon de son arme était à moins d'un mètre du visage de Rebecca Nolan.

« Ne tire pas, c'est moi ! » dit-elle.

Smith déglutit et sentit son corps se détendre. Elle vint lui entourer la taille de ses bras. Il l'enlaça et déposa un petit baiser sur sa tempe. Elle le serra plus fort. Elle tremblait contre lui et, comme elle n'avait jamais montré sa peur auparavant, il mesura toute l'horreur de la situation. « Combien sont-ils ?

— Quatre, et une équipe en haut.

— Je suis Randi Russell. Est-ce qu'ils sont tous armés ?

— Probablement, oui. Khalil et Dattar, c'est sûr. Les deux autres, je ne sais pas.

— Ils t'ont fait du mal ? » murmura Smith.

Elle resta silencieuse. La colère monta en lui au point que son visage s'enflamma.

« Je suis en vie, dit-elle enfin, et en un seul morceau. »

Il la reconnut mieux dans ces paroles courageuses, mais elle le serrait toujours très fort.

« Est-ce qu'il a récupéré son argent ? demanda Randi.

— Non. L'attentat était leur priorité.

— Dites-nous tout ce que vous savez, mais vite, parce qu'ils sont tout près. »

Rebecca raconta ce qu'ils avaient fait, et Smith se sentit à la fois soulagé et écœuré de constater que sa théorie était la bonne.

« Combien de temps il nous reste ? demanda Randi.

— Sept minutes, répondit Smith après avoir éclairé sa montre.

— Qu'est-ce qui se passera alors ? voulut savoir Rebecca.

— Le troisième rail sera remis sous tension. Est-ce que tu sais combien de renfoncements on va trouver, entre ici et le quai ?

— Un seul et… il y a un… corps, dedans.

— Qui ?

— Un employé de la MTA. Il est intervenu…

— Prêts ? lança Randi.

— On avance. Tu restes là. Dès que tu penses que c'est sans danger, cours vers le sud. Prends ça ! insista Smith en sortant le Beretta de sous sa veste. Le chargeur est plein et il a une visée laser. Tu sais tirer ?

— Je me débrouillerai.

— Et prends ça aussi ! dit-il en lui donnant son téléphone. Dès que tu recevras un signal, appelle l'Anacostia Yacht Club, dans les contacts, et dis à l'homme qui répondra que la théorie de Smith était la bonne. Dis-lui que Dattar est ici et qu'il doit envoyer le NYPD pour qu'il cerne la station, mais qu'en aucun cas les policiers ne doivent descendre sans masque de protection.

— Sur quelle longueur avez-vous étalé les bactéries? demanda Randi.

— Sept mètres au moins. Ça veut dire que c'est à une trentaine de mètres de là où nous sommes. Un des hommes de Dattar craignait pourtant qu'une partie des bactéries ne soient déjà mortes.

— Il faut qu'on y aille Smith ! Un... »

Smith sentit les paumes de Rebecca de chaque côté de son visage. Elle lui fit baisser la tête et l'embrassa.

« Deux...

— S'il te plaît, ne te fais pas tuer !

— Trois ! »

Randi sortit dans le tunnel, Smith sur ses talons.

Ils tirèrent à l'unisson tout en courant, puis Smith tapa sur le dos de Randi. Elle s'arrêta et il l'incita à s'accroupir près de lui.

« Pas de réplique. Ça ne me plaît pas, dit-il.

— Je suis d'accord. Ils mijotent quelque chose.

— Une idée ?

— Aucune.

— Alors, on continue.

— Un, deux, trois ! »

Ils repartirent. Smith estima qu'ils étaient à mi-chemin du prochain renfoncement quand il vit trois armes tirer face à eux. Cette fois, Randi grogna. Elle tituba en arrière et il la retint en passant son bras gauche autour de sa taille tout en continuant à tirer de la main droite. Quand il mit un genou à terre et l'entraîna avec lui, il sentit des éclats de pierre tomber sur sa tête. Loin devant, à gauche, il vit le canon d'une arme visant leurs agresseurs. Howell ! Il entendit un cri après un des tirs. Howell avait fait mouche. Randi s'échappa de ses bras et se remit sur pied.

« On se rabat ! dit Smith. Vise à droite. Ne touche pas Howell à gauche. »

Il tira sans interruption tout en reculant. Randi, à sa gauche, un peu en arrière, tirait aussi. Ils retournèrent dans le renfoncement où ils avaient trouvé Nolan. Elle était partie.

« Touchée ?

— Oui. Le gilet a arrêté la balle. Mais ça fait quand même un mal de chien à l'impact. Ça m'a coupé le souffle un instant. »

Il y eut un frémissement. Smith crut percevoir les vibrations du troisième rail quand l'électricité fut rétablie. Il consulta sa montre. « La demi-heure est écoulée. »

48

DATTAR ENTENDIT LE TROISIÈME RAIL REPRENDRE VIE. Il recula derrière une partie du mur qui cachait l'escalier. Khalil, Manhar, Rajiid et deux autres de l'équipe, dont un avec une blessure à l'épaule qui saignait, se tassèrent près de lui. Il avait beau vouloir continuer à tirer, l'arrivée d'un adversaire par la droite en plus des deux à gauche nécessitait de se mettre à couvert.

« Le rail est électrifié, dit Rajiid. On y va ! »

Dattar distinguait mal les traits de Rajiid dans le noir, mais il était clair qu'il s'attendait à ce que son cousin soit d'accord.

« À ton avis, qui est dans ce tunnel ? Smith ?

— Difficile à dire.

— J'ai vu son visage un instant. Je pense que c'était lui, intervint Khalil.

— S'il est ici, il va faire foirer le plan !

— Il faut partir !

— Pas sans mon argent ! On récupère Nolan d'abord !

— Oublie l'argent ! Il est perdu. Le rail est électrifié, t'as pas entendu ? La bactérie commence à se multiplier. Bientôt, tu auras dix fois ce qu'elle t'a volé. Il faut qu'on sorte d'ici. Tout de suite !

— Oublier l'argent ? s'insurgea Dattar. T'es fou ? Smith est microbiologiste. Il saura comment neutraliser la bactérie. Le plan va rater, et je vais me retrouver sans un sou.

— Et à quoi sert l'argent quand on est mort, je te demande un peu ? insista Rajiid.

— Et à quoi sert de vivre sans ? Il faut que je rembourse Amir, t'as oublié ça ? Je suis pourchassé. *Tu* es pourchassé. Est-ce que tu as la moindre idée de ce que ça coûte de disparaître ?

— Est-ce qu'elle a dit vrai pour la mine de saphirs et l'usine ? »

Dattar se figea et réfléchit à toute vitesse. Il opta pour la vérité. Peut-être que, s'il disait à Khalil qu'il avait besoin de Nolan pour rembourser ses dettes, l'homme de main resterait et l'aiderait.

« Oui. La mine est épuisée. Et le manager de l'usine est mort.

— Je reste, déclara Khalil en appuyant le canon de son arme contre le crâne de Dattar. Je compte bien être payé.

— Tu seras payé, grogna Dattar en écartant l'arme d'un coup de poing.

— On doit tenir ce quai si on veut espérer la trouver, dit Khalil. Elle est dans le tunnel.

— Rajiid ? appela Dattar. Tu restes ?

— On a vingt minutes, pas plus, déclara Rajiid après avoir éclairé le cadran de sa montre. D'ici là, la bactérie aura envahi cette station, et il n'y aura pas moyen de revenir en arrière.

— Où est la police ? s'interrogea Manhar.

— C'est ce que je dois découvrir ! indiqua Dattar. Reste ici, Rajiid ! »

La main de Khalil lui enserra le biceps. « Tu fous le camp et je te pourchasserai jusqu'à la mort !

— Je ne partirai pas sans mon argent ! » rugit Dattar en se dégageant.

Khalil laissa Dattar monter. L'air libre parut pur, frais, après l'atmosphère humide du métro. Le téléphone de Dattar capta enfin un signal. Il composa un numéro et son informateur répondit.

« Je suis attaqué sur le site. Trois tireurs. Pourquoi la police n'intervient-elle pas ?

— De quoi parlez-vous ? Je n'ai reçu aucune information.

— Et pourquoi je vous paie, si vous n'êtes pas capable d'accomplir une tâche aussi simple ? Je suis attaqué au point cible. Trois tireurs. Je pense qu'il y a Smith et Howell parmi eux. Est-ce que vous voulez dire que la CIA n'en sait rien ? Je croyais que vous aviez des contacts au sein de la police du NYPD et du FBI !

— C'est le cas. S'il y avait une équipe en mission dans le tunnel, je le saurais.

— Je vous affirme qu'il y a une mission en cours dans le tunnel. Décrochez votre téléphone et appelez votre contact. Dites-lui d'envoyer des flics ici, tout de suite. Dites-lui de tuer ces types. Inventez une histoire, je me moque de ce que vous raconterez, mais débarrassez-nous d'eux, et vite !

— J'appelle. »

Dix minutes plus tard, le téléphone de Dattar sonna.

« Mon contact n'en savait rien non plus…

— Il ment !

— Attendez, j'ai pas fini ! Il a passé des coups de fil, et on dirait qu'il y a eu un ordre pour que la police reste à l'écart. »

Dattar eut envie d'étrangler son correspondant.

« Annulez l'ordre ! J'ai besoin que le tunnel soit dégagé pour récupérer Nolan.

— Je ne peux pas. L'ordre vient du bureau de la présidence. Je ne sais pas de qui.

— Vous mentez ! Vous êtes de la CIA. Si l'ordre vient d'une instance à un très haut niveau, votre organisation aurait le pouvoir de l'annuler, alors faites-le ! Tout de suite !

— Je ne peux pas, l'ordre a dû venir de la Maison-Blanche ou d'un membre du cabinet. Je ne peux pas l'annuler.

— Si, vous allez le faire, parce que si je n'ai pas mon argent et si je ne sors pas de ce trou dans vingt minutes, je vous tue !

— Je vous rejoins. Je suis tout près. J'amène du renfort. On retrouvera Nolan.

— Dans combien de temps ?

— Dix minutes, pas plus. »

Dattar éteignit son téléphone et redescendit. Il réussit à trouver dans le noir le recoin où il avait laissé Khalil et les autres.

« Alors ? s'impatienta Khalil.

— On va recevoir des renforts. Mon contact à la CIA vient en personne. Des mouvements ?

— Aucun, mais ils pourraient être tout près qu'on n'en saurait rien, dans cette obscurité. »

Dattar exposa son plan.

« C'est une mauvaise idée, protesta Khalil. Pour commencer, si le NYPD intervient, il peut y avoir un flic qui te reconnaîtra. Ça veut dire qu'il faut filer d'ici immédiatement. Ensuite, s'ils investissent la station, on n'aura pas le temps d'attraper Nolan et de filer avant que la bactérie colonise les lieux.

— Mon contact va m'amener Nolan. On partira avant la fin des vingt minutes et on sera assez loin, en sécurité, quand la bactérie sera dangereuse. Ça te va ?

— Mieux », grogna Khalil.

Dattar entendit un des deux hommes de l'équipe gémir avant un bruit de chute.

« Il est mort, déclara Rajiid.

— Formidable ! ironisa Khalil. Pourquoi donc est-ce que tu administres ces comprimés à ces types ?

— Les morts ne peuvent pas se retourner contre moi.

— Ils ne peuvent pas non plus se battre ! »

Dattar ne prit pas la peine d'intervenir. Des sirènes se rapprochaient.

« Rajiid, combien ?

— Douze minutes. »

Ils entendirent quelqu'un qui descendait l'escalier à grand bruit.

« Dattar, c'est moi !

— Il était temps ! »

49

« ON NE PEUT PAS LAISSER TOMBER ! déclara Randi Russell.

— Je suis bien d'accord, mais je m'inquiète pour Howell. Je ne veux pas qu'une de nos balles le touche.

— On va lancer les grenades lacrymogènes d'abord. Leur gaz provoque une fumée noire. Quand elles exploseront, on tirera en direction du quai, en évitant le mur gauche, où il était. »

Jon Smith fit glisser le sac de ses épaules et en sortit les grenades. Il récupéra aussi les masques. « Mets ça ! » dit-il en en tendant un à Randi.

Il mit le sien, prit le dernier pistolet et se débarrassa du sac. « Howell ne va pas aimer ça, fit-il en soupesant la grenade. Il n'a pas de masque. Prête ? Un, deux, trois ! »

Il dégoupilla une grenade, s'avança au centre du tunnel et la jeta aussi loin qu'il put. Elle tomba à grand bruit sur un des rails et se mit à chuinter. Il en dégoupilla une seconde, la lança et alluma sa torche.

La fumée s'éleva et se répandit en volutes noires dans tout le tunnel. Smith courut vers la station, son fusil pointé vers la droite. Russell le rejoignit avec son Uzi. Ils étaient aveuglés et progressaient pas à pas, s'approchant du lieu où Rebecca Nolan avait déposé la bactérie. Smith gardait le bord extérieur de son pied gauche contre le deuxième rail comme guide pour marcher droit. Il n'avait rien d'autre pour se repérer. Quand il arriva au point critique où devait se trouver la bactérie, il fut heureux de porter un masque. Il avait la respiration laborieuse. Russell, près de lui, ne ralentissait pas et le distançait. Une goutte d'eau qui coula sur sa tête le fit sursauter. Une autre mouilla son dos.

Quand on leur tira dessus, ils eurent l'impression que les balles venaient de toutes les directions à la fois. Smith reconnut le son plus aigu de fusils et s'affala au sol en veillant à garder son arme levée. De l'eau gicla sur son visage et il sentit ses vêtements s'imbiber. Il rampa jusqu'au premier rail et passa par-dessus, sans cesser de tirer. Un déclic lui dit bientôt que son chargeur était vide. Il colla son dos contre le mur et repêcha des munitions dans sa poche.

Alors qu'il insérait le chargeur, il remarqua que Randi, elle aussi, cessait de tirer, faute de munitions. Plus loin dans le tunnel, il entendit l'écho d'un nouveau tireur. Howell était de retour et visait haut, ce dont Smith lui fut reconnaissant. La fumée des grenades provoquait une violente douleur au visage, particulièrement vive dans cet espace confiné. À cause des larmes que provoquait le gaz, il devait être difficile de viser une cible avec précision. Howell ne pouvait que tirer au hasard, comme Smith et Randi le faisaient. Smith resta près du sol, entre les rails.

Une nouvelle rafale de balles venue du quai le surprit. On aurait dit que le nombre d'agresseurs avait doublé en quelques minutes. Le bruit devint si assourdissant dans le tunnel que les oreilles de Smith se mirent à siffler et son cœur à s'emballer. La fumée se dissipait. Smith regretta de ne pas avoir d'autre grenade. Il se concentra sur les éclairs produits par des armes et tira dans leur direction. Soudain, Randi cria et son arme tomba à ses pieds. Elle trébucha contre lui.

« Je suis touchée au bras droit !

— Fais demi-tour ! Howell et moi suffirons, ici, déclara Smith sans quitter ses cibles des yeux.

— Hors de question ! Tu as un autre pistolet pour moi ? »

Smith tira deux balles de plus. Il en restait dix.

« Oui, dans l'étui.

— Si je le prends, ça t'en laisse donc un ?

— Non, ça ne me laisse plus rien. J'ai donné l'autre à Nolan.

— Bon, alors je rebrousse chemin dans le tunnel. Pas question que je te prenne ta dernière arme. »

Elle était partie avant que Smith ait pu lui demander si sa blessure était grave. Il continua à tirer en comptant : huit, sept, six. Howell tirait aussi, mais Smith ne pouvait s'empêcher de s'inquiéter : Howell ne tarderait pas à épuiser lui aussi son chargeur. Les agresseurs, eux, plus nombreux et bien équipés, semblaient avoir reçu l'autorisation de tuer et tiraient rafale sur rafale. La fumée se dissipait et les éclairs de leurs armes se firent plus nets. Smith vit un homme s'approcher du bord du quai.

Quatre, trois, deux, compta Smith. Il était grand temps d'y aller. Il bondit sur les rails, courbé, entre le premier et le second rail, mais courant cette fois en direction de Howell.

Smith tira sa dernière balle, passa son AK sur son épaule et dégaina le pistolet. La fumée s'était suffisamment dissipée pour qu'il puisse de nouveau voir luire la lumière bleue de la signalisation au milieu du tunnel. Les agresseurs émergèrent de l'obscurité, ombres sombres dans l'atmosphère enfumée. Il continua sa course, retenant son souffle jusqu'à atteindre le mur et se retrouver protégé des tireurs. Howell arriva sur sa gauche. Jamais Smith n'avait été aussi heureux de le voir. « Plus de munitions ?

— Exact, répondit l'Anglais en essuyant les larmes qui coulaient de ses yeux. Et toi ?

— L'AK est vide, mais j'ai un pistolet. Comment as-tu réussi à passer devant eux pour me rejoindre ?

— La fumée m'a aidé.

— Une idée du nombre d'hommes sur ce quai ? »

Ils repartirent vers la station. Smith ne cessait de se retourner pour vérifier si aucun agresseur n'était descendu sur la voie depuis la station de la 181e Rue pour les prendre à revers dans le tunnel. Si ça se produisait, il voulait être en sécurité dans un des renfoncements. Le prochain ne tarderait pas à se présenter.

« Six au moins. Il n'y en avait que quatre, mais je crois que deux sont arrivés il y a cinq minutes. Tu as réussi à les faire reculer, et c'est un bon point. »

Howell trébucha et Smith le retint par le bras.

« Attention ! Le troisième rail est électrifié.

— Tu es sûr ?

— Sûr et certain.

— Pourquoi ? »

Ils entendirent un grondement devant eux et virent apparaître les phares d'une rame.

« Voilà pourquoi ! » dit Smith.

50

RANDI RUSSELL SE SENTAIT FAIBLE en rebroussant chemin dans le tunnel. Elle atteignit un des renfoncements et reprit son souffle. Difficile, sous le masque ! La sueur ruisselait le long de son visage et s'accumulait près de son menton et au bas du masque. La fièvre était remontée.

Elle tendit l'oreille vers l'échange de tirs. Ceux venant du quai avaient beaucoup augmenté, et elle fut terrifiée à l'idée que des renforts aient rejoint les agresseurs. Elle avait vu quatre hommes au moins. Quelques-uns de plus en pleine forme et avec un stock de munitions risquaient d'être trop pour Smith et Howell. Il fallait qu'elle monte au plus vite au niveau de la rue pour demander l'aide de Klein. Elle quitta la sécurité du renforcement et, pliée en deux, elle continua sa route le long du tunnel. L'eau avait imprégné ses chaussures et son T-shirt était trempé de sueur, sous le gilet pare-balles. Le tunnel lui paraissait interminable. Les poteaux de signalisation lui procuraient un minimum de clarté, qui ne suffisait pas à rendre visibles les irrégularités ou les débris sur la voie. Elle trébucha sur une petite boîte et retint son souffle quand son pied s'enfonça dans un trou, lui faisant perdre l'équilibre. Trois pas plus tard, elle heurta quelque chose qui envoya des éclairs argentés et bondit en l'air avant de retomber. Plus loin, elle le heurta de nouveau. Quoi que ce soit, c'était inanimé. La troisième fois qu'elle le retrouva sur son chemin, elle le ramassa et sentit les rayons et la toile de nylon. C'était un parapluie. Elle le jeta contre le mur.

Quand elle reconnut le grondement d'un train qui arrivait derrière elle, elle faillit paniquer, mais s'efforça de rester rationnelle : elle pouvait se mettre à l'abri dans un renforcement et le métro l'éviterait. Pourtant, l'idée de se trouver sur la voie au passage d'une rame la fit transpirer plus encore. Elle entendait son souffle rauque, le son amplifié par le masque. Un coup d'œil lui confirma ce qu'elle pressentait : un train prenait la direction de la station. La fumée des grenades lacrymogènes s'était dissipée, et les phares, ainsi que les feux de signalisation de la voiture de tête, étaient clairement visibles. Randi accéléra, repéra un renfoncement et s'y engouffra avec un soupir de soulagement.

Le grondement augmenta et elle se colla au mur. La rame fila à toute vitesse, illuminant sa cachette par des flashes réguliers. Le bruit assourdissant la fit grimacer.

La dernière voiture passée, elle se pencha un peu pour voir disparaître les feux arrière. Bientôt, ses oreilles se réhabituèrent au calme et elle tenta de savoir si les combats avaient repris après le passage du métro. Elle n'entendit aucun son identifiable et trouva le silence presque plus angoissant que les tirs. Comment savoir si Smith et Howell n'avaient pas été tués ?

Elle repoussa cette pensée. Elle connaissait Smith depuis longtemps et même dans les pires circonstances il avait toujours eu le dessus. Elle se redressa et sa vision se troubla. Elle s'appuya au mur et se laissa glisser tout du long pour éviter de tomber. Une fois assise, elle mit sa tête entre ses genoux.

Elle était au bord de l'épuisement et sentait qu'elle n'allait pas tarder à s'évanouir. Elle espérait seulement qu'elle aurait le temps de gagner la surface et d'appeler Klein, mais elle craignit de ne pas réussir à sortir du tunnel et à mourir ici, terrassée par un virus inconnu.

L'esprit troublé par la fièvre, Randi sentit son cœur se serrer à la pensée de sa sœur Sophia. Chercheuse à l'USAMRIID, elle n'avait pas survécu à une piqûre porteuse d'une bactérie mortelle infligée délibérément. Jon ne s'était jamais vraiment remis de sa mort. Ils étaient fiancés, et jamais plus il n'avait laissé une femme redevenir aussi proche. Randi se souvint de Rebecca Nolan, embrassant Jon, et elle se demanda si la jeune femme avait réussi à briser sa carapace. Elle l'espérait, pour son bien.

Le masque crachota. Les filtres étaient presque bouchés et elle avait du mal à respirer. Elle grimaça pour l'arracher, se leva et s'intima l'ordre de continuer sa route. Ses pensées négatives ne la mèneraient nulle part. Il fallait qu'elle bouge.

Les jambes lourdes, souffrant de vertiges, elle serra les dents et reprit sa marche. Des frissons parcouraient sa colonne vertébrale. Elle sentait des vagues de froid succéder à des bouffées de chaleur. Quand elle se mit à claquer des dents, elle crispa les mâchoires pour arrêter. Elle avait compté les renfoncements en venant, et elle calcula qu'il lui en restait deux avant le prochain quai. Son pied heurta un détritus et elle se retint au mur pour ne pas tomber. La joue contre la paroi, elle apprécia la fraîcheur de la pierre. Elle se redressa et continua. Le mur disparut. La station était là – mieux encore : éclairée.

Elle arriva au bord du quai et déploya toute son énergie pour poser l'Uzi dessus et elle se rendit compte qu'elle était presque un mètre trente en contrebas. Elle regarda ses mains et, à la sinistre lumière des néons, elle vit pour la première fois combien elles étaient desséchées. Elle frissonna de nouveau, mais cette fois, elle se demanda si c'était à cause de sa maladie ou de la version mutée du virus déposée sur le rail électrifié.

Le bruit d'une rafale de tirs lui parvint par le tunnel. L'écho de la bataille que se livraient encore Smith et Howell la galvanisa. Elle prit une profonde inspiration et mobilisa toutes ses forces pour se hisser sur le quai. Elle s'effondra, hors d'haleine. Elle se mit à quatre pattes, finit par se lever et tituba vers l'escalier. Après avoir tourné à un coin, elle trouva Nolan à plat ventre par terre, les mains attachées dans le dos, une flaque de sang près de sa tête, mais elle vit que son corps bougeait à chaque respiration. Un homme, debout au-dessus d'elle, pointait un pistolet sur sa tête. Il se retourna à l'approche de Randi et eut un sourire triomphant.

« Salut, Russell ! dit Steve Harcourt. On dirait que j'ai réussi à rassembler tous les voleurs, ce soir ! »

Randi oscilla, mais parvint à rester debout.

« C'est vous, le voleur, pas moi !

— À plat ventre, comme votre petite copine !

— Smith arrive. Vous feriez mieux de filer d'ici avant qu'il vous surprenne !

— Smith ne m'inquiète pas ! Le NYPD est en route et se chargera de lui vite et bien. Auriez-vous oublié l'influence dont je jouis chez eux ?

— Pas sur tout le monde.

— Obéissez ou je vous abats ! Ça fera un traître de moins. »

Randi savait qu'il lui était impossible d'avoir le dessus sur Harcourt. La meilleure solution était donc d'obéir et de le combattre plus tard. Elle s'allongea près de Nolan, qui ne bougea pas. Harcourt lui lia les mains avec des menottes en plastique.

« Maintenant, on y va !

— Où ça ?

— Quelque part où je pourrai me débarrasser de vous. »

51

Jon Smith colla son dos au mur et Peter Howell se glissa près de lui. Le métro passa sans s'arrêter.

« Ils sautent la station, murmura Howell. C'est sûrement grâce à Klein. Une précaution supplémentaire parce qu'il n'a pas eu de nouvelles de toi. »

Smith espérait que Nolan transmettrait bientôt son message à Klein et que les métros s'arrêteraient pour de bon. Il savait que ce n'était qu'une question de secondes avant qu'un agresseur ne saute sur la voie et ne se mette à tirer. Il vit en effet des mouvements à la lueur bleue de la signalisation. « Ils sont en position ! »

Il eut beau avaler sa salive, il ne parvint pas à humidifier sa gorge. Il consulta sa montre. Plus que six minutes avant que la bactérie commence à se propager. Son masque avait bougé et cachait un de ses yeux. Il le remit en place, et ce n'est qu'alors qu'il put bien voir Howell. Le visage de son ami était gonflé et virait au rouge à cause du gaz lacrymogène et de l'épuisement et, à la lumière incertaine du signal, Smith vit aussi qu'il était couvert de sueur.

« Est-ce que tu te sens vraiment mal ? C'est le gaz lacrymo ?

— Non. J'ai été gazé deux fois auparavant. Il y a quelque chose de plus.

— Le virus ?

– Je crois. »

Smith tira sur la portion déchirée de sa manche de chemise et s'acharna dessus jusqu'à l'arracher. Il la tendit à Howell. « Mets ça sur ta bouche et ton nez. Ça te protégera. »

Howell appliqua le tissu sur son visage et le noua sur sa nuque.

Smith remarqua que des hommes s'agitaient sur le quai.

« Ils partent ! On y va ! »

Smith bondit et courut vers le quai. Quand il l'atteignit, il vit trois des agresseurs grimper l'escalier et disparaître. Il se hissa sur le quai et les suivit.

Il y avait deux volées de marches à environ quatre mètres de distance. Smith s'appuya contre le mur d'un côté et fit signe à Howell de se charger de l'autre escalier.

« Celui-là est vide. Le tien ?

— Pareil », répondit Smith.

Ils montèrent et se retrouvèrent sur le palier supérieur. Ils répétèrent la manœuvre et, en arrivant au deuxième palier, Smith aperçut un des agresseurs, qui le vit aussi et lança quelque chose dans sa direction. Smith l'évita et l'objet dégringola l'escalier.

« On dirait une grenade, s'inquiéta Howell.

— Ils ne prendraient pas un tel risque. Ça détruirait le troisième rail et ils ont besoin que le virus se diffuse. »

Smith écouta les pas des agresseurs qui s'enfuyaient.

« Ils s'en vont, ça doit être un… »

Avant que Smith termine sa phrase, il entendit un petit « pop » suivi d'un chuintement, accompagné d'une puissante odeur d'ail.

« Du gaz ! Retiens ta respiration et cours ! »

Smith tourna dans un long tunnel. Les attaquants étaient déjà à l'autre bout. Ils montèrent les dernières marches de l'escalier et disparurent dans la nuit. Smith, Howell à sa suite, partit en courant. Le tunnel n'en finissait pas. Smith sentit ses poumons se contracter faute de pouvoir respirer, mais il savait qu'il ne devait pas inhaler ce gaz. Au bout d'un moment, il remarqua que Howell perdait du terrain. Il revint sur ses pas, le saisit par le bras et le tira en avant. Howell avait placé le sac en nylon sur sa tête. Quand ils atteignirent l'escalier, Smith poussa Howell devant lui. Le masque avait beau ne plus lui permettre de respirer convenablement, Smith pensait qu'il le protégerait contre les effets les plus nocifs. Le morceau de tissu qu'il avait fourni à son ami ne servait à rien, et si le sac en nylon pouvait procurer une certaine protection, le meilleur antidote serait de sortir du métro et de se nettoyer.

Smith ne pouvait retenir sa respiration plus longtemps.

Il monta les marches deux à deux et, au sommet de l'escalier, il tomba sur un homme dressé sur ses jambes écartées et qui pointait une arme vers sa tête.

« Putain de merde ! » gémit Howell.

Un rapide coup d'œil révéla à Smith tout ce qu'il avait besoin de savoir. La sueur coulait à flot sur le visage de l'homme et il n'était pas très stable. Smith décida pourtant de ne pas bouger, pour éviter de le provoquer et de déclencher un tir à bout portant. Une tente les entourait, bloquant l'entrée du métro. Une lampe de chantier accrochée à un piquet projetait une lumière blanche et crue. Le fil de la lampe serpentait jusqu'à l'arrière d'un camion dans lequel un générateur ronronnait. À leurs pieds, un gros tuyau partait d'une bouche d'incendie et descendait par une grille dans la station de métro. À côté, deux hommes gisaient, morts. L'homme au pistolet s'effondra.

« La bouche d'incendie, vite ! s'écria Smith.

— Ricine ? demanda Howell en retirant le sac de sa tête.

— Gaz moutarde. Ça sentait l'ail. C'est caractéristique. Le gaz moutarde est plus lourd que l'oxygène, il est donc descendu et le fait de monter l'escalier nous a aidés, mais il faut qu'on sorte ce tuyau de la grille et qu'on l'utilise vite, pour nous laver et nous débarrasser de ce gaz ! »

Smith glissa son pistolet dans sa ceinture et tira sur le tuyau pour le remonter. Howell l'aida. Le tuyau était lourd mais, comme il n'était pas plein d'eau, la manœuvre était facilitée. L'extrémité apparut. Smith la laissa tomber près du corps du terroriste et ouvrit la bouche d'incendie. Ce n'est qu'alors qu'il remarqua que la jonction entre la bouche d'incendie et le tuyau n'était pas parfaite. Les hommes devaient être en train de les déconnecter quand ils s'étaient sentis mal.

« Lentement ! prévint Howell. La pression risque d'être forte.

— On ne peut pas se permettre d'être lents. Recule ! »

Il fit un bond en arrière et regarda le tuyau se déployer et projeter un puissant jet en l'air. Smith se plaça sous la douche et frissonna quand l'eau l'inonda. Howell, près de lui, levait le visage pour qu'il soit bien rincé. Il se mit à déchirer ses vêtements et Smith fit de même. Smith se souvint trop tard du pistolet à sa ceinture. Il le posa à l'écart avant de retirer son pantalon, mais il était probablement déjà trempé. Tant pis ! Ça valait mieux que de se retrouver avec les deux tiers du corps brûlés au troisième degré par le gaz moutarde. Nu sous la douche froide, il grelottait. Il finit par passer la tête dehors et repéra une pharmacie, fermée à cette heure, de l'autre côté de l'avenue. « Attends ici ! » dit-il à Howell.

Il se baissa, prit son pantalon au cadavre et l'enfila à toute vitesse. Il arracha la clé à molette de la bouche d'incendie et traversa la chaussée au pas de course en évitant une voiture qui passait juste à ce moment-là.

La pharmacie était une petite officine. Smith lança la clé sur le côté d'une des vitrines. Le panneau éclata et une alarme se déclencha. Smith frappa de nouveau afin de ménager une ouverture suffisamment grande pour s'y glisser, et entra dans la boutique.

C'était sa troisième visite dans une pharmacie en moins de vingt-quatre heures, et il espérait que c'était la dernière. Ses vêtements dégoulinaient et le sol était froid sous ses pieds nus. Il attrapa un panier et se dirigea vers la section pour bébés, où il choisit trois bouteilles de shampooing. Au rayon des lentilles de contact, il prit deux flacons de sérum physiologique et passa dans la section des médicaments. Il repéra la Bétadine et en prit quatre. De retour à l'avant de la boutique, il repassa par l'ouverture qu'il s'était ménagée et courut retrouver Howell, toujours sous la douche.

Il lui tendit un shampooing pour bébé. « Le gaz moutarde est chargé en lipides. Ça va en dissoudre une partie.

— Excellent ! J'ai mis les vêtements dans le sac et je l'ai fermé. Ça devrait éviter que les effluves se dispersent. »

Smith approuva du chef. Il retira de nouveau ses vêtements, ouvrit un flacon de shampooing et le versa sur sa tête, ses bras, sa poitrine, ses jambes. Il frotta sa peau et laissa le savon agir sur tout son corps tandis que Howell se rinçait les yeux avec le sérum physiologique.

« Tiens, dit-il en tendant le flacon à Smith. Ne perds pas de temps. »

Howell prit un flacon de Bétadine : « Ça, c'est pour quoi ?

— Il pouraît que ça aide. C'est ce qu'on utilise pour se laver les mains à l'hôpital. Ça me paraît logique. En tout cas, ça ne peut pas faire de mal. T'as fini ? » demanda Smith en montrant le jet d'eau.

Howell hocha la tête et Smith alla fermer la bouche d'incendie. Ils entreprirent tous deux d'étaler la Bétadine sur leur peau, en silence. Smith réfléchissait à toute vitesse à ce qu'il savait de l'agent orange. Ils avaient rincé leur peau dans la minute, l'avaient lavée au bout de trois minutes et s'étaient occupés de leurs yeux au bout de cinq. Une minute, c'était bien. Cinq, pas trop.

« Dans combien de temps les symptômes vont-ils apparaître ? demanda Howell.

— Au plus tôt dans une heure, quatre au plus tard. Tes yeux vont gonfler et gratter, puis les démangeaisons s'étendront à tout ton corps. Ensuite, la peau se couvrira d'ampoules, symptômes de brûlures au second ou au troisième degré. »

Tout en écoutant, Howell frictionnait son visage avec la Bétadine. Smith ne put s'empêcher de remarquer son expression très sombre.

« C'est douloureux ?

— Horriblement, confirma Smith. Mais on a réagi très vite, grâce à l'eau. J'espère que les éruptions cutanées seront moins fortes. Ce sont les yeux et les poumons qui m'inquiètent. Ils sont particulièrement sensibles.

— Est-ce qu'on risque de perdre la vue ?

— Temporairement, oui, mais ça devrait s'arranger au bout d'un moment. Alors qu'on peut mourir d'une exposition à l'agent orange, beaucoup de gens s'en sont complètement remis.

— Combien de temps pour y voir à nouveau ? »

Smith hésita. Il ne voulait pas que Howell s'inquiète. Ils ne pouvaient rien faire de plus que ce qu'ils avaient déjà fait. Même un hôpital ne pourrait rien pour eux. Il n'y avait ni piqûre, ni comprimé, ni antidote pour arrêter les symptômes. Il fallait les subir. Comme Howell avait été beaucoup plus touché que Smith, ses symptômes seraient plus graves.

« Combien de temps ? insista Howell.

— Trente jours », soupira Smith.

52

KLEIN VIT QUE HOWELL L'APPELAIT. « Peter, qu'est-ce qui s'est passé ?

— C'est Smith. J'utilise son téléphone. Est-ce que Nolan vous a appelé ?

— Non.

— Et Russell ?

— Non. Que se passe-t-il ?

— Coupez le troisième rail ! Mon hypothèse était juste. Et bloquez la circulation à l'arrêt concerné, ainsi qu'au suivant dans chaque direction. Dattar a diffusé du gaz moutarde. Il va falloir que le NYPD envoie une équipe de décontamination. »

Klein s'était déjà levé et prenait la direction de son second téléphone sécurisé.

« À propos de l'arrêt des métros : juste ces stations, ou tout le réseau ?

— Tout le réseau. Mieux vaut ne pas prendre de risque. Le rail a été électrifié pendant vingt minutes, pendant que j'étais dans le tunnel.

— Vous avez attrapé Dattar ?

— Non, désolé. Il s'est échappé.

— Est-ce qu'il a davantage de bactéries ? Peut-il en déposer ailleurs ?

— Je n'en sais rien. Il reste impératif qu'on l'arrête. »

Klein entendit des sirènes. « Qu'est-ce que c'est ?

— La police, probablement. Je viens d'entrer par effraction dans une pharmacie.

— Je vais demander qu'on envoie une équipe de décontamination sur les lieux.

— Je reste jusqu'à son arrivée, mais ensuite je me mets en chasse de Dattar. Vous pouvez appeler Ohnara ? L'équipe va avoir besoin de lui. »

Les sirènes se rapprochaient. Il raccrocha et rendit son téléphone à Peter Howell, qui était en train de revêtir la tenue d'un autre terroriste mort. Smith s'habilla lui aussi. Ses chaussures n'étaient qu'à peine mouillées et il se demanda combien de molécules de gaz y étaient entrées, mais décida que la protection des semelles l'emportait sur le risque présenté par le gaz.

Quand Howell fut prêt, il portait un pantalon en toile vert et un T-shirt gris, de deux tailles trop grands pour son corps plutôt menu. Il avait les yeux rouges et les joues à vif. « Je vais chercher Russell, dit-il. Je n'ai aucune raison d'être là. Tu pourras te débrouiller avec la police. Ma présence ne ferait que me trahir.

— C'est vrai. Est-ce que je peux avoir le téléphone ?

— Tiens ! J'en trouverai un autre. Russell est à une station d'ici ?

— Je l'espère. Ni elle ni Nolan n'ont appelé Klein, et ça ne me plaît pas.

— Je m'en occupe. »

Il donna une tape sur l'épaule de Smith et contourna la tente. Smith attendit le NYPD. L'écran de toile vira au rouge sous les gyrophares.

La première voiture de police fila sans s'arrêter. Une deuxième, puis une troisième. Smith ramassa son pistolet et sortit de la tente au moment où la quatrième voiture passait, toutes sirènes hurlantes. Deux ambulances suivaient. Aucune ne s'arrêta. Smith appela Klein.

« Ils ne s'arrêtent pas. Est-ce qu'ils savent qu'il y a du gaz, ici ?

— Ils savent précisément que faire. Le président a prévenu le gouverneur, qui a informé l'unité spéciale antiterroriste, mais ils ont eu un appel de Steve Harcourt, l'homme de liaison de la CIA avec le NYPD. Il a dit que Dattar se trouvait sans doute à la station de la 215e Rue, et c'est là qu'ils se rendent.

— Est-ce que le rail est éteint ?

— On l'éteint par sections, les stations les plus proches de l'infection en premier, puis les autres, pour permettre de vider les rames de leurs passagers. Trop de gens seraient piégés dans les voitures si on fermait tout le système d'un coup. L'évacuation serait un cauchemar. Ils ont déjà coupé le courant de quatre stations de chaque côté de la 191e Rue.

— Qu'en est-il de l'équipe de décontamination ? demanda Smith en se passant la main dans les cheveux et en se mettant à faire les cent pas. Il faut qu'ils descendent sur la voie et entreprennent de retirer le biofilm. Il faut aussi qu'ils trouvent le moyen d'arrêter sa progression. Je ne peux pas redescendre sans combinaison de protection. La bactérie est active, et en plus il y a le gaz moutarde.

— Ils ont été prévenus. Ils ne sont pas encore là ? »

Smith scruta l'avenue et la rue. Quatre voitures et deux taxis passaient. L'alarme de la pharmacie ne s'était pas tue.

« Je ne vois rien.

— Je vérifie. »

Klein raccrocha et Smith retourna dans la tente. Son œil gauche le démangeait et il le frotta, heureux de la sensation que ça lui procurait. Il se figea en entendant au loin une nouvelle sirène. Cette fois, il sortit pour accueillir les nouveaux venus, agitant les bras dès qu'il vit le gros véhicule des pompiers de New York. Il s'arrêta et deux hommes en descendirent.

« Qu'est-ce qui se passe ? Moi, c'est Carter, et voici Rolly. »

Carter était grand, le ventre rond, la quarantaine, avec un nez fin et les cheveux coupés court. Son uniforme avait du mal à contenir ses bras énormes. Rolly était l'exact opposé : mince, cheveux grisonnants et un nez de rapace qui prenait beaucoup de place sur son visage.

Smith montra l'entrée du métro. « Gaz moutarde. Lancé il y a vingt minutes. Toute la station est contaminée.

— Qui êtes-vous ? » demanda Carter.

Avant que Smith puisse répondre, une voiture de patrouille du NYPD, sirène à fond, tourna au coin de l'avenue. Elle monta à demi sur le trottoir avant de s'arrêter. L'officier bondit de la voiture, pistolet brandi, et Smith reconnut Manderi, le policier soupçonneux à qui il avait parlé juste après qu'on avait tiré sur Jordan.

« À plat ventre par terre ! Tout de suite ! hurla-t-il.

— Je suis le lieutenant-colonel Jon Smith, de l'Institut de recherche sur les maladies infectieuses de l'armée des États-Unis.

— Je sais qui tu es : le salaud qui a tué cette femme chez Landon. J'ai dit : à terre ! »

Smith sentit la rage monter en lui. Il pointa son index vers le flic : « Téléphonez à votre supérieur, tout de suite, parce qu'à chaque minute qui passe, le gaz s'insinue dans le tunnel.

— À terre ou je te descends ! »

Smith ne quitta pas Manderi des yeux en se baissant. La saleté de l'asphalte agressa sa joue. Il sentit Manderi tirer ses bras dans son dos et le métal froid de menottes enserrer ses poignets.

Manderi regarda la tente. « Qu'est-ce que c'est ? »

Il entra et Smith l'entendit pousser un juron. Il ressortit. « Il y a trois types morts, là-dedans ! »

Alors que Carter et Rolly regardaient dans la tente, la radio de la voiture de patrouille s'alluma.

« Surveillez-le ! » ordonna Manderi aux deux autres.

Smith put voir Manderi retourner dans le véhicule et claquer la portière derrière lui. Commença une conversation dont il ne put saisir les mots.

Au bout d'un moment, Manderi descendit de la voiture. « Je l'embarque ! déclara-t-il.

— Une minute ! J'ai des questions à lui poser, protesta Carter en se baissant près de la tête de Smith. Dites-moi pourquoi vous pensez que c'est du gaz moutarde.

— J'étais là quand la grenade a été lancée, et une forte odeur d'ail s'est fait sentir. J'étais en plein dedans.

— C'est drôle, remarqua Manderi, tu m'as l'air d'aller très bien.

— Les symptômes ne se manifestent pas avant une bonne heure, expliqua Carter.

— Est-ce que vous voyez quelque chose ? ironisa Manderi. Un nuage de fumée ?

— Le gaz moutarde est invisible. Arrête de me faire perdre mon temps ! rétorqua Smith.

— Carter, c'est vrai ça ? demanda Manderi.

— Oui. J'étais membre de la Garde nationale. J'ai servi en Irak pendant la guerre du Golfe. Il a raison. Le gaz moutarde est incolore, et parfois on ne sent pas l'ail quand il est diffusé. C'était ça, le réel danger : on ne savait même pas qu'on y avait été exposé avant que les brûlures apparaissent, plus tard. Pas question de prendre ça à la légère. C'est une vraie saloperie. »

Un second véhicule s'arrêta près de la voiture de patrouille. Smith souleva sa joue du sol et se tordit le cou pour regarder. C'était une grosse berline américaine noire avec une aile un peu abîmée : à l'évidence une voiture de police banalisée. Un gyrophare tournait sur le tableau de bord. La portière s'ouvrit et le même grand Noir aux longues tresses qui était sorti de l'ombre pour donner à Smith la housse de guitare fit son apparition. Cette fois, il portait un badge autour du cou. Il parcourut la scène du regard et vit Smith par terre ainsi que Carter et Rolly. « Bonjour, messieurs ! Qu'en est-il ? »

Manderi s'avança. « Je suis l'officier Manderi. J'ai la situation sous contrôle. Vous êtes ? demanda-t-il en plissant les yeux pour tenter de déchiffrer le badge du nouveau venu.

— Agent James Brand. FBI. Vous avez une alerte au gaz. Vous attendez quoi ? Au boulot !

— Du calme ! C'est ce type, dit Manderi en montrant Smith, qui prétend que quelqu'un a lancé du gaz moutarde dans le métro, mais je l'ai déjà vu. Il est suspect dans l'affaire d'un meurtre chez Landon Investments et il y a trois cadavres derrière cette toile de tente. Je parie qu'il ne nous raconte que des craques !

— Cet homme, affirma Brand, est le lieutenant-colonel Jon Smith de l'USAMRIID. Retirez-lui ces menottes ! Tout de suite ! On va avoir besoin de son aide pour traiter ce gaz.

— Il est impliqué dans un assassinat, vous n'avez pas l'air de comprendre ! Je suis membre du NYPD. J'appartiens à l'unité spéciale antiterroriste. C'est le NYPD qui est chargé des risques d'intoxication dans le métro. On décide de ce qui doit être nettoyé, et les pompiers s'en occupent. C'est *notre* juridiction, ici !

— Si vous êtes de l'unité antiterroriste du NYPD, lança Brand en s'approchant de Manderi, vous devriez être soit à la station de la 215e Rue avec le reste de vos hommes qui cherchent un éventuel terroriste, soit vous charger de l'intoxication, et vous ne faites pas votre boulot.

— Pour qui vous vous prenez ?

— Je représente le ministère de la Sécurité nationale, qui prend le contrôle dès qu'on soupçonne un acte de terrorisme sur le territoire américain. Si le colonel Smith dit qu'il y a du gaz moutarde en bas, c'est qu'il y en a. En plus du gaz, ajouta-t-il en se tournant vers Carter, un agent bactériologique a été appliqué sur le troisième rail. Un certain docteur Ohnara est en route pour vous assister. C'est un expert. »

Carter acquiesça, regarda Manderi, à qui il adressa un petit haussement d'épaules, et Rolly et lui gagnèrent l'arrière de leur camion pour s'équiper.

« Je ne sais pas, rugit Brand en montrant Manderi du doigt, qui est à la tête de cette unité spéciale, ni ce qu'est précisément cette unité, mais vous feriez mieux de retirer ces menottes immédiatement, sinon les seules opérations *spéciales* dont vous vous occuperez désormais se feront derrière un bureau dans la salle des archives, compris ?

— Moi aussi je mènerai mon enquête sur vous, et on verra qui dirige cette opération.

— Faites donc, mais en attendant, obtempérez. »

Manderi avait le souffle lourd. Il posa sur son prisonnier un regard méprisant, mais Smith fut soulagé de le voir sortir les clés de sa poche.

Smith se redressa, frotta ses poignets et sourit à Brand.

« Merci !

— C'est vraiment mauvais ? »

Smith se leva. Il eut un léger vertige et frissonna, comme quand on commence à avoir de la fièvre. « Le gaz ?

— Non, la bactérie.

— C'est très mauvais. Le rail a été électrifié durant vingt minutes, assez longtemps pour donner à la bactérie porteuse une bonne dose d'énergie. Il va falloir envoyer une équipe sur la voie. Qu'ils emportent des brosses et qu'ils frottent chaque centimètre du troisième rail. Il faut interrompre la colonisation par le biofilm. Si le rail est encore entouré d'eau après le brossage, vous pouvez le remettre sous tension. Il chauffera et les bactéries qui ne se sont pas encore échappées mourront sous la chaleur. C'est une manœuvre risquée, cependant, parce que ce qui reste de bactéries hors d'eau pourra alors recommencer à se nourrir du rail.

— On s'y met. Je peux faire autre chose ?

— Le FBI détient un ami à moi, Andreas Beckmann. Pouvez-vous le libérer ?

— Oui. Klein m'a déjà contacté à ce propos. Désolé, on ne savait pas que vous étiez en mission, sinon, on ne serait pas intervenus. Je m'en occupe.

— Et, suggéra Smith en montrant Manderi, pouvez-vous enfermer celui-là, à la place ?

— Ça, mon ami, pouffa Brand, c'est trop me demander. Vous voulez revêtir une combinaison et vous joindre à l'équipe ?

— Non, je dois reprendre contact avec Russell et trouver Dattar. D'après ce que je sais, il risque de placer des bactéries ailleurs. J'avais renvoyé Russell dans le tunnel. Je vais aller à l'arrêt précédent. Vous pouvez m'y conduire ? »

Brand ouvrit la portière de sa berline et fit signe à Smith de monter à côté de lui.

Smith hésita : « J'ai été gazé. J'ai pris ce pantalon à un des morts, mais je me sentirais bien mieux dans des vêtements propres.

— Montez ! Je vais prévenir qu'on nous rejoigne là-bas avec des vêtements.

— Et une arme.

— Bien sûr ! »

53

STEVE HARCOURT DONNA UN COUP DE PIED dans l'épaule de Rebecca Nolan. « Debout ! »

Elle gémit et roula sur le côté.

Randi Russell tremblait de la tête aux pieds, mais elle s'efforçait de rester concentrée et surtout consciente. « Elle saigne !

— C'est de sa faute ! affirma Harcourt en visant Randi avec son arme. Debout ! »

Randi se leva et tituba.

« La bactérie t'a atteinte ? ironisa Harcourt.

— Appelez le NYPD ! Les flics sauront quoi faire.

— J'ai l'impression que tu n'as pas compris : tu ne t'en sortiras pas, cette fois. »

À cet instant, l'esprit de Randi s'éclaircit : il fallait qu'elle échappe à Harcourt, et elle devait être forte pour y parvenir. Elle réussit à immobiliser ses membres tremblants, mais ça ne fonctionna qu'une seconde. Ils recommencèrent à trembler dès qu'elle reporta son attention sur la taupe. Elle recula jusqu'à s'adosser contre un mur et plia les genoux. Elle pensa au couteau qu'elle conservait dans un étui à la cheville, mais il ne pouvait pas lui servir tant que ses mains étaient liées dans son dos.

Nolan bougea un peu et Harcourt lui donna un autre coup de pied. « Debout ! Il est temps de me récompenser. »

Nolan s'assit. Elle avait l'œil gauche noir et du sang séché couvrait sa lèvre supérieure et son menton. « On retracera les fonds jusqu'à vous, dit-elle.

— Pas les lingots d'or. Vous allez m'en trouver d'autres. »

Rebecca regarda Randi. « Est-ce qu'il est vivant ? »

Randi hocha la tête et le soulagement se lut sur le visage de Rebecca. Elle posa une main sur le mur et se leva en chancelant.

Quand elle fut debout, Harcourt lui montra l'escalier du canon de son pistolet. « Avance ! »

Il tourna alors son arme vers Randi, prêt à la tuer.

Les frissons qui secouaient Randi cessèrent au moment où l'adrénaline prit le pas sur tout le reste dans son corps. Son cœur accéléra ses battements. Elle leva les yeux et remarqua une caméra de sécurité au-dessus de lui, un peu en arrière.

« Il y a une caméra. Si vous me tuez ici, le monde entier le verra.

— Dans tes rêves ! Cette caméra ne fonctionne pas. Le service de sécurité de la MTA est très en retard dans son programme de réparations, son budget est bien trop serré. Tu devrais le savoir. En tant qu'agent de liaison avec le NYPD, c'est mon boulot d'être au courant des failles de sécurité, et j'en sais un bout là-dessus. »

Il lui sourit et visa son cœur.

Elle chercha une autre excuse pour l'empêcher de tirer. « Smith sait que je n'ai pas reçu de balle. Si on en trouve une dans mon corps, on remontera jusqu'à vous.

— Bonne nuit, Russell ! »

Elle entendit une sirène qui se rapprochait très vite, à moins que ça n'ait été le sang qui grondait dans ses oreilles. La lumière faiblit. Elle lutta pour ne pas s'évanouir. L'obscurité devint plus profonde et elle fut soulagée à la pensée qu'au moins elle ne verrait pas venir la balle.

Harcourt tira.

C'était le second impact dans son gilet pare-balles, et non seulement elle fut secouée par le choc, mais elle sentit le gilet se déchirer. Elle fut projetée en arrière et sa tête frappa le sol. Un liquide coulait de son épaule et inondait sa poitrine. *Du sang*, se dit-elle. Le gilet avait dû laisser passer la balle. Elle resta allongée sur le sol froid. Alors que Harcourt entraînait Nolan dans l'escalier, il se retourna et visa de nouveau Randi.

Il va m'achever, se dit-elle, au moment où elle entendit un bruit sur le quai derrière elle. Elle vit arriver Howell, le visage couvert de cloques suintantes, la peau gonflée autour des yeux. Malgré son état, il visa Harcourt et tira. Harcourt grimaça quand des éclats de pierre l'atteignirent. Il se dépêcha de monter les marches, traînant Nolan derrière lui.

« Randi, tu es en vie ? Je n'y vois rien. »

Elle hocha la tête avant de se rendre compte que Howell ne pouvait sans doute pas voir son geste. Elle tenta de lui dire merci, mais ne put bouger ses lèvres.

Howell fit un pas vers elle et tomba à genoux. « Smith a dit que tu allais mal, mais je crains qu'il n'ait sous-estimé la situation. »

Lentement, Howell s'effondra au sol.

Le sang faisait un bruit de cascade dans les oreilles de Randi, et elle flottait entre conscience et inconscience. Elle n'était pas sûre de pouvoir tenir longtemps dans cet état quand un bras humain, chaud, vivant, lui entoura les épaules et la hissa sur ses pieds. Elle réussit à rouvrir les yeux, et s'attendit à ne voir que du noir, quand elle fut récompensée par le visage de Smith. Il avait une mine horrible et elle voulut tout lui expliquer à propos de Harcourt et de Nolan, mais sa voix refusa de fonctionner. À moins qu'elle n'ait fonctionné et qu'elle ne l'ait pas entendue, parce qu'il dit : « Tu n'as pas l'air en grande forme non plus.

— C'est Harcourt la taupe, réussit-elle à articuler.

— Tu peux marcher ? »

Elle était trop fatiguée pour répondre. Elle se mit en mouvement, s'appuyant de tout son poids sur le bras de Smith.

« Je vais te déposer dans une voiture, et l'agent Brand te conduira à l'hôpital. »

Elle hocha la tête, mais n'aurait su dire s'il le remarqua. Elle s'arrêta donc pour attirer son attention. « Howell…

— Oui. Je l'ai vu. Klein s'arrange pour le faire discrètement transporter dans un hôpital. Et c'est aussi là que tu vas.

— Pas d'hôpital ! Il est possible que j'aie contracté le virus mutant, ce qui signifie que la grippe reprend à zéro et que je pourrais être contagieuse. Je veux être seule.

— Pas question. Tu as besoin de soins. On peut te mettre en quarantaine, à l'hôpital.

— Non ! J'ai déjà essayé, et je n'étais pas en sécurité.

— Je sais. Je mettrai un garde à ta porte.

— Emmène-moi quelque part où je serai seule. Ou bien demande à ce Brand de le faire, mais toi, poursuis Harcourt ! Tout de suite ! C'est la taupe, et il détient Nolan. »

Smith prit un air mauvais – et ce n'était pas là un qualificatif qu'elle aurait attribué à Smith en temps ordinaire. « Tu n'aurais pas une arme pour moi ? Je déteste être désarmée.

— Il est possible que Brand en ait une dans la voiture. »

Arrivée à l'escalier, Randi se concentra sur chaque marche. Plus elle montait, plus l'air devenait frais. Elle prit une longue inspiration. Dès qu'ils furent sortis, Smith l'entraîna vers une grosse berline banalisée. Brand en descendit.

« C'est l'agent Brand, du FBI, dit Smith.

— L'homme à la guitare », ajouta Russel.

Brand sourit. « Oui.

— Il est possible que je sois contagieuse », fit Russel.

Brand hocha la tête. « Je sais. »

Elle regarda Smith. « Toi aussi, peut-être.

— Si je trouve Harcourt, je veillererai à lui cracher à la figure !

— Il a dit qu'il allait contraindre Rebecca à lui procurer des lingots d'or. Je ne sais ni où ni comment. »

Smith fit asseoir la jeune femme sur le trottoir, puis se tourna vers Brand.

« Dans ce cas, je sais où ils sont allés. J'ai besoin d'une voiture.

— Prenez celle-là, proposa Brand. Je m'occupe de Mme Russell. »

Randi lutta contre de violentes nausées en attendant l'ambulance. Quand le gyrophare apparut, elle s'évanouit.

54

JON SMITH FONÇA VERS LE NORD, sirène hurlante. Grâce à la radio de la voiture de police banalisée, il demanda des renforts pour un kidnapping, dont il soupçonnait qu'il avait lieu chez Bilal. La réponse qu'il reçut lui remonta le moral : « On a déjà des policiers sur place.

— Vraiment ? »

Sans doute le système de sécurité de Bilal avait-il repéré Dattar et Harcourt, et le vieil homme avait-il appelé à l'aide.

« Merci de nous avoir contactés ! » chantonna la régulatrice avant de couper la ligne.

Smith essuya la sueur qui lui coulait dans les yeux. Ses paupières commençaient à le gratter. Il les frotta légèrement. Puis ce furent ses bras qui se mirent à le démanger. Le gaz faisait son œuvre.

Dix minutes plus tard, il arrêta la sirène, retira le gyrophare du tableau de bord, éteignit ses phares. Arrivé à proximité de l'immeuble de Bilal, il se gara le long du trottoir et coupa le moteur. Les lumières, dans ce quartier commerçant, étaient éteintes, et les boutiques verrouillées. Pourtant, le néon du bureau de change clignotait, et une lampe était allumée à l'intérieur. Les panneaux solaires de Bilal fonctionnaient et lui fournissaient de l'électricité. L'homme ne prenait aucun risque avec sa réserve d'or.

Toutes les autres fenêtres de l'immeuble avaient été remplacées par des plaques métalliques blindées. Seul restait un vitrage en briques de verre, qui correspondait à ce que Smith croyait être le bureau de Bilal. Il sortit avec précaution de la voiture, pistolet au poing. Il remonta son col et s'efforça de ne pas attirer l'attention. Brand lui avait donné un pantalon d'uniforme et un T-shirt blanc sous une chemise d'uniforme de couleur sombre. Il se rapprocha sans bruit de l'immeuble.

Une voiture de police était garée devant la porte, ce qui confirmait les dires de la régulatrice, mais Smith jugea que les moyens déployés étaient dérisoires. Il se dissimula sous un porche et téléphona à Klein.

« Je suis devant le changeur d'Inwood. C'est Harcourt la taupe, et il est là avec Nolan pour récupérer l'argent de Dattar. J'ai appelé la police, mais elle n'a envoyé qu'une voiture. Vous pouvez en dépêcher d'autres ?

— On me dit que le NYPD n'a rien trouvé de particulier à la station de la 215e Rue et que les policiers se dirigent vers la 72e Rue, où des témoins auraient vu Dattar et deux autres hommes. Ils ont trente voitures, et le FBI est sur place.

— Pourquoi Dattar prendrait-il le métro ? Il se ferait infecter !

— C'cst unc information anonyme, mais elle avait l'air fiable. Il y a un mort, un certain Manhar, apparemment d'origine pakistanaise, en haut des marches, et des témoins disent que quelqu'un qui correspond à la description de Dattar et deux autres types sont descendus précipitamment dans la station. Dattar transportait une boîte isotherme. »

Smith hésita. Tout avait l'air de concorder, mais il doutait que Dattar reste dans les parages.

« Vous êtes bien conscient que Harcourt est en liaison avec le NYPD et que ce témoignage pourrait être un piège ?

— C'est la station de la 72e Rue qui a été touchée en premier, on y trouve en plus le corps d'un homme, il est normal que l'enquête commence par là.

— Je comprends. La situation ici n'en reste pas moins bizarre. Une seule voiture de police, alors qu'on soupçonne un enlèvement ? Quand Harcourt aura contraint Nolan à lui remettre l'or, il la tuera. Il faut l'arrêter !

— Je suis d'accord, mais qui a alerté la police ? Il faudrait savoir avant de tirer dans le tas.

— Où est Howell ?

— On le met à l'abri quelque part où il pourra récupérer. Il est en piteux état, mais ceux qui s'occupent de lui m'ont dit qu'il aurait dû être déjà mort. Vous lui avez sauvé la vie.

— J'espère qu'il s'en sortira. Je pars en reconnaissance. Rebecca m'a raconté que Bilal détient tout un arsenal. Il a les moyens de régler son compte à Harcourt, s'il ne se sert pas d'elle comme bouclier.

— Bien. Faites attention, et souvenez-vous qu'on aura besoin de vous pour la décontamination, quand on aura mis la main sur Dattar. »

Dès qu'il raccrocha, Smith appela Marty. « Tu peux repérer l'ordinateur de Rebecca Nolan ?

— Il est éteint. Désolé, Jon !

— Et ses comptes ? Est-ce que tu peux voir s'il y a une activité dessus ?

— Je n'ai pu avoir accès qu'à un compte dans un paradis fiscal. Je vais l'ouvrir. Attends ! »

Smith resta silencieux pendant que Marty tapait sur son clavier. Son bras le démangeait, ses yeux le brûlaient et sa vision commençait à se troubler. Il paniqua, tant à l'idée de la douleur qui l'attendait qu'à la pensée de devenir complètement aveugle avant de pouvoir aider Nolan.

« Dépêche-toi ! Dattar m'a agressé avec du gaz moutarde, je ne vais plus tenir longtemps.

— Quoi ? Où es-tu ?

— Tout au nord de Manhattan, devant un immeuble où Rebecca devrait se trouver.

— Je l'ai. Oui, quelqu'un est sur la page des ordres de virements.

— Est-ce que tu peux accéder à l'ordinateur qui donne ces ordres ? demanda Smith, un instant distrait de sa douleur.

— Je traque les cookies. Une seconde ! »

Smith retint son souffle. À l'inverse, il entendit la respiration bruyante de Marty.

« Ça vient d'un ordi à Inwood, au nord de Manhattan.

— À la seconde où elle aura terminé la transaction, ils vont la tuer. Téléphone pour qu'on m'envoie des renforts de police ! Mais qu'ils restent discrets : je ne veux pas que Harcourt sache qu'on arrive et qu'il la tue. Préviens-les aussi qu'il y a un officier de l'armée à l'intérieur.

— Je… »

Smith n'attendit pas la suite, il coupa la communication et partit vers l'immeuble en courant. Malgré la chaleur brûlante sur ses bras, il frissonnait. Soudain, il entendit le tir d'une arme automatique à l'intérieur de l'immeuble.

Il poussa la porte. Le couloir était sombre et l'immeuble silencieux. Il y avait quatre pièces de chaque côté et, au bout, le bureau de Bilal, allumé, et dont la porte était ouverte. Il courut vers la première pièce et s'accroupit derrière la porte. Il distingua une silhouette dans le couloir et marqua une pause jusqu'à ce qu'elle disparaisse, puis il continua sa progression.

Soudain, à la porte suivante, il sentit qu'on l'empoignait à la cheville. Il se figea et regarda à sa droite. C'était Bilal, allongé par terre, une arme à la main. La respiration pénible de l'homme résonnait dans la pièce. Smith entra et repoussa la porte.

« Vous êtes blessé ?

— Sur le côté. Mlle Rebecca… »

Il eut une petite toux que Smith n'aima pas du tout. En tant que médecin, il avait trop souvent entendu ça juste avant la mort.

« Où est-elle ?

— Bureau. Allez-y armé. Ils gardent l'entrée. Ces lâches n'ont pas eu le courage de m'affronter directement. Ils ont mon or. Je ne peux pas les laisser le prendre. »

Smith posa son pistolet sur la moquette et passa les mains sur le torse de Bilal. Quand il trouva la blessure, il entendit Bilal retenir son souffle.

« Mon or ! dit le vieil homme.

— Oubliez votre or. J'appelle une ambulance ! »

Smith sortit son téléphone et se prépara à envoyer un texto à Marty. Il n'avait pas de connexion.

Bilal émit un son que Smith aurait pu prendre pour un petit rire, si l'homme n'avait pas été moribond.

« Le toit est en métal, c'est plus sûr, expliqua Bilal.

— Est-ce qu'il y a un téléphone dans cette pièce ?

— Sur le bureau, mais j'ai appelé la police. J'ai dit qu'ils l'avaient prise en otage. Ils m'ont surpris en train de téléphoner, et c'est là qu'ils ont tiré. Ces salauds pensent qu'ils m'ont eu. »

Smith se redressa, mais Bilal le retint par la manche. « Attention, c'est un téléphone à postes multiples. Si vous décrochez, ils vont voir une lumière, sur l'appareil du bureau, et ils sauront qu'on l'utilise. En plus, ils ont envoyé le maigrichon déverser leurs produits chimiques sur mes panneaux solaires.

— Est-ce qu'ils ont sorti ces produits de la boîte isotherme ? s'inquiéta Smith.

— Oui. Tuez-les ! Reprenez mon or !

— Combien sont-ils ?

— Cinq, répondit Bilal en s'étranglant presque. Dattar est avec eux. Le maigre est sur le toit. J'ai un Uzi dans ce placard et un lance-flammes dans un coffre de l'autre côté du couloir. Celui de droite. L'or y est aussi, mais pas assez pour les satisfaire. J'ai vidé le reste il y a trois jours et je l'ai emporté ailleurs. Il n'y en a que pour un million de dollars, ici. La combinaison du coffre : six, vingt, cinq, six. Brûlez l'immeuble. L'or fondra, mais il survivra.

— Et Rebecca ? Est-ce qu'elle est en vie ?

— Ils la retiennent. Ils l'ont frappée, croassa Bilal, si fort... Horrible. Son visage..., commença-t-il en fermant les yeux et hochant la tête. Le tableau près du coffre pivote sur des charnières, dit-il en saisissant Smith par le bras. Il y a là un miroir sans tain. On peut voir dans le bureau. Mes gardes du corps l'utilisent pendant que je fais des transactions.

— Vos gardes du corps sont ici ?

— Non.

— Comment est-ce que le type maigre a atteint le toit ?

— Un escalier escamotable, dans la salle des coffres. Mon fils s'appelle Malik. Donnez-lui l'or. Dites-lui que je l'aime. »

La tête de Bilal roula sur le côté et un râle sortit de sa gorge. Smith regarda à l'autre bout de la pièce le placard que Bilal lui avait indiqué et tenta de faire le point. Quand il chercha son pistolet sur la moquette, il fut horrifié de se rendre compte qu'il était incapable de le voir. Il fit glisser sa main sur le velours jusqu'à ce que ses doigts rencontrent du métal froid.

Il réussit à repérer le placard. C'était comme si ses yeux luttaient contre les effets du gaz. Il saisit son arme et traversa la pièce. Les symptômes du gaz moutarde progressaient, des cloques n'allaient pas tarder à éclater sur sa cornée. Il ouvrit les portes et passa les mains sur l'étagère dont le bois lui parut frais. Quand il sentit une lanière, il la suivit jusqu'à la poignée de l'Uzi. Il prit l'arme et tâta le chargeur, de forme allongée, plein de balles.

Il revint sur ses pas, inspecta le couloir vers la porte d'entrée et se figea. Khalil était là, contre le battant entrouvert, qui regardait dehors.

La sensation de brûlure gagnait le torse de Smith, qui avait l'impression d'être une torche vivante. La salle des coffres était en face de celle où il se trouvait, de l'autre côté du couloir. Le sol, recouvert de moquette, étoufferait le bruit de ses pas, et Smith évalua la vitesse à laquelle il pourrait franchir la distance. Khalil n'avait pas bougé et regardait toujours dehors. Smith inspira et bondit dans l'autre pièce, se collant immédiatement au mur près de l'embrasure, et attendit. Aucun son ne lui parvint du couloir. Il repoussa la porte.

Deux coffres-forts d'un mètre cinquante de haut se dressaient contre le mur du fond. À côté, l'escalier escamotable qui menait au toit. Smith passa la bandoulière de l'Uzi sur son épaule et s'approcha d'un des coffres, dont le clavier électronique émettait une faible lumière. Il composa le code et fut récompensé par le déclic de la porte qui s'ouvrit sans bruit sur ses charnières bien huilées.

Le coffre contenait un véritable arsenal : plusieurs pistolets, deux AK-47, un lance-grenades et des grenades, et trois étagères de munitions ainsi que deux petits bidons de carburant reliés à un lance-flammes. Des lanières permettaient de porter les réservoirs dans le dos. Smith posa ses armes par terre pour passer les bras dans les bretelles du lance-flammes, dont le tuyau, muni d'un bec avec ses gâchettes d'allumage et de tir, était attaché sur le côté d'un bidon. Smith ne le décrocha pas. Il voulait avoir les mains libres pour utiliser en priorité l'Uzi et le pistolet. Il laissa la porte du coffre entrouverte.

Au-dessus de sa tête, quelqu'un marchait sur le toit. Des bruits de choc lui parvinrent du bureau, ainsi qu'un cri de femme. Smith lutta contre l'envie de bondir dans la pièce et de tuer ces hommes avec son Uzi, mais son devoir était clair : il devait d'abord empêcher le terroriste sur le toit de diffuser davantage de bactéries. Les panneaux solaires allaient envoyer le virus directement dans le réseau électrique de la ville, et par ricochet dans tous les foyers de la région.

Un tableau d'un mètre de côté représentant un paysage était suspendu à côté du coffre-fort. Smith tira sur le cadre, qui bascula, révélant le miroir sans tain qui donnait sur le bureau. La paranoïa de Bilal s'avérait utile.

Nolan était assise devant le deuxième ordinateur de Bilal et elle tapait à toute vitesse sur le clavier. Son visage n'était que plaies et ecchymoses, et il semblait que son nez était cassé. Des marques de doigt sur son cou témoignaient d'une tentative d'étranglement, et des entailles faites au couteau saignaient sur son bras droit dénudé.

Autour d'elle se tenaient Harcourt, Dattar et Manderi. Voir Manderi rendit Smith plus furieux encore. Si c'était lui, le « policier sur place » il était clair qu'aucun autre ne viendrait. Les trois hommes scrutaient l'écran. Il y avait trois sacs noirs sur le bureau, derrière Nolan. Dans l'un, entrouvert, on distinguait des lingots d'or. Dattar était penché sur l'épaule de Nolan, son couteau ensanglanté pointé contre son cou. Un filet de sang coulait au point de contact avec sa peau.

Smith se détourna et gagna l'escalier dont il gravit les marches lentement. Quand sa tête arriva au niveau du toit, il regarda autour de lui et vit un petit homme agenouillé devant le convertisseur des panneaux solaires. La boîte isotherme était ouverte près de lui. D'un geste rapide, muni d'une cuiller et d'un pinceau, il appliquait la substance gélatineuse sur certaines sections des panneaux.

Quand son téléphone lui annonça bruyamment un message, Smith se figea. Le fait d'être monté sur le toit avait dû lui permettre de capter un signal. Heureusement, l'homme ne l'entendit pas. Smith sortit le téléphone de sa poche et s'efforça de lire le texte, dans l'espoir que ce serait Klein lui promettant l'arrivée de membres du NYPD.

C'était Marty : *Elle efface ses frappes en tapant. Ça te donne du temps.*

Smith mit son téléphone en mode vibreur et répondit : *Où sont les renforts ?*

Tirer révélerait sa position. Le silence d'un couteau serait idéal, mais il n'en avait pas. Son téléphone vibra. Il parvint à lire le texte : *Brand et Beckmann sont là. Il n'y a pas de fenêtre à travers laquelle tirer. Est-ce que, s'ils entrent en force dans l'immeuble, les autres vont tuer l'otage ?*

Oui, tapa Smith en réponse.

Son téléphone vibra. C'était Brand : *Vue plongeante sur l'immeuble. Attends vos instructions.*

Smith y voyait de plus en plus mal, et ses yeux larmoyaient. Il fallait agir tout de suite, sinon, ce serait trop tard. Il colla le clavier contre son visage, se concentra sur l'écran éclairé et tapa : *Abattez le type sur le toit.*

Le tir de Beckmann ne fut pas aussi sonore que l'eût été celui de Smith, mais il ne fut pas non plus aussi silencieux qu'il l'aurait souhaité. Il entendit des voix dans le bureau, en réaction au bruit. Smith vit l'homme s'agenouiller puis s'effondrer sur le dos. Il gravit les dernières marches et courut vers la boîte isotherme. L'homme était tombé dessus et Smith dut le faire rouler sur le métal du toit. Dans la boîte, il découvrit un récipient d'une substance gélatineuse et plusieurs tubes à essai bouchés. Smith glissa un des tubes dans sa poche et recula. Il détacha le tuyau du lance-flammes, ouvrit la valve d'alimentation et, dès qu'il trouva le bouton d'allumage sur le côté, il fit apparaître une petite flamme. Il dirigea alors le bec du tuyau vers la boîte isotherme et pressa la détente.

La flamme jaillit et engloutit la boîte. Smith vit le feu, mais pas grand-chose d'autre. Il contourna les panneaux solaires pour griller tous les raccords électriques avant de s'attaquer à eux. Une odeur de plastique et de caoutchouc brûlé emplit l'air. Smith sentit les plaques métalliques chauffer sous ses pieds. Il entendit des pas sur les marches et il visa l'ouverture avec la flamme.

Le poids des réservoirs gênait ses mouvements. Les connecteurs des panneaux solaires brûlaient et le toit se réchauffait à une vitesse fulgurante. Smith ne cessait de bouger pour éviter que ses semelles ne fondent, mais aussi pour présenter une cible mouvante, au cas où quelqu'un tenterait de tirer à travers le toit. Il courut jusqu'à l'escalier, dirigea la flamme vers l'ouverture et se rua en bas des marches. Un corps gisait par terre près du tableau qui dissimulait le miroir. En s'approchant, Smith reconnut Khalil. Du sang jaillissait d'une blessure par balle en pleine poitrine.

Quand il regarda dans le bureau, Smith vit Harcourt, pistolet à la main, qui fermait les sacs de lingots. Rebecca était à l'ordinateur, le visage baigné de larmes. Dattar, rouge de rage, lui hurlait dans l'oreille.

Smith retira d'une secousse la bandoulière de l'Uzi de son épaule et visa Harcourt à travers le miroir. Il pressa la détente. Les tirs fracassèrent le miroir et envoyèrent Harcourt tournoyer jusqu'au mur. Il sortit du champ de vision de Smith tandis que des éclats de verre pleuvaient dans la pièce. Dattar se redressa et Rebecca eut le réflexe de reculer brutalement son fauteuil sur roulettes pour le coincer contre le bureau derrière lui. Smith visa Dattar et tira plusieurs balles. Rebecca criait et se couvrait les oreilles de ses mains. Smith fit tomber ce qui restait du miroir, empoigna un montant et bondit dans le bureau. Harcourt était parti, laissant une traînée de sang sur le sol. Il avait donc réussi à ramper hors de la pièce. Manderi n'était pas là. Les sacs d'or n'avaient pas quitté la table.

« Passe derrière moi ! »

Rebecca réussit à se lever et claudiqua jusqu'à son sauveur. Elle pleurait encore, mais il était évident qu'elle tentait de reprendre le contrôle de ses nerfs.

« Où est Manderi ?

— Il est parti avec Khalil voir qui avait tiré. »

Le policier véreux avait donc tué Khalil et n'avait pas quitté l'immeuble, conclut Smith. Il ne partirait pas avant d'avoir éliminé tous les témoins. Harcourt non plus.

« Est-ce que Bilal t'a parlé d'une sortie de secours, dans cet immeuble ?

— Juste de la porte. Les fenêtres sont condamnées. Je sais qu'il avait une sortie secrète, mais il ne m'a jamais dit où elle se trouvait.

— On ne peut pas emprunter le couloir. Manderi pourrait s'y être planqué. On va passer par l'ouverture de l'ancien miroir et monter sur le toit. Il y a un escalier escamotable, et l'immeuble n'a qu'un étage. De là, soit tu trouveras un escalier de secours extérieur, soit tu devras sauter. »

Smith passa par l'ouverture et Rebecca le suivit. Il visa la porte avec le lance-flammes pour couvrir la jeune femme et lui montra l'escalier du menton.

« Prends mon téléphone. En haut des marches, trouve mon dernier message et réponds en disant que tu montes sur le toit et qu'ils ne doivent pas tirer. Quand tu y seras, cours aussi vite que tu peux, trouve un lieu sûr où te cacher un moment et fais-moi parvenir un message dès que tu pourras.

— Tu ne viens pas avec moi ? Je ne pars pas sans toi !

— Je te suivrai. »

Il sentit qu'elle ne le croyait pas. Il se pencha sur elle.

« Vas-y ! »

Il retourna vers la porte en longeant le mur. Il voulait vérifier si Manderi et Harcourt étaient dans le couloir. Ils n'y étaient pas, mais Smith avait une idée très précise de ce qu'ils pouvaient faire. Il prit une profonde inspiration et passa de l'autre côté de la porte, pour que le battant le cache. Sa vision n'était plus qu'un point minuscule et le sensation de tiraillement qu'il éprouvait lui disait qu'elle ne s'élargirait plus. Il s'immobilisa et écouta. Au bout de quelques secondes, il entendit un son inattendu : une petite toux. Harcourt, sans doute. Il était rare qu'un homme puisse garder le silence complet après avoir reçu une balle.

Des pas discrets résonnèrent dans le couloir, et une forme passa devant sa porte avant que Smith distingue l'épaule de Manderi au coin du miroir brisé.

« Dépêche-toi ! » dit Harcourt.

Smith ne le voyait pas, mais il reconnut sa voix. Ils faisaient exactement ce que Smith avait prévu : ils revenaient chercher l'or.

Smith se redressa, recula aussi loin qu'il put dans la pièce, pointa le lance-flammes en direction du coffre-fort ouvert et pressa la détente. La torche franchit facilement les quatre mètres qui séparaient Smith du coffre et enflammèrent l'intérieur. Les munitions explosèrent.

Il en résulta une boule de feu qui renversa Smith et le projeta de l'autre côté du couloir contre le mur. Il se débarrassa en panique des bidons attachés dans son dos, craignant que le carburant ne finisse par exploser à son tour, et courut vers la porte qui donnait sur la rue. Une deuxième déflagration secoua l'immeuble et le fit tomber à genoux. Il entendit bien les cris d'un homme, mais le rugissement du feu dominait tout.

Il continua sa progression, une main sur le mur pour se guider ; il n'y voyait plus. La fumée le fit tousser. Il entendit des coups de feu, et une balle s'encastra dans le mur près de sa tête.

La troisième explosion emporta ce qui restait du couloir, et Smith se sentit aspiré par la déflagration. Il atteignit pourtant la porte et sortit dans la rue en chancelant. La fraîcheur de la nuit lui caressa le visage et il inspira enfin l'air pur. Quelque chose de pointu perça le côté de sa chaussure et s'enfonça dans son pied, mais il remarqua à peine cette nouvelle douleur.

« Smith ! »

Il reconnut la voix de Brand et sentit sa main sous son coude pour le guider.

« Vous êtes près d'une portière de voiture ouverte. Attention à ne pas vous cogner ! »

Brands posa la main sur la tête de Smith et l'aida à se glisser dans le véhicule. La portière claqua et Brand cogna contre la carrosserie. Quelqu'un fit démarrer la voiture.

« Mettez la clim ! Ma peau est en feu, croassa Smith. Et je n'y vois rien.

— Le gaz moutarde ? demanda la voix de Beckmann. Accrochez-vous, on va à l'hôpital.

— Vous avez volé cette voiture ?

— Non ! rit Beckmann. Elle appartient au FBI. Même moi, je ne suis pas assez fou pour faucher un véhicule officiel !

— Laissez tomber l'hôpital. Emmenez-moi voir un médecin militaire. »

55

JON SMITH ÉTAIT ASSIS DEVANT SON ÉCRAN d'ordinateur dans le calme de sa cuisine, tôt un dimanche matin. Les cloques sur ses bras avaient cicatrisé en trois semaines, grâce au nettoyage rapide du gaz moutarde, mais ses yeux n'étaient pas encore guéris. La lumière vive le gênait et il devait porter des lunettes de soleil dès qu'il était dehors. Howell récupérait aussi, mais bien plus lentement, parce qu'il avait été beaucoup plus exposé que lui. Jana Wendel lui avait dit que Jordan se remettait assez bien, mais qu'il ne reprendrait pas le travail avant trois mois. Quant à Randi Russell, elle donnait et prenait régulièrement des nouvelles. La décontamination tant de la bactérie que du gaz s'était bien déroulée, grâce à Ohnara, qui avait assuré la direction du nettoyage.

Smith se connecta à sa messagerie et laissa l'ordinateur charger la page pendant qu'il se faisait du café. Il entendit sonner le téléphone de l'ordinateur et revint consulter l'écran. C'était Randi. Il alluma la caméra.

« Bonjour ! » dit-elle.

Elle avait été soignée en un lieu tenu secret et, ces trois dernières semaines, elle avait repris un peu du poids perdu et sa peau n'était plus aussi pâle. Smith leva sa tasse de café vide.

« Bonjour à toi ! Comment te sens-tu ?

— Très bien, et toi ?

— Mieux. Mon ophtalmo pense que mes yeux vont guérir complètement. Ce serait bien de pouvoir déambuler au soleil sans que ça déclenche des maux de tête ! Comment va Howell ?

— Il est sorti de l'hôpital de son propre chef et il est retourné chez lui, dans ses montagnes. Il a dit qu'il ne supportait plus qu'on perturbe son rythme naturel. Je suppose qu'on l'a réveillé une fois de trop au milieu de la nuit !

— Et Beckmann ?

— De retour en Europe. Brand te salue. Il veut que tu saches que le type que Beckmann a tué sur le toit faisait partie de l'équipe de Dattar. Il s'appelait Rajiid. On a enfin pu identifier les corps dans l'immeuble incendié : Bilal, Manderi, Dattar et Harcourt.

— Pourquoi il a fait ça ?

— Harcourt ?

— Oui.

— George Cromwell est infiniment plus prudent, depuis qu'on a appris les liens entre la CIA et le NYPD. J'ai entendu dire que les avocats de l'agence crient au scandale. Ils prétendent que jamais ce programme de partage d'informations avec le NYPD n'a été approuvé, et ils craignent que la CIA ait l'air d'avoir entrepris une sorte de flicage des citoyens américains. Je n'ai rien pu tirer d'autre de Cromwell, à part que Dattar avait promis à Harcourt et Manderi des millions de dollars ainsi que des terres dans son pays. Les deux hommes croulaient sous les dettes. Apparemment, on aurait la preuve que Harcourt avait l'intention de jouer un double jeu et d'arrêter Dattar avant qu'il ne puisse diffuser la bactérie – ce qui l'aurait fait passer pour un héros.

— Comme le pompier qui allume un feu pour pouvoir l'éteindre.

— Je suppose, soupira Randi. Et on a aussi appris qu'un groupe de pays auraient financé Dattar. Ils seraient rassemblés dans un “Consortium Janus”. Ces pays nient les faits avec véhémence, bien sûr.

— Bien sûr.

— De plus, les vastes terres que Dattar promettait appartiennent en réalité aux Redding. Leurs biens leur ont été restitués. Tu as eu des nouvelles de Rebecca ?

— Aucune.

— Pour une civile, remarqua Randi en secouant la tête, elle sait drôlement bien disparaître, tu ne trouves pas ?

— Ça, c'est vrai !

— Bon ! Profite de ton dimanche !

— Toi aussi ! »

Randi sourit et coupa la communication. Smith retourna à la cafetière pour remplir sa tasse. Le tintement prévenant de l'arrivée d'un courriel le ramena à la table.

L'écran affichait un logo « KD », et en dessous il lut :

« Ceci est un message automatisé. Ne pas répondre. On vous a envoyé 23 500 bitcoins extraits de divers points de la Toile pour votre usage personnel si vous en avez besoin un jour. Prière de cliquer sur le lien ci-dessous pour les enregistrer sur votre disque dur. »

Il y avait un hyperlien sous cet avertissement, et plus bas deux mots tout simples :

EN SÉCURITÉ

Cet ouvrage a été imprimé en France
par CPI BUSSIÈRE
à Saint-Armand-Montrond (Cher)
pour le compte des Éditions Grasset
en octobre 2014

Composition réalisée par Belle Page

PAPIER À BASE DE FIBRES CERTIFIÉES

Le Livre de Poche s'engage pour l'environnement en réduisant l'empreinte carbone de ses livres. Celle de cet exemplaire est de :
900 g éq. CO_2
Rendez-vous sur www.livredepoche-durable.fr

N° d'édition : 18576 – N° d'impression : 2011669
Dépôt légal : novembre 2014
Imprimé en France